Hanni Münzer

Finché ci saranno le farfalle

Traduzione di
Sofia Dilaghi

GIUNTI

Titolo originale:
Solange es Schmetterlinge gibt

www.giunti.it

Via Bolognese 165 – 50139 Firenze – Italia
Piazza Virgilio 4 – 20123 Milano – Italia

Prima edizione: ottobre 2019

A Claudi,
la mia meravigliosa amica,
che ha perduto il suo grande amore,
ma mai se stessa.

Nel giardino della vita ci sono fiori profumati e variopinti, ma alcuni hanno anche le spine.
Non turbano le farfalle e le api, solo gli uomini.

Prologo

Come spesso accadeva, la ragazzina era sveglia nel letto per colpa del neonato della vicina che piangeva. Le pareti erano sottili e la sua stanza era proprio accanto alla loro. Ma non era tanto il rumore a impedirle di dormire, quanto il pensiero che aveva per il bambino. C'era qualcosa che non andava. Piangeva molto, soprattutto quando i suoi genitori litigavano. E spesso smetteva all'improvviso, come se qualcuno gli avesse messo una mano sulla bocca.

La ragazzina si era trasferita da poco a Perlach con la madre, in uno dei tanti palazzoni grigi che svettavano dietro il centro commerciale PEP. Dal suo minuscolo balcone al diciottesimo piano poteva vedere i binari del treno e, subito dall'altra parte, la zona industriale. Di giorno la madre lavorava fino alle quattro nella mensa di un'azienda della zona, poi faceva il secondo turno come cameriera in un locale che apriva solo alle nove di sera. Nelle ore di stacco tra un lavoro e l'altro dormiva, perciò sapeva ben poco di cosa accadeva all'interno del condominio. Dopo l'ultimo trasloco aveva delegato il compito di occuparsi della spesa e della casa quasi interamente alla figlia di undici anni. La ragazzina aveva rinunciato subito all'idea di condividere con la madre le sue preoccupazioni per il bambino, anche perché, a seguito di un episodio accaduto in precedenza, aveva imparato che certe cose «non riguardano» i bambini: ci sono questioni che gli adulti preferiscono gestire per conto proprio, a porte chiuse.

Perciò aveva deciso di scoprire qualcosa in più sul conto dei vicini e, a questo scopo, in un grande condominio, non c'era posto più adatto delle scale. Così aveva iniziato a stazionare lì dopo la scuola, aspettando con le orecchie ben tese che due signore si incontrassero con le borse della spesa in mano e si mettessero a chiacchierare.

Fu così che la ragazzina venne a sapere che, nel corso degli anni, gli assistenti sociali avevano già allontanato dalla coppia altri quattro figli, affidandoli alle cure di famiglie adottive. Ma non appena veniva tolto loro un figlio, ne facevano subito «uno nuovo».

Nonostante la giovanissima età, la ragazzina aveva già una vaga idea di come tutto questo funzionasse: attraverso le pareti sottili della sua stanza, infatti, non sentiva solo le urla del bambino, ma anche le varie attività notturne dei vicini, che suonavano ripugnanti alle sue orecchie e le suscitavano una paura indefinita all'idea di diventare grande.

All'improvviso calò il silenzio. Il neonato si era di nuovo zittito, in quel modo inquietante che non mancava mai di procurarle un brivido lungo la schiena. Ormai erano settimane che cercava inutilmente di scorgere il bambino. Non sapeva nemmeno se fosse maschio o femmina. I genitori non pronunciavano mai il suo nome, lei lo chiamava «urlone», «rospo» o «marmocchio».

Ma la ragazzina non si dava per vinta. Non appena sentiva la porta dei vicini aprirsi, si precipitava nell'ingresso e metteva la testa fuori. Non che questo accadesse spesso, anzi, i genitori erano disoccupati ed era difficile che lasciassero l'appartamento, al massimo uscivano a fare la spesa e al rientro erano carichi di pesanti borse dalle quali sbucavano bottiglie di alcolici. Non era capitato nemmeno una volta che si fossero portati dietro il bambino e la ragazzina si chiedeva se quella povera creatura fosse mai uscita a prendere una boccata d'aria in vita sua. I genitori le incutevano timore, c'era una nota di cattiveria nei loro occhi, come se odiassero il mondo intero, senza contare il fatto che puzzavano in modo tremendo. Ovviamente i due si erano accorti degli sguardi d'interesse che lanciava loro la ragazzina e, sentendosi osservati, erano diventati diffidenti.

Solo due giorni prima l'uomo le aveva fatto una bella ramanzina, dicendole che se l'avesse beccata di nuovo a curiosare gliel'avrebbe fatta vedere lui. L'aveva minacciata agitando il pugno in aria e lei aveva interpretato il suo grosso anello con il teschio come un monito nefasto.

Da quel giorno i suoi pensieri continuavano a ruotare attorno a quell'anello, che aveva scatenato la sua fantasia e le aveva fatto venire in mente immagini orribili, tra cui la scena ricorrente dell'uomo in piedi davanti a una culla, intento a prendere a pugni il viso del neonato fino a farlo ammutolire del tutto e a trasformarlo anch'esso in un teschio.

L'immagine di quel minuscolo e fragile cranio la perseguitava anche nei sogni. Quante volte aveva pensato che la vita fosse ingiusta. Quel bambino non aveva chiesto di essere messo al mondo, né tantomeno aveva potuto scegliere la famiglia in cui nascere. Era innocente.

Fu così che la ragazzina prese la sua decisione: avrebbe fatto qualcosa per quel bimbo.

1

Monaco, maggio 2012

Penelope sobbalzò nel letto. Le capitava ogni giorno, con la precisione di un orologio svizzero, pochi secondi prima che scattasse la sveglia, puntata per le sei. Anticipare la suoneria le procurava sempre una certa soddisfazione, era una piccola vittoria quotidiana di cui sentiva il bisogno. Ma era costretta ad alzarsi a quell'ora soltanto sei giorni a settimana, dal lunedì al sabato.

L'istante in cui si rendeva conto che era domenica e che poteva ributtarsi nel letto a farsi coccolare dalle morbide lenzuola non perdeva mai il suo fascino.

La domenica rappresentava per lei il giorno più piacevole della settimana, una mattinata che amava dedicare esclusivamente a se stessa.

Era così ormai da cinque anni, sette mesi e undici giorni, cioè da quando aveva lasciato il marito David ed era andata a vivere da sola.

Da sola, o quasi. Penelope divideva il suo piccolo appartamento con un gatto che nella vita aveva un unico scopo: elevare la pigrizia a forma d'arte.

Come ogni mattina, se ne stava accoccolato ai suoi piedi, russando beatamente. Per Giacomo ogni giorno era domenica e nonostante fosse il gatto più pigro sulla faccia della terra, nonostante preferisse fare i suoi bisogni tra le piante anziché nella lettiera, nonostante le mangiasse i capelli e si facesse le unghie sulla carta da parati mentre il tiragraffi troneggiava in mezzo al soggiorno intonso come il primo giorno, Penelope lo amava con tutta se stessa.

Dopo alcune difficoltà iniziali aveva scoperto il segreto della perfetta convivenza tra gatto e padrone: si era adattata alle esigenze di Giacomo.

Oltretutto, Giacomo rappresentava il simbolo della sua emancipazione: se lo era portato dall'Italia, dove aveva trascorso l'ultima vacanza con il marito. David avrebbe fatto volentieri a meno di portare a casa quell'essere pulcioso e con i denti marci che fin dal primo giorno si era tenacemente attaccato alle calcagna di Penelope, quasi avesse capito che era lei ad aver bisogno di lui e non viceversa.

Due settimane dopo il rientro da Positano, Penelope aveva lasciato il marito. Ne aveva abbastanza delle sue paternali ed era stanca di farsi dire come doveva vivere la propria vita.

Le cose non erano sempre andate così. C'era stato un tempo in cui lei e David erano stati molto felici insieme. Si conoscevano fin dagli anni della scuola, David era stato il suo primo grande amore e si erano sposati in giovanissima età.

Avevano studiato entrambi per diventare insegnanti: Penelope storia e letteratura, David matematica e fisica. Ma a differenza della moglie, David non si era mai appassionato all'insegnamento, che non riusciva a dargli quella cosa in più che lui definiva «senso di sfida». Dopo un anno aveva già rinunciato e si era fatto assumere da una grossa banca, dove, grazie alla sua attitudine per i numeri e l'analisi, aveva avuto un avanzamento professionale fulmineo e, nel giro di pochi anni, si era trasformato in un consulente finanziario di fama internazionale con provvigioni a sei cifre.

Mentre David si godeva il successo e la carriera, spendendo i suoi soldi in beni di lusso e immobili, tra cui una villa con piscina a Bogenhausen e una tenuta a Saint-Tropez, Penelope non traeva grande soddisfazione dalla loro improvvisa ricchezza. Aveva un'idea diversa di felicità e i loro progetti di vita si scollavano sempre di più, seguendo un'impercettibile corrente ascensionale.

L'atteggiamento ostile di David nei confronti di Giacomo era stato la goccia che aveva fatto traboccare il vaso e Penelope si era resa conto che suo marito non era più la persona di cui si era innamorata, né sarebbe mai tornato a esserlo.

Dopo averlo lasciato, si era ricostruita una vita dove non c'era spazio per la nostalgia del passato. Le sue domeniche mattina si svolgevano sempre secondo lo stesso rituale: rimaneva a letto fino alle otto circa, consumava un'abbondante colazione e si dedicava alla lettura del giornale bevendo due tazze di caffè. Quelli erano gli unici istanti, nella sua settimana altrimenti serratissima, nei quali si concedeva di allentare un po' le briglie. Perché era di questo che aveva bisogno: di controllo e di regole. Un orario per la scuola e un orario per la vita privata. Ogni attività aveva un suo momento prestabilito, per esempio tutti i lunedì e i giovedì alle sette in punto puliva la lettiera, nonostante Giacomo non la usasse mai.

Per fortuna, nella palazzina del quartiere Schwabing di Monaco, dove lei abitava al terzo piano, vivevano solo tranquille persone di mezza età senza bambini piccoli, motivo per cui la domenica mattina riusciva effettivamente a dormire un po' più a lungo. Si stava giusto sistemando il cuscino sotto la testa per cercare una posizione comoda nella quale riaddormentarsi, quando un fracasso improvviso proveniente dal pianerottolo la fece sobbalzare. Era come se qualcuno avesse rovesciato un vassoio pieno di stoviglie proprio di fronte alla sua porta. Al fracasso aveva fatto immediatamente seguito una serie di imprecazioni.

A quel punto si era svegliato persino Giacomo, che sollevò la testa ed emise un miagolio irritato battendo la coda sulla coperta. Penelope indossò la sua vestaglia trapuntata, infilò delle pantofole di lana cotta e prese gli occhiali. Guardò attraverso lo spioncino e riconobbe Oliver, l'inquilino dell'ultimo piano. Spalancò allora la porta e fece subito un salto indietro per lo spavento.

Sullo zerbino davanti a lei, accovacciato, c'era un ragazzo in maglietta bianca e salopette di jeans intento a raccogliere le grosse schegge di vetro che fino a poco prima dovevano aver composto uno specchio. Il ragazzo lanciò un'occhiata rapida verso l'alto, sul volto l'espressione di un cucciolo che implora il padrone di non avercela con lui. Penelope distolse subito lo sguardo per posarlo su Oliver, che svettava dietro il ragazzo in salopette.

Oltre a lei, Oliver era l'unico altro inquilino giovane del condominio, lavorava nel settore della moda ed era il classico bravo ragazzo. A Penelope stava simpatico. Da quando le aveva chiesto di annaffiargli le piante durante le sue prolungate assenze, i due coltivavano un rapporto di buon vicinato. Lui, in cambio, la aiutava a portare le casse d'acqua fino a casa, visto che il palazzo risaliva alla fine del secolo e non era ancora stato dotato di un ascensore, ulteriore motivo per cui l'affitto richiesto era abbordabile rispetto agli standard di Schwabing. Oliver, però, non stava muovendo un dito. In effetti, aveva l'aspetto un po' stropicciato, come se arrivasse da una nottata di bagordi, anziché di riposo.

Il ragazzo accovacciato per terra disse: «Ecco cosa succede quando si vuole per forza giocare a fare il traslocatore, prima di...». Si interruppe, e non per le pantofole di lana cotta grigia che si era ritrovato davanti al naso, ma perché Giacomo, in segno di protesta per l'interruzione del riposo domenicale, aveva appena scaricato il suo bisognino solido del mattino accanto a lui, per poi tornarsene dentro a coda ritta e con il portamento tipico del gatto italiano, lasciandosi dietro un tanfo micidiale. Oliver non riuscì a trattenere una risatina, poi riacquistò un certo contegno, girò attorno al ragazzo in salopette e allungò la mano verso Penelope – cosa che non faceva mai – esclamando: «Buongiorno, Penelope! Scusa tanto per il rumore, ma come sai sto traslocando».

Mentre Oliver parlava, Penelope fu investita da un forte odore di alcol, cosa che spiegava anche il suo aspetto disordinato. La sprezzante entrata in scena di Giacomo l'aveva del tutto destabilizzata, e non si accorse che il traslocatore sconosciuto la stava fissando come fosse un'attrazione imprevista su un palcoscenico. Le venne istintivamente da stringersi nella vestaglia. Non le importava di sembrare sua nonna con la vestaglia trapuntata azzurra, le pantofole di lana cotta e i capelli in disordine, quel tipo non aveva comunque il diritto di giudicarla!

Iniziava a sentirsi a disagio in quella situazione e voleva uscirne il prima possibile, perciò si limitò a dire: «Buongiorno». Poi si voltò e andò a prendere il necessario per pulire la malefatta di Giacomo. Mormorò un saluto asciutto in direzione di Oliver e scomparve in casa per dedicarsi, seppure con un po' di anticipo rispetto al solito, alla sua colazione domenicale.

Si preparò un buon caffè e una fetta di pane con un abbondante strato di miele; aveva appena piazzato sul tavolo i piedi avvolti da calzettoni di lana e aperto il giornale sulla notizia di due studentesse scomparse, quando suonò il campanello.

Penelope, come chiunque altro, immaginava il motivo di una visita in base all'orario in cui avveniva. Così presto di domenica mattina non poteva che trattarsi di un'emergenza terribile, oppure una scocciatura.

In quell'occasione era una scocciatura: sua madre Ariadne. Ariadne si era appena risposata, dopo nemmeno un anno da quando era rimasta vedova, con un uomo di quasi trent'anni più giovane e di cui Penelope diffidava, essendo convinta che mirasse solo ai soldi. Le due avevano anche avuto una discussione in merito, o meglio, Penelope aveva tentato di discuterne, ma con sua madre era impossibile litigare. Quando Penelope le aveva confidato i suoi sospetti, lei si era limitata a dire: «Che sciocchezza! È la stessa cosa che mi hai detto quando ho sposato Frank Carstensen, che era molto più vecchio di me: mi dicesti che lo facevo solo per i suoi soldi. Guarda il lato positivo: adesso giustizia è fatta».

Penelope per protesta non si era presentata alle nozze. In realtà tendeva a declinare gli inviti in generale, perché non amava trovarsi in mezzo a tanta gente. La madre, al contrario, non solo era animata da una profonda gioia di vivere, ma aveva anche un bel paio di spalle larghe, oltre a non serbare mai rancore. Penelope non sopportava l'idea di ritrovarsi una madre dall'ottimismo incrollabile e che ignorava sistematicamente ogni cosa che lei diceva. In altre parole, aveva l'impressione di non essere presa sul serio.

«Buongiorno, bambina mia!» riecheggiò allegra la voce di Ariadne, prima ancora che Penelope avesse aperto la porta.

«Sorpresa! Siamo tornati! Oh, sento profumo di caffè! A proposito, lui è Mario, il mio nuovo marito» cinguettò con una vivacità quasi indecente, superando la figlia in direzione della cucina. Nel passare aveva appoggiato su una sedia la borsa e lo scialle che portava in testa, entrambi di Hermès, e si era messa ad armeggiare con la macchina da caffè di Penelope.

La seguiva a ruota un giovanotto di bell'aspetto che abbagliò la figliastra – di quasi dieci anni più vecchia di lui – con una fila di denti perfetti e di un bianco smagliante, e alzò le mani in un gesto di scuse tutto italiano, che le risultò persino simpatico.

Penelope gli fece un breve cenno con il capo e in quell'istante le venne in mente con raccapriccio lo stendino che campeggiava in cucina con appesi slip e reggiseni. Lo raggiunse con un balzo e lo spinse nel ripostiglio proprio quando Mario varcò la soglia. Ce la fece per una manciata di secondi, sotto gli occhi divertiti della madre. Penelope la fulminò con lo sguardo, prima di lanciare un'occhiata eloquente all'orologio che portava al polso.

Ariadne si sentì in dovere di dare una spiegazione al giovane marito: «Non farci caso, amore, mia figlia deve guardare l'orologio ogni trenta secondi. È convinta che il tempo sia suo schiavo, quando in realtà è esattamente l'opposto. Ma non significa che le diamo fastidio».

Oh, sì invece, significa proprio questo, pensò Penelope irritata.

Non ce l'aveva con la madre solo per aver sposato quel ragazzo italiano troppo giovane, a irritarla era soprattutto la velocità con la quale aveva rimpiazzato Frank, nonostante avesse sempre sostenuto di amarlo. Per quanto riguardava suo padre, Penelope non lo aveva mai conosciuto: era morto prima che lei nascesse.

Un'altra cosa che la irritava era l'impressione che i due avessero appena fatto sesso. Non poteva sbagliarsi al riguardo. E la cosa più fastidiosa di questo pensiero era proprio la rabbia che le suscitava. In fin dei conti, cosa le importava? Lei conduceva la sua vita e sua madre la propria, anche se nel giro di qualche secondo avrebbe avuto l'ennesima conferma del fatto che Ariadne, in realtà, non aveva ben chiara questa distinzione.

«Santo cielo, figlia mia!» esclamò, scuotendo la testa e rivolgendole lo stesso sguardo che poco prima le aveva destinato il tizio dei traslochi. «Di' un po', non puoi proprio fare a meno di vestirti come la tua bisnonna? La tua metamorfosi mi sconvolge. Un tempo eri una bellissima farfalla e adesso fai di tutto per tornare a essere una larva.» Poi fece un cenno del capo in direzione del ripostiglio e aggiunse: «Davvero usi quei mutandoni blu antiestetici? Li vendevano in confezioni da dieci?».

Penelope si sentì avvampare, lo sguardo inquisitorio di sua madre le provocava un dolore quasi fisico. Non aveva idea di come quella donna riuscisse a mandarla fuori di testa, eppure era così fin da quando era un'adolescente. Cominciava a pensare che la madre ricorresse alla kryptonite.

«Mamma!» sbottò stizzita. Era combattuta tra il senso di umiliazione e l'urgenza di mettere subito alla porta la madre e il suo *toy boy*. Purtroppo sapeva per esperienza che non si lasciava cacciare così facilmente, almeno non prima di aver esaurito tutti i colpi che aveva in canna.

Giacomo peggiorò ulteriormente la situazione, degnandosi di lasciare la poltrona per andare a strusciarsi contro le gambe di Ariadne con dei miagolii soddisfatti. Per qualche motivo che Penelope non riusciva a capire, infatti, Giacomo adorava sua madre e faceva il ruffiano con lei ogni volta che ne aveva occasione. La madre si chinò e lo prese in braccio. Lo spregevole traditore si mise subito a strofinare affettuosamente il muso sul rigoglioso petto di Ariadne, che suscitò in Penelope il sospetto di un ritocchino chirurgico.

«Eccolo, il mio piccolo Casanova» tubò Ariadne al gatto. Poi si rivolse alla figlia: «Senti, Penelope, non è che potresti metterti addosso qualcosa di decente? Tra la vestaglia imbottita e i calzini di lana c'è da sentirsi male a guardarti! Per non parlare dei capelli! Sai cosa, ti prendo un appuntamento da André! A proposito, prima per le scale ho incontrato un bellissimo giovanotto e l'ho invitato qui a prendere un caffè».

Come scusa? Penelope indietreggiò di un passo, per prendere le distanze da quanto aveva appena sentito. Pareva proprio che sua madre avesse perso ogni freno inibitore da quando aveva conosciuto questo Mario. Ma neanche questa ennesima intromissione nella sua vita privata riuscì a turbarla e sorrise beffarda, sentendosi a un tratto fuori pericolo: «Ah, intendi dire Oliver, il ragazzo che vive all'ultimo piano? Posso ricordarti che è gay senza il minimo dubbio...?».

«Ma questo lo so, tesoro. Io non dimentico mai gli uomini che incontro, nemmeno quando sono immuni alle arti di seduzione femminili» rispose lei con un sorriso che mise immediatamente in allarme Penelope. Ariadne si gustò il momento per qualche secondo, prima di proseguire: «Intendevo quello con la salopette e gli occhi azzurri».

«Che salopette?» Penelope non fece in tempo a finire la domanda che già aveva capito. Il tipo dei traslochi al quale Giacomo aveva fatto la cacca davanti al naso! *Grazie tante, mamma, è sempre bello quando qualcuno ti ricorda i momenti imbarazzanti...* «Ma sei impazzita?» gridò con voce stridula. «Come ti viene in mente di invitare un perfetto sconosciuto nel mio appartamento?»

«Bah,» rispose la madre senza scomporsi «come se fosse la prima volta.»

In effetti non aveva torto, ma questo non cambiava le cose. A Penelope non interessava il proprio aspetto, non doveva far colpo su nessuno, ma considerava sacra la sua privacy. Purtroppo quella era già stata violata da Mario, il suo patrigno numero due, di cui nel frattempo si era completamente dimenticata e che solo adesso era tornato da loro e si era messo a studiare con interesse il tipo di caffè usato da Penelope.

Rassegnata all'idea che di lì a breve sarebbe di nuovo suonato il campanello, Penelope pensò a come salvare la sua dignità. Poteva semplicemente non aprire la porta. Oppure affermare con freddezza che l'invito della madre era stato un errore. Non escluse del tutto nemmeno l'ipotesi di uccidere sua madre, ma prima che l'idea potesse farsi più concreta lei scosse il capo con indolenza e disse: «Calmati, bambina mia, ha rifiutato».

Penelope stava per tirare un sospiro di sollievo, quando aggiunse: «Ma ti ringrazia tanto per l'invito e mi ha chiesto di dirti che passerà nei prossimi giorni. Adesso fai un favore a te stessa e indossa qualcosa di carino per l'occasione, va bene? Dove hai messo quel vestito rosso che ti avevo comprato?».

Alla raccolta degli abiti usati per beneficenza... Quel coriandolo di stoffa aveva la decenza di un *negligé* e al massimo poteva essere adatto per passeggiare nel quartiere a luci rosse, sempre che l'intenzione fosse quella di guadagnare qualche soldo extra. Siccome per il momento la «questione salopette» era stata rinviata e il pericolo di una seconda imminente figuraccia pareva scampato, Penelope tornò a concentrarsi sul problema più urgente: «Allora, cosa vi porta qui così presto di mattina? È già finita la luna di miele?».

«Purtroppo sì» sospirò la madre. «Mario deve tornare a occuparsi della sua attività. Nel caso ti interessi, è il proprietario del ristorante Da Mario all'Englischer Garten. Siamo appena tornati dal mercato centrale, dove ha comprato tonnellate di frutti di mare e di pesce, oltre a un gigantesco astice.»

Forse questo assolveva in parte Giacomo, che amava tutto ciò che proveniva dal mare, purché fosse fresco. Il suo palato sopraffino infatti le costava caro.

«A proposito, lo sai che il tuo David è un habitué del ristorante Da Mario? L'ho visto lì recentemente in compagnia di una graziosissima fanciulla.»

Penelope represse l'ennesimo sbuffo, mentre sentiva la pressione sanguigna raggiungere livelli impensabili. Per gli stessi imperscrutabili motivi di Giacomo, anche David adorava sua madre, con la quale era rimasto in contatto pure dopo la separazione.

«Non è più il *mio* David» la corresse, controllando a fatica il tono di voce. Le aveva già chiesto varie volte di non menzionare più l'ex marito in sua presenza. David apparteneva a un passato che non voleva richiamare alla memoria. Perché la madre aveva così tanta difficoltà a rispettare questa sua esigenza?

Intervenne Mario, che si era accorto del suo disagio: «Perché una volta non vieni a mangiare nel mio ristorante, Penelope? Adesso fai parte della famiglia, considerati invitata ogni volta che vuoi». Poi le indirizzò un sorriso pieno di fascino e aggiunse: «Tutti i sabati sera si balla con la musica dal vivo».

«Che splendida idea!» rincarò la dose Ariadne. «Un tempo ti piaceva così tanto ballare. Sai che ti dico, bambina mia? Prima andiamo a fare shopping. Scommetto che ti sei liberata del vestito rosso e che nell'armadio non hai niente di carino da mettere. Ti passo a prendere sabato pomeriggio! Grazie del caffè, adesso dobbiamo proprio andare.»

Prima che Penelope avesse il tempo di risponderle che sabato non aveva alcuna intenzione né di fare shopping né tantomeno di ballare, i due erano già fuori dalla porta.

Si ritrovò da sola, a chiedersi come mai ogni visita di sua madre la lasciasse con la sensazione di essere finita in mezzo a una tempesta improvvisa. Poteva quasi percepire l'odore della pioggia. L'unica cosa di cui aveva bisogno adesso era una distrazione, qualcosa che allentasse la tensione che sentiva pulsare dentro di sé e la riportasse alla normalità. Era il momento di dedicarsi al suo passatempo preferito. Se lo pregustava da tutta la settimana e la sua tabella prevedeva di dedicargli quattro ore.

Sparecchiò il tavolo della cucina, vi stese sopra un telo impermeabile, recuperò gli strumenti necessari e un pezzo di argilla e si mise al lavoro.

Man mano che le sue dita impastavano e modellavano, Penelope sentì tornare la calma, finché ben presto non fu di nuovo completamente padrona di sé e del suo mondo, dove né la madre, né l'ex marito, né chiunque altro avevano alcun ruolo. Non aveva bisogno di nessuno, lei bastava a se stessa.

2

Durante l'infanzia a Penelope erano decisamente mancate figure di riferimento maschili e così aveva imparato presto a non fare affidamento sugli altri.

Suo nonno era scomparso ancor prima della nascita della figlia Ariadne e l'unica osservazione che sua nonna avesse mai fatto sul marito era che il suo valore non superava quello di una macchia sulla camicia e che più che un padre si poteva semmai definire un «fecondatore». Non c'era bisogno di sapere altro.

La maledizione familiare si era ripetuta, in circostanze tragiche, con Penelope: anche lei era cresciuta senza il padre, che era morto prima ancora di convolare a nozze con sua madre Ariadne. Non sapeva nemmeno che aspetto avesse, perché Ariadne non possedeva neanche una sua foto. Penelope sapeva solo che era stato una specie di eroe di guerra, o almeno questo era ciò che le aveva suggerito la sua fantasia di bambina, che con l'età adulta si era ovviamente un po' ridimensionata. Ma le piaceva comunque immaginarselo come il padre ideale che non aveva mai avuto.

Ariadne aveva conosciuto l'ufficiale americano William Peterson nel 1977 a Monaco, dove aveva lavorato per un breve periodo come cameriera nella caserma McGraw. Poi, da un giorno all'altro, William Peterson era scomparso per partecipare a una missione della quale non poteva rivelare niente. Poco dopo la sua partenza Ariadne aveva scoperto di essere incinta. Non avendo avuto notizie da Peterson per settimane, si era presentata all'ufficio preposto dell'ambasciata americana a Monaco, dove con tono formale le fu riferito che il capitano P. era caduto durante una missione per conto del suo paese. Dal momento che non erano sposati, non aveva diritto a ricevere ulteriori informazioni. Ariadne non esisteva affatto, né per l'esercito americano né tantomeno per la famiglia di William Peterson.

Ecco tutto ciò che Penelope sapeva del padre: pochi dettagli che, per giunta, aveva dovuto estorcere faticosamente alla madre. All'epoca Penelope non poteva capirlo, ma adesso, dopo che anche lei aveva perso un marito, era più comprensiva nei confronti della madre e del suo comportamento, poiché intuiva che doveva essere stata molto innamorata del padre e che era fuggita da tutti i possibili ricordi dell'amato per evitare il dolore che le procuravano. A volte si trovava a riflettere sul fatto che almeno questa era una cosa che lei e la madre avevano in comune.

L'unica traccia concreta, oltre a Penelope stessa, della presenza passata di William Peterson nella vita della madre era una collezione di farfalle sotto vetro. Da piccola, Penelope era molto affascinata da queste creature meravigliose e, animata dalla scrupolosità tipica dei bambini, aveva trascorso ore e ore a osservarle sotto la lente di ingrandimento, estasiata dalle differenze di colore e dimensione, e da quelle fantasie straordinarie che solo la natura è in grado di creare. Non si stancava mai di disegnarle con le sue matite colorate ed era la sua stessa immaginazione, e non un ricordo concreto, a legare queste creature al padre mai conosciuto. In tutti i numerosi appartamenti in cui avevano vissuto, la piccola Penelope aveva sempre riempito ogni minima porzione di parete libera di celastrine, licene, cedronelle, aglaie, melitee, colie gialle, finché un giorno sua madre non le aveva fatto notare, scoppiando in una risata, che le pareva di vivere in una casa delle farfalle. Ma via via che Penelope cresceva aveva provato sempre più repulsione per quel cimitero di animali sotto vetro, tanto che un giorno, più o meno all'età di dieci anni, aveva chiesto alla madre: «Ma perché papà non le ha lasciate vivere?».

Non avendo mai avuto un padre, Penelope non ne aveva mai sentito davvero la mancanza, così come non le era mai mancata una normale vita familiare.

Le cose cambiarono quando, al ginnasio, incontrò David, di un anno più grande di lei. David proveniva da una famiglia bavarese conservatrice: il padre era sindaco di una piccola cittadina dell'Alta Baviera, la madre faceva parte dell'unione cattolica femminile e del programma di mutuo aiuto del vicinato. David aveva due fratelli maggiori e una sorellina minore che faceva la chierichetta. Era stata proprio la sorellina di David a raccontarle che ormai era consentito anche alle femmine assumere quel ruolo, perché i maschi, da quando non erano più costretti a farlo, si erano dimostrati sempre meno propensi. Dal momento che sua madre non aveva mai avuto alcun interesse per la religione, per Penelope la messa era un'assoluta novità. Ma anche questo cambiò durante la sua amicizia con David e ben presto andare tutti insieme alla messa della domenica divenne una costante fondamentale nella sua esistenza.

La famiglia di David, che sembrava uscita da una favola, accolse Penelope a braccia aperte. Fu grazie a loro che imparò il significato di una vera vita familiare. La madre single era stata costretta a trascinarla con sé in innumerevoli traslochi e, per mantenerla, aveva dovuto accettare ogni sorta di lavoro saltuario, facendo spesso anche i turni di notte. Perciò Penelope aveva passato molto tempo da sola, cosa che l'aveva resa indipendente in tempi precoci e aveva fatto di lei una bambina un po' seriosa rispetto ai coetanei.

Non appena compiuti i diciott'anni, Penelope si era trasferita con David nell'appartamentino all'ultimo piano della casa dei genitori di lui e sua madre Ariadne aveva sposato il ricco imprenditore Frank Carstensen, di oltre venticinque anni più anziano di lei. Quando Frank era morto, un anno prima, Ariadne aveva ereditato una fortuna.

3

Penelope passò in rassegna il suo guardaroba. La scelta che offriva era semplice e monocromatica: pantaloni e gonne a pieghe in varie sfumature di grigio e, poiché la norma impone come accostamento il bianco e il crema, erano proprio queste due tonalità a rappresentare l'unico contrasto nel suo armadio. Un tempo le piaceva portare jeans e magliette, raccogliere i lunghi capelli scuri con un elastico e indossare scarpe comode. Ma da quando David, durante un litigio, l'aveva definita una «donnina qualunque», aveva deciso che era esattamente quello che sarebbe diventata.

Penelope si era trasformata nell'immagine che il marito aveva di lei e lo aveva fatto intenzionalmente, per provocarlo. Più lui le chiedeva di supportarlo nella sua carriera, più lei si ribellava a quell'idea. Si era tagliata i capelli, che David amava tanto, in casa portava solo maglioni sformati che le toglievano ogni grazia e forma, e a scuola solo gonne a pieghe e gilet. Questa era stata la sua protesta contro gli obblighi sociali che David voleva imporle e il risultato era stato che le chiamate dall'ufficio per avvisare che faceva tardi si erano fatte sempre più frequenti, e le serate passate insieme sempre più rare, fino a sparire praticamente del tutto; intanto tra loro cresceva il silenzio.

Nei momenti passati in solitudine sul divano, Penelope riusciva a essere abbastanza onesta con se stessa da riconoscere la sua parte di responsabilità per come andava la loro relazione. Non l'aveva mai entusiasmata l'idea di accompagnare David alle feste mondane organizzate dai suoi committenti, bevendo i cocktail più in voga e intrattenendo conversazioni superficiali, che bene o male finivano sempre per cascare sulle quotazioni in borsa e sui capitali, o sulle ultime tendenze in fatto di diete e stili di vita.

Più David insisteva sui doveri di Penelope, più lei si sottraeva alle regole della socialità e della moda. Le sembrava che il marito fosse diventato uno snob, cosa che peraltro gli diceva apertamente, dando avvio a una lunga serie di amari contrasti. Fu l'inizio della fine.

David ci aveva messo poco a trovare chi indossasse volentieri costosi abiti da sera. Un grande classico: la sua segretaria. Da quel momento in poi, quella donna aveva presenziato alle occasioni più disparate, mentre Penelope preferiva restarsene a casa. Non che questo la facesse in alcun modo stare meglio. Era abbastanza intelligente per capire che era stata lei stessa a mettere il marito in quella posizione, ma era anche troppo orgogliosa e forse troppo testarda per ammetterlo: preferiva prendersela con lui. Con il tempo il silenzio tra loro era diventato sempre più pesante, mentre dentro di lei cresceva la rabbia.

Man mano che si avvicinava il viaggio a Positano, una vacanza programmata ormai da tempo che comprendeva anche la partecipazione al matrimonio del socio di David, Penelope si era resa conto che anche il marito, come lei, aveva preso in considerazione l'idea di annullare tutto, ma siccome entrambi aspettavano che fosse l'altro a prendere l'iniziativa, finirono per partire comunque. In realtà il viaggio era andato meglio delle aspettative, almeno finché lei non aveva scoperto che tra gli invitati alle nozze figurava anche la segretaria di David, cosa che le fece tornare in mente le ragioni per cui negli ultimi tempi avevano litigato così tanto. Che i suoi problemi derivassero in parte anche da Dominik era un'idea che Penelope non voleva prendere in considerazione.

Fatto sta che aveva rinunciato ormai da tempo a indossare abiti colorati. I colori attraggono lo sguardo: meno appariscenti erano i vestiti, meglio riusciva a passare inosservata agli occhi della gente. Ed era esattamente questo che voleva: essere invisibile, sottrarsi alle attenzioni del mondo, perché la felicità e la gioia degli altri le risultavano intollerabili, esattamente quanto la loro compassione o la loro pietà. La sua amica Caroline aveva capito subito cosa voleva ottenere Penelope con quel nuovo modo di vestirsi. Era passato tanto tempo dall'ultima volta che si erano sentite. Non che Penelope non ne sentisse la mancanza, ma non riusciva più a sostenere la franchezza e la sincerità dell'amica come un tempo. Non aveva bisogno di qualcuno che si immischiasse nelle sue cose e sussurrasse alla sua coscienza. La vita era la sua e le andava bene così com'era.

Alla fine, Penelope optò per dei pantaloni grigi e una camicia beige accollata. Un abbigliamento severo e formale, adeguato anche ai due impegni che la aspettavano quel giorno dopo la scuola: prima la riunione mensile degli insegnanti con il consiglio scolastico e poi un concerto di musica da camera nella chiesa di Santa Croce nel quale suonava anche il suo collega e violinista Friedrich Lauermann.

Dopo aver rifornito Giacomo di acqua e cibo fresco e avergli ricordato per l'ennesima volta i vantaggi dell'uso della lettiera, Penelope prese gli occhiali, la borsa e la cartella e uscì di casa.

Dal ripostiglio al piano terra recuperò la sua bici pieghevole, che iniziava a essere un po' malconcia e difficile da manovrare, e la spinse fuori dal portone, dove Lauermann, insegnante di fisica e religione nelle classi quinta e sesta, la aspettava come ogni giorno in sella alla sua bici altrettanto malandata. La loro affinità si basava in parte sul rifiuto di separarsi dagli oggetti amati e familiari, anche se questo significava fare i conti con scomodità sempre maggiori.

I due colleghi si stavano giusto salutando quando qualche metro dietro di loro un camioncino inchiodò con uno stridore di freni. Ne scesero Oliver e il tizio dei traslochi in salopette, che in realtà quel giorno indossava dei jeans e una felpa.

Oliver le si rivolse allegramente: «Ciao, Penelope!». Il tizio della ditta di traslochi, invece, si limitò a indirizzarle un cenno con il capo, senza tuttavia perdere l'occasione di squadrarla da capo a piedi. Penelope, sapendo i retroscena, non poté fare a meno di avvampare sotto gli occhi inquisitori del ragazzo. *Santo cielo, cosa gli avrà mai detto mia madre?* Magari era convinto che fosse in carenza di sesso. Il pensiero dell'ennesima, violenta intromissione nella sua vita da parte della madre, che aveva finito per metterla ancora una volta in una situazione imbarazzante, le fece perdere il controllo per un istante, e fu solo per questa particolare contingenza che nella sua mente poté farsi strada il pensiero che Ariadne non si era poi tanto sbagliata riguardo al ragazzo in salopette. In effetti non era male, almeno nel genere «ragazzo di campagna». Senza contare il fatto che doveva avere non più di venticinque anni, al massimo l'età di Mario, e che quindi rientrava perfettamente nei nuovi canoni della madre.

«Lo conosci quel tipo?» le domandò Lauermann, strappandola dal filo dei suoi pensieri. Solo a quel punto, cogliendo il risentimento nella voce del collega, si rese conto di non aver dimostrato più educazione del tizio dei traslochi.

«Ehm, no.» Penelope, imbarazzata, rovistò nel cestino della bici facendo finta di controllare che la cartella fosse stabile.

«Non so,» commentò Lauermann a voce bassa, ma piantando gli occhi in modo eloquente sull'accompagnatore di Oliver «a me quel tizio pare inquietante. Hai visto le braccia? Di sicuro fa uso di anabolizzanti.»

«Ma dai, è solo uno che sposta mobili tutto il giorno...» rispose Penelope poco convinta.

«Proprio per questo bisogna stare in guardia! Questi addetti ai traslochi perlustrano la zona in cerca di mobili da spostare e poi, nel giro di un paio di settimane, passa un loro collega a rubare tutto.»

Lauermann era un pessimista dichiarato e un profeta di sciagure. Da lui Penelope sapeva sempre che cosa aspettarsi, non c'erano sorprese. Per Friedrich Lauermann era compito della fisica spiegare ogni possibile fenomeno e lui stesso aveva quasi smesso di cercare risposte. La fisica era la sua religione e per questo la maggior parte dei colleghi pensava che fosse lui a essere inquietante. In effetti, pur muovendosi sempre seguendo le coordinate del proprio universo, il più delle volte si ritrovava in rotta di collisione con se stesso. Solo che non se ne rendeva conto. A Penelope piaceva, perché dietro il suo strambo aspetto si nascondeva una brava persona, un uomo leale e affidabile, con il quale si poteva anche rimanere senza dire niente, perché apprezzava la compagnia del silenzio tanto quanto lei. Inoltre, lui non le poneva mai domande personali, a differenza degli altri colleghi, così come lei non si sarebbe mai sognata di chiedergli perché, a quarant'anni suonati, vivesse ancora con la madre.

Si accettavano per ciò che erano. Penelope non lo considerava esattamente un amico, non erano abbastanza in confidenza, ma i loro buoni rapporti si basavano anche sulla consapevolezza che se mai lei avesse avuto bisogno di lui, Friedrich Lauermann ci sarebbe senz'altro stato. Era il tipo di persona che, se anche avesse saputo con certezza che il giorno dopo sarebbe finito il mondo, prima sarebbe comunque stato disposto ad aiutarla a traslocare. Le venne in mente troppo tardi quanto poco opportuna fosse quella similitudine, poiché riportava immancabilmente la sua attenzione sul ragazzo dei traslochi, che, peraltro, era ancora lì. Penelope aveva come la sensazione che stesse continuando a guardarla.

Per quanto sua madre avesse potuto presentarla in modo allettante, adesso almeno era sicura che, dopo averla squadrata in quel modo, avrebbe finalmente lasciato perdere. Uno come lui poteva avere tutte le più belle biondine del pianeta. Penelope montò in sella alla bici. «Dovresti smettere di guardare così spesso quel programma sui casi irrisolti, Friedrich! E del tuo pregiudizio parleremo dopo. Adesso andiamo, siamo in ritardo.»

«Un attimo!» Lauermann si chinò per aggiustare le cinghie che proteggevano i pantaloni dalla morchia della catena. «A proposito,» disse salendo a sua volta sulla bicicletta «ho finito il modellino del sistema solare. Oggi possiamo fare l'esperimento sulla forza di gravità con i tuoi ragazzi della prima.»

4

Penelope non vedeva l'ora che arrivasse il fine settimana. I giorni appena trascorsi erano stati estenuanti, anche perché si stavano avvicinando le vacanze scolastiche e insieme le pagelle. Non solo aveva preparato i compiti di fine anno per le sue due classi, ma aveva alle spalle anche due riunioni dei professori e due colloqui pomeridiani con i genitori. Oltre a tutto ciò, come ogni anno era responsabile del mercatino di beneficenza con tombolata annessa, previsto per la prima domenica dopo le vacanze. A parte i vari obblighi legati alla sua organizzazione, in quella settimana aveva anche cominciato a richiedere il contributo, gli oggetti da donare per il mercatino, ai negozi della zona. Se doveva domandare qualcosa per sé ci pensava sempre cento volte, ma quando si trattava dei «suoi» bambini, ecco che tutti questi scrupoli svanivano in un attimo e riemergeva la Penelope di un tempo che, intrepida ed energica, non si tirava mai indietro davanti a una sfida.

Nonostante la sera prima avesse fatto mezzanotte passata a buttar giù le prime valutazioni per le pagelle, anche quel sabato Penelope si era attenuta scrupolosamente alla sua tabella di marcia, svegliandosi alle sei e mettendosi a pulire casa. Questa routine sempre uguale era diventata per lei indispensabile: dava una struttura alla sua quotidianità, era l'impalcatura che sorreggeva tutta la sua vita. Era una cosa che le avevano insegnato le ore più buie della sua esistenza.

Mentre riavvolgeva il filo dell'aspirapolvere suonarono alla porta. Lanciò un'occhiata all'orologio: per il postino era troppo presto, non erano neanche le otto e mezzo. In realtà poteva trattarsi solo di sua madre. Penelope studiò rapidamente il suo abbigliamento: indossava un paio di leggings e una vecchia maglietta di David con il celebre ritratto di Che Guevara.

Penelope invocò lo spirito del rivoluzionario, idolo di tutti i sinistrorsi, si preparò psicologicamente a far fronte alle frecciate della madre e aprì la porta.

Ma la persona che si ritrovò davanti non era sua madre, bensì il tizio che fino a poco tempo prima aveva chiamato semplicemente «il ragazzo in salopette». Nel frattempo aveva scoperto da una conversazione tra lui e Oliver, origliata per caso lungo le scale, che era un suo amico, si chiamava Jason e non si occupava, come aveva pensato lei erroneamente, di traslochi, ma era un attore.

Oltretutto era anche il suo nuovo vicino, perché aveva preso in affitto l'appartamento all'ultimo piano lasciato da Oliver, come le aveva riferito Oliver stesso durante il giro di saluti agli inquilini del palazzo. Ma non vedeva Jason da una settimana, anche perché aveva fatto di tutto per evitare ogni possibile incontro. Le venne il dubbio che lui si fosse ricordato di quello che gli aveva detto la madre e si fosse sentito in dovere di presentarsi a casa sua per un caffè, che peraltro lei avrebbe dovuto negargli una seconda volta. Preferì comunque non essere la prima a suggerire l'idea.

Accolse l'ospite con gli occhi socchiusi in un'espressione perplessa, quasi dovesse ricalibrare la vista su quella presenza inaspettata. Scalzo, in canottiera aderente e jeans a vita bassa che parevano sfidare la forza di gravità, il suo nuovo vicino sembrava la personificazione della virilità e della freschezza, uscito dalla pubblicità di un dopobarba o di un bagnoschiuma. E non era solo: accanto a lui spuntava un enorme cane, i cui graziosi occhi strabici la fissavano quasi all'altezza dei suoi.

Era molto raro che Penelope si trovasse in difficoltà nelle situazioni, come insegnante delle scuole elementari era abituata ad affrontare in modo creativo quello che accadeva tutti i giorni, ma in quei secondi si sentì stranamente disorientata, come se la porta del suo appartamento si fosse spalancata su un'altra dimensione. Il tutto assunse un carattere ancora più assurdo quando il suo nuovo vicino le tese un barattolo di cibo per cani grande come un secchio, in un movimento che il cane, con la sua testa gigantesca, aveva seguito con sospetto, quasi temesse che il padrone potesse dar via la sua colazione.

«Buongiorno Penelope!» la salutò allegro. «Scusa se ti disturbo così presto, ma Teseo ha fame e con tutti gli scatoloni che ho in giro non riesco a trovare l'apriscatole. Tu ne hai uno?»

Penelope si ritrovò di colpo catapultata nella realtà. *Teseo? Apriscatole?* E subito dopo: *Da quando ci diamo del tu?* A quel punto il suo sguardo individuò uno scatolone semiaperto che Jason aveva posato accanto a sé. Dovette controllare due volte prima di realizzare che, sopra tutto il resto, c'era un paio di manette che le scatenò immediatamente una serie di indesiderate associazioni mentali. Anche perché la piccola libreria all'angolo della strada aveva adeguato la propria offerta alle recenti richieste dei lettori, i quali, a quanto pareva, avevano sviluppato una predilezione per creativi passatempi di tipo erotico, con manette e arnesi a batteria. Per un attimo la sua mente si paralizzò all'idea che il nuovo vicino potesse avere tendenze perverse.

A quanto pareva, Jason aveva interpretato il suo silenzio come un invito a proseguire la conversazione: «Ti piace Che Guevara?». Jason indicò, con la mano che teneva il barattolo, la sua maglietta.

Qualcosa in quelle manette l'aveva provocata, o forse era stata davvero posseduta dal Che, fatto sta che cominciò a parlare come se si sentisse in dovere di giustificarsi per qualcosa: «Assolutamente no. Che Guevara è stato solo un sognatore di sinistra che si era messo in testa di portare la rivoluzione socialista nel mondo e che, dopo aver compiuto la sua missione a Cuba, si è spostato in Bolivia. Il risultato è stato che lui e il suo manipolo di uomini hanno passato mesi a marciare senza meta attraverso un paese che non li voleva. Alla fine lui e il suo seguito, malati e mezzi morti di fame, furono segnalati all'esercito da un contadino boliviano e fucilati in massa».

«Wow. Menomale che non sei armata! A ogni modo il Che è riuscito ad arrivare sulla tua maglietta e Jean-Paul Sartre lo ha definito il più completo essere umano della sua epoca.»

Con questa risposta aveva definitivamente conquistato la sua attenzione. Penelope lo fissò come se venisse dalla luna, per poi riprendere subito il controllo e controbattere: «Jean-Paul Sartre era un sostenitore dell'esistenzialismo e di conseguenza era convinto che l'uomo, nascendo, sia condannato alla libertà. Condannato perché non ha chiesto lui di venire al mondo, e libero perché responsabile di ogni sua azione. Sartre per un periodo si era interessato al comunismo e un guerrigliero come Che Guevara si inquadrava bene nel suo sistema di pensiero».

«Mmh. A quanto pare hai un problema con la filosofia.»

Questo era troppo. Ma che cosa voleva quel tizio da lei? Coinvolgerla in un discorso filosofico mentre se ne stava scalzo sulla porta di casa sua? «È venuto per discutere di filosofia o per prendere in prestito un apriscatole?» disse bruscamente. Teseo mandò un rapido abbaio per esprimere il suo inequivocabile consenso.

Ma prima ancora che Jason avesse il tempo di controbattere, una palla di pelo nera si materializzò dal nulla e sfrecciò accanto a Penelope, volando in aria come un ninja giapponese e atterrando con un balzo portentoso sul dorso di Teseo. *Giacomo...* Fu chiaro che il gatto era stato il primo a stupirsi di questo suo slancio, perché a quel punto se ne stava seduto con aria perplessa sulla schiena dell'alano, il quale peraltro non aveva battuto ciglio, come se, invece di un gatto, gli fosse finita sulla schiena una piccola mosca smarrita. Il gigantesco quadrupede se ne stava immobile come un destriero perfettamente abituato a essere cavalcato. L'unica cosa che lo interessava era la scatoletta di cibo per cani che continuava a fissare con uno sguardo da «apriti sesamo», mentre dall'angolo destro della bocca gli pendeva un sottile filo di bava.

«Bel gatto» disse il vicino, aprendo la bocca in un ampio sorriso.

Penelope rimase a fissare quella rivisitazione dei *Musicanti di Brema* mentre Jason allungava la mano e carezzava Giacomo sulla testa. Penelope si stava già pregustando le proteste del suo scontroso gatto italiano, che invece lo lasciò fare e anzi socchiuse gli occhi con fare voluttuoso.

Prima sua madre e ora anche questo Jason? Si sentiva doppiamente tradita. Prese in braccio Giacomo, andò spedita in cucina a prendere l'apriscatole e considerò così assolto il proprio obbligo di buon vicinato. «Dopo può semplicemente lasciarlo sullo zerbino.» Ma prima che Penelope avesse il tempo di sbattergli la porta in faccia, Jason disse: «Grazie, signora vicina di casa, anche a nome di Teseo. Per sdebitarmi, stasera ti invito fuori a cena».

«No, grazie. Io non esco mai» tagliò corto Penelope.

«Stasera sì! Ti passo a prendere alle otto. Ciao!» E così dicendo raccolse il suo scatolone e saltellò su per le scale, seguito dal cucciolone maculato.

Penelope rimase per un attimo a bocca aperta, si sentiva paralizzata come poco prima Giacomo sulla schiena del gigante. Incredibile. Ma che si credeva, quell'arrogante? Che sarebbe uscita con lui? Il suo sabato sera era già stato programmato da tempo. A casa. Nella sua intima e confortevole solitudine. Come sempre. Ripose l'aspirapolvere nell'armadio e riuscì a fatica a frenare l'impulso di sbattere l'anta. Si sentiva arrabbiata con se stessa per quel suo modo di prendersela sempre così tanto per le cose. Avrebbe dovuto farsi una bella risata sull'assurda pretesa di quel ragazzo. Fece un respiro profondo e richiamò alla mente la sua prossima incombenza: la spesa. Una rapida occhiata all'orologio le suggerì che aveva già accumulato nove minuti di ritardo sulla tabella di marcia, e non le succedeva da un bel po' di tempo.

Un'ora e mezzo dopo Penelope stava svoltando, carica di sacchetti della spesa, nella strada di casa sua, quando una Oldtimer Cabriolet rossa fiammante suonò il clacson con una tale forza e irruenza da farla quasi cadere dalla bici.

«Yuhu! Penelope!» la chiamò entusiasta la madre prima di avanzare per qualche altro metro e fermarsi di fronte al suo portone. Ovviamente in divieto di sosta. Penelope aveva smesso di farglielo notare. Era come con Giacomo e la lettiera: fatica sprecata.

«Avevamo fissato di andare a fare shopping, non ti ricordi?

A proposito, questi jeans ti stanno benissimo, figlia mia. È bello vederti con addosso un indumento che non sia grigio e informe.»

Penelope abbassò la testa e fece finta di cercare qualcosa nei sacchi della spesa: non voleva che la madre si accorgesse che era avvampata. Quel complimento l'aveva messa a disagio, perché andava a toccare un nervo scoperto: quei jeans rappresentavano il suo cedimento a un impulso. In realtà avrebbe voluto darli via a suo tempo, insieme al resto delle sue cose, ma una volta arrivata davanti al punto di ritiro li aveva tolti dalla busta. Allora non avrebbe saputo spiegare il motivo di quel gesto, così come adesso non avrebbe saputo dire perché proprio quel giorno fosse andata a ripescarli.

Gli impulsi che abbiamo non sono razionali, provengono dal nostro inconscio, sono messaggi in codice. Eppure Penelope stava attraversando un momento di rara lucidità. Forse lo aveva fatto per lo stesso motivo che l'aveva spinta, in passato, a portarsi via la maglietta di Che Guevara di David? Per cinque anni non aveva fatto altro che tagliare i ponti con la sua vita precedente, eppure la maglietta di David e quei jeans erano due reperti che aveva deciso di tenere con sé, finendo per infrangere le regole che lei stessa si era imposta. Era un sentimento ambivalente, quasi disturbante, che ora la faceva sentire come una ex tossica in preda a una ricaduta.

Sfortunatamente la madre aveva in serbo un'altra cartuccia. «Sul serio, non dovresti nascondere così le tue qualità, Penelope. Grazie al cielo ultimamente hai ripreso qualcosa, eri diventata magra come un'acciuga. Finalmente si vede che hai un sedere anche tu. Lei che ne pensa, giovanotto?»

Penelope, che si era chinata per chiudere il lucchetto della bicicletta, saltò su come una molla, mancando il manubrio con la testa di pochi millimetri. «Mamma!» sbottò indignata, accorgendosi solo in quel momento della presenza di Jason che, appoggiato alla macchina di Ariadne, esprimeva la sua approvazione tenendo il capo inclinato da una parte, come uno studioso intento a osservare l'oggetto della sua nuova ricerca. Penelope si sentì addosso il suo sguardo, impertinente come il suo sorriso sfacciato. La stava mettendo in imbarazzo. Tutto a un tratto le parve che i jeans avessero preso a bruciarle sulle gambe e per la rabbia si ripropose di cacciarli nel primo bidone della raccolta degli abiti usati che avrebbe incontrato.

A quel punto Teseo si avvicinò trotterellando, annusò con fare provocatorio la sella della bici e finì per infilare la sua enorme testa nella busta della spesa di Penelope, dalla quale riemerse subito dopo con in bocca una confezione di assorbenti interni.

Penelope aveva assistito sconcertata all'incursione dell'alano: il suo volto ormai in fiamme somigliava sempre di più a una lampada a infrarossi. Fino a poco prima aveva ritenuto impossibile raggiungere un livello di imbarazzo più alto, ma a quel punto era costretta a ricredersi.

Jason si precipitò su Teseo, lo afferrò per il collare e gli tolse la confezione di bocca, restituendola alla legittima proprietaria e profondendosi in scuse. Penelope dovette riconoscere che era stato bravo a reprimere il minimo cenno di ilarità, al contrario di sua madre che, nel frattempo, era in preda a delle risate convulse. In quel momento avrebbe voluto chiuderle la bocca a forza, e si pentì di non averlo fatto davvero quando la sentì cinguettare: «Fantastico, come ha fatto a insegnarglielo?».

«Teseo purtroppo ha un talento naturale per le perversioni» rispose Jason asciutto, carezzando la testa del suo gigantesco cane.

«Be', allora spero che il suo Teseo non finisca sugli scogli come il personaggio della mitologia greca, perché a quanto pare mia figlia è alla ricerca dell'anima gemella.»

«Mamma!» ripeté Penelope, troppo debole per controbattere in modo diverso.

«Forza, sbrigati a portare su quella roba, ti aspetto qui» la incitò la madre, strizzando l'occhio a Jason con aria complice.

Penelope aggrottò la fronte, spostando rapidamente lo sguardo dall'uno all'altra. Cosa stava succedendo? In un primo momento aveva pensato che tutta quella scena non fosse che un inopportuno ma tutto sommato spontaneo tentativo della madre di combinare un incontro tra loro, ma adesso le veniva il dubbio che quei due si conoscessero già, e non da una sola settimana come volevano farle credere. Era impensabile chiederle spiegazioni fintanto che questo Jason le stava intorno. Perciò Penelope preferì sparire in casa prima che la madre avesse il tempo di cacciarla nell'ennesima situazione imbarazzante, dopo che avevano già fatto del loro meglio quel cane mostruoso e il suo feticismo per i sellini delle biciclette.

Ovviamente non aveva la minima intenzione di andare a fare shopping con sua madre. L'ultima volta che avevano fatto un esperimento simile si era rivelato un disastro. Non appena fosse stata al sicuro, dentro casa, avrebbe chiamato Ariadne sul cellulare per annullare tutto.

L'ultima cosa che sentì dire a Jason prima di varcare il portone fu: «È bello vedere una madre e una figlia fare delle cose insieme. La mia è morta presto e sia io sia mia sorella sentiamo molto la sua mancanza».

Nel cuore di Penelope si smosse qualcosa e, senza volere, la rabbia che nutriva nei confronti della madre si dissolse; tutto a un tratto si sentì particolarmente conciliante e cedette al secondo impulso della giornata. Dopo nemmeno dieci minuti stava di nuovo uscendo di casa: per quanto odiasse l'idea di andare in giro per negozi, quel giorno avrebbe fatto un'eccezione.

Tre faticosissime ore dopo, la madre l'aveva lasciata di nuovo davanti a casa e Penelope aveva disteso gli acquisti sul letto per guardarli meglio. Volente o nolente, a quel punto era in possesso di due abiti estivi nuovi di zecca, uno rosso e uno bianco, decisamente più sobrio, di un paio di jeans neri e di una serie di camicie eleganti, nessuna delle quali tendeva neanche lontanamente alle sfumature del grigio. Erano tutte cose scelte da sua madre: Penelope si era limitata ad assecondare i suoi consigli senza opporre troppa resistenza, perché aveva calcolato che in quel modo la tortura dello shopping si sarebbe conclusa nel minor tempo possibile.

Per ultimo tirò fuori un paio di sandali argentati con il tacco alto che Ariadne l'aveva costretta a provare insieme all'abito rosso, ma che lei mai si sarebbe sognata di comprare. Erano decisamente troppo stravaganti per lei. Quando avrebbe dovuto indossarli? A scuola? Ariadne doveva averli comperati di nascosto e infilati di soppiatto nella busta.

Il fruscio dei due sacchetti di carta era un'attrattiva irresistibile per Giacomo e Penelope aveva dovuto respingere già varie volte i suoi tentativi di invasione, buttandolo giù dal letto. Ma il gatto non aveva la benché minima intenzione di farsi scacciare, esattamente come sua madre non aveva intenzione di farsi scacciare dalla sua vita. Giacomo continuava a saltellare scatenato tra le due buste vuote, divertendosi come un pazzo a giocare con la carta che aveva avvolto i vestiti nuovi. A un tratto si tuffò di testa in una delle due buste, che cadde da una parte con lui dentro: Giacomo ne uscì immediatamente con impertinenza e con un coriandolo di carta rosa appiccicato su un orecchio. Sembrava si fosse decorato il pelo con un fiore. Penelope lo trovò semplicemente irresistibile e sentì il cuore traboccargli d'affetto. Lo abbracciò e lo coccolò fino a che non cominciò a farle le fusa come un trattore. A che le serviva un uomo, quando aveva Giacomo ad appagare ogni suo bisogno di amore e di affetto?

Con uno sguardo all'orologio si accorse che erano già le due passate. Sua madre le aveva mandato completamente all'aria il piano della giornata. Doveva scendere subito da Trudi a portarle la spesa. Di sicuro la aspettava ormai da un pezzo.

Trudi era una simpatica vecchina che abitava al pianterreno e per la quale Penelope faceva la spesa da qualche mese. Ogni volta che ripensava alle circostanze che l'avevano portata a conoscere meglio Gertrude Siebenbürgen, le labbra di Penelope si aprivano in un sorriso.

Doveva muoversi, se voleva portare a termine i suoi programmi del sabato e farci rientrare anche la possibilità di scambiare due parole con Trudi. Il lavoro sui giudizi per le pagelle, che per via dello shopping con la madre era rimasto indietro, lo avrebbe recuperato di notte. La cosa non le importava granché: non aveva bisogno di dormire molto, anzi, spesso passava ore sveglia nel letto.

Il tempo. C'entrava sempre e comunque il tempo, che da quel fatidico giorno le sembrava un nemico da combattere, che le stava addosso come una minacciosa ombra senza fine.

All'improvviso Penelope avvertì la morsa delle sue vecchie paure stringerle il cuore, si sentì sola come uno scarafaggio in mezzo al pavimento della cucina, esposta allo sguardo del mondo, inerme e impotente. Era la dolorosa consapevolezza che la sua vita aveva subìto una rottura irreparabile e che non sarebbe mai tornata a essere quella di prima. Per combattere lo spettro del passato aveva tentato, con risultati altalenanti, di riempire ogni minuto della sua vita con un'attività qualsiasi. Non voleva pensare, non voleva provare emozioni.

Ma il senso di colpa ha un potere straordinario. Aspetta con pazienza il momento in cui la sua vittima è al culmine della vulnerabilità, per poi esplodere e seppellirla sotto il proprio peso.

5

Penelope e Trudi, sette mesi prima

Vivendo in un condominio con altri inquilini, è inevitabile che si colgano certe abitudini delle persone che abitano il palazzo, e ogni tanto capita di entrare in contatto con le loro particolarità.

E infatti Penelope aveva imparato a conoscere il programma televisivo preferito della coppia un po' sorda che abitava sotto di lei, aveva scoperto che l'inquilina del pianterreno, la signora Gertrude Siebenbürgen, non solo possedeva uno strano pappagallo ma, a quanto si vociferava nel condominio, ogni tanto beveva anche un bicchierino di troppo, aveva capito che i due coniugi che abitavano al secondo piano avevano qualche problema di coppia, perché il marito ogni fine settimana se ne andava a camminare in montagna. E, come tutti gli altri, anche Penelope si limitava a scuotere la testa di fronte alle interminabili lamentele dell'anziano inquilino del terzo piano, secondo il quale le scale non erano mai state sgrassate abbastanza e per questo stilava regolarmente una circolare (corredata ogni volta dalla stessa lista dei lavori da svolgere) con la quale invitava tutti gli abitanti del palazzo a rispettare i turni settimanali di pulizia. Ma in generale si trattava di un condominio tranquillo e alla fine dei conti ognuno pensava ai fatti propri.

Oltre a Oliver, l'unica persona con cui Penelope aveva legato un po' di più era Gertrude Siebenbürgen, detta Trudi, un'impiegata comunale in pensione. La cosa era dovuta in parte alla disponibilità di Trudi, che alcuni scambiavano per curiosità o addirittura per ostinazione, e in parte a un caso fortuito.

Pareva che da qualche tempo Gertrude Siebenbürgen si fosse dedicata con passione alla pasticceria, perché non passava giorno senza che il delizioso profumo di un dolce appena sfornato si sprigionasse dal pianterreno fino a spandersi per l'intero condominio. Dato che la signora Siebenbürgen era così generosa da distribuire i suoi dolciumi tra tutti i condomini, un giorno Penelope aveva voluto sdebitarsi e si era presentata alla sua porta con un vassoio di macaron.

Certo, si rendeva conto che era come portare acqua al mare, ma l'avrebbe comunque aiutata a raggiungere il suo secondo fine, dal momento che la passione della sua vicina per la pasticceria le aveva fatto venire in mente un'idea: aveva intenzione di chiedere all'anziana signora di prepararle quei colorati dolcetti francesi, molto di moda tra i giovani, per il mercatino di Natale che stava organizzando a favore di un'associazione benefica che si occupava di bambini. Per questo aveva ricopiato la ricetta in bella calligrafia su una pergamena che aveva poi arrotolato e adornato con un nastro rosso.

Quel giorno la signora Siebenbürgen non le aveva aperto e Penelope aveva notato che le chiavi di casa erano infilate all'esterno. L'odore che usciva dall'appartamento lasciava presagire che ci fosse qualcosa in forno e che stesse per bruciarsi, tanto che Penelope si era decisa ad aprire lentamente la porta, chiamando a voce alta: «Signora Siebenbürgen? Sono io, Penelope, la sua vicina!».

L'unica risposta che aveva ricevuto era stato un verso appena percettibile, come un'eco melodica della parola «addio», accompagnato dal tintinnio di un campanellino. Probabilmente c'era la televisione accesa, o almeno questa fu l'unica spiegazione che riuscì a darsi Penelope. Lo stretto ingresso portava direttamente al salotto con angolo cottura. Era un appartamento piccolo, ma dava l'impressione di esserlo ancora di più perché ogni angolo era ingombro di libri, raccoglitori e documenti, come la biblioteca di un vecchio professore pazzo.

Penelope si era così accorta che davanti alla finestra, al posto del televisore, c'era un pappagallo variopinto appollaiato sul suo trespolo che la stava osservando con aria curiosa e che le aveva rivolto, uno dopo l'altro, due *addii* sospirati, come se stesse davvero congedandosi per sempre dai suoi cari. In tutta quella confusione, della signora Siebenbürgen non c'era traccia. Per quanto era riuscita a vedere attraverso la tenda, l'anziana signora non si trovava nemmeno sul suo piccolo balcone, il cui pavimento era completamente ricoperto di vasi.

Aveva allora posato il vassoio di macaron e la ricetta vicino al lavandino, dal momento che anche il tavolo tondo della cucina era cosparso di fogli e di documenti che avevano tutta l'aria di essere importanti. Le era caduto l'occhio su uno di quei fascicoli e la sua attenzione era stata catturata da un logo con la scritta MORIAH, che aveva l'impressione di aver già visto da qualche parte. Su un faldone aperto era abbandonata una bustina di tè essiccato e alcuni frammenti erano sparsi sul foglio. Penelope aveva spento il forno, dove stava cuocendo una ciambella ormai di un colore scuro poco invitante. Le pareva strano che la signora Siebenbürgen si fosse dimenticata della torta, perciò si era messa a bussare a una delle due porte che davano sull'ingresso. Di nuovo nessuna risposta, per cui aveva aperto e guardato nella stanza. Era il bagno, ed era vuoto.

In quello stesso istante dall'altra stanza era uscita la signora Siebenbürgen, chiudendosi immediatamente la porta alle spalle e passandosi una mano tra i capelli argentati, un gesto del tutto superfluo, dato che erano già in perfetto ordine. Poi aveva sorriso esclamando, con un tono che a Penelope era suonato stranamente sollevato: «Ah, è lei!».

«Va tutto bene, signora Siebenbürgen? Mi scusi se mi sono permessa di entrare in casa sua, ma c'era la chiave infilata nella toppa e sentivo odore di bruciato, perciò...»

«Ma certo, mia cara» disse l'anziana signora, interrompendo il suo fiume di giustificazioni. «Venga.» Poi aveva preso Penelope sottobraccio e l'aveva portata in cucina. «La ringrazio di aver salvato la mia torta e mi scusi tanto per il disordine» aveva continuato, sgomberando il tavolo con gesti rapidi. «Posso offrirle una tazza di caffè o di tè? Oh, ma cosa mi ha portato di bello?» aveva esclamato poi, indicando i dolcetti variopinti vicino al lavandino.

«Sono macaron» aveva spiegato Penelope, che stava ancora cercando di decifrare il proprio stato d'animo. Era un miscuglio di curiosità e imbarazzo: si sentiva un'intrusa che, pur non volendo, era andata a ficcare il naso nella vita privata della vicina. La sua lunga esperienza con i bambini aveva dotato Penelope di un certo sesto senso nel riconoscere quelli che avevano combinato qualcosa. Di solito le bastava guardarli entrare in classe per capire se avevano un segreto da nascondere. E in quel momento aveva provato esattamente la stessa sensazione: alcuni aspetti nel comportamento della signora Siebenbürgen le avevano suggerito l'idea che stesse tacendo qualcosa. Senza neanche rendersene conto, Penelope aveva passato in rassegna tutta la stanza, com'era abituata a fare nel suo ruolo di insegnante.

«Lo ha già capito, vero?»

Penelope aveva sussultato. Beccata. Mentre lei si guardava intorno, Trudi Siebenbürgen non l'aveva persa di vista nemmeno un attimo.

«Ehm, no, signora Siebenbürgen, le chiedo scusa se le ho dato l'impressione di... Non volevo...»

«Non dica sciocchezze. Si sieda, così faccio un caffè e le racconto tutto. Anche se finora ci siamo sempre incontrate di sfuggita, sento che lei è una brava persona. Tanto tra poco non sarà più un segreto comunque...»

La signora Siebenbürgen aveva riempito d'acqua il contenitore della macchina del caffè, mentre la sua ultima frase ermetica riecheggiava ancora nella stanza come la nota sbagliata di una sinfonia. Insieme al crescente senso di disagio, Penelope aveva avvertito la necessità di lasciare immediatamente quella casa. Non le piaceva quell'atmosfera di confidenza e condivisione che la vicina, con poche frasi, aveva creato tra loro. Non si spiegava come fosse riuscita senza alcuna difficoltà a eliminare la distanza che Penelope si sforzava di mantenere tra sé e gli altri. Non aveva alcuna intenzione di approfondire quella conoscenza, non voleva farsi coinvolgere nelle preoccupazioni e nelle questioni intime di una vicina di casa. Erano cose che non la riguardavano. Eppure, anziché salutare e andarsene, era rimasta lì seduta, quasi come se la signora Siebenbürgen le avesse imposto la propria volontà con la forza. Trudi Siebenbürgen le stava dando le spalle, intenta a versare la polvere di caffè nel filtro, quando aveva detto, come se niente fosse: «Ho un tumore al cervello. Inoperabile».

Penelope aveva fatto un salto sulla sedia. «Cosa?» aveva esclamato, esterrefatta. Si era avvicinata all'anziana signora e, dopo una breve pausa d'imbarazzo, aveva ceduto al bisogno di stringerla tra le braccia, vincendo la sua insicurezza. «Ma è proprio vero? Non si può fare più niente? Potrei chiedere a degli specialisti, potrei accompagnarla...» aveva preso a farfugliare.

La signora Siebenbürgen si era liberata con dolcezza dall'abbraccio. «No, ne ho abbastanza dei medici, ne ho visti talmente tanti che basterebbero per due vite. Il mio Gregor era debole di cuore: prima il pacemaker, poi l'intervento alla valvola cardiaca. Ha provato qualunque apparecchio disponibile. Può anche darsi che questo gli abbia allungato la vita di qualche mese, ma a fronte di una grande fatica e di molte speranze tradite. Alla fine mi disse che avrebbe preferito passare qualche bella settimana a casa con me, piuttosto che qualche brutto mese in ospedale. Anche io la penso così. Niente operazioni, niente chemioterapia. Punto. Voglio gustarmi la vita fino all'ultimo istante. E per contrastare il dolore fumo la mia erba.»

«Che erba?»

La signora Siebenbürgen aveva assunto un'espressione stupita. «Pensavo che lo avesse capito dall'odore» aveva detto indicando con ampi gesti prima il balcone poi il cassetto dove poco prima aveva fatto sparire una bustina. «Coltivo la canapa e ne faccio marijuana» aveva spiegato a Penelope, ora esterrefatta. «Quando il dolore diventa troppo forte ne fumo un po'. Ecco perché preparo tutti questi dolci, per mascherare l'odore dell'erba.»

Penelope, muovendo a fatica le gambe, si era avvicinata al balcone e aveva scostato la tenda semitrasparente per osservare i vasi sul pavimento, illuminati da una lampada a sodio che alla prima occhiata le era sfuggita. La botanica non era certo il suo campo, ma aveva comunque potuto constatare che si trattava effettivamente di piante di canapa. «Non le hanno prescritto degli antidolorifici?» aveva domandato, nonostante la risposta fosse ovvia.

«Certo, ma lo Stato me ne passa solo una parte. La marijuana terapeutica si ottiene solo con una prescrizione medica ed è molto cara. A dire la verità il mio caso è tra i pochi ritenuti idonei al suo utilizzo, ma la pensione che ricevo non mi permette grandi agi. Oltretutto non mi va di giustificare con i miei soldi chissà quale legislazione obsoleta e di sponsorizzare le case farmaceutiche» aveva detto con aria combattiva. «Perciò mi sono arrangiata diversamente. L'idea me l'ha data un mio compagno di sventura, che mi ha anche spiegato come fare. Prima faceva il giardiniere.»

Che storia, aveva pensato Penelope. E lei che aveva creduto che la signora Siebenbürgen fosse un tipo strambo e un po' troppo propensa alla bottiglia! Probabilmente invece era solo un po' fatta.

«Suvvia, si tolga quell'aria costernata dalla faccia, signorina. Tutti dobbiamo morire.» La signora Siebenbürgen aveva posato latte e zucchero sul tavolo. «Ho ottantaquattro anni. Per sessantuno sono stata sposata con il mio Gregor e da quattro sono vedova. Basta così. Ho avuto una bella vita e sono in pace con me stessa. Ormai è tempo che io riveda Gregor. E poi sono stanca di dover cucinare tutte queste torte. Senta, ma come mai guarda in continuazione l'orologio? È già la terza volta, da quando è qui. Deve prendere un autobus o cose simili?»

«Come?» aveva balbettato Penelope. «Ah, no... Mi dispiace tanto.»

«Non deve dispiacersi. È una cosa che fa spesso, non è vero?» A quanto pareva, la sua vicina di casa non aveva molti peli sulla lingua e Penelope aveva cominciato a sentirsi a disagio sotto il suo sguardo attento: le sembrava che riuscisse a leggerle dentro.

«Non sia in imbarazzo, mia cara. Io dico sempre quello che penso, è uno dei privilegi della vecchiaia. Tranquilla, adesso la lascio in pace, ma prima o poi dovrà raccontarmi che cos'ha combinato di tanto grave per ritrovarsi a portare in giro quell'espressione colpevole e tutti questi tristi abiti grigi: sembra quasi volersi nascondere. Se per caso avesse voglia di provare...» aveva poi concluso, aprendo il cassetto che custodiva la bustina. «È a dir poco liberatorio!»

«Ehm, meglio di no, signora Siebenbürgen.» Penelope si era ritratta, spaventata.

«D'accordo, va bene. Ma permette?» aveva risposto lei e, prima che Penelope avesse avuto il tempo di reagire o di controbattere, era andata di corsa nella sua stanza per riemergere con una pipa, dando così alla ragazza il tempo di raccogliere i pensieri. Cosa stava succedendo? L'incontro con la sua vicina stava iniziando a somigliare a uno strano vortice. Pur sentendo di nuovo l'impellenza di andarsene, Penelope non era riuscita a sottrarsi al singolare fascino che sprigionava la signora Siebenbürgen, quasi fosse finita nel raggio d'azione di un misterioso campo magnetico.

L'anziana donna aveva tirato più volte alla sua pipa, finché non si era riaccesa per bene. «Ah» aveva esclamato poi, sedendosi sulla poltrona e lasciandosi andare sullo schienale. «Che sollievo.»

Penelope aveva messo da parte ogni altro pensiero per domandarle, preoccupata: «Ha dolori molto forti?».

«No, grazie alla mia piccola amica qui.» Aveva dato qualche colpetto alla pipa e soffiato un paio di cerchi di fumo nell'aria. «Questa pipa era di Gregor. La chiamava la sua "Adenauer".» E a queste parole era rimasta immobile per qualche secondo, con le mani posate sui braccioli e lo sguardo perso da qualche parte dentro di sé, mentre un lieve sorriso le illuminava il volto. Poi si era rivolta di nuovo a Penelope: «Ma che rimanga un segreto tra di noi, d'accordo? Non l'Adenauer, ma la roba».

Aveva usato proprio la parola *roba*, ridacchiando come una ragazzina. Il suo volto aveva tradito per un interminabile istante la bellezza dei giorni passati e Penelope aveva sentito nel petto una tale pressione da pensare che sarebbe scoppiata a piangere da un momento all'altro.

La signora Siebenbürgen si era piegata in avanti per carezzarle la mano. «Non c'è motivo di piangere. Lo sa che quando ero ragazza la sera ci riunivamo spesso intorno al fuoco e facevamo il gioco delle domande? La domanda più ricorrente era: "Se tu sapessi di dover morire domani, cosa faresti oggi, nel tuo ultimo giorno sulla terra?".» Gliela stava ponendo sul serio quella domanda. A Penelope. E per quanto dilatate fossero le pupille della signora Siebenbürgen, la sua mente pareva perfettamente lucida.

Penelope, che alla fine non aveva retto e si stava asciugando una lacrima dall'angolo dell'occhio, aveva risposto timida: «Piantare un albero di mele?».

La signora Siebenbürgen era scoppiata in una risata cristallina. «Ma certo, la risposta di Lutero si accetta sempre volentieri. L'unica cosa che dice su di lei è che o è una persona insulsa e poco fantasiosa, oppure ha qualcosa da nascondere. Questa è la domanda del Diavolo. Se rispondi sinceramente rivela tutto quanto di te, ti mette a nudo l'anima. Lei non è né insulsa né poco fantasiosa, mia cara, perciò resta solo l'ipotesi che abbia qualcosa da nascondere.»

Penelope era di nuovo rimasta come impietrita. Quand'è

che quella conversazione aveva iniziato a prendere una piega così stravagante? L'unica cosa che voleva era portare dei macaron alla signora Siebenbürgen e chiederle un favore. Ma di che favore si trattava? I suoi pensieri parevano irreali e scivolavano via da lei come allucinazioni, non riusciva ad afferrarli. Provava un leggero e per niente spiacevole senso di stordimento, che in qualche modo riuscì a ricollegare alla marijuana. Aveva semplicemente respirato troppo fumo passivo.

«Ecco, devo averla sconvolta! Be', non si preoccupi, si tenga pure il suo segreto. È sufficiente che conosca il mio.» La signora Siebenbürgen aveva fatto per alzarsi, ma era ricaduta subito sulla poltrona. «Oplà» aveva esclamato allegramente.

Penelope era immediatamente saltata su: «Si sente peggio? Vuole che la porti in ospedale?».

«Sto benissimo, mia cara, non ho dolore. Mi gira solo un po' la testa dopo aver fumato. E chiamami Trudi, d'accordo? Abbiamo appena fumato il calumet della fratellanza, più o meno.» E così dicendo si era aperta ancora una volta in quel sorriso tutto suo, che a Penelope faceva venire voglia di fare qualsiasi cosa pur di far stare meglio quella deliziosa vecchietta.

«Prima o poi mi devi raccontare come mai a tua madre è venuto in mente di chiamarti Penelope. Adoro Omero, la sua *Iliade* e la sua *Odissea* sono divine! Ma intanto beviamoci un bicchierino insieme, è un liquore che faccio io con le ciliegie del mercato. È in frigo, perché mi piace berlo ben freddo. I bicchieri li trovi nella credenza, in alto a destra.»

Quando Penelope ebbe posato tutto sul tavolo e riempito i bicchieri, Trudi aveva proposto un brindisi con voce euforica: «*Sláinte*! Agli ultimi giorni di Pompei!», prima di buttar giù il contenuto del bicchiere in due sorsate.

Penelope, che non voleva essere da meno, e inoltre sperava

che un po' di alcol l'avrebbe aiutata a ritornare in sé, aveva fatto lo stesso, cosa che le aveva provocato un tremendo accesso di tosse, costringendola a fare un enorme sforzo per non risputare tutto il liquido. *Accidenti, questo di sicuro non è liquore alle ciliegie!*

«Ma cos'è questo intruglio?» aveva ansimato, in allarme.

«Oddio, mi dispiace» aveva risposto Trudi, niente affatto contrita. «È da un bel po' che è in frigo e col tempo diventa un po' più alcolico» squittì, col tono di chi è appena riuscito a tirarti un bello scherzo. Il pappagallo, che fino a quel momento era rimasto in silenzio, si era unito alla sua risata. Sembrava quasi un canone a due voci. Poi l'animaletto aveva fatto una pausa improvvisa, prima di riprendere, un secondo dopo, a far baccano e a gracchiare in una lingua sconosciuta.

Penelope, esterrefatta, era rimasta ad ascoltarlo fin quando non si era ammutolito, di colpo così come aveva iniziato, e si era messo a sgambettare tutto agitato sul trespolo, a gonfiare le ali e a sbatterle ripetendo in continuazione: «Grazie, grazie!».

«Devi fargli un applauso» l'aveva incoraggiata Trudi.

Penelope aveva fatto come le era stato chiesto aggiungendo: «Incredibile, sembrava quasi una *Marsigliese* eseguita in preda a un attacco di rabbia! Però in turco».

«Non ci sei andata troppo lontana, mia cara. Era l'inno d'indipendenza turco.»

«Davvero? E dove l'ha imparato?»

«Non ne ho idea. Anche i pappagalli hanno i loro segreti» aveva risposto Trudi, sfoderando un sorriso malizioso che l'aveva fatta apparire di nuovo sorprendentemente giovane. «Il mio defunto marito era convinto che provenisse da una compagnia teatrale o da un circo, perché adora il pubblico. È arrivato da noi più di vent'anni fa.»

«Come si chiama?» aveva domandato Penelope, alzandosi e avvicinandosi a lui, che per tutta risposta si era inchinato, piegando la testa di lato. A Penelope era parso bellissimo: con le sue piume multicolore e brillanti le ricordava il pappagallo dei pirati che c'era in un suo libro di quando era bambina.

«Mio marito lo aveva battezzato Jekyll&Hyde, ma io di solito lo chiamo "tesorino"» aveva risposto Trudi.

«E c'è un motivo per cui si chiama Jekyll&Hyde?»

«Be', diciamo che va a momenti. Adesso l'hai sentito in versione Hyde, quando è Jekyll canta la canzone di *Flipper*.»

«Il delfino?»

«Sì, ascolta. Come fa *Flipper*, tesorino?»

E il pappagallo si esibì davvero nella canzone della famosa serie tv per bambini. Aveva continuato a gracchiare per un bel po', dondolandosi sul trespolo e rimanendo sorprendentemente a tempo con la musica.

«Sono anni che cerco di insegnargli la canzone *Addio mio piccolo ufficiale*, ma il ragazzo qui è testardo come un mulo. L'unica parola che sono riuscita a scucirgli finora è "addio".»

Trudi si era messa in un primo momento a canticchiare la celebre melodia, per poi intonarla a piena voce:

Addio, mio piccolo ufficiale, addio, addio.
E non dimenticarmi. E non dimenticarmi.

Aveva una voce molto particolare, vellutata e profonda, con un timbro inconsueto che a Penelope ricordava la voce di Marlene Dietrich e Zarah Leander. «Hai una bellissima voce, Trudi» le aveva detto con ammirazione alla fine. «Viene quasi da pensare che tu sia stata una cantante, in passato.»

Un'ombra fugace aveva attraversato il volto di Trudi, che

istintivamente si portò la mano segnata dagli anni al ciondolo a forma di àncora che portava al collo. Penelope si stava già pentendo della sua domanda, quando Trudi aveva risposto: «Sì, ma era un'altra vita e l'ho fatto solo per necessità. Ma questa storia te la racconto la prossima volta. Forse. Fammi un favore,» aveva aggiunto poi, cambiando bruscamente argomento «passami la foto del mio Gregor che è là sulla credenza».

Penelope era rimasta per qualche secondo indecisa davanti al mobile, perché oltre a una bella foto che ritraeva una giovanissima e sorridente Trudi a braccetto con un'attraente signora bionda, in tutte le altre figurava Gregor Siebenbürgen, da solo o con la sua Trudi.

«Quella in cima alla montagna, con la croce sullo sfondo» aveva precisato allora Trudi, dissolvendo ogni possibile dubbio.

Nella fotografia, color seppia e, a giudicare dall'abbigliamento, risalente ad almeno cinquant'anni prima, si vedeva una giovane coppia con bastone, zaino e tenuta da trekking, con tanto di fune legata intorno al torace dell'uomo. Ma l'amore e la gioia di vivere che sprigionavano da quei due volti vicini avevano smosso dentro Penelope una malinconia che l'aveva colta del tutto impreparata. Era come se quella foto fosse uno specchio capace di mostrare ciò che lei stessa aveva perduto: anche lei aveva tenuto tra le mani l'essenza stessa della felicità, fino a quando non aveva iniziato a scorrerle via dalle dita e a dissolversi in un oscuro nulla. Penelope si era accorta delle lacrime che le rigavano le guance solo quando Trudi le aveva passato un fazzoletto.

«Eh già, l'amore smuove sentimenti potenti. Tu non ti chiedi mai perché si piange sia nei momenti di grande tristezza sia in quelli di gioia?»

Penelope si era sentita improvvisamente sopraffatta da un complesso groviglio di sentimenti contrapposti. In qualche remoto angolo della sua coscienza si era messo in moto il programma di autocontrollo, che le sussurrava l'idea che fosse tutta colpa del maledetto liquore alle ciliegie di Trudi e che a questo punto avrebbe fatto meglio a battere in ritirata. Ma sebbene fosse consapevole che l'unica cosa in grado di farla tornare sui binari fosse, appunto, il suo autocontrollo, era altrettanto consapevole del fatto che a quel punto non avrebbe né potuto né voluto svignarsela. In realtà questo suo lasciarsi andare di fronte a Trudi avrebbe dovuto metterla in imbarazzo. E senza nemmeno bisogno della domanda del Diavolo. Nel frattempo Trudi, dimostrando un certo tatto, stava lasciando a Penelope il tempo di riprendersi e aveva spostato tutta la sua attenzione sulla foto incorniciata. In un gesto che traboccava d'amore aveva passato il dito sul vetro, mentre il suo bellissimo viso si rischiarava come illuminato da una luce improvvisa. «Il mio Gregor diceva sempre che l'amore è come il meteo. A volte si rannuvola, a volte può anche scoppiare un temporale, ma alla fine l'aria risulta ancora più limpida. È vero: danzare sotto il sole è facile, la vera arte sta nel farlo sotto la pioggia! Gregor e io abbiamo avuto tantissime giornate di sole e di questo sono molto grata al destino. La felicità va riconosciuta quando ce l'abbiamo tra le mani, non quando è ormai passata...» Trudi aveva aspirato dalla sua pipa prima di scrutare Penelope con aria indagatrice. Nel suo sguardo si leggeva un invito inespresso, ma Penelope non era ancora pronta ad aprirsi. I ponti levatoi della sua anima erano alzati, le funi consumate dal tempo e i meccanismi ormai arrugginiti.

Penelope aveva aggirato il campo minato che era la sua anima dicendo: «Trudi, posso aiutarti in qualche modo? Posso fare qualcosa per alleggerire la tua vita quotidiana? Sbrigare qualche commissione per te o farti la spesa?».

Ma Trudi sembrava non averla nemmeno sentita: era sprofondata di nuovo nella contemplazione della fotografia. «È lassù che Gregor mi ha chiesto di sposarlo, da lì è iniziato il nostro cammino insieme. Quando arriverà il momento di concludere il mio, vorrei tornare in cima allo Zugspitze.»

La reazione di Penelope a questa sua ultima affermazione era giunta con qualche secondo di ritardo. «Che cosa significa "quando arriverà il momento"?» aveva domandato turbata, sperando con tutta se stessa che non si trattasse di ciò che pensava.

«Sì, Penelope, vorrei morire lassù, in cima alla montagna» aveva detto Trudi, con una naturalezza che aveva inquietato la ragazza più di tutto il resto.

«Sì, ma... Come si fa? Voglio dire, ehm...» aveva finito per balbettare, suo malgrado «semplicemente così, come... se fosse una cosa che si può fare a comando? Non avrai mica intenzione di...» Non era riuscita a concludere la frase e a dare voce al mostruoso sospetto che celava dentro di sé.

«No, mia cara, non ho intenzione di buttarmi di sotto. Durante la guerra ho imparato che una persona lo sente, quando la morte si avvicina» l'aveva tranquillizzata Trudi.

Ma Penelope non si era affatto tranquillizzata, anzi, era più agitata che mai. Abitava nello stesso condominio di Trudi Siebenbürgen da diversi anni e solo adesso si rendeva conto che era colpa sua se la loro conoscenza non era mai andata oltre qualche formalità scambiata per le scale. Forse aveva subito avuto la vaga sensazione che quella anziana signora avesse il raro e – dal suo punto di vista – indesiderabile dono di leggere nell'anima delle persone. Era solo per comodità che aveva fatto propria l'opinione di tutto il condominio, limitandosi a etichettare Gertrude Siebenbürgen come «un po' stravagante», quando in realtà non sapeva niente della sua vicina, se non che era un'impiegata comunale in pensione recentemente appassionatasi alla pasticceria.

Queste riflessioni l'avevano posta di fronte all'evidenza della superficialità e della cecità del suo comportamento, di quanto si fosse impegnata a tenere il mondo a distanza, trincerandosi dentro la sua piccola fortezza al punto da non accorgersi di come fosse gravemente malata la sua vicina! D'improvviso – e senza volerlo – si ritrovò in grado di vedere la propria vita così come doveva essere percepita dall'esterno: ostinata, chiusa e disinteressata a qualsiasi attività che non avesse un legame diretto con il suo mestiere di insegnante. Possibile che avesse perso d'occhio non solo l'essenziale, ma persino se stessa? Possibile che la sua fortezza interiore fosse un luogo senza aria né luce, che l'aveva fatta appassire e seccare come un fiore rimasto senz'acqua?

Le due donne si erano trattenute ancora a lungo a parlare. Quello era stato l'inizio di una bellissima amicizia e la prima volta, dopo tanto tempo, in cui Penelope era riuscita a dimenticarsi del tempo che passa.

Penelope prese il cesto, vi riunì le cose che aveva comprato per Trudi, corse giù per le scale e suonò il campanello. Le chiacchiere del sabato con Trudi davanti a una tazza di caffè erano ormai un rito irrinunciabile per lei e oltretutto non doveva scordarsi di chiederle se anche quell'anno era disposta a mettere le sue doti di pasticciera al servizio del mercatino della scuola.

Da dietro la porta sentì che le venivano incontro l'invitante profumo di dolci appena sfornati e l'esibizione dell'inno turco del pappagallo, che secondo Trudi stava attraversando una violenta crisi come Hyde. Nel frattempo Penelope, che vantava un'eccellente memoria, lo aveva sentito cantare così spesso che avrebbe potuto duettare con lui.

«Eccoti qui, mia cara. Giusto in tempo, il caffè è pronto» la accolse Trudi. L'anziana signora si presentava, come al solito, molto curata, con il suo completo giacca e pantaloni blu e la spilla con il pavone appuntata sul risvolto. I suoi capelli biondo-argentati erano freschi di piega e le incorniciavano il volto in una perfetta simmetria. L'aspetto di Trudi rispondeva ai canoni di eleganza dei fascinosi anni cinquanta, l'epoca dei suoi idoli, di Grace Kelly e Ruth Leuwerik. Il suo ordine contrastava con il caos che negli anni si era accumulato nell'appartamento, dove libri e faldoni ingombravano tutta la superficie. Col tempo si erano creati in modo quasi spontaneo dei passaggi in mezzo alle pile di roba ammucchiata. Nel frattempo Penelope aveva scoperto che Trudi lavorava come volontaria per una fondazione benefica di nome Moriah. Una volta alla settimana portava per lei all'ufficio postale una gran quantità di lettere con richieste di donazioni.

«Vieni!» la invitò Trudi. «Per prima cosa beviamoci un bicchierino di liquore, è fresco fresco! E poi ho fatto un nuovo tentativo con quei maledetti macaron: una partita a scacchi contro Bobby Fischer sarebbe meno complicata. Riesco a produrre una fanghiglia oppure il cemento armato» le raccontò, di buon umore. «Però stavolta sono venuti meglio dell'ultima. E poi ho fatto le madeleine, che ti piacciono tanto.»

Trudi non si prese nemmeno la briga di aspettare una reazione da Penelope – un modo di fare, questo, che non danneggiava in alcun modo la loro amicizia –, tirò fuori dal frigo la bottiglia con il liquore fatto da lei e ne versò due dosi abbondanti. Penelope sollevò il suo bicchiere e lo annusò con circospezione. L'esperienza le aveva insegnato a diffidare delle doti di distillazione di Trudi.

«Questo non è così forte» affermò Trudi, prima di vuotare il proprio bicchiere in un unico sorso. Penelope invece si bagnò appena le labbra, con cautela, ma il poco liquido che bevve le fu sufficiente. «Trudi, sei una strega!» ansimò.

Lei non batté ciglio: «Farai meglio a berlo, perché ho in serbo un bel colpo per te».

«Un altro? Grazie, ma mi è bastato il tuo liquore che doveva essere leggero» rispose seccamente Penelope, mentre si versava una tazza di caffè per estinguere l'incendio che le era divampato in bocca.

«Maleducata!» rispose Trudi divertita, accendendo un fiammifero per far partire la sua Adenauer. Diede varie boccate energiche prima di lasciarsi andare sullo schienale con un sospiro rilassato. «Ti ricordi la nostra prima chiacchierata, l'autunno scorso? Quando mi hai beccata con la pipetta?»

Questa premessa, insieme all'annuncio del colpo che aveva in serbo, mise all'erta Penelope. Senza rendersene conto, inarcò la schiena e si irrigidì sulla punta della sedia. Bisognava stare attenti quando Trudi, diversamente dal suo solito, si manteneva così circospetta anziché andare dritta al punto come sempre, senza tanti preamboli. «Sì, certo» rispose piano.

«Bene, perciò senz'altro ti ricorderai che voglio morire in cima allo Zugspitze. Ormai ci siamo, sento che si avvicina quel giorno e ho iniziato a studiare un piano. Voglio chiederti, mia cara, se al momento opportuno mi puoi accompagnare a Garmisch, perché di sicuro a quel punto sarò già un po' indebolita. Per tutto il resto posso sbrigarmela da sola, morire è una faccenda privata. Basta che mi lasci lassù per un po' e poi, quando me ne sarò tornata dal mio Gregor, dovrai ancora occuparti di una o due questioni per conto mio. Ma te le spiegherò poi, in una lettera.»

Tirò una breve boccata alla sua Adenauer e Penelope, che aveva intuito subito di cosa si sarebbe trattato, colse l'occasione per commentare, con voce tremante: «Santo cielo, Trudi, quando leggerò la lettera mi sembrerà che tu mi stia parlando dall'aldilà».

Quell'osservazione non voleva essere una battuta e infatti Trudi non la prese come tale. «Riuscirai a sopportarlo» rispose impassibile. «Sei forte, molto più forte di quanto pensi. Allora, posso contare su di te?» le domandò, rivolgendole uno sguardo schietto.

Lei lo ricambiò, pronta ad accogliere quello che voleva dirle. Si trattava di un favore, non di un dovere. Trudi le lasciava la possibilità di scegliere, non avrebbe in nessun modo tentato di convincerla, né tantomeno l'avrebbe costretta.

Per quanto la richiesta di Trudi non l'avesse colta del tutto impreparata, il peso di quella responsabilità la spaventava e la spinse a chiederle: «Perché proprio io, Trudi? Non c'è nessun altro nella tua vita?».

Negli occhi di Trudi balenò l'ombra di un antico dolore, uno di quei compagni silenziosi con cui sei costretto a convivere e contro i quali devi mettere in campo tutto il tuo coraggio, se non vuoi soccombere. «No, mia cara, non c'è più nessuno. Gregor ha perso i suoi due fratelli maggiori negli ultimi giorni della guerra e anche io ho perso la mia famiglia da un bel po'. Il nostro unico figlio, Peter, se n'è andato in un incidente con la moto negli anni sessanta. La natura mi ha tirato un brutto scherzo facendomi sopravvivere a tutte le persone che amavo.

E dubito di riuscire a portare fino in cima allo Zugspitze i pochi vecchi amici che ancora ci sono.» Rimase in silenzio per un po', immersa nei propri pensieri, con lo sguardo perduto in un punto lontano.

Nonostante l'atmosfera fosse carica di malinconia e la natura del discorso dell'anziana signora fosse molto triste, Penelope stranamente si sentì attraversare da un nuovo vigore, una sorta di consapevolezza della propria capacità di fronteggiare questa sfida. Incredula e confusa, si chiedeva come tutto questo fosse possibile. Forse dipendeva dal fatto che Trudi le aveva domandato aiuto? Che aveva bisogno della sua amica Penelope?

Stava succedendo qualcosa di inatteso dentro di lei, era come se si stesse schiudendo una nuova prospettiva e la sua bussola interiore stesse cambiando orientamento. Penelope non era in grado di spiegarselo, aveva passato troppi anni rintanata dietro a una porta immaginaria. Con il passare del tempo il suo universo si era andato restringendo, assecondando le regole che lei stessa si imponeva: i suoi punti di riferimento erano l'appartamento, la scuola e il supermercato, e in cinque anni non era uscita nemmeno una volta da Monaco.

Con quieto stupore, Penelope si accorse che Trudi Siebenbürgen le aveva appena mostrato la chiave di questa porta. Erano anni che non avvertiva dentro di sé il presentimento del futuro e adesso si sentiva come un seme che dal profondo della terra sente il richiamo della primavera. Fino a quel momento aveva vissuto giorno dopo giorno rispettando in modo severo e rigoroso il proprio orario settimanale, senza lasciare spazio né ai sogni né ai desideri. E come spesso succede, quando un sentimento prende il sopravvento su un altro lo fa con irruenza e ti spinge a compiere gesti impulsivi. Senza pensarci troppo su, disse: «Sai che ti dico, Trudi? Credo proprio che proverò la tua *roba*, alla fine».

«Sicura? Ma fai un tiro solo, perché se non ci sei abituata ti dà subito alla testa.» Trudi le passò la sua Adenauer e Penelope fece un primo, timido tiro. Non sentendo niente tirò di nuovo, stavolta più forte, e aspirò troppo profondamente e con troppa foga, uno sbaglio che pagò con un accesso di tosse così forte da farle lacrimare gli occhi.

«Piano, piano» la mise in guardia Trudi.

«Bleah, certo che va giù in fretta» disse Penelope ansimando. Ma non appena si fu placata l'irritazione alla gola, cominciò a sentirsi rilassata. Era incredibile quanto fosse leggera tutto a un tratto! Avvertì l'irrefrenabile desiderio di alzarsi e mettersi a ballare, di godersi la vita scappando via dal suo microscopico mondo. Era una sensazione travolgente e che aveva dimenticato da tempo...

Trudi le tolse l'Adenauer: «Te l'ho detto». Posò la pipa sul tavolo, scelse un macaron verde al pistacchio e diede un morso. «Mmh, che delicatezza! Non pensavo che un dolcetto dall'aspetto così artificiale potesse essere così buono. Menomale che questi sono venuti più morbidi degli ultimi, così potrò mangiarne di più, visto che ho anche perso peso. In più l'altra volta per poco non mi saltava la dentiera. Mi si è un po' allentata» disse, ridacchiando in quel suo modo irresistibilmente giovane. Penelope non ci fece caso. Lo spirito ottimista di Trudi la portava a dimenticare la gravità della sua malattia e, insieme, il fatto che poteva avere giornate buone e giornate meno buone.

E quella non era una buona giornata per la sua amica, Penelope se n'era accorta fin dal primo istante. Ma Trudi era stata molto chiara in merito, già dal primo giorno: ogni obiezione era inutile e non erano gradite domande su come si sentisse. Trudi non voleva che ci si informasse sulla sua salute e sulle sue condizioni, diceva che era crudele ricordarle costantemente una cosa alla quale voleva pensare il meno possibile.

Era così che affrontava la malattia: essenzialmente la ignorava. Prima di allora non le era mai sfuggita un'osservazione sulla sua consistente perdita di peso. Penelope ne rimase turbata, anche perché era impossibile non notare quanto spesso tirasse dalla sua Adenauer. La sua amica stava soffrendo, e Penelope insieme a lei.

Nel frattempo, Trudi la teneva d'occhio. Penelope sapeva di doverle ancora una risposta e, incoraggiata da questa rinnovata vitalità e sicuramente anche un po' dall'erba, la rassicurò: «Puoi contare su di me, Trudi. Ti accompagno io sullo Zugspitze». Nonostante tutto, Penelope non poté reprimere un certo tremolio nella voce, mentre sentiva lo stomaco girare su se stesso come intorno a un'orbita immaginaria.

«Grazie, mia cara» rispose semplicemente Trudi; non c'era bisogno di aggiungere altro.

Rimasero ancora un bel po' a chiacchierare e dato che dopo lo shopping la sua tabella di marcia era ormai scombussolata, Penelope si concesse anche un secondo tiro dall'Adenauer per godersi ancora un po' quella sensazione straordinariamente piacevole. Non rimaneva che una flebile vocina interiore a ricordarle che doveva ancora finire i giudizi sui suoi studenti, anche se riteneva poco verosimile che quel giorno sarebbe riuscita a combinare qualcosa di sensato. Era troppo scossa per la richiesta di Trudi, oltre che per aver decisamente abusato della sua erba. Non era più solo il suo stomaco a essere sottosopra: a quanto pareva anche tutto ciò che le stava intorno si stava muovendo, e sentiva la testa stranamente leggera, come fosse un palloncino sospeso a mezz'aria. Comunque, quando l'orologio a cucù di Trudi segnò le quattro, Penelope si decise ad andare, anche perché Giacomo era abituato ad averla a casa con lui il sabato pomeriggio. Del favore che voleva chiedere a Trudi si era dimenticata e non se ne sarebbe ricordata fino al giorno successivo, dopo una serata e una notte che non avrebbe dimenticato tanto facilmente.

6

Nell'arco di una vita si incontrano innumerevoli persone.

Prendendo come esempio di base settantacinque anni di vita, le statistiche parlano di una media di circa centomila contatti, fermo restando il fatto che un abitante di Shangai avrà più contatti di un abitante della tundra kirghisa che non ha mai varcato i confini della sua terra natale. Solo pochi di questi contatti saranno significativi, mentre la maggior parte resterà superficiale.

I rapporti sociali, su questo la scienza è unanime, sono fondamentali per lo sviluppo dell'individuo. È un processo che comincia nel giorno della nascita e qualche volta può succedere che si incontri una persona che cambierà per sempre la nostra vita. Penelope ne aveva appena incontrata una, anche se ancora non lo sapeva.

* * *

Penelope aprì la porta di casa e sussultò per la sorpresa. Per un attimo si chiese se non avesse sbagliato appartamento: ovunque guardasse, il pavimento era punteggiato di rosa. *Giacomo!* Il gatto aveva approfittato della sua assenza per trasformare in coriandoli la carta rosa nella quale erano stati avvolti i suoi vestiti nuovi e spargerli poi per tutta la casa.

Evidentemente, però, l'erba di Trudi non l'aveva solo sballata, ma aveva anche eliminato in lei ogni traccia della sua propensione per l'ordine e la pulizia, perché in quel momento non le importava niente dello stato in cui versava l'appartamento.

Giacomo, che era sempre perfettamente consapevole delle proprie malefatte e si preparava quindi a essere trattato con una certa freddezza, fu felice di vedere invece che la sua padrona apriscatolette era di umore così smagliante che non solo non brontolò, ma addirittura lo rimpinzò con un salmone squisito! Decise di premiarla con una dimostrazione extra di affetto e si fece coccolare più a lungo del solito.

Penelope trascorse il resto del pomeriggio a svuotare l'armadio: in fin dei conti bisognava pur fare spazio ai vestiti nuovi. Durante il riordino, le capitò ancora tra le mani la scatola dal contenuto scottante che da anni si aggirava per i suoi armadi. Era un regalo che aveva ricevuto per il suo addio al nubilato e del quale aveva deciso di disfarsi più volte, ma l'idea di buttarlo nel bidone davanti a casa era esclusa e ancora meno era intenzionata a portarlo al centro per lo smaltimento dei rifiuti: faceva volentieri a meno degli sguardi allusivi che la cosa avrebbe necessariamente provocato. Alla fine decise di rimandare un'altra volta, facendogli proseguire il suo eterno vagabondare con una nuova tappa nell'armadio del corridoio, almeno fino al prossimo riordino. Il suo buonumore non fu scalfito nemmeno dal pensiero di essere rimasta indietro sulla stesura dei giudizi, almeno fino a poco dopo le sei, quando telefonò sua madre.

Evidentemente non aveva ancora appagato il suo bisogno di relazionarsi con la figlia per quel giorno. Quando squillò il telefono Penelope, fresca di doccia, si era appena sistemata sul divano con una tazza di tè, dei biscotti e Giacomo al suo fianco, il quale, tuttavia, sembrava più interessato al piattino dei biscotti che a uno scambio di effusioni.

«Lo sapevo! È sabato sera e tu te ne stai sul divano con il tuo gatto.» Penelope non ebbe il tempo di guardarsi intorno per cercare una telecamera nascosta che sua madre proseguì: «Forza, infilati nel vestito rosso nuovo e vieni qui al ristorante Da Mario! Mangiamo insieme e poi si balla. Mario ha un paio di amici molto raffinati. Hai decisamente bisogno di trovare un uomo che ti porti a letto, altrimenti farai la muffa».

«Mamma!» ribatté Penelope. Normalmente ignorava le sue frecciatine, ma quella volta le rispose con un laconico: «Non ho tempo».

«Sciocchezze, tu non hai mai tempo! È perché hai paura di vivere, ma ti svelo un segreto: non dura per sempre. Una volta eri una ragazza così passionale! Credimi, non fa bene reprimere costantemente le proprie pulsioni. Non puoi passare tutta la tua esistenza sepolta viva con un gatto a piangere sul tuo ex marito, Penelope. Forse non te ne rendi conto, ma ti stai avvelenando.»

Nonostante volesse a tutti i costi mantenere la calma, si sentì avvampare in viso per la rabbia. Stravolgere i fatti in questo modo era profondamente ingiusto e così tipico di sua madre! Come se lei rimpiangesse l'ex marito...

«Ma che stai dicendo?» si oppose. «Non è assolutamente vero! Ti ricordo che sono stata io a lasciare David, non il contrario!» sbottò con voce troppo acuta.

«No, Penelope. Ho paura che tu menta a te stessa su questo punto. Questa è la versione che negli anni ti sei raccontata e alla quale hai finito per credere veramente. La verità è che quella sera, come tante altre, tu te ne stavi in casa da sola a piangere. Sono stata *io* a tirarti fuori da quella situazione, anche se forse non avrei dovuto. David ti dava stabilità, ti dava forza. Senza di lui ti sei ripiegata su te stessa, come una farfalla senza ali. Da quando vi siete separati vai in giro con quegli squallidi stracci come una zitella avvizzita, ti nascondi dietro tutto quel grigiume. Magari respiri, ma di certo non vivi.»

Penelope represse un secondo, lamentoso «mamma». Avrebbe voluto riagganciare. Perché sua madre non poteva semplicemente lasciarla in pace? Il suo istinto di autoconservazione la inchiodava all'idea che Ariadne non avesse avuto alcun ruolo nella rottura con David. Ma i suoi pensieri tornarono a quella sera, a lei che voleva fare i bagagli e rifletteva su dove potessero essere le valigie. Poi improvvisamente sulla porta era comparsa lei...

In quello stesso istante, Penelope intercettò con la coda dell'occhio un movimento che la fece voltare in direzione del piatto dei biscotti: vuoto. Giacomo gli stava seduto accanto con aria innocente: era molto impegnato nel leccarsi la zampa anteriore, manifestando così la propria estraneità ai fatti.

Penelope non aveva intenzione di continuare a discutere con la madre, né sul passato né tantomeno sul futuro della propria vita sentimentale, perciò decise di tagliare corto: «Oltretutto stasera ho già un appuntamento per cena. Ciao, mamma. Devo finire di prepararmi». E riagganciò.

Dopodiché rimase immobile e aspettò che i battiti del cuore tornassero a un ritmo più o meno normale. Per quanto si sforzasse di cancellare dalla sua vita ogni riferimento a David, sembrava essere una battaglia persa: ne aveva fatto parte per troppo tempo, nel bene e nel male. Ma quel giorno l'agitazione sembrò placarsi più velocemente del solito e dentro di sé Penelope ringraziò l'erba di Trudi, di cui sicuramente si sentivano ancora gli effetti.

Restava sempre sconvolta nello scoprire quanto, nonostante il passare degli anni, la mettesse ancora in agitazione il ricordo della sera in cui se n'era andata da casa. In un primo momento David non se n'era nemmeno accorto, lo aveva dovuto chiamare in ufficio il giorno dopo per metterlo al corrente della cosa. All'epoca David dormiva sempre più spesso nella camera degli ospiti quando rientrava tardi dal lavoro, con la scusa di non volerla svegliare. Quel giorno era uscito all'alba, senza fare colazione. Durante le ultime settimane di matrimonio non era raro che passassero anche ventiquattr'ore senza vedersi, nonostante vivessero nella stessa casa. Era più facile evitare di incontrarsi, piuttosto che parlare.

Anche se il cuore di Penelope era tornato a battere in modo regolare, la sua tranquillità era ormai stata compromessa. I demoni del passato si erano avvicinati troppo e già vedeva prospettarsi davanti a sé l'ennesima notte insonne passata a rigirarsi nel letto. Se voleva riuscire a scacciare David dalla sua mente, aveva assolutamente bisogno di una distrazione. In frigo non era forse rimasta una bottiglia di prosecco che le aveva portato sua madre chissà quanto tempo prima? Una volta lo spumante le faceva lo stesso effetto dei sonniferi, valeva la pena fare un tentativo. Oltretutto aveva di nuovo sete, nonostante avesse già bevuto due litri d'acqua da quando era tornata da casa di Trudi. L'amica l'aveva avvisata sul fatto che l'erba mette sete.

La bottiglia era una di quelle piccole monodose, e Penelope la buttò giù d'un fiato, finendo per sentirsi solo più arzilla e su di giri in modo innaturale: del senso di stanchezza in cui aveva sperato non c'era traccia. Avrebbe fatto meglio a stare alla larga dall'erba di Trudi. Cos'avrebbe potuto fare a quel punto? Era troppo poco concentrata per mettersi a lavorare e troppo agitata per guardare la tv o leggere.

Andava su e giù per l'appartamento senza riuscire a darsi pace, apriva i cassetti, ci armeggiava e frugava dentro come se si trovasse in casa di estranei, invece che nella propria. E comunque non avrebbe saputo dire cosa stesse cercando. Proprio lei, che da anni viveva secondo un rigidissimo orario settimanale, si comportava adesso in maniera completamente sconclusionata. In tutto questo prese addirittura in considerazione la possibilità di cambiarsi e andare davvero al ristorante Da Mario.

Un tempo lei e David andavano spesso a ballare, era la loro passione in comune. Aveva anche un paio di scarpe da ballo argentate, che però erano finite insieme a tutto il resto nel bidone della Caritas. In quei momenti di rabbia e disgusto per se stessa si era convinta che in quel modo sarebbe riuscita a scrollarsi di dosso la sua vecchia vita, a liberarsene come stava facendo con i suoi abiti. Ma di fronte ai ricordi si sentiva impotente. L'esperienza le aveva insegnato, non senza dolore, che quanto più tentava di opporre resistenza indurendo i propri sentimenti, tanto più questi la tormentavano, privandola del sonno e della tranquillità. Proprio come stava succedendo adesso, anche se la situazione era un po' diversa. Quel giorno sentiva la necessità di combinare qualcosa, di sfogarsi seguendo lo stesso folle impulso che aveva spinto il suo gatto a fare quel macello di coriandoli rosa, che peraltro avrebbe già dovuto raccogliere da un pezzo. Ma anziché dedicarsi alle pulizie, proseguì con la sua irrequieta perquisizione della casa, come se la ragione che stava dietro il suo stato emotivo dovesse essere nascosta lì da qualche parte.

L'ultimo cassetto dell'armadio in corridoio non si chiudeva bene, perciò Penelope decise di tirarlo fuori del tutto. Nel fondo scovò un vecchio regalo di Natale ancora incartato: si ricordò vagamente che era da parte di sua madre. Anche quella volta, come al solito, Ariadne l'aveva accusata di nascondersi e avevano finito per litigare, motivo per cui Penelope aveva messo via il regalo e poi se n'era scordata. Lo scartò e vi trovò dentro un buono per un viaggio in un paese esotico a sua scelta e tre microscopici triangoli che in teoria dovevano essere un bikini. Ovviamente rosso. Il colore preferito di sua madre. Era anche carino, ma quando se lo provò dovette riconoscere che era decisamente osceno. Nella scatola c'era anche un rasoio elettrico. La madre quindi non dimostrava solo di essere frivola, ma anche di avere un discreto senso pratico. Penelope pensò che non sarebbe stato poi così male tornare a curare il suo inguine dopo tanto tempo. E, già che c'era, si depilò anche ascelle e gambe.

Il bikini rosso riportò automaticamente i suoi pensieri sul vestito nuovo e sulla serata di ballo al ristorante Da Mario. Oltretutto lo stomaco le brontolava per la fame, dal momento che Giacomo si era mangiato i suoi biscotti. Per non cedere alla tentazione, tornò immediatamente a indossare i suoi comodi indumenti da divano, andò a prendersi degli altri biscotti, si sedette e aprì il libro, per poi richiuderlo subito. Niente da fare, non era così che sarebbe riuscita a tranquillizzarsi. Eppure le cose da fare non le mancavano: aveva i giudizi da stilare, delle lezioni da preparare, dei coriandoli di carta da raccogliere... ma non riusciva a decidersi ad affrontare nessuna di queste attività. Sentiva dentro un inspiegabile eccesso di energia, e cosa faceva? Niente, se non pensare a che cosa avrebbe potuto fare. Stava girando a vuoto.

Forse le sarebbe stato d'aiuto pensare all'organizzazione per la settimana successiva? Doveva trovare un buco per andare a restituire i sandali argentati, che comunque non avrebbe mai messo. Li riprese, nonostante li avesse già richiusi nella loro scatola, e li infilò un'ultima volta ai piedi. Le calzavano a pennello, anche se mancava qualcosa. Sua madre una volta non le aveva regalato anche uno smalto? Se non ricordava male, di recente le era capitato di vederlo da qualche parte. Alla fine lo trovò nel cassetto delle posate, chissà come diavolo ci era finito.

Poco dopo le unghie dei suoi piedi risplendevano di un acceso rosso sangue. Se solo l'avesse vista sua madre! In quel momento era una persona completamente diversa, che sperperava il tempo in quisquilie e invece di sentirsi in colpa per questo avvertiva una specie di strana euforia. Dopo l'erba di Trudi, avrebbe fatto meglio a stare alla larga dal prosecco. La cosa migliore era non pensarci più, si trattava comunque di un momento passeggero, al massimo l'indomani mattina sarebbe tornata a essere quella di prima.

Osservò il suo riflesso nello specchio, soffermandosi a lungo sui piedi che calzavano i sandali argentati. Il contrasto dello smalto rosso sulla pelle chiara produceva un effetto più gradevole di quanto avesse potuto pensare. I suoi capelli, che nel frattempo aveva lasciato crescere perché era più comodo poterli raccogliere in una coda, erano scuri, ma la sua pelle era chiarissima, quasi trasparente. Un tempo, proprio per questa sua caratteristica, David l'aveva teneramente soprannominata la sua Biancaneve. Come mai le tornava in mente quel nomignolo proprio adesso? Era come un portale che si spalancava all'improvviso sul passato, un'ennesima apertura sui giorni in cui il loro amore stava sbocciando e il mondo era ancora pieno di sogni. Vi si smarrì per qualche minuto, dimenticandosi di tutto ciò che aveva intorno.

Il campanello la strappò di colpo ai ricordi, catapultandola di nuovo nel presente. La mente corse subito alla madre e fu tentata di non andare nemmeno ad aprire. Il campanello suonò una seconda volta. Giacomo era già sulla soglia e miagolava a pieno ritmo, nemmeno fosse un disco dei Beatles.

Alla fine giudicò più saggio togliersi subito il pensiero e senza nemmeno perdere tempo a guardare dallo spioncino spalancò la porta. Rimase sorpresa nel trovarsi di fronte Trudi, che le porgeva un piatto di madeleine: «Tieni, cara, le avevi dimenticate da me».

«Trudi, sei la mia salvezza» sospirò Penelope sollevata. Vicino a lei, Giacomo si allungò per lanciare un'occhiata curiosa al contenuto del piatto. In quello stesso istante qualcuno scese a grandi passi dal piano di sopra. Jason! Si fermò accanto a Trudi. I pantaloni color cachi e la camicia bianca che dava risalto all'abbronzatura lo facevano sembrare di nuovo come un uomo giovane e vigoroso appena uscito da una pubblicità.

«Wow, madeleine!» esclamò entusiasta. «Da far venire l'acquolina in bocca!» Guardò Trudi con occhi raggianti, come se gli stesse offrendo il tesoro di re Salomone, ne agguantò una con disinvoltura e dette un morso con aria soddisfatta. «Buona!» disse a bocca piena, pulendosi una briciola dalle labbra. Penelope seguì con gli occhi il movimento della sua mano.

E non fu l'unica. Penelope vide che anche Trudi stava osservando Jason come un frutto proibito. Aveva cambiato postura, sembrava più dritta, più tesa. «Posso fargliene una teglia intera, giovanotto!» disse Trudi con un sorriso trasognato.

«Quando vuole!» rispose Jason, afferrando un altro dolcetto. «Ma stasera ho appuntamento a cena con la sua deliziosa vicina» aggiunse, spostando il suo sguardo luminoso su Penelope.

«Oh!» esclamò Trudi, osservando incuriosita prima lui e poi lei. Penelope indossava una vecchia canottiera dell'Adidas troppo corta, che le lasciava l'ombelico in vista, e i pantaloni sformati di una tuta scura. In fondo sbucavano i sandali argentati e lo smalto rosso, come se appartenessero a un altro corpo. Per sciocco che fosse, Penelope ebbe l'impressione di essere stata beccata a fare qualcosa di proibito e si ritrovò a desiderare con tutta se stessa che i suoi piedi sprofondassero nel niente. E con loro quei maledetti tacchi alti.

«Fico il tuo outfit» disse Jason. «Stai benissimo, Penelope. È all'ultimo grido in discoteca.»

Penelope provò un altro desiderio: quello di mettersi a urlare. Era già totalmente sopraffatta dalla situazione, quando Trudi le diede il colpo di grazia: «Allora vi auguro di passare una bella serata, ragazzi! Divertitevi!». E nel mentre fece addirittura l'occhiolino!

Jason, che nel frattempo aveva preso il piatto di madeleine da Trudi, appoggiò la mano libera sul gomito di Penelope, come se fosse la cosa più naturale del mondo, e la spinse nel suo appartamento.

«Carino qui e quanti libri» disse, puntando dritto verso il salotto e andando a posare il vassoio di Trudi sul tavolino di fronte al divano, proprio dove, accanto alla tazza di tè e al piattino, torreggiavano ancora la bottiglia vuota di prosecco e la boccetta di smalto, il cui odore pungente aveva invaso tutto l'appartamento. Si sentiva anche l'odore del profumo nel quale era incappata mentre cercava lo smalto e che aveva spruzzato per sbaglio. Ed eccola che si ritrovava, con tanto di smalto e profumo, insieme al suo attraente vicino, che voleva uscire con lei a tutti i costi. Incredula, continuava a domandarsi come la situazione potesse esserle sfuggita di mano fino a quel punto.

«È stato il tuo gatto?» domandò Jason sorridendo e chinandosi a raccogliere uno dei coriandoli rosa sparsi a terra.

Sentirlo nominare la riportò alla realtà: doveva mettere in sicurezza il vassoio di madeleine prima che diventasse l'ennesimo obiettivo dei furti di Giacomo. Prese in mano i dolci e disse: «Vado a metterli a posto, torno subito». Poi andò in cucina e li sistemò nel ripostiglio.

«Lavori l'argilla?»

Penelope si voltò di scatto. Non si era accorta che Jason l'aveva seguita.

Oddio, c'è solo da sperare che non veda le statuine! Sentì montare un accesso di rabbia. *Stai calma, Penelope,* si disse, facendo un bel respiro profondo. «Ebbene sì, sono un luogo comune ambulante. Un'insegnante single con un gatto e un tornio» rispose brusca. Il fatto che Jason ignorasse sistematicamente ogni regola di buona educazione la metteva a disagio. Era entrato senza invito nel suo appartamento e si muoveva come fosse il suo, dandole sfacciatamente del tu. Per un attimo le venne il dubbio che avesse imparato come comportarsi da sua madre Ariadne. Era sicuro di sé in maniera impressionante. Magari era solo incuranza, dovuta alla giovane età. O magari insolenza. Fatto sta che era disarmante.

Ci fu una breve pausa. Jason la guardò come la guardavano i suoi allievi quando spiegava un concetto particolarmente affascinante, come per esempio che la terra è tonda ma che non rischiamo di cascare giù perché esiste una cosa che si chiama forza di gravità. Penelope giunse alla conclusione che questo Jason, che in fin dei conti era un attore, stava certamente conducendo uno studio per il suo prossimo progetto. Per esempio: *Come scombussolare la vita di un'insegnante più grande di me?* Si era divertito per un po' e ora se ne sarebbe andato, dandole finalmente modo di dedicarsi in pace al suo sabato sera.

E invece lui le porse romanticamente il braccio e disse: «Ho prenotato un tavolo. Andiamo?».

A quel punto Penelope aveva definitivamente perso il controllo. Sentiva le gambe leggere, come se avessero improvvisamente perso la presa sul pavimento. Le uniche parole che riuscì a mettere insieme furono un sussurrato «ah, sì?», mentre scrutava gli abiti che aveva indosso.

«Sei fichissima, Penelope» disse lui, osservandola con approvazione da capo a piedi.

La sua pressione raggiunse vette mai sfiorate. Questo tizio la stava prendendo in giro in maniera spudorata! Nonostante si rendesse conto di essere agitata per via della conversazione avuta con Trudi e della telefonata con la madre, e che oltre a tutto questo aveva nel sangue un cocktail di marijuana e prosecco che probabilmente spiegava la sua insolita reazione nei confronti di Jason, le venne comunque da rispondere in un modo che mai nella vita avrebbe pensato possibile: «Siediti, Jason. Vado un attimo a cambiarmi e andiamo».

Meno di un quarto d'ora dopo, quando ricomparve in salotto con indosso il tubino rosso e i sandali argentati, i capelli scuri sciolti sulle spalle messi velocemente in ordine con una passata di piastra, lo sguardo ammirato di Jason la fece sentire come una bomba pronta a esplodere.

7

«Hai prenotato un tavolo *qui*?» Penelope scivolò giù dalla Vespa sulla quale era stata seduta con le gambe di lato per via del vestito stretto, e si allentò il foulard di seta che aveva coperto la sua scollatura durante il tragitto. Fissò incredula l'insegna dall'altra parte della strada.

Non poteva essere! Con gli oltre trecento ristoranti italiani che c'erano a Monaco e dintorni, dovevano finire proprio al ristorante Da Mario? Per caso aveva scritto in fronte LASCIATE CHE MI CAPITI TUTTO IL PEGGIO CHE MI PUÒ CAPITARE? Penelope calcolò che le possibilità che aveva di incontrare sua madre lì si aggiravano intorno al centoventi per cento, cosa che spalancava davanti a lei un abisso di situazioni imbarazzanti e catastrofiche. E nell'abisso non ci sarebbe entrata da una semplice porta, ma da un portale immenso, attraversando il quale sarebbe pure inciampata, vista la sua scarsa confidenza con i tacchi alti.

«Non vuoi toglierti il casco?» le domandò Jason, in piedi di fronte a lei e con un sorriso enigmatico stampato in faccia. Che la stesse prendendo in giro un'altra volta?

Penelope resistette alla tentazione infantile di scuotere la testa in segno di rifiuto, perché in effetti il casco lo avrebbe tenuto proprio volentieri. La proteggeva dalla realtà. Non appena se lo fosse tolto, sarebbe tornata a essere Penelope Arendt, insegnante single con un gatto, anziché la ragazza col tubino rosso che scendeva da una Vespa per andare incontro al suo primo appuntamento dopo non sapeva più nemmeno lei quanto tempo. E il tutto con un uomo che, finalmente lo ammetteva a se stessa, era circondato da un'aura davvero particolare, come se fosse a conoscenza della ricetta segreta per godersi la vita in ogni sua minima sfaccettatura. Senza che lo avesse previsto, i suoi ormoni si erano messi a vibrare segnalandole così che la sua femminilità era ancora integra.

Incrociò lo sguardo di Jason attraverso la visiera. Le stava talmente vicino che riusciva a distinguere le screziature più chiare nel blu intenso dei suoi occhi. Per quanto non si stessero toccando, Penelope percepiva chiaramente la sua presenza. Nello stomaco aveva un groviglio di farfalle. Che cosa le stava succedendo? Questo lato di sé le era del tutto sconosciuto! Sentire il proprio desiderio palesarsi in maniera così sfacciata era un'esperienza destabilizzante per lei. Probabilmente il tutto era dovuto al fatto che continuava a librarsi su una nuvola di marijuana: in effetti si sentiva leggerissima, ravvivata in un modo che la sorprendeva e le faceva anche un po' spavento. Si mandò un promemoria virtuale per ricordarsi, in futuro, di evitare l'Adenauer di Trudi, dati i risultati che aveva portato: un viaggio notturno in Vespa dietro a un uomo decisamente troppo giovane e un rimescolamento interiore che aveva risvegliato in lei una sensazione repressa ormai da tempo.

Intanto il ragazzo non era indietreggiato di un centimetro e le mozzava il fiato con la sua sola presenza. Come se la vicinanza non bastasse, anche il suo sguardo contribuiva a farla confondere per la completa assenza di allusioni poco delicate. L'impressione che dava era più che altro quella di poter attraversare il casco con gli occhi e andare a leggerle i pensieri più nascosti. E le sensazioni. Se non si fosse tolta subito il casco si sarebbe resa ridicola. Ancora più ridicola di quanto non si sentisse già. Perciò se lo sfilò e si passò una mano tra i capelli lunghi. Jason fece finta di non aver notato la sua esitazione, mise via i due caschi, tirò fuori la borsa di lei dal bauletto, prese Penelope per mano con il gesto più naturale del mondo e la trascinò con sé attraverso il parcheggio, in direzione della strada. Penelope lo seguì meccanicamente, ancora troppo sconvolta per protestare.

«Spero che ti piaccia la cucina italiana, qui hanno la migliore pasta fatta in casa della città. Anche il pesce è buonissimo, se lo preferisci.»

Penelope guardò con aria sorpresa le loro mani intrecciate. Le dita di Jason erano calde e forti, e quel contatto le scombussolava ogni equilibrio interiore. Si sentiva talmente confusa che non riusciva a dare forma a un pensiero definito. *Concentrati, Penelope,* si spronò, *metti in ordine i pensieri e riprendi il controllo.* Che cosa poteva mai succedere? Avrebbe incontrato sua madre proprio durante il suo primissimo appuntamento dopo David? Dovette ammettere a se stessa che un incontro con Ariadne l'avrebbe messa in imbarazzo per un unico motivo: era evidente che Jason era più giovane e questo era esattamente il rimprovero che lei stessa aveva fatto alla madre riguardo al suo matrimonio, cioè che Mario fosse di gran lunga troppo giovane per lei. E questo le dimostrò una volta di più che bisogna evitare di esprimere giudizi affrettati e che in generale era bene non immischiarsi nella vita delle altre persone. Alla fine bisogna sempre fare i conti con il risvolto della medaglia.

Questo pensiero la fece inchiodare sul posto, costringendo anche Jason a fermarsi. Forse era proprio di un bagno di realtà che aveva bisogno, di sentir pronunciare dalla bocca di Jason la differenza di età che li separava. Una doccia fredda fatta di cifre. Forse a quel punto sarebbe riuscita a riprendere possesso della ragione, che al momento pareva averla abbandonata. E forse, se anche lei gli avesse dichiarato la sua età, Jason sarebbe tornato con i piedi per terra. Ma prima doveva dirle quanti anni aveva lui. «Ma tu quanti anni hai, Jason?» gli domandò.

«È importante per te?» si informò lui con una certa disinvoltura.

«Be', di sicuro ho qualche anno...»

«Yuhu! Eccoti qui, bambina mia!» risuonò una voce alla spalle di Penelope. Poi la stessa voce si fece più profonda di due toni e si rivolse a Jason: «Ciao, bel giovanotto!».

«Ariadne! È incantevole stasera. Una gioia per gli occhi!» Jason tese le braccia in direzione della madre di Penelope e le prese le mani, accompagnandola in una piroetta civettuola. Ariadne indossava dei jeans attillati, delle ballerine rosse e una canottiera di paillettes bianca che metteva in risalto il suo petto prosperoso. E poi – sua madre era proprio il tipo di donna che pensava a queste cose – un reggiseno rosso che faceva capolino da sotto le sottili spalline della canottiera. Assolutamente inadatto a una donna di quell'età, o almeno questo fu il pensiero di Penelope.

Era preparata all'idea di incontrare Ariadne, ma doveva succedere proprio adesso? A volte Penelope aveva l'impressione che sua madre fosse dotata di un radar per intercettare i momenti meno opportuni. In quel preciso istante Penelope avrebbe solo voluto sapere quanti anni aveva Jason, ma non poteva certo chiederglielo con lei lì presente. Le parve che i due la prendessero sottobraccio e la trascinassero all'interno del locale, dove fu travolta dall'esuberante accoglienza dello chef, fatta di baci, abbracci e gridolini di benvenuto. Poi fu la volta del fratello di Mario, della sorella, del cugino e di un amico del cugino. Tutto il ristorante si mobilitò per darle il benvenuto.

Quando Penelope si ritrovò finalmente seduta al tavolo con Jason era accaldata e con le vertigini, e nell'arco di un secondo, come per magia, apparvero di fronte a loro un aperitivo ghiacciato e una bottiglia di vino bianco, il tutto prima ancora di aver ricevuto il menu, che peraltro si rivelò superfluo.

Mario si materializzò al tavolo ed elencò le specialità di pesce della casa e, senza nemmeno aspettare di sapere se fossero effettivamente interessati, scomparve di nuovo in cucina con l'ordine proposto, seguito da Ariadne, che nell'allontanarsi aveva gridato: «Godetevi la serata, bambini!».

Bambini, esatto, era proprio quello il punto! Quella parola aveva fatto riaffiorare le preoccupazioni di Penelope sull'età di Jason. Sentiva gli sguardi degli altri clienti del locale bucarle la schiena come spilli. Avevano attirato l'attenzione generale fin dal momento del loro ingresso e lo avrebbero fatto comunque, anche senza tutto quel circo di saluti. La cosa innervosiva Penelope, che senza nemmeno rendersene conto stava strizzando un pezzo di pane con le dita. Se ne accorse solo nel momento in cui Jason mise una mano sulla sua e sollevò con l'altra il bicchiere dell'aperitivo, con l'intenzione di fare un brindisi.

Penelope non beveva quasi mai alcolici. Il prosecco di quel pomeriggio era già stata un'eccezione. Su cocktail e simili aveva messo un bel crocione dall'increscioso incidente accaduto durante una delle feste in piscina di David. Quell'umiliazione era addirittura finita, con tanto di foto, su un giornaletto scandalistico.

«Scusa, non sapevo che in questo posto fossi così famosa. Se vuoi ce ne andiamo» le propose Jason a bassa voce.

Penelope sobbalzò. Andarsene? Attirando di nuovo gli sguardi di tutti e rischiando l'ennesima scenata con la madre? No, molto meglio la cena. Il secondo aperitivo l'aveva resa più audace. Insomma, ma di cosa si stava parlando? Jason era un ragazzo di venticinque anni al massimo, lei aveva almeno dieci anni d'esperienza in più, perciò doveva essere lei a definire la questione. Rispose con un sorriso: «Ma no, come ti viene in mente? Era da tanto che volevo venire a mangiare qui».

«Non ci sei mai venuta prima, nonostante il locale sia del marito di tua madre?» domandò lui stupito.

«Mia madre e Mario si sono sposati abbastanza in fretta e sono appena tornati dalla luna di miele» rispose lei, un po' troppo precipitosamente.

Jason sembrava voler aggiungere qualcosa, ma Penelope non gliene diede occasione: «Comunque ti ringrazio per l'invito, so che è stata mia madre a costringerti».

Jason si abbandonò sullo schienale con aria rilassata. Poi disse, vagamente divertito: «Quindi pensi che io sia il tipo di uomo che si fa convincere a uscire con qualcuno?».

«Non ho detto questo. Volevo solo... Cioè...» Penelope aveva perso il filo del discorso, perché Jason si era piegato in avanti e le aveva preso la mano, posandovi un tenero bacio. Poi sussurrò, guardandola dritta negli occhi: «In questo momento non vorrei essere in nessun altro posto al mondo, Penelope. Finalmente posso passare una serata insieme a te».

Penelope stava ancora cercando disperatamente di recuperare il suo autocontrollo quando il cameriere, un cugino di Mario, venne al tavolo e con gesto teatrale posò al centro un vassoio di bruschette con pomodoro fresco e aglio. Jason fece un cenno in direzione del pane abbrustolito e croccante: «Dovremmo mangiarne una a testa, Penelope. Primo perché sono buonissime, secondo perché non voglio essere l'unico a sapere di aglio, quando più tardi ti bacerò».

La mano di Penelope si contrasse automaticamente attorno al bicchiere e sentì le parole sfuggirle dalla mente. Le sembrava di essere su un carretto lanciato a tutta velocità giù da una montagna. Come aveva fatto a perdersi l'attimo in cui sarebbe dovuta scendere?

Jason mangiò in tutta tranquillità anche la seconda bruschetta, mentre Penelope non riusciva a uscire dal groviglio dei suoi pensieri. Quella serata era stata decisamente uno sbaglio. Ne afferrò una con gesto meccanico e le diede un morso.

«Che cos'hai, Penelope? Sembri un po' tesa. È per via delle bruschette o è per me?»

Stavolta aveva oltrepassato il limite. Quel giovane presuntuoso stava giocando con lei, si divertiva di proposito a farla confondere. Non le interessava se avesse un talento naturale per giochi di questo tipo o se stesse mettendo in pratica una strategia ben definita. In ogni caso non aveva più intenzione di lasciare che la manovrasse come un burattino. Anzi, si sarebbe goduta una fantastica cena a più portate e poi, a coronamento della serata, gli avrebbe dato un bel due di picche sulla porta di casa. Niente bacio. Quel pensiero le strappò un sorriso.

«Mi piace quando sorridi.» Jason le rivolse uno sguardo da sopra il suo bicchiere di vino. Nei suoi occhi era tornato quello scintillio indefinito. Sì, lui la stava provocando con il suo fascino impertinente, ma a partire da quel momento lei sarebbe stata al gioco, assaporando il gusto di quell'uscita al pari di quello delle specialità italiane di Mario. «Grazie!» rispose. Poi prese il bicchiere di vino e gli propose un brindisi: «A una bella serata».

E alla fine fu davvero una bella serata. Dal momento in cui Penelope decise di non opporre più resistenza alle avance di Jason, cominciarono a parlare animatamente.

Jason pareva interessato a qualsiasi cosa la riguardasse, le chiese del suo lavoro e dei suoi hobby, volle sapere che cosa le piaceva e che cosa la commuoveva. Penelope raccontò vari aneddoti della sua vita scolastica, gli disse che si teneva in forma andando in bicicletta, gli parlò dei libri che amava leggere e dei paesi in cui era stata. Quando arrivarono al dessert Jason sapeva tutto di lei: le uniche due cose che Penelope aveva omesso erano il matrimonio e il divorzio.

Per la prima volta dopo tanto tempo si sentiva libera e rilassata, era padrona di se stessa e non si preoccupava del giudizio degli altri, ma pensava solo a godersi un'interessante conversazione con un bellissimo uomo di fronte a un'ottima cena. Probabilmente iniziava a essere anche un po' brilla dato che, lei che di solito non beveva, aveva già all'attivo una mezza bottiglia di vino, mentre Jason, che doveva guidare, era passato all'acqua dopo il primo bicchiere.

Mentre il cameriere serviva loro il caffè, Penelope si rese conto che la madre era stata inaspettatamente discreta. Stava cenando con una delle sue innumerevoli amiche a un altro tavolo e non l'aveva disturbata neanche una volta. Ariadne si accorse che la figlia la stava guardando e le indirizzò un bacio. Penelope le fece un cenno con la testa.

«Hai una mamma fantastica» commentò Jason, al quale non era sfuggito quel rapido scambio.

«Dici?» Penelope non aveva voglia di parlare di lei.

«Assolutamente sì, Ariadne ha una personalità affascinante. Ha mantenuto intatta la sua curiosità per la vita.»

«A differenza di me?» domandò Penelope sorseggiando il caffè. Le parole le erano sfuggite di bocca senza volere e se ne era anche pentita subito, perché il suo tono era sembrato sfacciato.

Jason si sporse sul tavolo e le prese di nuovo la mano. «Penso che tu sia molto curiosa nei confronti della vita, Penelope, altrimenti non saremmo seduti qui, non pensi?»

Penelope, che non trovava affatto spiacevole il calore della sua mano, si limitò a rispondere con un sorriso enigmatico.

«Hai voglia di ballare?» le domandò Jason, facendo un cenno in direzione della pista da ballo nella stanza accanto, dalla quale le note dei musicisti, che avevano appena iniziato a suonare, arrivavano lievemente ovattate.

Penelope non ballava da un'eternità, nonostante un tempo lo facesse con grande piacere. Il ballo era legato in modo troppo stretto al passato e a David, che le aveva trasmesso quella passione poco dopo il loro incontro. Ecco il motivo per cui Penelope avrebbe voluto rifiutare, ma Jason si era già alzato per portarla nella sala accanto. Non ebbe il tempo di capire cosa stesse succedendo, che si ritrovò tra le sue braccia.

Lui la accompagnò con fermezza sulla pista da ballo. Le cose andarono meglio di come avrebbe pensato e senza rendersene conto si lasciò subito trascinare dal ritmo di quell'arte, che aveva praticato così tante volte. Stava per chiedere a Jason dove avesse imparato a ballare così bene, ma alla fine decise di lasciar perdere. Forse perché non aveva voglia di sentirgli raccontare della ex che glielo aveva insegnato. Ballarono vari pezzi, uno dopo l'altro, e Penelope si affidò sempre di più alla sua guida, abbandonandosi alla musica con gli occhi chiusi.

Il brano che seguì era molto veloce e Jason la fece vorticare sulla pista fin quando Penelope, sorridente e senza fiato, non gli chiese di fare una pausa. Scomparve brevemente per andare a rinfrescarsi in bagno e, quando tornò, Jason le chiese: «Che ne dici se prima di riportarti a casa andiamo a fare due passi all'Englischer Garten?». Quella proposta fece tornare in mente a Penelope la parte che aveva deciso di interpretare. Una romantica passeggiata al chiaro di luna come preludio alla sua drammatica uscita di scena? Stranamente quel pensiero non la rallegrava più come poco prima, anzi: la proposta di Jason le fece battere forte il cuore e, prima ancora di aver riflettuto su quale fosse la decisione migliore da prendere, aveva già accettato.

Jason pagò il conto, poi salutarono Mario e sua madre e, mano nella mano, si avviarono a passi lenti in direzione del parco.

Era una di quelle serate estive che sembrano avvolte da un'aura magica. Sopra di loro si stendeva un cielo stellato che pareva dipinto e una luna quasi piena che rendeva superflue le luci del giardino; il lago, con la sua superficie piatta, dava l'impressione di essere uno specchio incantato e vicino a lei camminava un uomo che le faceva riaffiorare desideri da troppo tempo repressi. Era una di quelle notti che ridisegnano i confini della realtà e quando Jason si fermò e la attirò a sé per baciarla, Penelope lasciò che accadesse: si fece trasportare in un altro mondo, dove non doveva più pensare, ma poteva semplicemente rimanere a sentire. Quando Jason la lasciò andare, Penelope desiderò che quella notte non finisse mai.

Un uomo con un cappello di lana calato fin quasi sopra gli occhi, che stava passeggiando in solitaria, incrociò la loro strada. Penelope sentì che Jason si faceva d'istinto più vicino. Il suo senso di protezione le provocò una sensazione piacevole, non poteva negarlo. Comunque l'uomo sembrava andare di corsa, perché scivolò loro accanto a testa china, senza degnarli di un'occhiata.

Jason si voltò a guardarlo mentre si allontanava.

«Cosa c'è, lo conosci?» gli chiese Penelope curiosa.

«No, ma... Fa niente. Deformazione professionale» rispose lui con un'alzata di spalle. L'uomo era già scomparso nell'oscurità del parco.

Continuarono a camminare sulla riva del lago.

«Oh, guarda» esclamò Penelope, incantata da dei minuscoli puntini luminosi sospesi a mezz'aria. «Lucciole! Era da tanto tempo che non le vedevo. Quando ero piccola pensavo che fossero delle fate.»

«Mia sorella vive con suo marito e le loro due bambine in un paesino sul fiume Isar, lì se ne trovano ancora. Quelle creaturine vogliose mi hanno insegnato tante cose.»

«Come scusa?» Penelope si era fermata di colpo, non sapendo come interpretare le sue parole.

«Accidenti, basta poco per scioccarti, eh? Non le mie nipoti. Le lucciole! Per me hanno rappresentato ciò che per altri sono le api e i fiorellini. Quando brillano significa che vogliono accoppiarsi. L'ho cercato su Google quando avevo undici anni. È stato un bel sollievo scoprire che per gli uomini non è così. D'altra parte...»

«Sì?» Penelope invece in quel momento avrebbe voluto che fosse proprio così, voleva scoprire se Jason si sarebbe messo a brillare per lei.

«... non avrei nulla in contrario se la natura avesse dotato voi donne di un meccanismo simile. Molte cose sarebbero più semplici» aggiunse con una risatina.

«Ah,» commentò Penelope, mentre l'idea che Jason avesse

fatto il suo stesso pensiero le dava un segreto piacere, «come se per voi uomini facesse qualche differenza!»

«Vieni qui, mia piccola femminista.» Jason la prese tra le braccia e le diede un altro bacio che le fece desiderare di essere lei stessa una lucciola, per poter danzare per sempre insieme a lui nell'aria di quella notte magica. Passò molto tempo prima che riprendessero a passeggiare.

Al porticciolo del lago trovarono una barchetta capovolta. A differenza di tutte le altre barche ormeggiate lungo la banchina, quella non era legata e i remi erano appoggiati di lato. Jason colse la palla al balzo: «Ma guarda, sembra che aspetti solo noi. Hai voglia di fare un giretto?».

«Non è proibito?»

«Ma se nessuno ci viene a denunciare, il reato non sussiste.»

«Ma non possiamo mica rubare una barca!»

«Infatti non la ruberemo affatto, la prendiamo semplicemente in prestito.» Con un gesto fulmineo l'aveva già rigirata e messo dentro i remi. Poi si tolse i mocassini, la spinse in acqua e la sistemò con il lato lungo verso la riva, tendendo la mano a Penelope: «Anche tu dovresti toglierti i sandali». Penelope seguì il suo suggerimento. Solo mentre saliva sulla barca sentì affiorare in lei un'ultima obiezione: «Certo che è strano che fosse abbandonata qui, non trovi? I proprietari avrebbero l'obbligo di ormeggiarle come si deve».

«Hai mangiato il codice civile a colazione? Che ne sarebbe dell'amore, senza un pizzico di illecito?» ribatté lui con aria maliziosa. Poi la seguì e prese in mano i remi.

I movimenti di Jason erano agili e armoniosi. Con poche potenti vogate aveva già portato la barca al largo. Al centro del lago il riflesso della luna sembrava segnare l'accesso a un regno sommerso.

Penelope lasciò scivolare la mano sulla superficie dell'acqua, mentre i suoi pensieri venivano portati via dalla corrente. Di nuovo ebbe l'impressione di vivere un momento al di fuori del tempo e dello spazio; aveva ceduto all'incantesimo di quella notte tiepida, che la avvolgeva proteggendola come in un bozzolo. Lì, sull'acqua, circondata dal silenzio del lago, si sentì cogliere da una leggerezza che non lasciava spazio a domande o perplessità e che toglieva ogni forza al vortice del suo passato. Sì, quella notte portava con sé la promessa che qualcosa sarebbe avvenuto.

Jason tirò i remi in barca, le si avvicinò lentamente e fece esattamente ciò che lei desiderava: la prese tra le braccia. «La tua bocca è rimasta senza baci troppo a lungo» le sussurrò. Ma non si limitò a baciarle la bocca, andò a cercare quella zona sensibile dietro l'orecchio, le accarezzò il collo con una passionalità che infiammò ogni singola cellula del suo corpo. La fece brillare. In quella notte magica, su una barca in mezzo al lago, Penelope riscoprì la potenza del suo desiderio.

Fu così che, per la prima volta dopo anni, Penelope si lasciò andare, lasciò andare la ragione e si fece guidare dal suo corpo.

«Accidenti!» Jason si era alzato ed era rimasto a fissare l'acqua. Non l'acqua fuori dalla barca, ma quella che c'era *all'interno*. Era alta già dieci centimetri, ma fino a quel momento i due erano stati talmente presi dalla passione da non accorgersi di niente. A quel punto Jason guardò Penelope, gli angoli della sua bocca si contrassero e scoppiarono entrambi in una fragorosa risata.

«Almeno adesso sappiamo perché era l'unica al molo» disse divertita Penelope. Jason afferrò i remi, ma l'acqua aveva reso la barca pesante e lui faceva una fatica bestiale a farla muovere.

«Perché non nuotiamo fino a riva?» propose Penelope, con sua stessa sorpresa. Si sentiva libera come non lo era ormai da anni, come se il suo involucro protettivo si fosse schiuso e da sotto fosse emersa una nuova Penelope. Senza aspettare la risposta, si tuffò in acqua. Dopo essersi infilato la maglietta nella tasca dei jeans, Jason iniziò a dondolare con forza e si buttò di testa anche lui, riuscendo in questo modo a far rovesciare la barca. Ansimando per la fatica, la trascinò con sé fino a riva.

Se ne stettero un po' lì, l'uno accanto all'altra, bagnati fradici, a godersi l'eco della loro piccola avventura, finché non li investì il fascio di luce di una torcia. Jason scattò subito in piedi e si mise in posizione di difesa, ma si rilassò immediatamente quando vide che davanti aveva due poliziotti.

«Be', abbiamo fatto un giretto notturno in barca?» brontolò uno dei due senza troppa severità nella voce, mentre con la torcia disegnava delle luminose zeta sulla barca rovesciata.

«No, abbiamo fatto solo una nuotata.»

«Con i vestiti addosso?» Il fascio di luce della torcia indugiò su Penelope, che nel frattempo si era alzata e stava tentando inutilmente di tirarsi giù il vestito, che sembrava essersi ristretto al contatto con l'acqua. Adesso arrivava a malapena a coprirle il sedere. Nascose il volto tra i capelli, perfettamente consapevole che l'abito bagnato lasciava trasparire ogni dettaglio del suo corpo.

«E ora che ci facciamo con voi due?» La torcia non si mosse da Penelope.

«Se vuole la mia opinione, signor comandante, io darei una chance all'amore» propose sfacciatamente Jason, andando a cingere le spalle di Penelope, che nel frattempo aveva iniziato a tremare.

I due poliziotti spostarono lo sguardo da lui a lei, poi si scambiarono una lunga occhiata. Alla fine il più anziano dei due alzò le spalle e disse: «E va bene, andate. Non vogliamo certo che la signora muoia congelata».

«Grazie mille!» rispose Jason. «Vi auguro una bella e tranquilla serata.» Recuperarono così le loro cose, Jason prese la mano di Penelope e corsero verso l'uscita del parco.

«E ora che facciamo?» domandò Penelope senza fiato quando furono arrivati al parcheggio di fronte al ristorante Da Mario. Nonostante stesse tremando, si sentiva invasa da un'incontenibile allegria. Con sua stessa sorpresa si ritrovò a constatare che endorfine e adrenalina dovevano rappresentare una combinazione perfetta, efficace almeno quanto l'erba di Trudi.

«Non puoi certo fare il viaggio in Vespa, fradicia come sei» disse Jason con tono risoluto. «Entriamo nel ristorante e chiediamo a Mario dei vestiti asciutti. Avrà sicuramente qualcosa, fosse anche una divisa da cuoco, e poi può riaccompagnarti a casa. O magari c'è ancora tua madre.»

«Ti prego, mia madre no» si rifiutò Penelope. Quella serata doveva appartenere solo a lei e a Jason. «Io ti aspetto qui, tu trovami soltanto qualcosa di asciutto da mettere, poi andiamo a casa in Vespa. Non c'è problema, è una serata calda.»

Jason la fissò con uno sguardo difficile da interpretare, ma evitò di contraddirla o di fare domande: «Va bene, torno subito». Per un attimo sembrò che volesse aggiungere qualcosa, ma in quell'istante alle sue spalle si aprì la porta e, insieme alla musica, ne uscì un gruppetto di quattro persone. Le due coppiette aspettavano di attraversare: il parcheggio era ancora per metà pieno, al ristorante Da Mario la serata era ben lontana dalla fine.

Jason corse dall'altra parte della strada ed entrò nel locale.

Le due coppie si salutarono, prima di salire sulle rispettive auto e andarsene. La seconda macchina inchiodò un attimo prima di mettere sotto un tizio su un risciò che veniva da sinistra. Penelope urlò per lo spavento: c'era mancato veramente poco. Per una frazione di secondo, il suo sguardo incrociò quello dell'uomo, che continuò a pedalare lentamente fino a sparire nella notte.

Intorno a lei scese di nuovo il silenzio e tutto a un tratto si sentì molto sola senza Jason. In quel momento un fruscio tra i cespugli dietro di lei la fece voltare di scatto. Osservò con attenzione la zona da cui era venuto il rumore. Forse erano i suoi sensi che le stavano giocando un brutto scherzo, ma era convinta di aver visto la figura di un uomo.

«C'è qualcuno?» disse facendo istintivamente due passi indietro, in direzione della strada.

A quel punto dai cespugli sbucò davvero un uomo, con un cappello di lana calato fin sopra gli occhi. Penelope indietreggiò ancora, finché non andò a sbattere contro un'auto parcheggiata. L'uomo la seguì mantenendo la distanza: a ogni passo che faceva, entrava sempre di più nel cerchio di luce del lampione. L'espressione sul suo volto la fece rabbrividire. Era lo sguardo che un cacciatore rivolge alla sua preda prima di darle il colpo di grazia. Si sentiva come paralizzata, finché l'adrenalina non tornò a inondarle le vene e le fece pensare un'unica cosa: scappare! Si voltò e cominciò a correre. In quel momento qualcuno aprì la porta del ristorante per uscire e con grande sollievo Penelope riconobbe Jason. Gli corse incontro e lui la prese al volo tra le braccia.

«Cos'è successo? Sembra che tu abbia visto un fantasma.»

«Quasi! C'era di nuovo quell'uomo» ansimò Penelope.

«Che uomo?»

«Quello del parco, con il cappello di lana» rispose Penelope, indicando il punto in cui lo aveva visto, in fondo al parcheggio.

Jason non perse tempo, le mise in mano una pila di panni bianchi e corse verso il cespuglio. Tornò poco dopo e disse: «Niente da fare, se n'è andato. Senti, ma tu saresti in grado di riconoscerlo?».

«Penso di sì, mi è venuto abbastanza vicino. Secondo te prima ci ha... spiato?» Il pensiero la fece sentire ancora peggio.

«Un voyeur?» domandò Jason aggrottando la fronte. Poi cercò di tranquillizzarla: «Magari ci ha provato, ma dentro la barca non può averci visto».

«A meno che non sia salito sopra un albero» obiettò Penelope.

«Wow, vuoi proprio tormentarti. Dimentica quell'uomo, se n'è andato e adesso ci sono qua io. Vieni,» aggiunse, conducendola tra due fuoristrada, «qui puoi toglierti il vestito bagnato, io mi metto davanti a fare la guardia.»

Penelope si sfilò il vestito e indossò la divisa bianca, poi tornò davanti a Jason, imbarazzata. La consolava il fatto che quell'indumento asciutto fosse un po' più lungo del suo vestito umido e ritirato, che peraltro era riuscita a togliersi solo con una certa fatica. Jason le prese il fagotto umido dalle mani e le passò il casco. «Sembri proprio un'adorabile dottoressina. A proposito, dove hai lasciato gli occhiali?»

Penelope si toccò il viso spaventata. «Accidenti, me li sono tolti sulla barca e poi li ho dimenticati! E manca anche il mio foulard di seta!» Nel dirlo fece per partire di corsa a cercarli, ma Jason la trattenne. «Lascia perdere, è caduto tutto nel lago. Sarebbe un vero miracolo se tu li ritrovassi. Hai un paio di occhiali di riserva?»

«Sì.»

«Peccato,» disse lui sorridendo con aria maliziosa «senza mi piaci di più. Sono un po' troppo grandi e nascondono il tuo bel viso.»

«Oh.»

Quando Jason la riaccompagnò a casa, Penelope aveva completamente dimenticato il suo proposito di piantarlo in asso sulla soglia. Ormai non aveva neanche più importanza, perché una volta arrivati alla porta, Jason la baciò di nuovo, a lungo e con passione, ma poi le augurò la buona notte e la lasciò lì, mentre lui saliva gli scalini a due a due e spariva nel suo appartamento all'ultimo piano.

Poco dopo, da dentro casa Penelope sentì che scendeva di nuovo le scale e il cuore prese a batterle forte, come seguendo il ritmo di una musica sfrenata. Ma i passi andarono oltre la sua porta e proseguirono verso il basso. Penelope corse alla finestra del salotto e lo vide fare ancora un giro con Teseo.

Si trovò così di fronte a una scoperta frustrante, e cioè che nello stesso momento si potevano provare sollievo, delusione e rabbia.

Prima di conoscere Jason era convinta di cavarsela molto meglio senza un uomo accanto. Quel giorno, però, aveva avuto dimostrazione del contrario: i suoi desideri di donna erano ancora intatti.

Avrebbe tanto voluto spiegare il suo comportamento, almeno in parte, con l'effetto dell'erba di Trudi e dell'alcol, ma in realtà sapeva benissimo che quella non era tutta la verità. Le cose non erano così semplici.

8

Per Penelope la mattina dopo iniziò con un déjà-vu: come la domenica precedente, il campanello suonò poco prima delle otto. Si rigirò nel letto borbottando e si tirò il cuscino sulla testa per poi rintanarsi sotto le coperte. Proprio oggi che voleva dormire un po' più a lungo.

Era sicura che fosse sua madre, venuta a indagare se avesse passato la notte con Jason o meno. *Sì, nei miei sogni*, pensò Penelope stiracchiandosi. La serata con Jason le riecheggiava ancora dentro. Nemmeno la botta di adrenalina dopo l'incontro con quello sconosciuto era riuscita a smorzare le sensazioni positive che le aveva lasciato e che voleva godersi ancora per un po'. Bastava ignorare lo scampanellio.

Poco dopo il cellulare suonò per l'arrivo di un sms.

Per quanto si possa essere occupati o desiderosi di starsene in pace, un messaggio è pur sempre un messaggio e anche Penelope cedette alla tentazione di vedere chi fosse a scrivere. Trattenendo un'imprecazione, scese dal letto, arrivò a tastoni fino al mobile e lo lesse.

Non vuoi farmi entrare? J.

Fu colta da un'agitazione nervosa. Per vari secondi girò su se stessa, senza una meta, indecisa su cosa fare prima. Era spettinata, non si era lavata i denti e indossava la sua squallida camicia da notte con i pinguini lunga fino ai piedi. Uno spaventapasseri sarebbe stato più attraente di lei, eppure desiderava aprire la porta a Jason più di ogni altra cosa. Si precipitò nell'ingresso e guardò dallo spioncino per accertarsi che davanti alla porta ci fosse proprio lui. Ed eccolo lì, con un sacchettino di carta e due caffè da asporto. Penelope gli urlò: «Dammi tre minuti!» e si fiondò in bagno. Cinque minuti dopo era lì ad aprirgli.

Jason, che se ne stava appoggiato alla ringhiera con aria indolente, i capelli ancora umidi dopo la doccia, le disse: «È il caso che ti perquisisca per cercare delle armi?» e indicò con un cenno della testa la sua maglietta di Che Guevara. Evidentemente anche lui stava vivendo un déjà-vu.

«No, ma è giunto il momento di scacciare i vecchi fantasmi» rispose Penelope.

Jason socchiuse gli occhi: «Non ho capito, è grave?».

«No» ribatté Penelope con un sorriso incerto. Per una donna cinque minuti erano decisamente troppo pochi per riuscire a darsi una sistemata e contemporaneamente prendere delle decisioni fondamentali per la propria vita.

«Bene, intanto facciamo colazione, poi continuiamo a parlare dei tuoi fantasmi» concluse Jason, piegandosi e stampandole un bacio sulla bocca come se fosse la cosa più naturale del mondo. «Buongiorno, Giacomo» disse poi rivolgendosi al gatto, che nel frattempo, attratto senza dubbio dal frusciare del sacchetto di carta con la colazione, era uscito dalla stanza di Penelope e gli stava andando incontro.

Jason si avviò verso la cucina e Penelope fece per seguirlo, ma lui le sbarrò la strada, avvicinandosi così tanto che lei poteva quasi sfiorarlo con i seni e si ritrovò investita dal profumo di giovane uomo. Si accorse che il suo corpo veniva pervaso da una dolce debolezza capace di risvegliare tutti i sensi.

«Tu intanto torna a letto, io ti raggiungo subito» disse Jason, con un tono di voce che portava con sé una promessa.

Penelope non sapeva cosa rispondere, mentre il suo corpo, traditore, si faceva sempre più reattivo. E in quel momento c'era soltanto lei, Penelope, senza gli stimoli dell'erba di Trudi a esaltarla.

Jason era la sua nuova droga e lei era assolutamente intenzionata ad abbandonarsi alla sua estasi. Erano vere le parole che le aveva detto Trudi qualche giorno prima: «Oggi è oggi e domani è domani, celebra il presente. Tutto il resto è sprecato». Ebbene sì, quel giorno avrebbe sprecato tutto il suo tempo con l'amore, dimenticando se stessa.

Il suo sguardo incontrò quello di Jason in un dialogo muto che rese superflua qualsiasi altra parola. Tornò in camera e si infilò a letto, rimanendo ad ascoltare mentre Jason armeggiava in cucina, apriva il frigo, apriva gli sportelli fino a trovare i piatti e il vassoio.

Finalmente tornò da lei. Penelope si fece un po' da parte e Jason posò il vassoio in mezzo al letto. Poi si sfilò i mocassini, si tolse la maglietta, scivolò fuori dai jeans e dai boxer. Era nudo. Quella bellezza virile la lasciò senza fiato. Possibile che fosse solo un sogno? Eppure Jason era reale, era il presente, il dono di quel preciso istante. Mentre si spogliava, Jason non aveva distolto un attimo lo sguardo da lei. Sapeva esattamente quello che faceva, l'aveva sedotta con lo sguardo e con il corpo, con la naturalezza di un uomo in pace con se stesso. Jason era libero, gli scrupoli e le convenzioni non lo sfioravano, anzi non esistevano proprio nel suo universo. Penelope si lasciò trascinare da questi pensieri.

«*Quid pro quo*» disse Jason rompendo il silenzio e mettendosi seduto sul bordo del letto.

«Come?» Penelope socchiuse leggermente gli occhi, aveva le vertigini.

«Mi piacerebbe vedere cosa nascondi sotto la maglietta.»

«Oh.»

«Nascondi una "O" sotto la maglietta?» Nei suoi occhi non c'era traccia di scherno, solo dolcezza e comprensione.

Nonostante questo, Penelope abbassò lo sguardo. Forse per Jason quei giochi amorosi erano la cosa più normale del mondo, ma a lei erano diventati completamente estranei.

«Guardami, Penelope.» Le prese la mano e la posò sul proprio membro eretto. «Mi fai brillare.»

«Oh!»

Penelope non sarebbe stata in grado di dire come il vassoio fosse stato tolto dal letto o come il preservativo fosse finito sul membro di Jason. Si riscosse dal suo stato di estasi solo quando lo sentì dire: «Ormai il caffè sarà freddo».

Lei si sciolse dal suo abbraccio: «Vado a farne ancora».

«No» ribatté lui, dandole un lungo bacio appassionato che le tolse il fiato. «Tu rimani qui. Vado io a farlo e guai a te se ti alzi...» la minacciò scherzosamente con l'indice.

«Perché? Altrimenti che fai, mi leghi al letto con le tue manette?» Penelope scoprì un lato inedito e audace di sé.

«Ti piacerebbe?» le domandò lui ammiccante. Poi si chinò e le baciò il polso, proprio nel punto in cui si sente battere il cuore. «A proposito, come fai a saperlo?» mormorò.

«Ieri, quando sei venuto a chiedermi l'apriscatole, avevi con te uno scatolone semiaperto e in cima c'erano le manette. A cosa ti servono?» domandò lei, cogliendo l'occasione al balzo.

«Le uso per lavoro.»

«Certo, ma per quale ruolo?»

«Ruolo?»

Penelope iniziò a domandarsi se Jason non fosse un po' stupido. «Be', come attore, no?»

«Come mai pensi che io sia un attore?» Jason sembrava divertito all'idea.

«Ma Oliver...» Penelope si interruppe. Se avesse finito la frase, Jason avrebbe scoperto che aveva origliato la loro conversazione lungo le scale.

«Oliver ti ha detto che sono un attore?»

«Ehm... Non direttamente. Vi ho sentito per puro caso mentre parlavate. Ma se non fai l'attore, cosa fai?» si affrettò ad aggiungere per non dargli modo di fare altre domande sul «sentito per caso».

Lui però aveva già capito. «Ah, ma certo. Quella volta per le scale. Peccato che non ti sia unita alla nostra conversazione. Comunque Oliver parlava di Teseo, non di me. E va bene,» continuò, dandole dei colpetti sulla punta del naso «se vuoi la storia della mia vita, te la racconto subito, ma prima ho bisogno di un caffè e di qualcosa da mangiare. Sto morendo di fame. A proposito di Teseo, appena ho messo su il caffè, vado un attimo a vedere che fa. Stamani ci è rimasto un po' male quando gli ho detto che non poteva venire anche lui a fare colazione da te.»

«Parli con il tuo cane?»

«Sì. Tu non parli con il tuo gatto?»

«*Touché*.» Penelope ci rifletté su un secondo. «Porta giù anche lui» gli disse poi, sorprendendosi ancora una volta di sé.

«Ah, allora lo hai perdonato per la storia del sellino e degli assorbenti?»

«In fin dei conti è solo un cane.»

«Credimi, è molto più di un cane.»

«In effetti è vero. Quanto pesa Teseo?»

Jason scoppiò a ridere. «E secondo te quella bestia si fa mettere su una bilancia? Torno subito, tu rimani a letto da brava, capito?»

Un quarto d'ora dopo erano seduti l'uno vicino all'altra, appoggiati alla testata del letto, a mangiare la colazione più abbondante che Penelope avesse mai visto. Jason, dopo aver dato un'occhiata veloce al frigo e aver constatato lo squallore di ciò che conteneva –yogurt e verdure –, era andato ad attingere alle proprie scorte. Teseo si era sistemato sul poggiapiedi vicino a loro e seguiva con lo sguardo ogni boccone che si portavano alla bocca, facendo finta che a lui sarebbero andati benissimo anche yogurt e verdure. Giacomo, che aveva accettato Teseo come si accetta un nuovo pezzo di arredamento, non perse l'occasione di dimostrare la sua superiorità di padrone di casa: se ne stava seduto sul letto preoccupandosi di mantenere la zona pulita da qualsiasi briciola.

«Questa omelette è una delle cose più buone che abbia mai mangiato» si complimentò Penelope a bocca piena, non proprio al massimo della sua femminilità.

Si sentiva incredibilmente bene, libera e spensierata, come se il sesso con Jason avesse spazzato via ogni sua inibizione. Ma non era solo quello. Era l'intera personalità di Jason: in lui c'era qualcosa che stroncava ogni possibile difficoltà sul nascere, una sorta di contagiosa naturalezza di fondo. Qualunque cosa facesse, la faceva con incredibile piacere e passione: che fosse tenerla tra le sue braccia e amarla o, come in quel momento, godersi semplicemente un'ottima colazione. Stare con lui era come assistere all'alba del mondo, quando la terra era giovane e il paradiso ancora libero dal peccato dell'umanità. Jason era imperturbabile e selvaggio come la natura stessa, che pulsa placida secondo i suoi cicli prestabiliti; si godeva la vita con una disinvoltura tale da non far sorgere alcuna domanda.

«Che strano, mi stai guardando come mi guarda Teseo. Devo preoccuparmi?»

Penelope aveva smesso di masticare da un po' e, senza nemmeno rendersene conto, stava fissando Jason. Riprese subito a masticare e alla fine le andò tutto di traverso. Quando fu finalmente riuscita a mandare giù il boccone di omelette, Jason le domandò: «Pura curiosità. Ora che sai che non sono un attore, quale pensi che sia il mio lavoro?».

Oddio, pensò Penelope. L'indovinello sul lavoro seguiva immediatamente le domande sull'età per il rischio di gaffe. «Ehm... Indossatore di biancheria intima come Oliver?» iniziò con cautela, pronta a ritrattare in ogni momento.

«Ti ringrazio, lo prenderò come un complimento. Hai un altro tentativo» dichiarò Jason posando il piatto vuoto sul vassoio. «Sistemo velocemente questa roba in cucina, tu intanto pensaci.»

Teseo lo seguì fuori dalla stanza sperando che gli cadesse qualcosa, almeno per sbaglio. Penelope si sorprese a puntare lo sguardo sul sedere di Jason. Era di una perfezione sconcertante, il gioco dei muscoli che si muovevano era un esercizio di pura estetica. Era proprio così che doveva apparire il modello che oltre cinquecento anni prima aveva ispirato il *David* di Michelangelo. *Oh, accidenti!* Strinse forte le labbra per ricacciare indietro il ricordo dell'ex marito richiamato da quel paragone. C'era stato un tempo in cui anche lei e David affrontavano la vita con quella spensieratezza. Ma adesso non voleva e non poteva concedere spazio a David, lo aveva già fatto per troppo tempo.

Per fortuna Jason tornò esattamente al momento giusto,

riportando i suoi pensieri sui binari giusti. Al presente. Si infilò nel letto con un salto, la attirò a sé, la fece accomodare con la testa tra il petto e le spalle, poi le domandò: «Allora, chi sono? Cosa vedi in me?».

Penelope rimuginò per qualche secondo. Jason sembrava prendere molto sul serio la domanda, come se la sua risposta avesse il potere di definire il loro rapporto, di dargli un contorno più preciso.

«E va bene. Guardando il tuo corpo, direi che sei uno sportivo, un personal trainer o una cosa simile. D'altra parte, però, conosci Jean-Paul Sartre. Per essere così giovane sei straordinariamente sicuro di te, e non è solo una sicurezza connaturata alla tua personalità, ma anche più adulta: è un'attitudine in parte acquisita, in parte innata. Sei un osservatore attento e sei molto educato con le altre persone. Mmh, penso che punterò su una formazione in Scienze sociali.»

«Wow, è più di quanto mi aspettassi.» Jason la guardò ammirato. «Ho un master in Scienze della comunicazione e uno in Filosofia sociale. In questo momento sto facendo un tirocinio all'OFA.»

«OFA?»

«Il dipartimento di profilazione criminale di Monaco. Mi piacerebbe diventare un profiler.»

Finalmente Penelope fu in grado di mettere insieme tutti i pezzi, comprese le manette. «Perciò saresti una specie di poliziotto?»

«Sì, possiamo anche dire così. E so che ti stai arrovellando il cervello per capire la mia età: tra due mesi compio ventisei anni e sto scrivendo la mia tesi di dottorato. Sì, sembro più giovane. E no, la tua età non mi interessa. Tu sei tu e a me piaci esattamente così come sei.» La baciò di nuovo in quel suo modo speciale, tanto da riuscire a bloccare ogni suo pensiero e da farla perdere ancora una volta nel vortice della passione.

A un certo punto, dopo un tempo indefinibile, Penelope fu svegliata dallo stomaco di Jason, che si era messo a brontolare. Stavano distesi, avvinghiati come lombrichi, e questo dava loro una piacevole sensazione. «Scusa, ma dopo quella colazione da lottatore di sumo hai già fame di nuovo?» gli domandò, mettendosi seduta a guardarlo.

«Ehi, sono passate ormai tre ore. Sono giovane e sto affrontando prestazioni sportive di un certo livello» rispose lui, un po' serio e un po' no. «E visto che in casa non hai praticamente niente, mi toccherà dare un morso a te.» La minaccia non rimase del tutto inattuata: Jason le diede dei morsetti affettuosi sul collo. «Mmh, profumi di sesso. Ne voglio subito ancora.» Si lasciò scivolare un po' più in giù e andò a cercare con la lingua il suo punto debole.

«Jason! Ma non avevi fame?» tentò di respingerlo Penelope. Ma lui non la stava più ascoltando. Era finito in un mondo meraviglioso.

Poco dopo tornò a farsi viva la fame.

«Potremmo ordinare qualcosa a domicilio. Una pizza o del cinese e...» Penelope fece una pausa per annusare l'aria. «Il dessert è assicurato. Trudi sta cucinando una torta.»

«Che sia benedetta la nostra vicina» fece Jason mellifluo. Poi aggiunse: «Allora tu intanto ordina qualcosa, io faccio un giro con Teseo, prima che ti smonti l'ingresso». Lui e il suo osso grande come il femore di un brontosauro erano stati messi gentilmente alla porta, e fino a quel momento Jason e Penelope avevano semplicemente ignorato i rumori che di tanto in tanto arrivavano dal corridoio.

Giacomo si era accoccolato sui jeans di Jason buttati in terra e dormiva profondamente. Siccome sarebbe tranquillamente andato avanti così, senza dare alcun segno di vita, almeno fino all'ora di cena, ebbe una reazione piuttosto indignata quando Jason gli sfilò i jeans da sotto il sedere. «Che c'è, dovrei andare in giro nudo, vecchio furfante?» Poi sistemò Giacomo sul letto, accanto a Penelope. «Ecco, tienimi il posto caldo finché non torno.»

Prese il resto delle sue cose, aprì la porta e Penelope sentì un «ops», dal quale però trapelava in modo inequivocabile una certa ilarità.

«Cos'è successo?» domandò lei, cercando nel mentre la maglietta.

Da dietro la porta della camera comparve soltanto la mano di Jason. «Ti dice niente questo?» chiese, facendo oscillare nell'aria un enorme vibratore lilla con tanto di gigantesche sfere annesse: quell'orrendo affare sicuramente stava anche in piedi da solo. «Stando alla confezione, si chiama *Moby Dick*» aggiunse lui per darle un indizio.

Penelope si precipitò alla porta e tirò una serie di colpi contro Jason, che non riusciva a contenere le risate, mentre dietro di lui Teseo aveva assunto la posa della sfinge sul tappeto del corridoio. Tra le zampe possenti teneva i resti di una scatola di cartone biascicata che stava continuando a masticare con foga. Il pavimento del corridoio era cosparso di pezzi di cartone, polistirolo da imballaggi e giochi erotici in tutti i colori dell'arcobaleno, sullo scopo della metà dei quali Penelope aveva grosse perplessità. Non sembravano neanche molto compatibili con l'anatomia femminile.

«Potevi anche dirmelo che ti piacciono queste cose. Io non ho niente in contrario.» Jason si chinò a raccogliere delle sfere argentate, facendole scivolare voluttuosamente tra le mani.

Penelope, stanca e rallentata dalle cinque ore di sesso sfrenato che aveva alle spalle, dovette riconoscere il lato comico della situazione, tanto più che Giacomo aveva aggiunto del suo, balzando di nuovo sulla schiena di Teseo, strisciandogli fino alla testa e tentando di colpirlo sul naso con la zampa. Teseo non sembrò nemmeno accorgersene, o comunque accolse la provocazione senza batter ciglio.

«Ehm, questa roba me l'hanno regalata le mie amiche per scherzo, durante una festa» spiegò, storcendo gli occhi per nascondere l'imbarazzo.

«Ma era ancora tutto imballato.»

«Be', adesso non più» rispose asciutta Penelope.

«Mi dispiace, a quanto pare Teseo è veramente un pervertito.» La bocca di Jason ebbe un fremito, ma riuscì a controllarsi. «Senti, ma tu collezionavi farfalle?» domandò poi, indicando l'armadio aperto. Penelope seguì il suo sguardo ed eccola lì, la collezione di farfalle del padre che da bambina l'aveva così tanto affascinata, fino a quando un bel giorno non si era resa conto della natura tetra e dolorosa che aveva la morte, e che la magnificenza dei colori di quelle farfalle non era altro che il simbolo di una bellezza ormai passata. Al momento del trasloco l'aveva avvolta in una coperta e riposta in fondo a un armadio. Poi se n'era dimenticata, o almeno così avrebbe voluto. L'irrefrenabile curiosità di Teseo l'aveva riportata alla luce. La coperta, piena di bava, era scivolata giù e la parte superiore della cornice di legno, con l'incisione WILLIAM PETERSON ora quasi illeggibile, presentava segni evidenti di morsi. Dato che Penelope non mostrava alcuna reazione, limitandosi a fissare l'interno dell'armadio con gli occhi sgranati, Jason tirò fuori la teca e la ripulì con un angolo della coperta dalla bava di Teseo. «Mi dispiace davvero tanto» disse avvilito. «Queste farfalle sono bellissime, le prendo e le faccio incorniciare di nuovo, okay?»

Finalmente Penelope tornò in sé e gli prese la teca dalle mani: «Non serve, tanto questa cianfrusaglia stava chiusa nell'armadio da anni». La riavvolse nella coperta, la rimise dov'era prima e chiuse l'anta dell'armadio con un gesto significativo: la questione finiva lì.

Jason strinse gli occhi. Quell'episodio raccontava più cose su Penelope di quanto non avessero fatto le ultime ore che avevano passato insieme. In ogni caso si limitò a dire: «Vieni, ti aiuto a mettere a posto».

Penelope andò a prendere un sacco della spazzatura e insieme ripulirono tutto quanto. Il corridoio aveva appena ripreso le sue sembianze normali quando suonò il campanello. Con grande disappunto, Penelope scoprì attraverso lo spioncino che si trattava di sua madre: evidentemente qualcuno doveva averle già aperto il portone. Ariadne sventolava in aria in modo esplicativo un sacchetto con la scritta DA MARIO, come se fosse il suo biglietto d'ingresso.

Oh, no, proprio ora! si disse Penelope, pensando a Jason tutto nudo alle sue spalle. Come aveva immaginato, sua madre era curiosa di sapere se avessero passato la notte insieme o meno.

Penelope si portò l'indice alla bocca per far segno a Jason di non fare rumore. Per fortuna Teseo era l'unico cane in tutto l'universo a non abbaiare al suono del campanello. Comunque, il ruolo di cane da guardia lo deteneva Giacomo, che si era posizionato accanto a Penelope e si stava esibendo nel suo consueto miagolio.

«Yuhu! Penelope! Lo so che ci sei, ho visto l'ombra da sotto la porta. E dai, apri. Ti ho portato i cannelloni di Mario.»

Penelope guardò Jason senza sapere cosa fare. Lui sgranò

gli occhi e con le labbra scandì la parola «cannelloni» senza emettere alcun suono. Penelope represse un'imprecazione, spinse Jason con forza verso la camera da letto facendolo seguire da Teseo, ordinò a entrambi, sempre senza fare rumore, di rimanere in assoluto silenzio e andò ad aprire alla madre.

«Scusa, mamma, mi ero sdraiata un attimo» improvvisò Penelope sbadigliando.

«Risparmiati la messinscena, riesco a vedere da lontano un miglio, anche al buio, se qualcuno ha fatto sesso. Sinceramente era ora. Ma dovevi proprio indossare questa vecchia maglia di David per farlo?» Così dicendo, spinse da parte la figlia, che si era messa di fronte a lei come un guardiano, ed esclamò subito: «Ma che schifo, hai ucciso un ippopotamo?». Era inciampata sul tendine di manzo di Teseo, cosa che non riuscì comunque a fermarla, perché andò dritta verso la cucina. Posò il sacchetto, dal quale emanava un profumino irresistibile, e si prese una sedia. «Allora, raccontami tutto. Com'è andata con Jason?»

Penelope, che a quel punto aveva l'acquolina in bocca, pensò a come liberarsi di sua madre il più velocemente possibile, in modo che lei e Jason potessero finalmente gettarsi sui cannelloni. «Grazie per la visita e per il cibo, mamma, ma non ho niente da raccontarti, ho solo una valanga di lavoro da fare per la scuola. Ci vediamo presto» disse. Ma, voltandosi verso la porta nella speranza che la madre capisse, vide con raccapriccio l'enorme figura di Teseo sulla soglia. Dalla bocca gli pendeva il vibratore lilla. *Accidenti!* In qualche modo doveva essere riuscito a tirarlo di nuovo fuori dal sacco.

«Ah!» si limitò a dire sua madre. Penelope, con le guance in fiamme, dovette arrendersi. «Sì, mamma, Jason è qui ed è un amante eccezionale» disse, quasi con tono di sfida.

«Grazie, tesoro mio» disse in quello stesso istante Jason, passando nudo e in tutta tranquillità davanti a loro per poi sparire in bagno, cosa che fece avvampare Penelope ancora di più.

Cinque minuti dopo sedevano tutti e tre intorno al tavolo e la madre di Penelope fu felice di vedere a che velocità venissero spazzolati i cannelloni di suo marito.

«Sono buonissimi! Lei è un dono del cielo, Ariadne» si complimentò Jason con la bocca piena.

Penelope si sorprese del fatto che proprio quel giorno sua madre si stava astenendo da qualsiasi commento allusivo.

Poco dopo che Ariadne se ne fu andata, Jason e Penelope uscirono a fare una lunga passeggiata con Teseo e, una volta di ritorno, si sentirono prendere di nuovo dalla fame, anche perché le scale erano invase dal profumo di torta appena sfornata. Penelope disse a Jason di salire a casa, mentre lei sarebbe passata un attimo da Trudi a prendere il dolce. Non voleva che Jason, che si era inaspettatamente rivelato un poliziotto, si accorgesse della piantagione di canapa di Trudi. Rientrò in casa con una torta ancora calda. Non appena si furono rimessi in forze, lei e Jason ripresero esattamente da dove avevano lasciato.

Jason non la lasciò fino alle cinque del lunedì mattina, e solo perché lo avevano chiamato per risolvere un caso.

9

Penelope non aveva sentito la sveglia. Non le era capitato nemmeno una volta, negli ultimi sei anni, e quando se ne rese conto fu come una doccia gelata.

Avrebbe dovuto capirlo subito. Quello con Jason era stato un errore madornale! Il senso di colpa le calò addosso come una cappa. Si sorprese della rapidità con la quale era passata dalle farfalle nello stomaco a una sensazione simile ai postumi di una sbronza, nonostante avvertisse ancora l'eco dell'ultimo abbraccio di Jason: parole e gesti insonnoliti, il corpo caldo e forte di Jason che la sfiorava, una gamba muscolosa che si accavallava sulla sua. Dovette scuotersi di dosso quelle immagini conturbanti quasi con la forza: in quel momento non aveva né la voglia né l'energia di riflettere su se stessa o di rincorrere qualche futile spiegazione in grado di giustificare il suo comportamento del giorno prima. Un'indagine psicologica non avrebbe in alcun modo alterato il suo stato d'animo. E va bene, si era lasciata andare per un po', aveva ballato sotto la pioggia, per usare le parole di Trudi, ma ora aveva ripreso il controllo su se stessa, era tornata a essere Penelope Arendt, insegnante della scuola primaria con in mente un piano di vita preciso, all'interno del quale non ci sarebbe mai più stato spazio per un uomo. Purtroppo era la stessa Penelope Arendt che quel giorno, per la prima volta in vita sua, sarebbe arrivata tardi a lezione.

Stava correndo freneticamente su e giù per l'appartamento sotto gli occhi sospettosi di Giacomo, che non apprezzava affatto quell'insolita agitazione mattutina, anzi decisamente la disprezzava. Penelope, con movimenti nervosi, tirò fuori dall'armadio la gonna a pieghe più vecchia che aveva, una camicia bianca e un gilet grigio. Una rapida occhiata allo specchio le confermò che il suo aspetto si intonava perfettamente al suo umore: tetro e sconsolato.

Che accidenti mi è successo ieri? continuava a chiedersi infuriata, come in un processo contro se stessa, mentre si affannava invano a cercare sulla scrivania il piano settimanale, finendo per infilare nella cartella di pelle tutti i fogli che le capitavano a tiro. Aveva sprecato tutta la domenica con il suo giovane vicino, praticamente un perfetto sconosciuto, e adesso si ritrovava del tutto impreparata per la lezione: non ricordava nemmeno che cosa fosse previsto per la giornata, quasi che il sesso le avesse formattato il cervello, lasciandosi dietro una tabula rasa.

Prima di uscire dall'appartamento, Penelope afferrò il cellulare. Stava già per accenderlo come ogni mattina, quando qualcosa la bloccò. Dopo averci riflettuto su per qualche secondo, decise di lasciarlo dov'era. Oggi non voleva essere reperibile. Per nessuno.

Una volta sulla porta, di fronte alle scale che portavano da Jason all'ultimo piano, capì improvvisamente cosa doveva fare. Si sarebbe sentita sicuramente meglio, dopo.

Tirò fuori in tutta fretta il suo blocco per gli appunti, strappò una pagina e ci scarabocchiò sopra un messaggio per Jason. Poi andò a infilarlo sotto la sua porta, dietro la quale sentì Teseo uggiolare.

10

Il suo collega Friedrich Lauermann, che la stava aspettando davanti al portone a cavallo della sua bicicletta, la accolse con una certa irritazione: «Buongiorno! Che hai fatto per tutto questo tempo? E poi come ti sei conciata? Hai problemi di pressione? Non ti senti bene? Dovrei giustificarti?».

Non aveva mai accolto Penelope con un tale fiume di parole, anche se sul finale la sua voce aveva tradito una crescente preoccupazione.

«No, perché? Come sono conciata?»

«Be', guardati i capelli. E poi sei tutta rossa in viso, non è che hai la febbre?»

Penelope si portò istintivamente una mano alla testa e si rese conto di essersi completamente dimenticata di farsi la solita coda di cavallo. Non c'era da stupirsi se a Lauermann era sembrata diversa dal solito: non l'aveva mai vista con i capelli sciolti.

«Dai, dobbiamo andare» disse Penelope tagliando corto. «Se pedaliamo di buona lena, possiamo ancora farcela. Che dici, facciamo una gara?» Montò sulla bici e partì a tutta velocità. Doveva dare il massimo, se voleva dimostrare a se stessa di non essere più la Penelope che aveva smarrito per un momento la via, ma che era tornata a essere la vera Penelope, quella giusta, l'insegnante con il pieno controllo della propria vita.

«Aspetta, Penelope» le urlò dietro il suo collega, ma lei ormai non poteva più sentirlo: lo aveva distanziato di un bel pezzo. Dieci minuti dopo, sudata e senza fiato, si trovava davanti alla scuola. Alla fine era riuscita davvero ad arrivare in tempo per la lezione e si infilò in classe praticamente mentre suonava la campanella.

Lauermann lo rivide solo durante la ricreazione. Come un faro nella tempesta, torreggiava in mezzo al cortile circondato da una marea di bambini urlanti. Quando si accorse di lei, le andò incontro, paonazzo in volto. «Un gran bello scherzo, signora collega. Lasciarmi lì come uno stoccafisso. Ma devo renderti onore: sei in forma.»

«Grazie. Volevo dirti che mi dispiace, Friedrich, davvero. Non so cosa mi sia preso stamattina.»

Lauermann la scrutò come non aveva mai fatto prima, sembrava quasi che volesse confessarle una cosa, ma per farlo avesse bisogno di raccogliere tutto il suo coraggio. «Non fa niente,» ribatté esitante «lo so che le donne... ehm... hanno i loro momenti. E poi i capelli sciolti non ti stavano affatto male. Molto femminili, direi.»

E questo cosa mi significa, per Dio? pensò Penelope esterrefatta. Friedrich Lauermann che alludeva al ciclo mestruale e contemporaneamente le faceva una specie di complimento? Per fortuna fu subito distratto da due bambini della prima che stavano armeggiando con i loro cellulari. Il collegio dei docenti e l'assemblea dei genitori avevano stabilito da poco che i telefonini non erano ammessi né durante le lezioni né nella pausa in cortile. Purtroppo non tutti i genitori si dimostravano collaborativi e i bambini erano molto abili a fregare i maestri e a presentare false scuse.

Dopo aver risolto in breve il problema, Lauermann tornò

da Penelope, che era rimasta ad aspettarlo. «A proposito, hai sentito anche tu la notizia? Hanno trovato il cadavere di una donna nell'Englischer Garten. Pare che si tratti di una delle studentesse scomparse!»

Nella mente di Penelope si materializzò immediatamente l'immagine dell'uomo con il cappello di lana e lo sguardo stranamente trionfante. Il suo cuore fu stretto in una morsa di ferro e si sentì raggelare nonostante la temperatura mite.

«Quando?» fu l'unica cosa che riuscì a dire.

«Stamani. L'hanno detto al notiziario delle sette. Che ti prende? Sei bianca come un lenzuolo. Oggi stai davvero poco bene, eh? Forse sarebbe meglio che andassi a casa e ti mettessi a letto.»

Ma Penelope non lo stava già più ascoltando. «Grazie, Friedrich» disse con tono assente prima di tornare di corsa dentro. Doveva chiamare subito Jason!

Solo dopo essere entrata nella sala degli insegnanti e aver cercato invano nella borsa le tornò in mente di aver lasciato il cellulare a casa per non essere disturbata. Per un attimo valutò la possibilità di seguire il consiglio di Friedrich e prendersi un permesso per «indisposizione», ma era una cosa che non aveva mai fatto prima e oltretutto contraria al suo senso del dovere; non era indisposta, almeno non nel senso inteso da Friedrich Lauermann.

«Signora Arendt?»

Penelope si voltò di scatto e lasciò cadere a terra la borsa, il cui contenuto si sparpagliò sul pavimento.

«Oh, non la volevo spaventare» disse la segretaria della scuola, una donna giovane, il cui abbigliamento, in confronto a quello di Penelope, la rendeva molto simile a un uccello del paradiso.

«Nessun problema» rispose Penelope. Le due donne si chinarono contemporaneamente per raccogliere le cose da terra e si scontrarono con la testa.

Borbottando parole di scusa, raccattarono tutto.

«Cosa le serviva, signora Clarin?» le domandò quando furono di nuovo in piedi, l'una di fronte all'altra.

«Ah, sì. Giusto. Ha telefonato sua madre.»

«Mia madre?» Penelope si immaginò una nuova serie di scenari imbarazzanti, tanto più che la segretaria non era famosa per la sua discrezione.

«Sì, in realtà voleva solo sapere se si era presentata a lezione. Credo che fosse preoccupata per qualcosa» spiegò la segretaria. Dallo sguardo che teneva fisso su Penelope traspariva la sua inquietudine, anche se in realtà stava solo morendo dalla voglia di sapere che cosa ci fosse sotto.

«Grazie per avermi avvisata, signora Clarin» tagliò corto Penelope. La campanella la stava richiamando alla prossima lezione. Le telefonate a Jason e a sua madre dovevano aspettare.

11

L'essere umano è alla ricerca del senso della vita da quando esiste e, nonostante questo, tra il cielo e la terra accadono molte cose che nessuno è in grado di spiegare. Sono in pochi ad accettare l'ipotesi che possa esistere più di una verità. Sicuramente neanche l'arcivescovo James Ussher della Chiesa d'Irlanda era tra questi. Nel 1650 aveva dichiarato che la creazione era avvenuta il 22 ottobre 4004 a.C. Il fondamento della sua ipotesi stava nella cronologia biblica. Un tentativo andava pur fatto.

Le prime tracce della presenza dell'uomo sono riconducibili a circa sei milioni di anni fa, quando la terra aveva già oltre quattro miliardi e mezzo di anni alle spalle. La natura si è presa tutto questo tempo per svilupparsi e per creare un'incredibile varietà e complessità di esseri viventi. Ovviamente ci sono anche persone a cui non interessano le motivazioni della propria esistenza, persone che non si chiedono da dove vengano o dove siano dirette, perché preferiscono vivere consapevolmente il presente, il qui e ora.

Secondo la scienza, la vita è nata nell'acqua. Da lì il primo essere vivente sarebbe strisciato sulla terra sotto forma di ameba, poi avrebbe imparato a camminare e a volare, e infine avrebbe sviluppato una coscienza e imparato a fare la guerra.

La fede, nemica naturale della scienza, offre una spiegazione diversa, in cui è sempre presente un essere superiore, una specie di creatore, un dio che cambia nome a seconda della lingua e che ti alletta con la promessa di una vita eterna. Si tratta di una mossa intelligente, di per sé: chi fa affari con l'aldilà, fa affari con un prodotto che non è deperibile e non ammette reclami. È per questo che trova ancora mercato, dopo tanto tempo.

Anche la psicologia ha dato un nome ai casi del destino e parla di avvenimenti correlati temporalmente senza alcun nesso di casualità. Le chiama sincronicità. Un esempio: sei single e stai cercando disperatamente qualcuno. Una notte, in sogno, uno sconosciuto ti regala un carillon. Il giorno dopo incontri la tua amica al bar e glielo racconti. All'improvviso si apre la porta ed entra un uomo con in mano un carillon identico a quello del sogno. Questa è una sincronicità.

Il romanticismo invece lo chiama destino.

E a volte basta un tiramisù andato a male per far muovere i fili del destino. In questo caso, un semplice dessert ormai passato ha messo in moto una concatenazione di eventi che hanno finito per coinvolgere anche Penelope.

* * *

«Dove accidenti saranno mai finiti gli agenti Beer e Ohlinghaus dell'OFA, il dipartimento di profilazione criminale?» Il capo della squadra omicidi sembrava irritato. Il commissario capo Klaus Viehaus detestava i ritardatari almeno quanto detestava il crimine. Perlustrò con gli occhi la fila di sedie vuote e poi fissò l'orologio a muro, le cui cifre digitali scattavano in quel momento sulle 7.03. La piccola sala era stracolma di gente, nonostante fosse ancora mattino presto.

«Kemal, cerchi di capire che fine hanno fatto» ordinò Viehaus al suo sottoposto. Mentre aspettavano notizie, si aprì la porta e nella sala fece il suo ingresso un uomo che nessuno si aspettava di vedere a quell'ora: il capo della polizia, Holger Wielandt, che andò ad appoggiarsi al muro con le braccia incrociate e, con un cenno della testa, invitò Viehaus a procedere.

Ma prima che Viehaus avesse il tempo di aprir bocca, Kemal rientrò con la notizia che l'intera squadra dell'OFA era stata vittima di un attacco di salmonella durante una cena di compleanno. L'unico rimasto indenne era il tirocinante, che non aveva partecipato.

«Il figlio di Samuel?» si intromise il capo della polizia. «Andate a chiamarlo. È comunque meglio di niente.»

«Sono già qui» lo avvisò Jason da un angolo in fondo alla sala.

«Bene, cominciamo» disse Viehaus, avvicinandosi alla parete su cui erano appese le foto del cadavere e della scena del delitto, complete di date e nomi.

«Cari colleghi, come qualcuno di voi già sa, da questo momento fate parte della squadra speciale "Englischer Garten", sotto la mia direzione. Ormai non abbiamo più a che fare con studentesse scomparse o rapite, adesso abbiamo tra le mani un caso di omicidio. A partire da ora non verrà più accordato nessun permesso o giorno libero.» Nella sala si sollevò un leggero brusio, mentre Viehaus proseguiva imperturbabile: «Stamani alle 4.12 una pattuglia ha rinvenuto il cadavere di una donna nuda al lago Kleinhesseloher. La vittima è Mira Sobotic, di Amburgo, una studentessa scomparsa ormai dieci giorni fa e che si trovava qui per far visita a degli amici. Secondo il medico legale la morte risale ad almeno quarantotto ore fa. Una delle due studentesse è quindi morta, mentre della seconda non c'è ancora traccia. Ed ecco l'altra cattiva notizia: ieri pomeriggio è stata denunciata la scomparsa di una terza ragazza».

Prese una foto dal tavolo e mostrò ai presenti l'immagine di una bella giovane sorridente: «Lei è Karin Sander, ventidue anni, iscritta a Medicina. Stando al profilo, rientra perfettamente nella tipologia di vittima dell'assassino: giovane, bionda, studentessa. Per il momento, quindi, supponiamo che si tratti dello stesso soggetto in tutti e tre i casi. Tre studentesse rapite in meno di due settimane. Una di queste ora è morta. I media stanno diramando l'annuncio della scomparsa di Karin Sander. Non ci vorrà molto perché quegli avvoltoi della stampa colleghino la morte di Mira Sobotic a questa nuova scomparsa, sollevino il caso e lo sbattano in prima pagina. Voglio avere in mano dei risultati prima di dover leggere qualche titolo idiota, tipo "L'assassino delle biondine"».

«Si sono fatti vivi dei testimoni?» domandò il procuratore, che nel frattempo si era unito a loro.

«No, nessuno. Per ora il nostro assassino è un vero e proprio fantasma. Oltretutto, signor procuratore, abbiamo bisogno del suo mandato per ottenere i dati sui telefoni rilevati nella zona del ritrovamento del cadavere nelle ore di interesse e insieme le riprese delle videocamere di sorveglianza del traffico, delle stazioni della metropolitana, dei treni urbani, delle banche e così via.»

«Lo avrete non appena sarò rientrato in ufficio» gli assicurò il procuratore.

Viehaus diede qualche altra disposizione, poi congedò la squadra. Se ne andò anche il capo della polizia. Jason, che smaniava di mettersi in contatto con Penelope, fu colto di sorpresa quando il capo dell'unità operativa lo trattenne in sala alla fine della riunione.

«Samuel! Ha una vaga idea di quanto tempo ci vorrà prima che l'OFA torni operativa?»

«Non saprei, una settimana?»

Viehaus si infilò le mani in tasca e guardò fuori dalla finestra. Dopo qualche secondo disse: «È davvero terribile questa salmonella. Dà la diarrea per giorni». Poi si voltò di nuovo verso Jason e aggiunse: «Congratulazioni, Samuel. Lei è il *last man standing* e, da questo momento, il mio profiler. Veda di non combinare casini».

Jason pensò di essere stato congedato, ma Viehaus continuò: «Che cosa fa lì impalato sulla porta? Si sieda, tenga». Gli passò un faldone: «Questo è il fascicolo per la profilazione che ha preparato l'agente capo Beer sulla base dei primi due casi di rapimento. Aveva già previsto l'escalation alla quale stiamo assistendo: il nostro rapitore si è trasformato in un presunto assassino».

Jason diede una rapida scorsa al fascicolo e si rese immediatamente conto di una discrepanza con il rapporto che era stato distribuito alla squadra. Non fece in tempo a meravigliarsene o a porre la questione che Viehaus riprese a parlare. La sua voce sembrava più tesa di quanto non fosse durante la riunione.

«Sto per riferirle un'informazione che fino a questo momento era nota soltanto al suo superiore Beer, al capo della polizia, al procuratore e a me. Perciò, se dovesse trapelare qualcosa al riguardo, sarà lei a finire in pasto ai leoni. Mi sono spiegato bene?»

«Sì, certo.» Jason iniziava a essere curioso. Lanciò un'occhiata al faldone posato in mezzo a loro due.

«Abbiamo ragione di pensare che l'assassino sia uno dei nostri.»

«Un poliziotto?» Jason inspirò profondamente. Dal punto di vista delle indagini non poteva esserci notizia peggiore. Un assassino all'interno delle proprie fila rappresentava il terreno ideale per far proliferare sospetti e false accuse. E se solo la stampa fosse venuta a saperlo, avrebbe fatto passare tutti quanti nel suo tritacarne.

«Come siete arrivati a questa conclusione?»

«In occasione del primo rapimento l'assassino si è lasciato dietro un distintivo della polizia. Il suo superiore Beer è convinto che sia stato un gesto intenzionale, una provocazione. Oltretutto, dopo i primi due rapimenti ha mandato un sms a Wielandt con dei dettagli di cui solo il colpevole poteva essere a conoscenza.»

«Il nostro assassino vuole coinvolgere personalmente il capo della polizia Wielandt? Pensate che si tratti di un vecchio conto in sospeso?»

«Sì. Per questo dobbiamo tenere la cosa segreta. Il procuratore sta già passando in rassegna tutti i vecchi casi. Dev'esserci un collegamento.»

Kemal si affacciò alla porta. «Capo, abbiamo trovato qualcosa che forse apparteneva alla vittima» disse, passandogli due piccole buste trasparenti. Jason si sporse in avanti e vide che le due bustine contenevano un paio di occhiali e un pezzo di stoffa. Viehaus ne aprì una e ne sfilò il contenuto servendosi di una penna. Davanti ai loro occhi penzolava un foulard colorato. Jason capì subito a chi appartenevano quei due oggetti: a Penelope.

Fin dall'inizio della conversazione con Viehaus gli era tornato in mente il tizio con il cappello di lana, e il suo cervello continuava ad avanzare supposizioni su supposizioni. Lui ne aveva solo intravisto il profilo, ma Penelope gli aveva detto che sarebbe stata in grado di riconoscerlo, dopo averlo incontrato nel parcheggio illuminato. Si rendeva conto che, se non voleva ritrovarsi nei guai, quello era il momento in cui avrebbe dovuto dichiarare che lui e Penelope erano dei testimoni chiave del caso.

Eppure non disse nulla. Se davvero l'assassino faceva parte della polizia, non era da escludere che avesse accesso ai fascicoli sull'indagine. In tal caso Penelope, che era in grado di indentificare l'uomo come presunto assassino, si sarebbe trovata in grave pericolo di vita. In questa fase, non era disposto a correre un rischio del genere: c'era anche la possibilità che si aprissero altre piste e che non ci fosse affatto bisogno di coinvolgerla. Oltretutto si sentiva responsabile per la situazione in cui si era ritrovata.

La passeggiata e la gita in barca finita male erano state una sua idea e inoltre avrebbe dovuto obbligare Penelope a entrare con lui nel locale nonostante i suoi abiti bagnati, anziché farla aspettare fuori da sola. In quel modo si era creata l'occasione per lo sfortunato incontro tra lei e il sospettato. A quel punto, il minimo che poteva fare per lei era proteggerla, anche a costo di mettere in pericolo la sua carriera.

Un problema poteva essere costituito da eventuali tracce di dna sugli occhiali. Jason riteneva inverosimile che Penelope fosse presente nei registri della polizia, ma fece comunque una stima approssimativa del tempo che gli rimaneva, se fosse stato quello il caso. Un'ora, al massimo due, poi le sue generalità sarebbero state note. Per assicurarsi che non ci fossero rischi doveva immediatamente mettersi a un computer e controllare la banca dati nazionale della polizia e, per sicurezza, anche l'indice dei casellari giudiziari e il registro regionale.

«Li consegni entrambi alla scientifica, Kemal,» sentì dire a

Viehaus «voglio che mandino i risultati il prima possibile direttamente a me. A me e a nessun altro.»

«Va bene, capo.» Kemal riprese le buste e se ne andò.

«E lei, Samuel, si metta subito al lavoro. Voglio una prima valutazione sul mio tavolo oggi pomeriggio, intesi?»

«Intesi.»

12

La prima cosa che fece Jason appena uscito dalla sala riunioni fu cercare di mettersi in contatto con Penelope. Provò a telefonarle, ma il cellulare era staccato. L'orologio segnava due minuti alle otto, perciò le lezioni erano già iniziate. Le lasciò un messaggio in segreteria, chiedendole di richiamarlo immediatamente, e le inviò anche un breve sms con scritto lo stesso, visto che lei si rifiutava di usare WhatsApp. Doveva impedire a ogni costo che si presentasse come testimone prima di averci parlato. Temeva che Penelope fosse già venuta a sapere del ritrovamento del cadavere, tra una lezione e l'altra; del resto, però, se così fosse gli avrebbe sicuramente telefonato subito.

Quantomeno, come aveva previsto, la sua ricerca su Penelope Arendt nelle diverse banche dati della polizia non aveva dato alcun risultato, se non quello di fargli scoprire una cosa sul suo conto che lo aveva lasciato alquanto perplesso. Passò un'ora, poi due, e Penelope continuava a non farsi viva. Le spiegazioni potevano essere diverse, magari semplicemente non aveva controllato il cellulare, ma intorno alle dieci Jason era talmente agitato che pensò di telefonare alla segreteria della scuola e chiedere di lei. O, ancora meglio, di andarci di persona. Con la Vespa ci avrebbe messo meno di venti minuti.

Ricevette una mail di Viehaus che indiceva una nuova riunione quella sera alle sette per fare un riepilogo della situazione. A quel punto Jason ebbe la certezza che sarebbe rimasto al lavoro anche la notte. Telefonò a sua sorella maggiore Eugenie e le chiese di andare a prendere Teseo, per togliersi almeno un pensiero. Poi prese le chiavi e il casco e partì alla volta della scuola.

Per un attimo lo sfiorò il pensiero che se Viehaus l'avesse beccato lasciare il dipartimento invece di lavorare alla profilazione, avrebbe anche potuto dire addio al suo tirocinio. E a ragione, doveva ammetterlo. Non l'avrebbe salvato nemmeno il fatto che suo padre e il capo della polizia Wielandt erano stati amici ai tempi della scuola. Suo padre era all'antica, le sue azioni erano dettate soltanto dalla legge e dalla coscienza, e non si sarebbe mostrato indulgente con un figlio che rinunciava a fornire una testimonianza chiave solo per proteggere la sua ragazza.

Meno di mezz'ora dopo Jason si trovava all'interno della segreteria scolastica, in piedi di fronte a una ragazza piena di una graziosa vitalità e dall'abbigliamento dai colori decisamente sgargianti. Vedendolo entrare aveva sfoderato un sorriso smagliante e seducente.

Suscitava spesso questo effetto nelle donne, anche se le classiche tattiche per avvicinarlo non funzionavano con lui: le trovava prevedibili e noiose. Lui era attratto dalle sfide aperte, dalle donne misteriose come Penelope. Penelope era circondata da quell'aura «non-venirmi-troppo-vicino», che era esattamente ciò che l'aveva attratto e che gli aveva suscitato il desiderio di demolire la gabbia che teneva imprigionata la sua anima. Trattenne un sorriso ripensando alla notte appena trascorsa. Penelope era incredibile, anche se erano ancora all'inizio. La loro relazione era fragile come le ali di una farfalla e Penelope rimaneva un enigma per lui, nonostante le ore che avevano trascorso insieme. Lei lo provocava, era come un puzzle da mille pezzi, che avrebbero formato un'immagine ancora irriconoscibile, impenetrabile.

«Buongiorno, come posso aiutarla?» domandò la ragazza, che aveva una targhetta con il nome SIGNORA CLARIN.

Lui rispose cordialmente al suo sorriso. «Sto cercando la signora Arendt» spiegò. «Sono il suo ragazzo.» Non aveva in mente di rivelare quest'ultimo dettaglio, ma mentre parlava gli era sembrato giusto aggiungerlo. Era uno di quei rari momenti cruciali nei quali la verità viene a galla, sopraffacendo la ragione. Parte del suo lavoro di psicologo era proprio quello di far leva su questo punto per estorcere una confessione ai sospettati.

«La signora Arendt? Ehm...» La segretaria rimase confusa per un attimo, poi aggiunse: «Che io sappia, la Signora Arendt sta facendo lezione adesso. Se vuole posso comunque controllare sull'orario». La proposta non sembrava entusiasmarla.

«Se non le crea troppo disturbo» rispose lui, pensando che non bisognava essere né psicologi comportamentali né profiler per indovinare i pensieri di quella signora.

«Da quanto vedo, la signora Arendt non ha più pause per oggi. Sarà disponibile a partire dalle tredici.»

«A essere sincero speravo di poterle parlare subito. Non potrebbe andare a chiamarla?»

«È escluso» dichiarò la signora Clarin. «Gli alunni si agiterebbero. Naturalmente in caso di emergenza, per esempio per un'importante questione familiare, la chiamerei immediatamente. Si tratta forse di un'emergenza?»

Per un attimo Jason fu tentato di rispondere di sì, ma non

voleva mettere in difficoltà Penelope, che si sarebbe poi trovata a dover fornire delle spiegazioni alla scuola. «Ma tra una lezione e l'altra la signora Arendt ha sempre un paio di minuti di tempo, giusto? Se potesse dirmi in quale classe si trova, potrei aspettarla fuori.»

«Mi dispiace, ma è contro le regole. Solo ai genitori, che comunque devono essere sempre accompagnati da un collega, è permesso andare a prendere un bambino direttamente alla porta dell'aula» spiegò la ragazza con tono acido.

«Io non voglio andare a prendere nessun bambino, voglio solo scambiare due parole con un'insegnante» disse, facendole un occhiolino per smorzare il tono che aveva preso la conversazione.

La signora Clarin non sembrava disposta a farsi corrompere, ma Jason era deciso a provarci lo stesso. E forse ci sarebbe anche riuscito, se dalla stanza accanto non si fosse affacciato qualcuno dicendo: «Signora Clarin, avrei bisogno della... Oh, buongiorno!». L'uomo si precipitò verso Jason tendendogli la mano come fosse un politico. «Sono Albert Einstein, il preside. Per il nome non posso farci niente, non siamo parenti, nemmeno alla lontana» disse, con un sorriso col quale sembrò volersi scusare per la battuta scontata e che tuttavia non poteva fare a meno di ripetere ogni volta, come fosse diventata un'appendice del suo nome.

«Jason Samuel» rispose lui asciutto.

«Ed è qui per...?» L'espressione di Einstein sfumò in un punto interrogativo.

«Il signor Samuel è il ragazzo della signora Arendt» si intromise la segretaria.

A quelle parole, le sopracciglia di Einstein si sollevarono ancora di qualche millimetro: «Davvero?».

«Sì, e vorrebbe parlarle urgentemente, subito» aggiunse la signora Clarin rivolgendo un sorriso sdolcinato a Jason.

Jason aveva capito benissimo che la segretaria moriva dalla voglia di sapere cosa avesse da dire a Penelope e che ora stava passando la palla al suo capo.

Lui la colse al volo: «Di che cosa si tratta? Forse potrei esserle d'aiuto io?». Per quanto il preside si sforzasse di celare la propria curiosità sotto una gentilezza professionale, con Jason la sua strategia non funzionava. Anzi, si stupì di quanto lo irritasse la reazione del preside e della segretaria, che sminuivano Penelope con la loro mancanza di immaginazione e ritenevano impossibile che avesse un ragazzo. Ma tutte queste riflessioni non lo aiutavano in alcun modo. «Grazie, ma si tratta di una faccenda privata e molto importante. Sarebbe una cosa davvero veloce.»

La signora Clarin anticipò di nuovo il suo capo. «Ho appena spiegato al signor Samuel che è contrario alle regole» spiegò zelante.

Jason capì che ricominciare a discutere non avrebbe portato a niente. Probabilmente tirar fuori il distintivo sarebbe stato decisamente più efficace, ma era un'opzione che non prese nemmeno in considerazione. Aveva bisogno di un piano B.

«E va bene,» disse, fingendo di arrendersi al suo destino «mi inchino di fronte alle vostre sublimi prescrizioni. Grazie tante e arrivederci.»

Uscì dalla segreteria e indugiò per qualche secondo davanti alla porta. E adesso? Penelope era lì da qualche parte, in quello stesso edificio. Doveva assolutamente vederla e non solo per parlare con lei, ma anche perché il primo sguardo dopo una notte passata insieme era particolarmente rivelatore, poteva dire molte cose su una persona. Penelope l'avrebbe guardato dritto negli occhi? Sarebbe stata felice di vederlo? O sarebbe stata in imbarazzo e lo avrebbe trattato con distacco? In ogni caso, lui avvertiva la necessità di stringerla forte tra le braccia e assicurarle che non doveva preoccuparsi di niente. Quella donna, con l'invisibile zavorra che si trascinava dietro, aveva in sé anche qualcosa di infantile che risvegliava il suo istinto di protezione. Si avviò nella speranza di farsi venire un colpo di genio nel tragitto fino all'uscita; si trovava già a metà del corridoio, quando sentì dei passi frettolosi dietro di sé.

«Aspetti» lo chiamò la signora Clarin. «La lezione sta finendo e la signora Arendt non deve cambiare aula per ora. La accompagno da lei.» A quanto pareva, la sua curiosità aveva prevalso sulla volontà di rispettare il regolamento scolastico. Jason le regalò il suo sorriso più smagliante e la seguì nei lunghi e disadorni corridoi fino alle scale che li portarono al piano superiore.

«È questa» disse la signora Clarin indicando una porta. In quel momento suonò la campanella e dopo neanche un secondo si aprirono le porte. I corridoi furono improvvisamente invasi da orde di piccoli alunni e l'intero edificio si riempì del chiasso dei bambini. Le urla si mescolavano alle risate, allo stridere delle suole di gomma sul linoleum, allo sbattere delle porte: tutti i rumori tipici di ogni scuola.

Penelope stava in piedi davanti alla cattedra, tutta presa da un'accesa discussione con due alunne. Quando alzò lo sguardo e riconobbe Jason, sul suo volto comparve un'espressione esterrefatta, quasi spaventata. Per quanto significativa, non aggiungeva molto a ciò che gli aveva già comunicato il suo abbigliamento: Penelope era tornata a infilarsi nel suo bozzolo protettivo di grigia monotonia.

Jason entrò nell'aula e fece qualche passo verso di lei, quando si accorse che la segretaria lo seguiva a breve distanza. Doveva liberarsene. «Grazie, signora Clarin, per avermi accompagnato fin qui» le disse, sfoderando un sorriso pieno di fascino e porgendole la mano in un gesto inequivocabile. Lei lo guardò con aria distaccata e incassò il colpo, anche se non si dimostrò disposta a lasciare del tutto libero il campo: «La aspetto fuori dalla porta».

«Già, sono le regole» Jason annuì. «Allora a tra poco.» Anche le due bambine lasciarono l'aula. Penelope era rimasta sola. Jason chiuse la porta.

«Cosa ci fai qui?» gli chiese lei, visibilmente nervosa.

Dal momento che il tempo a disposizione era poco, Jason andò subito al punto. Ebbe cura di parlare a voce bassa, perché temeva che la signora Clarin potesse stare con l'orecchio attaccato alla porta. «Stamattina hanno trovato il cadavere di una donna al lago Kleinhesseloher. L'hai saputo?»

«Sì, me l'ha raccontato un collega durante la ricreazione. Pensi che sia stato l'uomo con il cappello di lana?» domandò Penelope timorosa.

Vista la fretta decise di evitare di chiederle perché non lo avesse chiamato subito: «È per questo che sono qui. Non è escluso che sabato abbiamo incontrato l'assassino. È già stato diramato un appello per la ricerca di testimoni, ma ti devo chiedere di non farti viva con la polizia, per il momento».

Penelope scosse la testa, confusa. «Strano, mi sarei aspettata l'esatto opposto, pensavo che tu fossi venuto a prendermi. Puoi dirmi qual è il motivo?»

«Ti spiegherò tutto con calma, ma non qui. Non prendere iniziative prima che ne abbiamo parlato insieme stasera. Ho delle buone ragioni, ti devi fidare di me, okay?»

«E va bene» cedette Penelope, dopo qualche secondo di esitazione. «Ma che mi dici dei due poliziotti che ci hanno beccati con la barca? Loro si ricorderanno di noi.»

«Lo so, ma questo non sarà un problema finché non sarà aperta la ricerca dei testimoni.»

«E che cosa succede se li incontri per caso in commissariato?» obiettò Penelope.

«Non mi fascio la testa prima di essermela rotta. In quel caso mi farò venire in mente qualcosa, tu non preoccuparti di questo.» Erano in piedi, vicinissimi l'uno all'altra. Non erano nemmeno due minuti che stavano parlando che la porta si spalancò dietro di loro e i primi alunni si precipitarono nell'aula facendo un gran baccano.

«È meglio se vai, adesso» disse Penelope.

«Va bene, ci vediamo a casa tua, anche se potrei fare un po' tardi.» Non aspettò neanche la risposta. L'avrebbe salutata volentieri con un abbraccio, ma Penelope non sembrava affatto di quell'idea.

13

Subito dopo la scuola Penelope era andata a rifugiarsi da Trudi. Si sentiva decisamente pronta per un bicchierino di liquore alle ciliegie e non disdegnava nemmeno l'idea di una nuvola di marijuana dall'effetto stordente. Le sembrava di aver perso completamente il controllo: le cose non stavano andando più secondo i suoi piani e, come se non bastasse, adesso si ritrovava a essere una probabile testimone in un caso di omicidio! Quel fatto avrebbe attirato su di lei una marea di attenzioni e questa era, ai suoi occhi, la sciagura più grave al mondo. Ed era solo colpa sua: non avrebbe mai dovuto farsi incastrare da Jason. Da quando lo aveva incontrato non si riconosceva più, aveva fatto delle cose che fino a pochi giorni prima non si sarebbe nemmeno immaginata. Non si era attenuta alle regole che si era posta e adesso le veniva presentato il conto: se non fosse stato per Jason non si sarebbe mai ritrovata nel posto sbagliato al momento sbagliato e adesso, anziché invischiata in quel casino, se ne starebbe tranquilla alla sua scrivania a preparare le lezioni per il giorno dopo, con il sottofondo rilassante delle fusa di Giacomo.

«Che ti è successo? Sprigioni più tensione di un temporale ai Tropici» le domandò Trudi, che le sedeva di fronte e che fino a quel momento si era limitata a tacere, dato che bastava l'espressione di Penelope a raccontare tutta la storia. Adesso non restava che interpretarla. «Allora? Qualche guaio con il fustacchione dell'ultimo piano?»

La bocca di Penelope si contrasse in un sorriso forzato. «Ma che espressioni usi?»

«Un guaio è una complicazione problematica» spiegò Trudi.

«Questo lo so, mi riferivo a "fustacchione". Comunque "complicazione" è la parola giusta, ed è anche problematica.» Poi si chiuse nel silenzio, tanto che Trudi intuì che la sua amica aveva bisogno di un piccolo aiutino per tirar fuori tutta la faccenda. Perciò le propose: «Un bicchierino di liquore?».

«Non dirò di no, ma tu stai seduta, per favore. Ci penso io.» Dopo aver buttato giù il primo come fosse uno shot, Penelope si sentì pronta. Parlava e faceva sempre più fatica a trattenere le lacrime: era profondamente commossa per il destino capitato a quella giovane studentessa. Nel giro di un quarto d'ora Trudi era al corrente di tutto.

«È terribile» disse alla fine, con voce soffocata. «Povera creatura! Che paura deve aver avuto quando ha capito che sarebbe morta.» Trudi deglutì rumorosamente, nel tentativo di sciogliere il nodo che aveva in gola. «E non hai idea del perché Jason ti abbia chiesto di aspettare a presentarti come testimone?»

«No, neanche la più pallida idea.»

Trudi scosse la testa pensierosa: «Mmh, è una cosa davvero strana». Poi socchiuse gli occhi e osservò Penelope: «Però non sembri esserne troppo... dispiaciuta». Il tono di Trudi celava un'inconsapevole sfumatura di biasimo che non sfuggì a Penelope. «Non è come pensi» si giustificò.

«Ah, e cos'è che penso, mia cara?»

Penelope fece un respiro profondo: aveva capito benissimo

in che direzione stava andando la conversazione. «Tu pensi che io abbia paura di essere coinvolta in questa faccenda. È vero, ma in ogni caso non mi rifiuterei mai di fornire alla polizia una descrizione dell'assassino.»

«Capisco. Allora hai dei precedenti?» Trudi fece una breve pausa per dare modo a Penelope di ribattere, ma dal momento che rimaneva immobile a labbra serrate, proseguì: «E va bene, mia cara, tienitelo pure per te, se preferisci non parlarne. Quindi è Jason il tuo vero problema?».

«In realtà speravo che avresti avuto un'idea sul perché Jason mi abbia chiesto di aspettare a presentarmi.»

«Mmh.» Trudi si picchiettò con l'indice sulla punta del naso assumendo un'espressione che la faceva sembrare persa dietro innumerevoli pensieri. Nel silenzio che era calato nella stanza, Penelope si rese conto per la prima volta di quanto fosse forte il ticchettio dell'orologio da parete: era quasi come un susseguirsi di piccoli tuoni.

Il pappagallo sembrò accorgersi che l'atmosfera si era fatta particolare, perché si rianimò di colpo mettendosi a cantare a squarciagola la canzone di *Flipper*. Dopo mezza strofa si fermò all'improvviso e canticchiò il resto sommessamente, tra sé e sé. Trudi gli rivolse uno sguardo colmo d'amore, prima di voltarsi di nuovo verso Penelope: «Hai paura di parlare con Jason, vero? Si è avvicinato troppo a te e ora ti trovi costretta a riflettere su te stessa».

Penelope lasciò andare un forte sospiro. Ma come faceva Trudi tutte le volte? Sembrava una specie di sismografo umano in grado di registrare ogni minimo tremito dell'animo. Certo che aveva paura di affrontarlo, soprattutto se ripensava al biglietto che gli aveva lasciato quella mattina sotto la porta. Adesso si pentiva di averlo scritto e non per il contenuto, ma perché le pareva di aver agito in modo scorretto. Si era comportata da vigliacca.

Trudi si versò un altro bicchiere e fece per riempire anche quello di Penelope, ma lei lo parò con una mano e disse: «So cos'hai in mente di fare, Trudi, ma non riuscirai a cavare nient'altro dalla mia bocca, nemmeno facendomi ubriacare. Al massimo potrei addormentarmi».

«E va bene, allora permettimi di fare delle ipotesi: hai avuto un'avventura con Jason, ma te ne sei già pentita, così avevi deciso di non rivederlo più, mentre questa storia della testimonianza ti costringe ad averci a che fare. E questo è un punto. L'altra questione è la richiesta apparentemente misteriosa di Jason.» Trudi buttò giù un sorso di liquore e si abbandonò sullo schienale della sedia. «Secondo me le opzioni sono tre: o vuole proteggere te, o vuole proteggere se stesso, oppure...» Trudi esitò un istante.

«Oppure?» domandò Penelope con il fiato sospeso.

«... oppure vuole proteggere l'assassino.»

«Non puoi crederlo davvero!» sbottò Penelope spaventata.

«No, infatti. Ma il senso di fare delle ipotesi è proprio quello di prendere in considerazione tutte le possibilità. Altrimenti è inutile stare qui ad arrovellarci. Tanto tra poco lo scoprirai comunque, devi solo aspettare qualche ora.»

«Quindi credi che sia giusto aspettare? Potrei anche andare subito dalla polizia.»

«Capisco i tuoi dubbi, mia cara. È una questione di fiducia. O ti fidi di Jason o non ti fidi. Punto. Se ti serve la mia opinione per metterti la coscienza in pace, io ti direi di aspettare e sentire quello che ha da dirti. È pur sempre un poliziotto e avrà avuto i suoi motivi per chiederti una cosa simile. Se può esserti d'aiuto, possiamo aspettarlo insieme» le propose Trudi.

Penelope prese d'istinto la mano dell'amica. «Grazie, Trudi, è gentile da parte tua. Ma è una cosa che devo affrontare da sola. Punto.»

Erano da poco passate le due di notte quando Jason suonò alla sua porta. Penelope non ci aveva neanche provato, ad andare a letto, sapendo che tanto non avrebbe chiuso occhio.

«Ciao» la salutò lui, con un sorriso timido che non gli aveva mai visto. Aveva un'aria stanca e provata. Si chinò su di lei per darle un bacio, ma Penelope si ritrasse. Jason non sembrò particolarmente sorpreso dalla sua reazione, fu invece subito distratto dall'ustione che le vide sulla mano. «Che cos'è successo?» domandò preoccupato, avvicinandosi per guardare più da vicino.

Penelope portò di scatto la mano destra dietro la schiena. «Niente, mi sono solo un po' bruciata.»

«Hai lavorato l'argilla?»

«Perché me lo chiedi?»

«Sento odore di argilla bruciata. Una volta mi fai vedere i tuoi lavori nascosti?»

«Perché nascosti?» Penelope sentì di nuovo il bisogno di mettersi sulla difensiva.

«Forse perché in tutto l'appartamento non c'è traccia di oggetti d'argilla?»

«Oh!» *Quel maledetto intuito da poliziotto!*

«Adesso non fare quegli occhi da cerbiatto. Non sono andato a curiosare in giro, ho solo sentito l'odore. Rispetto la tua privacy, perciò non importa che ti precipiti a chiudere la porta del ripostiglio.»

Sembrava averle letto nel pensiero. Penelope cambiò argomento: «Sei già stato su a casa tua?».

«No, mia sorella è venuta a prendere Teseo all'ora di pranzo» rispose Jason, interpretando male la sua domanda.

Questo significava che non aveva ancora letto il suo biglietto e che quindi aveva ancora la possibilità di discutere a voce con lui della situazione. Se non avesse già avuto un batticuore assurdo, di sicuro le sarebbe venuto adesso. In un modo o nell'altro, la lunga attesa l'aveva innervosita, non per niente si era bruciata la mano. «Andiamo a sederci in cucina. Vuoi un caffè?»

A Jason non sfuggì il suo atteggiamento. «Perché sei così formale?» le domandò, mentre la seguiva lungo il corridoio. E siccome Penelope si era fermata vicino al tavolo senza sapere bene che fare, le avvicinò una sedia, la fece sedere e si accoccolò davanti a lei. «Ho capito. O hai i sensi di colpa per non essere andata subito dalla polizia o ti sei pentita di ieri notte. Probabilmente entrambe le cose. Per il momento mettiamo da parte la nostra questione. La cosa che devo dirti è più importante. L'uomo con il cappello che abbiamo incontrato nell'Englischer Garten potrebbe davvero essere l'assassino che stiamo cercando. Quando lo hai incontrato la seconda volta, nel parcheggio, non indossavi gli occhiali. Con che grado di sicurezza pensi di poterlo identificare?»

«Sono abbastanza sicura. Sono solo un po' miope e lui mi è venuto molto vicino.»

«Quanto vicino?»

«Due metri. Al massimo.»

«Bene.» Jason si strofinò il mento non rasato. «Se ti porto da un disegnatore, saresti in grado di aiutarlo a creare un identikit?»

«Certo. Quando?»

«Domani, come prima cosa.»

«Benissimo. E perché non potevo andare già oggi dalla polizia?»

Jason si alzò e scrutò fuori dalla finestra per qualche secondo, come se non riuscisse a decidersi. Alla fine si voltò verso di lei e disse: «Quello che sto per dirti non deve uscire da questa stanza. Non raccontarlo nemmeno a Trudi, okay? La farebbe solo preoccupare».

«Fantastico, adesso sono io a essere preoccupata. Cosa sta succedendo esattamente?»

«L'uomo che abbiamo visto potrebbe essere un poliziotto.»

«Merda» si lasciò sfuggire Penelope.

«C'è di più. Se il tizio con il cappello di lana è il nostro assassino, lui sa benissimo che tu sei in grado di identificarlo. È convinto che ti presenterai a testimoniare e come poliziotto potrebbe procurarsi il tuo indirizzo senza grosse difficoltà. Non posso correre questo rischio. Per questo domattina presto ti porterò da mia sorella.»

«E cosa dovrei fare da tua sorella?»

«È una designer ed è bravissima a disegnare. Farà lei l'identikit, così tu potrai rimanere anonima.»

«Okay, ma facciamolo dopo la scuola.» I suoi occhi incontrarono lo sguardo penetrante di Jason. Stavolta fu lei a capirlo senza bisogno di parole. «E va bene, domani mattina avviso la direzione che mancherò. L'identikit è più importante.»

«Brava, così mi piaci. Andiamo a dormire?» domandò Jason come se nulla fosse, sbadigliando rumorosamente e stiracchiandosi.

Penelope sussultò. «Jason, ti prego,» disse esitante «oggi non sono, ehm... dell'umore.»

«Non sei *dell'umore*?» Jason sembrava divertito. «Non c'è problema. Volevo solo tenerti tra le braccia e coccolarti un po', perché nemmeno io sono *dell'umore* dopo la giornata di oggi, ma se preferisci stare sola... Ci vediamo domattina, anzi stamattina. Ti passo a prendere alle 7.30, okay?» Non aspettò nemmeno che lei gli rispondesse: le diede un bacio sulla fronte e uscì senza darle il tempo di controbattere.

Andandosene, aveva lasciato dietro di sé uno strano senso di vuoto, che riecheggiava non solo nell'appartamento, ma anche dentro Penelope. Nonostante la gravità della situazione, Jason aveva riempito di vita la sua cucina. La sua presenza fisica era straordinaria. Si chinò su Giacomo, che si stava strusciando contro i suoi piedi, e strinse a sé il suo corpo tiepido. Il gatto fece le fusa per il piacere e quel rumore familiare la consolò un po', facendola sentire meno sola.

D'improvviso le tornò in mente il biglietto. Accidenti! Aveva di nuovo perso l'occasione per parlarne a voce con lui. Cosa poteva fare? Per un attimo fu tentata di corrergli dietro, ma nel frattempo doveva sicuramente averlo già letto. Forse da una parte poteva essere una cosa positiva dare a Jason una tale delusione. Così sarebbe finita. Non appena avessero preso l'assassino, le loro strade si sarebbero divise per sempre.

14

«Sarebbe qui?» domandò Penelope, scendendo dalla Vespa di Jason e togliendosi il casco. Si guardò intorno incuriosita. Non trovava né un laboratorio né quello che poteva sembrare il punto vendita di una designer. Per quanto riusciva a vedere, da quel lato della strada c'erano solo un caffè, una lavanderia, un negozio di occhiali e una farmacia.

Jason le fece strada verso il negozio di occhiali. «Eugenie disegna occhiali» spiegò. «È questo il suo negozio. Vieni!»

«Aspetta, Jason!» lo trattenne Penelope. Jason non aveva ancora fatto nessun commento sul suo biglietto, a differenza di quanto si sarebbe aspettata; un'altra mossa da vigliacca, quella di lasciare che fosse lui a fare il primo passo. Ma per un motivo o per un altro, non era ancora riuscita a trovare il momento giusto per tirare fuori l'argomento. Era convinta che quella di Jason fosse una tattica da profiler per farla sentire ancora più in colpa di quanto non si sentisse già. Stava funzionando, ma arrivata a quel punto non poteva e non voleva più rimandare.

«Mi dispiace tanto. Quello che ho fatto non è per niente bello» disse con gli occhi bassi.

«Che cosa non è bello?»

«Il mio biglietto.»

«Quale biglietto?»

«E dai, Jason, non rendermi le cose più difficili di quanto non siano già. Ti sto chiedendo scusa. Mi sono comportata da vigliacca.»

«Davvero, piccola, in genere adoro le confessioni, ma in questo momento mi sento un po' sovraccarico. Cos'hai combinato di preciso? O meglio, cosa c'era scritto sul biglietto?» Jason sorrise e lo stomaco di Penelope si contrasse in modo inaspettato, perché quel sorriso le sembrava già così familiare. E va bene, se voleva il pacchetto completo lo avrebbe avuto, del resto si era cacciata da sola in questa situazione.

«Ti ho scritto che quello di domenica è stato un errore e che non voglio rivederti più. Il biglietto te l'ho messo sotto la porta ieri mattina. Te lo ripeto: mi dispiace. Okay?»

Il sorriso di Jason si allargò. «Wow. Mi hai lasciato con un biglietto?»

Penelope si sentì rimpicciolire, sia fuori sia dentro.

«Comunque grazie per avermelo detto. Purtroppo non ho ricevuto il tuo biglietto, immagino l'abbia "ricevuto" Teseo.»

Penelope sollevò la testa, aveva appena capito. «Se lo è mangiato il tuo cane?»

«Di sicuro, visto che non ho trovato foglietti... Lui mangia tutto, persino la pubblicità. E le bollette. A volte fa comodo, almeno finché non arriva il sollecito. Su, coraggio, non fare quella faccia. Non l'avrei preso sul serio comunque, io sono irresistibile.» Le sorrise compiaciuto.

«Certo che sei un bel presuntuoso.»

«No, so solo ciò che voglio. Al contrario di te.» Se non le avesse dette ridendo, le ultime parole sarebbero suonate inaspettatamente serie. Penelope non capiva come riuscisse sempre a mettere in evidenza le sue carenze con una tale precisione.

«Adesso andiamo, mia sorella non ci stacca gli occhi di dosso. È da quando siamo arrivati che freme da dentro il negozio e Teseo ha già riempito di bava tutta la vetrina. Tra l'altro dopo devo dirti una cosa.»

«Che cosa?»

«Ho detto dopo.»

«Ma non puoi mica...» aveva iniziato a protestare Penelope, ma l'impaziente sorella di Jason l'aveva interrotta.

«Jason, ma che stai combinando là fuori?» disse aprendo la porta, mentre lui veniva praticamente travolto da Teseo. «La tua ragazza ha un'espressione troppo seria! Non ti avevo insegnato che le donne vanno portate in palmo di mano?» lo rimproverò la sorella, che doveva avere l'età di Penelope. «Buongiorno, Penelope! Io sono Eugenie.»

Penelope stava per tenderle la mano, ma Eugenie la strinse immediatamente in un caloroso abbraccio, che non accennò ad allentare nemmeno mentre la faceva entrare nel negozio, trascinandola fin nel suo ufficio, nel retrobottega. Da sopra la spalla di Penelope, gridò in direzione del fratello: «Mi fai il favore di chiudere a chiave la porta, Babyboy?». Poi si rivolse a Penelope: «Apro alle nove e mezzo, perciò abbiamo un'ora buona. E mi scusi per la confusione, sto cambiando la vetrina ma non ho ancora trovato l'ispirazione giusta. Non è che per caso lei ha un'idea un po' folle? Tè, caffè, cappuccino, un espresso?» le domandò, parlando senza interruzione e dandole l'impressione di essere stata travolta da una specie di tsunami umano. Questa donna aveva anche più energia di sua madre Ariadne! E anche il suo aspetto lasciava senza fiato: indossava un vestito dalla fantasia psichedelica con una gonna a più strati che dava le vertigini, varie collane, appoggiate l'una sull'altra, tintinnavano al ritmo dei suoi movimenti e i capelli rosa, fermati qua e là con perline colorate, erano tenuti indietro da una fascia. Una sinfonia di suoni e colori.

«Pazzesco che lei si chiami Penelope e mio fratello Jason! Non sono poi così frequenti i nomi tratti dall'epica greca. Vorrei tanto che i miei genitori mi avessero chiamata Antigone. Sa, la figlia di Edipo. Lei sì che è stata una donna forte: ha fatto prevalere la propria coscienza sulla legge. La conosce?»

«Ehm, sì. Ha sacrificato la sua stessa vita per perseguire la giustizia.»

«Eugenie, lascia in pace Penelope, non devi farle un esame. È molto più istruita di te e di me» si intromise Jason, che si era appoggiato a braccia incrociate allo stipite della porta. «Avrei dovuto avvisarti, Penelope. Mia sorella è un'esoterica irriducibile e un'attivista ambientale. Già da adolescente si incatenava ai binari del treno per bloccare il transito dei convogli con rifiuti radioattivi e ha dato la caccia ai bracconieri di elefanti in Namibia.»

«E tu sei fiero di lei» ribatté Penelope, stupendosi del fatto di sentirsi a suo agio in quella situazione.

«Eccome se lo sono! Ciao, sorellona» la salutò Jason, che essendo di oltre una spanna più alto di lei dovette chinarsi per darle un bacino. «Sai già perché siamo qui. Voi cominciate pure, al caffè penso io.»

Un'ora e due tazze di caffè dopo avevano abbozzato un primo schizzo. Per tutto il tempo, Jason aveva seguito il procedere del lavoro scrutando da dietro le loro spalle, nella speranza che ogni nuovo segno di matita fosse quello che gli avrebbe fatto riconoscere i lineamenti dell'uomo. Ma non riusciva a vederci nessuna somiglianza con i poliziotti della centrale. La probabilità di trovare un riscontro era comunque vicina allo zero. Solo nel suo dipartimento erano attivi in centinaia, senza contare il fatto che c'era un'altra cinquantina di distretti, tra Monaco e provincia: anche eliminando le donne, il trenta per cento circa, rimanevano comunque quasi cinquemila possibili sospettati. Oltretutto lavorava in città solo da una settimana. Ma forse Viehaus o qualche altro collega avrebbe potuto riconoscerlo, o magari avrebbero avuto qualche risultato usando il programma di riconoscimento facciale.

«Non sono ancora tanto convinta degli occhi» commentò Penelope, dopo aver studiato attentamente il primo abbozzo dell'identikit.

«Più grandi, più stretti, più obliqui?» domandò Eugenie brandendo in aria la matita.

«Non lo so.» Rifletté per qualche secondo. «L'occhio destro era leggermente più piccolo.»

«Ma era proprio l'occhio o era la palpebra a dare questo effetto?» domandò Jason.

«Penso che gli calasse un po' la palpebra destra. E forse i sacchi lacrimali erano un po' più pronunciati. Ma forse erano le luci del parcheggio a darmi quest'impressione.»

Eugenie tratteggiò qualche rapido segno a matita e sfumò con l'indice i contorni inferiori degli occhi. «Così?»

Penelope si prese qualche secondo prima di rispondere e chiuse gli occhi per richiamare alla mente lo spaventoso incontro avuto con quell'uomo. Alla fine annuì: «Sì, potrebbe essere lui». Poi guardò Jason: «Ho paura di non poter fare meglio di così».

Jason prese in mano il ritratto. «È venuto molto bene. Sei un'eccellente osservatrice, Penelope. Descrivere un volto in modo che possa essere disegnato è una cosa difficilissima. Sono in pochi a saperlo fare, anche se in tv sembra sempre facile. Credimi, una volta catturato il colpevole, ci si rende conto che alcuni identikit non si avvicinavano nemmeno un po' alla realtà. Io l'uomo con il cappello di lana l'ho visto solo di profilo, ma secondo me ci hai colto nel segno. Avete fatto un ottimo lavoro, tutt'e due! E adesso, Penelope, ti porto a scuola.»

«E come procederà la caccia all'uomo? Mi farai sapere qualcosa?» domandò Eugenie al fratello mentre li accompagnava e apriva loro la porta.

«Assolutamente no» disse Jason secco.

«Ehi, Babyboy, non fare lo sbirro con me» rispose Eugenie, rivolgendo una smorfia d'intesa a Penelope.

«Grazie dell'aiuto, sorellona. Anche per Teseo. Lo passo a prendere a casa tua stasera, anche se potrei fare un po' tardi.»

«Non c'è problema. Venite una volta a cena da noi, le bambine ne sarebbero felici» propose Eugenie prima di salutarli.

«Certo, molto volentieri» accettò Jason, a nome di tutti e due, come se niente fosse. Poi afferrò la mano di Penelope e la strinse, perché sapeva benissimo che, se fosse stato per lei, avrebbe rifiutato.

Non appena furono da soli, Penelope chiese: «Non dovevi dirmi qualcosa?».

«Wow, vai dritta al punto!» rispose Jason. «Si tratta dei tuoi occhiali. Li ha trovati la scientifica e la polizia è convinta che appartengano alla vittima.»

«Merda» le sfuggì. «Hanno anche il mio foulard?»

«Sì, stanno cercando tracce di dna su tutti e due. Ovviamente cercano anche tracce di dna dell'assassino.»

Lei impallidì e si portò le mani alla gola. «E questo...» si interruppe per schiarirsi la voce. «E questo cosa significa per me?»

«Il foulard era nell'acqua, dubito che abbia ancora delle tracce sopra. Dagli occhiali potrebbero risalire a un'impronta digitale o trovare qualche frammento di pelle sulla montatura.

Visto che il tuo dna non è nelle nostre banche dati, non succederà niente, ma a partire da quel momento, le informazioni ottenute saranno inserite nei registri, perciò in futuro dovresti evitare di metterti nei casini con la legge, altrimenti risalirebbero subito a te. Ma non credo sia il tuo caso» disse contraendo appena la bocca di lato, in un'espressione che Penelope non seppe bene interpretare. Prima che potesse rifletterci su, Jason continuò: «Ma c'è anche un'altra cosa».

«Che altro?» domandò Penelope.

«Siccome il dna presente sui tuoi occhiali non corrisponderà a quello della vittima, potrebbero mostrare i tuoi occhiali e il tuo foulard in tv per vedere se qualcuno li riconosce. Io farò tutto quello che posso per tenerti fuori da questa storia, ed ecco il motivo per cui mi serviva l'identikit. Ma devo comunque sapere se c'è qualcuno che potrebbe riconoscere entrambi gli oggetti come tuoi.»

Penelope non ci dovette riflettere a lungo: «Sì, mia madre. Il foulard me l'ha regalato lei».

«Nessun altro?»

«No.»

«Sicura?»

«Sì.» Quest'ultima risposta tradì una certa impazienza.

«Bene, tua madre puoi controllarla.»

«Questo lo dici tu» sospirò piano Penelope. *In che accidenti di incubo sono andata a cacciarmi?*

15

Non appena in commissariato, Jason provò a capire se l'identikit trovava un riscontro sul database dei pregiudicati. Com'era prevedibile, la ricerca non diede risultati. Quello che gli sarebbe servito era un riscontro sul database del personale della polizia, ma per quello purtroppo non aveva le credenziali. Per accedervi aveva bisogno del capo della squadra speciale, Klaus Viehaus, e questo significava giocare a carte scoperte e raccontargli tutto, pur senza svelare l'identità di Penelope.

La reazione del commissario capo lo lasciò di sasso. Jason era convinto che Klaus Viehaus gli avrebbe staccato la testa prima di darlo in pasto ai leoni: non per nulla quel commissariato era noto a tutti come «la fossa dei leoni». E invece Viehaus si dimostrò comprensivo: «La sua iniziativa non dovrebbe certo fare scuola, ma in questo caso non posso darle torto. Dobbiamo allargare la prospettiva: non è detto che l'assassino lavori nei reparti operativi, potrebbe anche essere un magistrato». Viehaus si chinò verso Jason: «Bene, a questo punto sappiamo che lei e la sua amica sconosciuta siete la coppietta disturbata dalla pattuglia sabato notte. La deposizione e la descrizione dei due agenti non sono particolarmente esaustive, ma manterrò comunque segreto il verbale. Concordo con lei sul fatto che per il momento dovete essere lasciati fuori, per evitare che l'assassino abbia modo di mettersi sulle tracce dell'unica testimone che abbiamo. Gli occhiali e il foulard ormai sono già depositati come prove ed è in corso l'analisi del dna. Non sarà facile eliminare i risultati dal sistema una volta inseriti, ma farò comunque il possibile. Fin tanto che la sua amica non si farà notare, non ha niente di cui preoccuparsi. Lei invece continui a mantenere il riserbo e riferisca soltanto a me. E ora fuori dal mio ufficio, prima che cambi idea e la cacci. La prossima volta venga subito da me, altrimenti per lei non ci sarà più una prossima volta e potrà dire addio alla sua carriera. Chiaro?»

«Chiarissimo.» Jason pensò che alla fine dei conti gli era andata di nuovo bene.

Due ore dopo Viehaus lo richiamò nel suo ufficio: «È stato un tentativo a vuoto, Samuel. Il problema è che meno della metà dei nostri impiegati sono registrati sul database con una foto. Per sicurezza ho comunque ricontrollato due volte ognuno di quei maledetti file».

«Come procede il controllo dei video di sorveglianza della zona?»

«È ancora in corso: era un sabato sera caldo, c'era mezza Monaco in giro per le strade.»

Si aprì la porta e Kemal, il sottoposto di Viehaus, gli riferì un messaggio: «Il dottor Neunheinen deve parlarle urgentemente».

Viehaus balzò in piedi.

«Finalmente il medico legale ci fornirà qualche riscontro! Gli dica che sto arrivando. Lei viene con me, Samuel.»

«Ehm, veramente lui è già qui» disse Kemal, facendosi da parte per far rotolare dentro il dottor Neunheinen con i suoi imponenti centoventi chili. Teneva una logora cartellina di cuoio sotto il braccio. Prese posto ansimando e fece un cenno di saluto a Viehaus: «'Giorno, Klaus».

«Grazie, Kemal, è tutto.» Viehaus congedò così il suo assistente. Prima di andarsene, Kemal posò uno sguardo incuriosito su Jason.

«Il pivello può restare?» domandò Neunheinen, puntando il suo indice grasso in direzione di Jason.

«Sì. Forza, parla. Cos'hai scoperto?»

«Non è che prima avresti un goccetto da offrirmi?» Neunheinen lanciò un'occhiata indagatrice in direzione dell'armadio dietro la scrivania di Viehaus.

«Siamo in servizio» rispose lui asciutto.

«Di solito non è un problema.»

«Puoi avere dell'acqua.»

«L'acqua è buona per i pesci. Hai del caffè?»

Viehaus si alzò e versò una tazza di caffè dal bricco sulla credenza, poi la posò di fronte a Neunheinen, che a quel punto tirò fuori una fiaschetta dalla tasca e la svuotò dentro la tazza, riempiendola fino all'orlo. Poi mescolò con cura e ne prese un sorso. «Non bevo volentieri di fronte ai cadaveri» affermò, come in risposta a una domanda che nessuno gli aveva fatto.

«Siamo felici di saperlo. Allora, cos'hai scoperto?» ripeté Viehaus impaziente.

«Un bel po' di cose. Quello che abbiamo di fronte non è per forza un omicidio. Potrebbe trattarsi anche di un incidente, di un'omissione di soccorso o di una messinscena mirata a ottenere un qualche scopo.»

«Che significa?»

«Che la donna è deceduta per uno shock anafilattico. È morta soffocata. Ho trovato alti tassi di antigene nel sangue e vari eczemi sulla pelle. Sono i segni tipici. Dai genitori abbiamo saputo che era celiaca.»

«Nessuna traccia di violenza?»

«A parte quelle lasciate dalle corde su polsi e caviglie, solo qualche lieve ematoma.»

«È stata violentata?»

«Non ne abbiamo evidenza, quantomeno non abbiamo riscontrato lesioni all'apparato genitale. Invece aveva elevate concentrazioni di barbiturici nel sangue, per cui possiamo affermare che è stata sedata: l'hanno tenuta buona per un lasso di tempo abbastanza lungo, probabilmente. Ma le stranezze non finiscono qui.» Il dottor Neunheinen tirò fuori tre fotografie di grosso formato e le posò sul tavolo di fronte a Viehaus. Una mostrava una stella nera molto ingrandita su fondo bianco, le altre due erano prospettive diverse di una serie di lettere incise sulla pelle.

«PÜCKLER, MAS» lesse Viehaus a voce alta. «Che cosa significa? È una firma? L'assassino l'ha marchiata?»

«È possibile, ma secondo me è più probabile che la vittima si sia incisa queste lettere sulla pelle da sola, con un oggetto appuntito d'argento o almeno con parti in argento. Nelle ferite ho trovato tracce di ossidazione.»

«Perché pensi che le lettere siano opera della vittima e non dell'assassino?»

«Primo, perché lei era mancina e le incisioni sono sul braccio destro. Secondo, perché le lettere MAS sono le iniziali della vittima, Mira Antonia Sobotic, che scriveva racconti gialli e li pubblicava online con lo pseudonimo Mas Antonis. Forse la nostra coraggiosa ragazzina ci ha fornito il nome dell'assassino.»

«Sempre se lo conosceva.» Viehaus continuava a mantenere

la calma, cosa che Jason aveva sempre più difficoltà a fare. «E questa cos'è?» domandò, indicando la foto con la stella nera.

«È una *mouche*, pivello. L'ho trovata nella sua vagina.»

«Le hai trovato una *mouche* nella vagina? Mi prendi per il culo?» strepitò Viehaus. «Questa è una cosa seria, risparmiaci le tue battute perverse.»

«Dico sul serio, amico mio. *Mouche* è la parola francese con cui si indica il neo finto.»

«Neo finto? Quello che si attaccavano un tempo le donne in punti a caso del volto e del seno?»

«Lo facevano solo in epoca rococò e non li mettevano affatto a caso, ignorante» replicò Neunheinen, alzando il dito con aria saccente. «La posizione della *mouche* rappresentava un codice segreto nell'alta società. Svelava moltissime informazioni sulla donna che lo indossava.»

«Ah, sì?» Viehaus sembrava abituato alle lezioni di Neunheinen e stava aspettando che arrivasse al punto. «E una *mouche* nella vagina a cosa farebbe riferimento?»

«A niente.» Neunheinen sorrise, placido come un Buddha. «Quantomeno io non sono a conoscenza di un codice simile. Ma...» aggiunse, picchiettando con il dito sulla foto della stella, «ci svela comunque molte cose.»

Viehaus emise un mugugno irritato. «Forza, vieni al sodo!»

Neunheinen bevve un altro sorso del suo caffè corretto, poi si allungò sullo schienale della sedia. «Si tratta di un'antica *mouche* di cuoio. Ritengo che abbia almeno duecentocinquant'anni di storia alle spalle.»

Sulla fronte di Viehaus comparve una ruga di scetticismo. «È impossibile che tu abbia già i risultati delle analisi fatte con il carbonio 14.»

«Non ne ho bisogno» ribatté il medico legale, mentre, con

un gesto simile a quello del prestigiatore che tira fuori un coniglio dal cilindro, estraeva un'altra immagine della stella dalla cartella. «Questo è il retro. La firma impressa riporta una doppia B. *Et voilà*: Benoît Binet.»

«E chi sarebbe questo tizio?»

«Il fabbricante di parrucche di Luigi XIV» gli spiegò Jason.

«Bravo, pivello! Sei stato attento.» Senza dubbio Neunheinen aveva una predilezione per i casi bizzarri.

Viehaus sembrava spazientito: «Dunque abbiamo un assassino che forse non è un assassino, una vittima che si incide sulla pelle il nome "Pückler" con un oggetto argentato e che ha un vecchio pezzetto di cuoio nella vagina che il nostro tuttologo dice potrebbe far riferimento a un codice segreto». Il medico legale gli lanciò un'occhiata glaciale.

«Cos'altro c'è? Perché c'è dell'altro, vero?»

«Due cose: sulla *mouche* c'era l'impronta del dito indice della vittima, che era stato cosparso di brillantina. Anche nei capelli abbiamo trovato una gran quantità di un unguento denso e grasso.»

«E?»

«E niente! Io vi do degli elementi, ma tocca a voi metterli insieme. Altrimenti di mestiere avrei fatto il poliziotto.»

«Ma sono elementi senza nessun senso, per la miseria. Chi è che usa ancora la brillantina per i capelli, a parte gli imitatori di Luden e di Elvis?» Viehaus guardò Jason come se si aspettasse una risposta. Lui si affrettò a commentare: «Se questa *mouche* a forma di stella è un pezzo di antiquariato ci dev'essere un commerciante o un venditore privato specializzato in queste cose. Innanzitutto dovremmo cercare di capire se apparteneva alla vittima o all'assassino».

«Ecco un altro genio!» sbottò Viehaus. «Non è suo compito

insegnarmi come si conduce un'indagine. E adesso le passo la patata bollente, perché deve redigermi immediatamente un nuovo profilo dell'assassino. In bocca al lupo: il suo capo sarà felice che le sue ipotesi vengano messe in discussione! E non dimentichi: lei deve riferire soltanto a me, per il resto mantenga il più assoluto silenzio. Questo vale anche per te, dottor sapientone! Samuel, domani voglio il suo rapporto sulla mia scrivania. Me lo porti di persona, non usi la mail.»

Jason si dedicò all'analisi e al profilo dell'assassino fino a tarda sera, finché non fu più in grado di concentrarsi. L'immagine del volto di Penelope gli compariva sempre più spesso davanti agli occhi, interferendo con i suoi pensieri. Decise di mollare il lavoro e telefonarle per avvisarla del suo arrivo.

Poco dopo le ventitré suonò alla porta di Penelope con Teseo al suo fianco. Aveva riflettuto a lungo su quello che avrebbe potuto dirle. Di sicuro niente sulle condizioni del cadavere o sugli indizi che erano stati trovati, ma voleva almeno raccontarle che il caso di Mira Sobotic non rappresentava necessariamente un omicidio volontario. Forse questo l'avrebbe tranquillizzata un po'.

16

Penelope accolse Jason animata da sentimenti contrastanti. Aveva passato la giornata a domandarsi come si sarebbe comportata se si fosse trattato solo di loro due, se non fosse capitato nel mezzo quel maledetto crimine.

Avrebbe dovuto chiuderla lì? Avrebbe avuto la forza di farlo? Il biglietto che aveva fatto scivolare sotto la porta non denotava né coraggio né tantomeno carattere. Lo desiderava alla follia e, contemporaneamente, era terrorizzata all'idea di avvicinarsi ancora di più a lui. Jason aveva scoperto già troppe cose sul suo conto, cose che voleva mantenere segrete, perché ogni minimo strappo sulla superficie avrebbe significato, per lei, una sofferenza certa.

Teseo emise un guaito di felicità nel vederla, le diede un colpetto con la sua immensa testa e si fece strada tra lei e la porta trotterellando fino al salotto.

«Si sente già a casa sua, qui» disse Jason guardandola come se aspettasse una conferma. La cosa la mise ancora più in imbarazzo di quanto non fosse già. «Vieni, entra» disse facendo un passo indietro. «Vuoi qualcosa da bere? Trudi mi ha dato una bottiglia del suo liquore.»

In salotto trovarono Teseo seduto di fronte al divano, in mezzo al quale troneggiava Giacomo tipo re delle Tonga, soffiandogli contro intrepido. Poi si mise ad agitargli una zampa davanti al muso, mentre il gigante seguiva pazientemente i suoi movimenti, uggiolando piano e agitando la coda. Non c'erano dubbi sul fatto che Teseo volesse fare amicizia.

Penelope, che aveva dato segno di voler salvare il proprio gatto, disse, abbozzando un sorriso: «Il tuo cane sarebbe un perfetto trainer nella gestione dei comportamenti aggressivi. Non c'è proprio niente che lo fa irritare?». Accarezzò la testa di Teseo, un affronto al quale Giacomo rispose con un sibilo di indignazione.

«Anche mia sorella lo chiama Mister Valium. È una a cui piacciono i soprannomi, come avrai sicuramente capito.»

«Già.» Penelope esitò qualche secondo, prima di aggiungere: «Babyboy...».

A quel punto il ghiaccio si era rotto e, dopo un bicchierino dell'infernale liquore di Trudi, Jason le spiegò la situazione.

«Perciò l'identikit non è servito a niente?»

«No, ma servirà più avanti. Non appena prenderemo il colpevole, verrà usato come prova.»

«A quel punto dovrò fare il riconoscimento, o come lo chiamate voi?»

«Dipende dalle prove che avremo a suo carico. Se avremo tutti gli elementi per incriminarlo o se confesserà, non sarà necessario. Ma prima dobbiamo prenderlo» rispose Jason con decisione.

«È stupido se ti dico che in qualche modo mi dà sollievo sapere che potrebbe non essersi trattato di un vero omicidio, ma di una specie di incidente o di disgrazia?»

«No, capisco benissimo cosa intendi dire ed è proprio per questo che te ne ho parlato: ci dà una speranza per le altre due donne scomparse. Anche se come minimo abbiamo comunque a che fare con un rapitore senza scrupoli.» Preferì non menzionare le ipotesi avanzate dal dottor Neunheinen sull'omissione di soccorso e sulla possibile messinscena dello shock anafilattico. Gli cadde l'occhio sul libro aperto sopra il tavolo. «Che cosa stai leggendo?»

«La biografia di Jeanne-Antoinette Poisson.»

«Non mi dice niente. *Poisson* non significa "pesce" in francese?» Jason collegò le due cose solo perché gli era tornato in mente che il dottor Neunheinen aveva rifiutato l'acqua definendola «buona per i pesci».

«Sì, esatto. Comunque sono sicura che ne hai sentito parlare. Era nota come Madame Pompidou ed era l'amante ufficiale di Luigi XV.»

La cosa incuriosì Jason. «Che buffo, proprio oggi parlavamo di Benoît Binet.»

«Il fabbricante di parrucche di Luigi XIV? E come mai?»

«Per un caso che stiamo seguendo» rispose laconico Jason.

«Ho capito, non puoi parlarne. Come fai a conoscere Binet? Non è una figura storica molto nota.»

«Per via di un qualche polpettone storico che mi ha trascinato a vedere mia sorella. Lei adora il cinema *d'essai* francese.» All'improvviso gli venne un'idea. Avevano inserito il nome "*Pückler*" su ogni possibile banca dati, ma la ricerca non aveva prodotto alcun risultato, a parte indicare un paio di innocui pirati della strada. «Senti, Penelope, qual è la prima cosa che ti viene in mente se ti dico il nome "*Pückler*"?»

«La prima cosa, su due piedi? In realtà mi viene in mente solo il principe Hermann von Pückler-Muskau.»

«Che però è già morto da un pezzo, giusto?»

«Da circa centocinquant'anni. Perché me lo chiedi?»

«Così.»

«Comunque aveva una personalità ambigua.» Penelope rifletté per qualche secondo, poi aggiunse: «E piuttosto eccentrica».

Jason si fece più interessato: «Una personalità ambigua ed eccentrica?».

«Sì, il principe era avanti rispetto alla sua epoca, aveva innumerevoli interessi, era un cosmopolita, ma anche un collezionista di donne e uno snob. La sua sregolatezza era leggendaria e non teneva troppo in conto le convenzioni sociali. Durante uno dei suoi viaggi in Oriente si comprò una giovane schiava e la portò al castello di Muskau per farne la sua compagna di giochi. Viene fatto risalire a lui il famoso aforisma: "Quel che si ha non conta niente, conta solo quel che si desidera avere". Si è fatto un nome principalmente come scrittore di resoconti di viaggi e architetto del paesaggio. I suoi parchi, quello di Muskau e quello di Branitz, sono considerati patrimonio dell'umanità.» Man mano che ne parlava, Penelope diventava sempre più appassionata.

Sentendo nominare quei due luoghi, in Jason si riaccese la speranza. Forse il nome "*Pückler*" si riferiva a quelli? «Dove si trovano Muskau e Branitz di preciso?»

«Nella ex Germania dell'Est.»

«Era quello che temevo. Di cosa scriveva questo Pückler?»

«Aspetta.» Penelope si alzò, andò alla libreria e tirò fuori un volume. «Ecco.»

«*Lettere di un defunto*, di Hermann von Pückler-Muskau» lesse Jason a voce alta.

«È una raccolta di lettere scritte durante il suo viaggio in Inghilterra alla sua amica ed ex moglie Lucie, una specie di raccolta di frammenti di diario. È molto sagace, persino pungente in certi casi. Il principe era un ottimo osservatore.»

«Posso prenderlo in prestito?»

«Assolutamente sì. Poi mi dirai come ti è sembrato.»

«Senz'altro. Senti, non è che avresti qualcosa da mangiare? Sto morendo di fame.»

«Certo.» Penelope si alzò. Quel pomeriggio era andata al supermercato e aveva riempito il carrello più del solito. Sistemando la spesa si era stupita di quante cose da mangiare avesse comprato e solo adesso le fu chiaro il motivo. Per un attimo si domandò quando aveva perso la capacità di comportarsi in modo razionale. Mentre preparava un piatto a base di formaggi, uova sode, pomodori, cetrioli e pane artigianale, si ricordò che c'era stato un tempo in cui anche David aveva apprezzato le cene semplici come quella, prima di essere risucchiato da un mondo fatto di menu a cinque portate.

Jason mangiava con gusto.

«Anche il tuo cane sembra affamato. Vuoi che gli prepari qualcosa? Dovrei avere del tonno» si offrì lei. Teseo sembrò averla capita, perché distolse immediatamente lo sguardo dal padrone e andò ad appoggiare il muso sulle gambe di Penelope con un sospiro struggente.

«Non preoccuparti, Teseo ha sempre l'aria affamata. In realtà gli ho appena dato da mangiare.» Jason prese un'altra fetta di pane e la cosparse con un generoso strato di burro, poi aggiunse due fette di formaggio e un'abbondante macinata di pepe. Prima di staccargli un bel morso deciso, lanciò un'occhiata a Penelope da sopra il panino, non meno struggente di quella del suo cane: «Come la vedi oggi una sessione di coccole?».

Penelope si irrigidì istintivamente. Fino a quel momento non aveva avuto idea di come avrebbe reagito alla presenza di Jason. E adesso si sentì rispondere: «E va bene, puoi restare». E poi aggiunse con fermezza: «Ma ci sono delle regole».

Jason finì di masticare in tutta calma, poi disse: «Be', allora spara. Che cosa ti sei inventata? Devo esibirmi in una verticale, prima?».

L'incurante schiettezza di Jason metteva a dura prova la sua pazienza. «Non mi prendi sul serio» disse con voce infantile.

«Oh, eccome se ti prendo sul serio.» Jason si alzò e la prese tra le braccia. «Allora, che posso fare per te, piccola?» le sussurrò vicino all'orecchio. Il suo respiro tiepido e la sua voce calda le provocarono un'ondata di eccitazione.

«Quello che facciamo è solo sesso, niente di più. Solo sesso» balbettò.

«Va bene, come vuoi tu. Il sesso mi sembra un'ottima idea. In realtà volevo solo coccolarti, ma ogni suo desiderio è un ordine, milady.» Poi la prese in braccio e la portò in camera da letto.

Intorno alle quattro del mattino Penelope fu svegliata di soprassalto da un rumore e accese la lampada sul comodino. Accanto a lei il letto era vuoto, non c'era nemmeno Giacomo acciambellato al solito posto. Sentì di nuovo quel rumore, una specie di gorgoglio, e le sembrò che provenisse dalla sua macchina del caffè. Si alzò e aprendo la porta riconobbe la voce di Jason. Con chi stava parlando? Con Giacomo, come scoprì subito dopo. A quanto pareva, il suo gatto pretendeva una colazione anticipata e Jason gli stava spiegando che preferiva non prendere iniziative che rimanevano fuori dalle sue competenze. Teseo era in piedi accanto a Giacomo e stava ascoltando con la testa piegata di lato.

«Ehi, che state combinando voi tre?»

«Non riuscivo a dormire e Giacomo e Teseo mi stavano facendo compagnia.»

Penelope si avvicinò. «È per via del caso, vero?»

«Sì, non riesco a dare un senso a tutte queste incongruenze. Quindi ho pensato di mettermi a leggere.» Indicò il libro di Pückler aperto sul tavolo. «È veramente molto interessante, ma non esattamente quella che si può dire una lettura facile, vista la ridondanza della scrittura.» Jason si versò una tazza di caffè, poi sollevò la brocca verso Penelope. «Ne vuoi anche tu?»

Lei non ci dovette riflettere a lungo, a quel punto le pareva che avesse poco senso rimettersi a letto. «Sì, volentieri.»

Jason le passò il caffè e fece un cenno in direzione del piano settimanale attaccato allo sportello del frigo. «Bella tosta la tua tabella di marcia. Hai degli orari prestabiliti addirittura per pulire la lettiera del gatto?»

«Sarebbe una domanda?» replicò Penelope socchiudendo gli occhi.

«Diciamo così: questo piano rivela un sacco di dettagli su di te. E non sto parlando di cosa fai a che ora.»

«Intendi intavolare una discussione sulla mia vita, ora?» La voce di Penelope era diventata leggermente tagliente.

«Rilassati, non adesso. Ma sicuramente presto. Mi interessa anche capire perché nel tuo appartamento c'è solo qualche vecchia foto di classe, ma nessuna con la famiglia o con gli amici. Non hai un passato?»

«Di' un po', mi stai usando come caso di studio?» Aveva interpretato la domanda di Jason come una provocazione.

«No, mi interesso semplicemente a Penelope come persona. È forse sbagliato?»

«Ma no, non è sbagliato» gli concesse lei. «Ma ti prego di non prendertela con me, se sei in un vicolo cieco con il tuo caso.»

«Ma tu potresti aiutarmi» rispose Jason, al quale era appena venuta un'idea. «Che ne dici di fare il gioco delle associazioni?

Qual è la prima cosa che ti viene in mente se ti dico queste parole: "*Pückler*", "neo finto", "brillantina"?»

«Teatro.»

«Okay, perché?»

«Devo sempre rispondere di getto?»

«Certo.»

«Penso che sia per la brillantina sui capelli. Ieri hai nominato Benoît Binet, il fabbricante di parrucche di Luigi XIV. Le parrucche all'epoca venivano incipriate, ma prima ci cospargevano sopra la brillantina in modo che la cipria, una polvere ottenuta dal frumento o dalle patate, potesse aderire bene.»

«E le parrucche venivano fermate con delle forcine? Forcine d'argento, per esempio?»

«Più che altro ci applicavano sopra fiocchi e altri ornamenti. Tutto questo ha a che fare con il caso?»

«Sì, ma non posso spiegarti perché.»

«Mmh.» Penelope corrugò la fronte, sollevò la tazza di caffè, poi la ripose sul tavolo e prese in mano il libro del principe. Lo sfogliò, andando avanti e indietro.

«Che c'è? Cosa stai cercando?»

«C'è un punto in cui Pückler descrive una cosa...» L'aveva trovata: «Ecco, il principe si divertiva a copiare i dipinti famosi e i suoi preferiti erano quelli che ritraevano donne semivestite. Le donne per lui rappresentavano un passatempo creativo come tanti altri».

Jason diede un'occhiata alla pagina alla quale Penelope aveva aperto il libro e mise insieme i pezzi: l'allergia al frumento doveva aver causato la morte della studentessa dopo che era stata esposta alla cipria per parrucche di cui aveva parlato Penelope. Il viso di Jason si rischiarò improvvisamente. Afferrò il libro ed esclamò: «Devo andare. Grazie, Penelope! Mi faccio vivo stasera».

Il commissario capo Viehaus lesse il rapporto di Jason. Poi alzò lo sguardo: «Lei pensa che il nostro rapitore abbia un qualche hobby artistico?».

«Sì, dev'essere un fotografo, un pittore o uno che gira video. La mia opinione è che gli interessi principalmente l'allestimento della scena: le pulsioni sessuali sembrano giocare un ruolo secondario.»

«Non mi convince, la sua tesi non è supportata dalle prove e mi pare eccessiva per il nostro obiettivo attuale, Samuel.»

«No invece, restringe il campo di ricerca del colpevole» ribatté Jason. «È stata la vittima stessa, Mira Sobotic, a fornirci gli elementi per arrivare a questa conclusione. Aveva studiato teatro e nel tempo libero scriveva gialli che pubblicava in autonomia sotto pseudonimo. E le sue storie avevano un tale successo che riusciva a pagarsi gli studi. Inoltre, da una ricerca ho scoperto che stava scrivendo la tesi magistrale sul principe Hermann von Pückler-Muskau.»

Viehaus era il ritratto della perplessità: «Perciò starebbe dicendo che la vittima, nonostante lo stato mentale alterato per la situazione in cui si trovava, sarebbe riuscita a dare prova di una logica criminale volendoci così condurre al suo rapitore? E mi dica, Samuel, perché mai allora si sarebbe incisa addosso il nome "*Pückler*" anziché per esempio la parola "artista" o "fotografo", o qualunque cosa fosse?».

«Su questo sto ancora lavorando. Sono sicuro che il nome "*Pückler*" è lì per darci anche un secondo suggerimento concreto, almeno quanto la parola "artista". Penso che si tratti di un luogo.»

«Bene, allora torni da me quando lo avrà scoperto.»

Viehaus voleva tagliare corto, ma Jason aveva un'altra cosa in serbo per lui. «Un attimo.» Tirò fuori un secondo fascicolo. «Qui ho i rapporti di tre diversi furti avvenuti nelle ultime settimane: due in negozi di abiti a noleggio e uno al teatro dell'Opera di Monaco. L'ultimo furto precede di dieci giorni il rapimento della prima ragazza.»

«E cosa è stato rubato di preciso?» Viehaus si era fatto più interessato.

«Parrucche e abiti femminili in stile XVIII secolo.»

«Quindi lei pensa che il ladro possa essere il colpevole, che si sarebbe procurato così il materiale necessario alla sua messinscena?»

«Sì, potrebbe senz'altro essere andata in questo modo.»

«E va bene, può sempre costituire una pista. Metterò uno dei miei a lavorarci sopra. E se lei è tanto convinto della sua tesi, la pregherei di darmene una dimostrazione e di trovare questo secondo stramaledetto collegamento a Pückler!»

E con ciò, Jason fu congedato. Tornando verso il bugigattolo che usava come ufficio rifletté sul fatto che sarebbe stato difficile individuare un posto preciso, considerando che il principe Pückler aveva scritto anche molti resoconti di viaggi. Ma il suo istinto gli diceva che stava andando nella direzione giusta. Il raggio d'azione del rapitore per il momento era stato limitato alla città di Monaco, perciò c'erano buone probabilità che anche il luogo in questione si trovasse a Monaco o nei suoi immediati dintorni.

17

Il giorno dopo scomparve un'altra ragazza: era la quarta studentessa rapita nel giro di tre settimane. La stampa scandalistica reagì con i soliti titoli sensazionalistici e il sindaco di Monaco, preoccupato, aumentò le pressioni sulla polizia.

Jason venne completamente assorbito dal suo lavoro e Teseo in pratica si trasferì da Penelope, visto che il suo padrone passava quasi tutte le notti al commissariato insieme a Viehaus e ai suoi colleghi, impegnato ventiquattr'ore su ventiquattro. Nonostante questo, le indagini erano a un punto morto.

La settimana seguente lui e Penelope non ebbero occasione di vedersi. Due volte lui era tornato nel cuore della notte e si era infilato nel suo letto, ma alle sei, quando suonava la sveglia di Penelope, se n'era già andato.

Jason, che intanto aveva letto e riletto il libro di Pückler, stava quasi per mettere in dubbio la sua tesi. Solo sabato sera riuscì ad arrivare da Penelope a un'ora decente, perché Viehaus lo aveva spedito a casa dicendo: «Ha un aspetto orrendo, Samuel! Non voglio rivederla qui prima di lunedì!».

Avevano passato una bella serata insieme, ordinando cibo orientale da asporto, e Jason per qualche ora era riuscito a non pensare al caso.

La domenica mattina, mentre Penelope era sotto la doccia,

squillò il telefono e lui rispose al posto suo. Essendosi presentato come «la segreteria telefonica di Penelope», una voce femminile sconosciuta domandò: «Ehm... David?». Per quanto quelle parole fossero suonate stupite e confuse, allo stesso tempo Jason intuì che la sua interlocutrice sarebbe stata felice se al telefono avesse risposto davvero questo David.

«No, sono Jason» disse, con una cautela che in genere non gli apparteneva. Il suo sesto senso gli suggeriva che doveva trattarsi di una telefonata significativa, in grado di aggiungere un nuovo pezzo al puzzle che componeva la misteriosa personalità di Penelope. A quel punto sentì che la donna all'altro capo del telefono si schiariva la voce, indecisa, prima di buttar lì in tutta fretta qualche parola tinta di una lieve incertezza: «Sono Caroline, un'amica di Penelope. Volevo mettermi in contatto con lei, è passato un po' di tempo. E farle gli auguri per il compleanno».

«Oggi è il suo compleanno? Non lo sapevo.» In effetti aveva evitato di proposito di interessarsi alla data di nascita e all'età di Penelope, proprio perché per lei sembrava essere una faccenda di grande importanza. In realtà non gli ci sarebbe voluto molto per scoprirlo.

«È in casa? Posso parlarle?» domandò poi Caroline, facendo così pensare a Jason che doveva trattarsi di una persona davvero gentile e dai modi garbati. Chiunque altro avrebbe cercato di approfondire la questione o avrebbe espresso il suo stupore per il fatto che Jason non conosceva il compleanno di Penelope nonostante rispondesse al suo telefono di casa, cosa che lasciava supporre un certo grado di confidenza.

«C'è, ma sta facendo la doccia. Posso farla richiamare?»

«Sì, è...» Venne interrotta dalla domanda di un bambino.

Jason sentì la voce di Caroline farsi più lontana e dire: «La mamma sta telefonando, amore. Intanto mettiti le scarpe, va bene?... Mi scusi, era mia figlia. Dica a Penelope che la saluta tanto la sua amica Caroline, le dica che la penso. E se vuole richiamarmi, ha il mio numero. Ciao!».

Jason, pensieroso, riattaccò. Scrisse un biglietto a Penelope con cui la avvisava che usciva a comprare dei panini, chiamò Teseo e rientrò poi in casa un quarto d'ora dopo con la colazione e un enorme mazzo di girasoli.

«Oh! È per me? Grazie, è bellissimo!» lo accolse entusiasta Penelope, aprendogli la porta. Prese il mazzo di fiori e vi affondò subito il viso. Ma non poteva ingannare Jason, al quale non era di sicuro sfuggito che l'aveva fatto per nascondere l'imbarazzo e non certo per sentire il profumo dei fiori.

Già dal loro primo incontro sul pianerottolo aveva intuito che Penelope era una persona alla quale non interessava essere notata dagli altri, perché, a quanto pareva, preferiva andare in giro per il mondo come se fosse invisibile, evitando ogni incontro superfluo.

Doveva ammettere che era stato proprio questo comportamento la prima cosa che lo aveva attratto di lei. Aveva un carattere complesso, ma poteva darsi che i segni del senso di colpa, dell'automortificazione e della rabbia repressa che Jason aveva letto in lei non avessero sempre fatto parte della sua personalità. Probabilmente si era eretta da sola questa corazza tutto intorno, una corazza che lui era deciso a rompere. C'era una spiegazione dietro a quel suo cambiamento e lui voleva scoprirla, voleva arrivare a conoscere la vera Penelope. Per questo all'inizio aveva insistito in quel modo non accettando un no come risposta.

Era rimasto sorpreso vedendola cedere così in fretta e stare al suo gioco, anche se nel frattempo era giunto a una spiegazione plausibile: quella sera non gli erano sfuggite le pupille dilatate di Penelope, era chiaro che aveva assunto qualche sostanza, cosa che lui non apprezzava affatto. Dopo quella scoperta per poco non aveva lasciato perdere. Conosceva le gravi conseguenze che poteva provocare quella roba, sapeva bene cosa significasse avere una relazione con una persona con problemi di dipendenza da droghe o da psicofarmaci.

Ma alla fine la curiosità professionale e il genuino interesse che nutriva per Penelope avevano finito per prevalere sui suoi dubbi. Nel frattempo era felice di essersi legato a lei: ciò che in un primo momento aveva considerato quasi come un esperimento si era rapidamente trasformato in qualcosa di più profondo. Piano piano si stava avvicinando a Penelope, districando uno dopo l'altro i fili di seta nei quali si era avviluppata, come una larva di farfalla dentro il suo bozzolo.

Questa Caroline sembrava costituire un filo nuovo, un collegamento con quel mondo esterno a cui Penelope guardava quasi come a un nemico e che, con la sua imprevedibilità, avrebbe potuto scardinare l'ordine che lei tanto si affannava a proteggere. L'ordine che, a monito imperituro, stava appeso al frigo sotto forma di minuzioso piano delle attività settimanali e che, tra le molte voci, presentava anche una misteriosa «D» sulla quale Jason si interrogava già da tempo. Era arrivato il momento di saperne qualcosa di più.

«Sai per che cosa sono i fiori?» cominciò a dire Jason. Gli interessava vedere come avrebbe risposto, capire la sua reazione. Erano poche le persone che nascondevano la data del proprio compleanno o che addirittura la dimenticavano.

Penelope continuò a evitare il suo sguardo e si aggrappò al mazzo come in cerca di un appiglio.

Ancora una volta il suo silenzio diceva a Jason più cose di

quanto non avrebbe potuto fare una qualsiasi risposta. Seguì con lo sguardo i sentimenti contrastanti che si rincorrevano sul suo volto, la osservò mentre cercava di capire se Jason sapesse più di quanto avrebbe dovuto, mentre ingaggiava una lotta furibonda con se stessa per decidere se tirar fuori la verità o piuttosto parare il colpo con una battuta di spirito. Si decise infine per quest'ultima opzione: «Perché mi trovi strepitosa?». Tentò di sfoderare un sorriso malizioso, ma era un'impresa impossibile. Non era fatta per la malizia: era troppo onesta, troppo genuina. Non era in grado di fingere, non aveva né il talento necessario né l'abitudine. E Jason trovava che il fascino di Penelope risiedesse proprio in questo, era ciò che l'aveva attratto fin dal primo istante. In qualsiasi condizione o situazione lei fosse, Jason aveva sempre a che fare con una Penelope pura, seppur trincerata dietro la sua armatura fatta di sofferenza e automortificazione. Decise a quel punto di liberarla dall'impaccio: «Buon compleanno, Penelope».

Lei alzò in modo quasi impercettibile le spalle. «Grazie» rispose piano. «Come fai a saperlo? Ha chiamato mia madre mentre ero sotto la doccia? Perché in effetti ha un talento naturale per queste cose.» Andò in cucina e prese un vaso dalla credenza.

«Se mi stai chiedendo se me l'abbia detto tua madre, la risposta è no.»

Penelope armeggiò con il vaso, ci mise dentro i fiori e lo riempì d'acqua, mentre le sue guance si riempivano di macchioline rosse. Jason le interpretò come il segno di una rabbia silenziosa. Riusciva a immaginare che cosa stesse agitando Penelope: trovava sempre interessante notare la propensione delle donne a trarre conclusioni errate. Si sedette e aspettò di vederla esplodere, cosa che in effetti non si lasciò attendere a lungo.

Penelope si voltò di scatto verso di lui: «Come lo sai? Hai ficcanasato nella mia vita?».

«Assolutamente no. Me l'ha rivelato poco fa la tua amica Caroline. Mi ha chiesto di salutarti e di dirti che ti pensa. Vorrebbe che tu la richiamassi.»

Penelope si morse un labbro, quasi avesse paura di aprire la bocca facendosi scappare parole che non voleva pronunciare. Posò il vaso sul tavolo, voltò le spalle a Jason e borbottò, quasi fra sé, un «va bene».

Era evidente che non voleva approfondire la questione della telefonata di questa Caroline. Jason la osservò mentre si fissava le mani rimaste senza occupazione. Per avere qualcosa da fare, Penelope afferrò uno straccio e si mise a pulire il ripiano della cucina, che peraltro era già lustro come uno specchio, dando a Jason l'impressione che con quei gesti volesse in realtà cancellare le macchie della sua vita. Non era mai stata così brusca con lui.

Ma stavolta non aveva intenzione di semplificarle le cose. Afferrò quel nuovo filo che Caroline gli aveva inconsapevolmente offerto e lo tirò: «Chi è David, Penelope?» domandò con dolcezza, vedendola immobilizzarsi, riflettere per un secondo e poi riprendere a pulire, con movimenti ancora più febbrili, mentre le macchie rosse sul suo viso si facevano più intense. A quanto pareva, aveva perso le parole, perché non disse nulla e nemmeno lo buttò fuori. Jason era pronto a entrambe le evenienze.

Wow, pensò, *questo sì che è un tasto dolente.* Quindi quella «D» sul suo piano settimanale stava per David, e questo David era la causa e l'origine della personalità complessa di Penelope. Era il motivo per cui si era ritirata così tanto in se stessa da non lasciarlo quasi avvicinare, permettendogli solo di grattare sulla superficie. Ma perché aveva ritagliato del tempo nella sua tabella per questo David? La cosa non aveva alcun senso.

Passarono alcuni secondi, durante i quali Jason sentì Penelope ritrarsi, quasi fisicamente, dentro la sua corazza protettiva, mentre tra di loro tornava a crearsi un distacco.

«Non che la cosa ti riguardi, comunque David è il mio ex marito» disse Penelope, controllando a fatica la voce. Poi gettò lo straccio nel lavandino e lanciò un'occhiata eloquente all'orologio: «Ho ancora molto lavoro da fare, grazie per la colazione».

Quindi lo stava mettendo alla porta... Il suo comportamento strappò a Jason una risata divertita: «Mi butti fuori?».

«Sì, e ti prego di lasciarmi in pace d'ora in poi» rispose fredda Penelope.

«Ci piace renderci le cose semplici, vero?» Jason scosse la testa, ma lei non poteva vederlo perché continuava ostinatamente a dargli le spalle. «Sai qual è il tuo problema, Penelope? Ti sei rintanata dentro un nido con le tue idee e ti ci sei accomodata ben bene. Osservi tutto ciò che ti circonda con la prospettiva di un uccello in volo, come se la cosa non ti riguardasse. Per te le persone sono piccole, perché le spingi tutte lontano da te, nessuno deve avvicinarsi troppo. Mi ricordi Pippi Calzelunghe: anche lei si era costruita una dimensione a suo piacimento. Ma non funziona così, Penelope. Non ci siete soltanto tu e i tuoi sentimenti in questo mondo. Anche le altre persone ne hanno. Non sei l'unica a essere stata presa a schiaffi dal destino. E già che ci siamo: anche con tua madre sei ingiusta. Secondo me la guardi con occhi sbagliati.»

Ovviamente a Penelope non piacque sentirsi dire quelle parole. Che cosa ne sapeva lui della sua vita? «Parli come se la conoscessi da non si sa quanto tempo! Sai che ti dico? La questione tra me e mia madre non ti riguarda affatto» ribatté glaciale.

Jason la guardò come se fosse rimasto deluso da lei, provocandole una fitta al cuore.

«Sei la persona più incoerente che abbia mai incontrato. La tua percezione di te stessa è del tutto sballata e il modo in cui tratti chi hai intorno ne è un esempio lampante. E questo comprende anche la stima che hai di te stessa. Allontani tutte le persone che ti vogliono bene e che si prendono cura di te. Le ferisci, Penelope.»

Penelope sentì la rabbia che le montava dentro come se fosse un vulcano in eruzione. Che arroganza! Jason non aveva alcun diritto di parlarle in quel modo. Il fatto di aver dormito qualche volta insieme non significava che avessero una relazione. Era stato solo sesso! Questo era il patto, la regola che lei aveva imposto e che lui aveva accettato di seguire. E adesso quel minimo scambio avuto con lei lo faceva sentire in diritto di disquisire sulla sua vita, di sminuzzare la sua anima come se fosse uno dei criminali con i quali aveva a che fare per lavoro?

«Ma come ti permetti? Non ho intenzione di tollerare questa tua... analisi da profiler!» urlò. «Esci subito da casa mia!» Gli indicò la porta, con la mano che tremava.

L'unico a obbedire alla sua intimazione fu Teseo, che trotterellò in corridoio, tornando però subito indietro nel vedere che il padrone non lo aveva seguito. Infilò il muso nella porta con aria interrogativa, ma Jason non lo considerò.

«No, non ci penso nemmeno ad andarmene adesso» disse, senza lasciarsi impressionare dallo scoppio di rabbia di Penelope. «Io non mi faccio allontanare, esattamente come non lo fa tua madre. Me ne andrò solo quando avrai ascoltato quello che ho da dirti. Siediti» le ingiunse con voce perentoria, quasi come fosse un maestro e lei l'alunna.

Penelope non aveva mai sentito Jason usare quel tono. Era diverso dal solito, le diede l'impressione di un uomo dai sani principi, un uomo che sapeva cosa voleva e agiva di conseguenza, un uomo che sarebbe stato bello avere al proprio fianco nei momenti difficili.

La sua rabbia si placò lasciando spazio a un sentimento di impotenza. Si sentiva a disagio con se stessa, e non solo perché la situazione le era sfuggita di mano, ma anche perché aveva paura di cos'altro aveva da dirgli Jason. Perché le avrebbe detto cose che lei sapeva già da tempo, ma che non voleva ammettere. Da un pezzo ormai conosceva la via per uscire dal labirinto nel quale si era rinchiusa, eppure era sempre tornata volontariamente indietro, perché aveva più paura del nuovo che la stava aspettando fuori che dell'angolo oscuro nel quale l'aveva catapultata il destino e al quale aveva finito per abituarsi. Perché le richiedeva più sforzo lottare contro il dolore, piuttosto che assecondarlo.

Era esattamente questo che Jason le aveva fatto intendere: che lei sapeva quale fosse la cosa giusta da fare, eppure agiva in senso contrario. In altre parole, che era disposta a calpestare i sentimenti degli altri pur di non turbare la propria quiete. Non era ancora arrivata al punto di non rendersi conto che Jason aveva messo il dito esattamente al centro della piaga.

Del resto, questa discussione era nata solo per colpa sua: non avrebbe mai dovuto farsi coinvolgere da Jason, lasciare che si avvicinasse così tanto a lei era stato un errore. Le ci erano voluti molti anni e grandi sforzi per mettere insieme l'impalcatura della sua vita, e adesso arrivava questo giovane e cercava di scardinarla. Era furiosa con se stessa, per aver permesso che le cose arrivassero fino a quel punto, e con Jason, per la sua testardaggine. Accidenti, non sarebbe stato meglio che si fosse trasferito da qualche altra parte? Tutto sarebbe andato diversamente e lei avrebbe potuto continuare a languire nelle placide acque della sua vita, anziché ritrovarsi a remare tra le rapide.

Giacomo percepì la sua irrequietezza e decise di provare a placarla con una nuova dimostrazione di affetto, saltandole sulle ginocchia. Penelope nascose le mani tese nel suo pelo, con la testa bassa. In quel momento non voleva incontrare lo sguardo di Jason, sentiva di non avere la forza per sostenerlo, perché aveva la sensazione che a quel punto non sarebbe più riuscita a trattenere le lacrime che le bruciavano ormai da un pezzo dietro gli occhi, richiamate dal tormento di ricordi che aveva seppellito da tempo.

Jason fece una pausa per lasciare a Penelope la possibilità di elaborare le sue parole. Poi ricominciò a parlare: «Ti lamenti in continuazione del fatto che tua madre si immischia sempre nella tua vita; la presenti come una completa egoista e la tratti come se fosse una scocciatura alla quale è necessario rassegnarsi, trattandosi di lei. Dal mio punto di vista, Ariadne è una persona che c'è sempre stata per te. Anche un cieco vedrebbe quanto ti vuole bene. Non dev'essere stato facile per lei, come non lo è per nessuna madre che cresca i figli da sola, senza l'appoggio di un padre. Tu stessa mi hai raccontato di quando faceva i turni come cameriera per mantenerti. Anche la telefonata della tua amica Caroline è stata abbastanza eloquente. Credo che tenga molto a te e sono piuttosto sicuro che tu abbia cacciato via pure lei dalla tua vita. Ammettilo, nel profondo lo sai anche tu. Non si può sfuggire alla verità su di sé, Penelope. È arrivato il momento di affrontarla. Raccontami cos'è successo».

Penelope sentì la propria vita abbattersi come una slavina sulle spalle. Man mano che il discorso di Jason si faceva strada dentro di lei, il fardello della sua colpa diventava sempre più pesante. Ma non era ancora pronta, non aveva la forza necessaria né per opporre resistenza né tantomeno per mettersi a scavare. «Non ci riesco. Lasciami in pace, vattene!» disse con voce soffocata.

«E va bene» acconsentì Jason, lasciandola sorpresa. «Me ne vado. Fatti viva quando avrai voglia di parlare. Ma una cosa voglio ancora dirtela.» Jason si alzò e picchiettò con un dito sul piano settimanale appeso al frigo: «Sai cosa penso di questa tabella? Penso che sia il tempo eretto a forma di tortura, la logistica di una follia. Tu non sei il macchinario di una fabbrica che deve essere sfruttato ventiquattr'ore su ventiquattro per giustificare la propria esistenza. Tu sei una persona, Penelope! Dov'è, in questo tuo piano, lo spazio per l'amore, per vivere la vita con tutte le sue follie?».

Poi prese un panino dal sacchetto della colazione e lasciò la cucina. Per un attimo Teseo sembrò indeciso sul da farsi. Diede un colpetto con il naso umido a Penelope, ma non ottenendo alcuna reazione trotterellò via dietro al suo padrone. Subito dopo si udì la porta che sbatteva, un rumore che provocò a Penelope un dolore fisico. Una voce dentro di lei urlò: *No, torna indietro, Jason, non lasciarmi sola.* Ma ormai da troppo tempo era intrappolata dentro la sua passività, non riusciva più a liberarsene e rimase ferma dov'era. Lasciò che se ne andasse.

Mezz'ora dopo l'attacco di Jason, Penelope era ancora seduta nello stesso punto, mentre tentava invano di mettere in ordine i propri pensieri. Tutto a un tratto Giacomo sentì di aver adempito al suo dovere di consolatore d'anime. Saltò giù dalle sue gambe e si sedette a miagolare di fronte al frigo, dove sapeva benissimo esserci ancora un pezzo di ottimo salmone.

Penelope si alzò con un sospiro, stiracchiò gli arti indolenziti e disse: «Hai ragione, mio caro. Perché mai non dovresti poter vivere la più bella vita che un gatto possa avere?». Andando ad aprire il frigo, la vista del suo piano settimanale la trafisse come uno spillo. La voce di Jason le riecheggiò nella testa con le ultime parole che aveva detto prima di lasciarla.

Ma adesso non voleva riflettere su se stessa, non si sentiva pronta a farlo: era troppo scossa, troppo turbata. Forse più tardi. Eppure sollevò lentamente una mano e staccò il foglio dal frigo. Non avrebbe saputo dire con esattezza perché lo stesse facendo, ma sentiva che era la cosa giusta. Negli ultimi anni non erano molte le cose che aveva avvertito come giuste. Oltretutto, si disse, lo avrebbe potuto recitare a memoria, non ne aveva praticamente più bisogno.

Poco dopo ricevette un messaggio da Jason.

Cena da me alle 8. Cucino io.

Esterrefatta, lesse quelle poche parole più e più volte. Che cosa significava? Che Jason aveva ignorato di essere stato cacciato da lei? Non gli aveva forse fatto capire chiaramente che non aveva intenzione di proseguire con la loro... la loro... Già, ma cos'è che c'era tra loro? Il pensiero di una relazione era decisamente troppo per Penelope, le sembrava quasi sbagliato; del resto dal loro primo incontro erano passate appena due settimane.

Doveva immediatamente declinare l'invito per far capire a Jason che era stata assolutamente seria quando gli aveva detto che non si sarebbero più visti, se non negli inevitabili quanto fugaci incontri per le scale.

Ma come aveva potuto permettere che si instaurasse un legame proprio con un vicino? Come mai non aveva riflettuto sulle possibili complicazioni? *È perché non hai riflettuto affatto, Penelope!* E questo era il risultato. Si era concessa una follia, aveva voluto ballare sotto la pioggia per una volta e adesso doveva affrontarne le conseguenze. Per un attimo pensò di ignorare il messaggio e non rispondere. Avrebbe potuto uscire subito e rientrare solo a tarda sera. Jason non era uno stupido, avrebbe sicuramente colto il segnale che voleva mandargli. Ma così non si sarebbe risolto il problema, senza contare il fatto che era da vigliacchi e che, dopo essersi comportata già una volta così con lui, non voleva ripetere. In ogni caso, Jason non era una persona che si faceva liquidare tanto facilmente. Il suo messaggio ne era una prova.

Si domandò di nuovo che cosa mai ci trovasse in lei un uomo così giovane e attraente. Era un testardo che rasentava la molestia. Come aveva già fatto solo poco tempo prima, si mise a frugare inquieta nei cassetti della casa, prima in cucina, poi in salotto: prendeva in mano vari oggetti e li posava subito. Dalla camera da letto andò in bagno, dove si soffermò per qualche minuto davanti allo specchio a osservarsi il viso, in cerca di risposte a domande che non aveva mai osato formulare. Dopodiché riprese il suo incessante girovagare, come se camminando riuscisse a riflettere meglio che stando seduta.

Alla fine lo ammise a se stessa: era curiosa di sapere cos'altro volesse Jason da lei, curiosa di sapere perché non avesse colto al volo quest'occasione di uscire dalla sua vita senza complicazioni. Perciò decise di mettere a tacere la sua voce interiore, che continuava a sconsigliarle quella cena, e di accettare l'invito.

18

Il lunedì mattina Penelope si svegliò con la testa pesante. Avrebbe tanto voluto ridurre le ultime ore a un resoconto di qualche parola: *abbiamo mangiato bene (cinese), parlato un po' (a dir poco un eufemismo), per poi finire a letto (con grande passione).*

Perché non aveva dato retta al suo istinto e declinato l'invito? Avrebbe dato qualunque cosa perché Jason avesse tralasciato la parte centrale della serata e lei adesso non fosse costretta a fare i conti con se stessa, anziché continuare a fuggire dai propri pensieri.

In quel momento Penelope pensò che il cervello umano era proprio un organo pieno di insidie. I momenti in cui non si vuole pensare sono proprio quelli in cui lo si fa più intensamente. La conversazione con Jason, che a momenti aveva rischiato di degenerare in un litigio, non smetteva di riecheggiarle in testa. Non ci era andato per niente leggero: le aveva fatto presente, tra le altre cose, che la sua esistenza non era altro che una messinscena e che, anziché rivolgersi verso la vita, si stava volontariamente rannicchiando nell'ombra, passando i giorni dentro una realtà irrigidita, fatta di percezioni sballate. «Che cosa stai aspettando, Penelope? Di rinascere per poter vivere un destino differente? La tua vita è adesso, non sono previste repliche. È il presente la tua realtà. L'unica realtà possibile. Tocca a te trasformarla in qualcosa di bello. E invece non fai che rifiutarla, esattamente come fai con le persone che tengono a te. Perché? Ti fa forse sentire meglio?» le aveva domandato.

Non pensava che lui si aspettasse davvero una risposta da lei, ma forse avrebbe fatto meglio a rispondergli qualcosa, a fermarlo. Perché subito dopo aveva detto una cosa che l'aveva colpita nel profondo e che da quel momento non smetteva di tormentarla: le si era ficcata in testa come una musica fastidiosa che si sovrappone a un'altra. Non c'era armonia tra le due melodie, ma sentiva che, se ne fosse stata capace, ci sarebbe stata una possibilità di mettere ordine fra tutte quelle note.

Richiamò alla mente per l'ennesima volta la critica di Jason. «L'impressione che mi dai, Penelope, è di essere una persona sempre pronta a fuggire, che si sottrae a ogni possibile gioia della vita perché pensa di non meritare più niente di bello. Praticamente sei in fuga anche da te stessa. Stare bene ti fa stare male, non è così? Sei proprio incasinata, piccola».

Penelope aveva riconosciuto la verità che si celava dietro le sue parole, ma era proprio questa verità che l'aveva fatta sentire peggio fino a rivelarsi controproducente nella conversazione, portandola costantemente a stare sulla difensiva e forse anche a esagerare un po' nelle reazioni. «La mia vita non ti riguarda, Jason! Grazie per l'ottima cena.» Si era alzata di scatto, mentre lui si era mantenuto perfettamente calmo al suo posto e aveva detto, con quella voce dolce e quasi irritante: «Vedi? È proprio questo che intendo. Stai scappando. Di nuovo. Lascia che parliamo di cosa è successo nella tua vita».

«Ma non voglio parlarne con te.»

«Perciò è successo qualcosa nella tua vita...»

A quel punto Penelope aveva serrato le labbra, con la netta

sensazione di aver commesso un passo falso, confermando involontariamente i suoi sospetti. Di sicuro Jason sarebbe diventato un profiler eccezionale. Penelope aveva rivolto uno sguardo impotente in direzione della porta: il momento di andarsene se l'era lasciato sfuggire da un pezzo. Tuttavia non si sentiva pronta ad aprirsi, a sondare i punti più intimi della sua anima davanti a Jason: non poteva e non voleva superare quella linea di confine. Ma quale patologica curiosità l'aveva portata a continuare ad ascoltarlo? Perché Jason aveva parlato ancora e lei aveva finito per chiedersi se quella di parlare molto fosse una strategia per spingerla a fare altrettanto.

A un certo punto lui aveva detto, abbozzando un sorriso: «A giudicare dal tuo viso, sembra che tutto questo sia estremamente faticoso per te. Se il mio ottimismo ti dà sui nervi lo capisco, ma è solo perché ho ragione, e tu lo sai. Sei una donna bella, attraente, eppure non ti muovi di un passo, non fai che marciare sul posto. Voglio strapparti dalla comodità di questa situazione. Rimuginare sul proprio destino non porta a nulla. Farselo andare bene può anche essere un modo di affrontare la situazione, ma è comunque uno spreco. E oltretutto mi sembra un insulto alla tua intelligenza».

A Penelope non era certo piaciuto farsi demolire in quel modo da una persona che la conosceva da appena due settimane e che oltretutto era di dieci anni più giovane di lei. Si sentiva svalutata, come se quello che le era successo non avesse alcuna importanza. «E bravo, hai scoperto un sacco di cose su di me, non è vero?» aveva risposto, con voce tesa. «È questo che ti insegnano all'università?»

«Ti sbagli, in realtà basta un po' di buon senso. La cosa ti sorprende?»

«No, ma la dice lunga sul tuo livello di presunzione.»

«Non si tratta di presunzione, ma di amor proprio e di fiducia in se stessi, ed entrambi li ottieni solo se credi in te. Ma tu, Penelope, non credi nella tua forza, tu sei insicura e consideri un nemico chiunque cerchi di guardare oltre la tua facciata. Per questo tieni tutto e tutti a distanza, e per questo non vuoi parlare con me, né tantomeno iniziare una relazione. Vorrebbe dire avvicinarsi troppo, per te. Ed è anche il motivo per cui hai stabilito questa regola assurda, pretendendo che sia solo sesso. Proprio *tu* volevi sminuire il valore del sesso? È palesemente una stupidaggine, perché non c'è niente che rispecchi di meno la tua personalità. Sappiamo entrambi che sei il tipo di persona che associa il suo concetto di relazione a quello di un amore che dura per tutta la vita. Il sesso per te ha significato in quanto parte dell'amore. Il tuo modo di comportarti dimostra la tua insicurezza, anzi, la tua codardia. Tira fuori un po' di coraggio, Penelope, dammi fiducia e non rendere tutto così complicato. Non significa che dobbiamo sposarci immediatamente e fare tre figli.»

Quest'ultima frase, accompagnata da uno dei sorrisetti sfacciati tipici di Jason, aveva alleggerito un po' l'atmosfera. Senza rendersene conto, Penelope era stata invasa dalla sensazione che tutto avrebbe davvero potuto essere semplice, che con lui non ci sarebbe stato niente di complicato. Era una persona schietta e genuina, diceva sempre quello che pensava. Nessuna dietrologia, non era nella sua natura. All'improvviso si rese conto che Jason, a modo suo, era un po' come Trudi. Anche Trudi era una persona estremamente trasparente. David stesso era stato così, prima di trasformarsi in un David diverso. E anche lei era diventata una persona diversa, ma non certo in senso positivo: adesso, per la prima volta, si sentiva trafitta da questa consapevolezza.

«Cos'è che ti ha reso così saggio?» gli aveva domandato Penelope piano, con un sorriso ancora timido, ma che portava in sé la promessa che sarebbe cresciuto.

«Saggio?» Jason, dopo essere scoppiato a ridere, era tornato subito serio. Aveva preso la sua mano e le aveva detto: «Queste, piccola mia, sono verità ovvie, che ogni bambino ha già dentro di sé quando viene al mondo. L'amore è l'inizio di tutte le cose». Poi l'aveva baciata ed erano finiti a letto prima ancora del dessert. Quello l'avrebbero mangiato più tardi. Sempre a letto. E quando, verso le due di notte, Penelope se n'era andata per non lasciare Giacomo da solo tutta la notte, Jason l'aveva guardata rinfilarsi la biancheria e le aveva detto: «Non aver paura di tornare a essere felice, Penelope. Dipingi il mondo con i colori che ami. Non per forza con il blu di queste mutande». Penelope aveva colto l'allusione e gli aveva scagliato contro un cuscino, anche se in fondo aveva ragione: la sua biancheria sportiva non era particolarmente sexy.

Non smise di rimuginare nemmeno mentre si preparava per andare a scuola. Forse il problema non stava tanto nel fatto che lei fosse complicata, forse erano proprio gli uomini, invece, a rendere la vita così difficile. Sospirò, pensando che sarebbe stato bello se la spiegazione fosse stata così semplice. Era vero quello che aveva detto Jason? Che non faceva che marciare sul posto perché in realtà stava fuggendo da se stessa? Sicuramente lui era riuscito in pochissimo tempo a far vacillare il suo placido e stabile mondo. In un certo senso, aveva l'impressione che volesse spingerla con forza ad attraversare un incrocio nonostante il semaforo rosso. Si sentiva come incapace di intendere e di volere, impossibilitata a far fronte alle esigenze che le relazioni umane portano con sé. Sì, ammetteva di sentirsi sopraffatta. Negli ultimi mesi erano successe troppe cose, troppi aspetti della sua vita erano cambiati, all'inizio in maniera silenziosa, senza che lei se ne rendesse davvero conto, ma di sicuro tutto era partito dall'amicizia con Trudi.

Quel pomeriggio, dopo la scuola, raccontò all'amica della sua serata con Jason e dei lati di sé con i quali l'aveva costretta a confrontarsi. L'anziana signora si limitò a sorridere e a dire: «Se Jason e io ti diamo sui nervi perché prendiamo a pedate il tuo comodo sedere per farti tornare a vedere i lati belli della vita, forse dovresti traslocare».

Ma Penelope decise di fare un'altra cosa. Uscì a comprarsi della biancheria nuova. Le parve che potesse pur sempre essere un inizio.

19

Il giorno seguente, dopo la scuola, Penelope si mise a correggere i compiti. Purtroppo le fu impossibile trovare la concentrazione, mentre Giacomo se ne stava seduto di fronte a lei fissandola come se stesse cercando di trasformarla in un enorme e succulento salmone. Penelope stava arrancando nel tentativo di recuperare i ritmi del suo orario settimanale, ma continuava a tornare con lo sguardo alla finestra. Era una bellissima giornata d'estate, con un cielo che sembrava dipinto, ed era un vero peccato trascorrerla in casa.

«Sai cosa, Giacomo?» disse al suo gatto. «Adesso usciamo, il lavoro può pure andare a farsi benedire.» Gli mise la pettorina e il guinzaglio, cosa che lo fece saltare di gioia, e insieme uscirono dall'appartamento. Penelope scese le scale fischiettando la canzoncina di Trudi sul piccolo ufficiale e arrivata davanti alla sua porta le venne spontaneo suonarle il campanello. Prima ancora che l'amica le avesse aperto, Penelope aveva già capito che stava cuocendo delle torte e fumando erba.

«Noi andiamo a fare una passeggiata. Vieni?»

«Vai a passeggiare di pomeriggio andando contro il tuo piano settimanale? Non è che, di nascosto, hai fatto qualche tiro alla mia Adenauer?» la prese in giro Trudi.

«Grazie tante per avermelo ricordato! Allora torno subito su e mi rimetto a correggere i compiti...» Giacomo prese a miagolare e a tirare il guinzaglio, quasi come se avesse inteso le sue parole.

«Finalmente mostri i denti e un po' di senso dell'umorismo, mia cara. Jason ti fa proprio bene.»

«Trudi! Sul serio, inizi a parlare come mia madre.» Ma Penelope era di umore troppo allegro per protestare davvero.

«A me piace tua madre, è una donna che sa prendere la vita per le corna in ogni situazione.» Trudi sorrise. Sembrava leggermente su di giri, cosa che ogni tanto la faceva diventare un po' maliziosa.

«Oddio, Trudi. Non so come tu ci riesca ogni volta, ma mi sto facendo dei film mentali orribili.»

«Non fare la bigotta. La fantasia è la miglior cosa che c'è! Tienila in serbo per Jason, stasera. Andiamo?» Trudi aveva fatto scivolare in tutta fretta i piedi nelle scarpe ed era già pronta sul pianerottolo.

Camminando in direzione del parco passarono accanto alla chiesa di Santa Croce. Trudi si fermò lì davanti e osservò la facciata inclinando indietro la testa, come un artista in cerca di ispirazione.

«Che succede? Vuoi entrare?»

«Ma sì, dai, andiamo a respirare un po' di incenso.» Trudi la sospinse verso il portale.

«Ma Giacomo?!» obiettò Penelope, sollevando il guinzaglio.

«Porta anche lui.»

«Dentro?»

«Sì, perché no? Non essere così pignola, tesoro. Giacomo mangia, fa la cacca e la pipì come tutti gli altri, no?»

«Ehm, sì, e allora?»

«E allora è anche lui una creatura di Dio! Forza, entrate.»

Penelope entrò esitante in chiesa. Era da molto tempo che non ne visitava una. Per essere precisi, dal giorno in cui il destino aveva lasciato che la sua incudine si abbattesse su di lei.

Ma di questo si rese conto solo quando attraversò la navata al fianco di Trudi. Le file di sedie erano vuote, eccezion fatta per due anziane signore, che indicarono Giacomo e avvicinarono le teste mettendosi a bisbigliare qualcosa.

Trudi si fermò di fronte alle scale che portavano all'altare, dietro al quale si ergeva un Cristo sanguinante sulla croce alta tre metri.

«Ma guarda che orrore!» disse Trudi, non proprio a voce bassa. «La corona di spine dorata, le guance dipinte di rosa e tutta questa tempera rossa che scorre. Io mi arrabbio ogni volta che lo vedo. Pensa te se questo pover'uomo potesse vedersi in un tale stato! Chi mai vorrebbe che le proprie ore peggiori vengano ricordate per tutta l'eternità?»

«Tu sei credente, Trudi?» domandò Penelope, un po' stupita. Non avrebbe mai associato Trudi, con la sua personalità, alla religione. La sua amica le pareva talmente ancorata ai propri ideali liberali da rimanere impermeabile a qualunque influsso religioso o mistico.

«No, almeno non per come lo intende la Chiesa. Ha un'impostazione troppo dogmatica per me. Ma mi piace il silenzio che c'è qui dentro, si respira un che di sublime, come in un teatro vuoto. Si percepiscono i grandi drammi, e adesso, prima dello spettacolo, la sala fa un bel respiro.»

«Spettacolo?»

«La messa, mia cara. Vieni con me.»

«Dove?»

Ma Trudi si era già incamminata verso il confessionale che

si trovava su un lato della navata ed era scomparsa dentro, su uno dei due inginocchiatoi. «Su, su, muoviti, mettiti nell'altro vano» le sibilò.

Penelope scivolò nel confessionale, anche solo per sfuggire agli sguardi indagatori delle due signore. Si sentiva abbastanza ridicola tenendo al guinzaglio Giacomo, il quale, dopo una breve esplorazione, si era rifiutato di seguirla ed era rimasto fuori, rigido come una statua, a testimoniare la sua malefatta.

«Che cosa vuoi fare?» domandò Penelope, sentendo il rumore di un accendino dalla parte dove si trovava Trudi. L'amica aprì la griglia che normalmente divide il prete dal peccatore e disse: «Fumo uno spinello».

«Cosa?» sbottò Penelope, abbassando poi immediatamente la voce fino a ridurla a un sussurro: «Sei pazza?».

«No, sono realista. Con tutto questo incenso non se ne accorgerà nessuno.»

«Me ne accorgo io, ragazza» tuonò qualcuno, con una voce da baritono. Penelope saltò su dallo spavento e batté la testa sul tettuccio basso del confessionale. «Ahi.»

Si ritrasse e rimase seduta, sentendosi una vigliacca. Forse in quel modo chi aveva parlato non l'avrebbe vista, poteva ancora uscirne pulita. *Certo, forse si tratta di un prete sordo e cieco, che quindi non ha visto nemmeno Giacomo*, riecheggiò in tutta risposta una voce sarcastica e maligna dentro di lei.

Trudi, di ottimo umore, rispose: «Chi è?».

L'uomo aprì la tenda del confessionale e Penelope sentì Trudi che diceva, con voce allegra e penetrante: «Oh, il signor direttore! Vuole fare un tiro anche lei?».

Dieci minuti dopo erano seduti tutti e tre a casa del prete bevendo una tranquilla tazza di tè con un altrettanto tranquillo prete, mentre Penelope era rapita dalla vista del signore in abiti da sacerdote che divideva lo spinello con Trudi in perfetta serenità.

Si chiamava Konrad Aue. Si scoprì che era diventato prete piuttosto tardi, dopo aver partecipato fervidamente ai moti del Sessantotto, durante i quali aveva avuto occasione di conoscere l'erba, e ogni tanto non disdegnava di rinfrescarsi la memoria. Tutti quanti apprezzavano la piacevole piega che aveva preso il pomeriggio, tranne Giacomo, che invece avrebbe di gran lunga preferito fare un giretto nel parco e che a un certo punto manifestò il suo malcontento facendo i suoi bisogni dentro il vaso di ficus del prete. Non che la pianta avesse un aspetto particolarmente sano, prima. «Oh, che imbarazzo» gemette Penelope, balzando in piedi. «Pulisco subito.»

«Niente di grave» disse padre Aue, le cui pupille erano dilatate quanto quelle di Trudi. «Mia madre diceva sempre che la cacca è il migliore dei fertilizzanti» aggiunse poi, scoppiando in una fragorosa risata.

Mentre Penelope toglieva il regalino di Giacomo con la carta da cucina, padre Aue si concesse un altro tiro profondo prima di ripassare lo spinello a Trudi, che lo prese e lo appoggiò nel posacenere. La sua attenzione era stata attratta dalle fotografie in bianco e nero appese sulla parete di fronte: i soliti scatti di coppie di sposi e di battesimi, foto di gruppo durante le ordinazioni a sacerdote e anche ritratti singoli; poi ce n'erano alcune che immortalavano scene di guerra e soldati in uniforme. «Che strano accostamento» osservò Trudi. «Posso guardarle da vicino?»

«Ma certo, molte sono state messe lì anche da chi mi ha preceduto. Ce ne sono varie risalenti alla Seconda guerra mondiale o all'immediato dopoguerra, pure io ne ho aggiunta qualcuna.»

Trudi studiò le immagini con attenzione. D'un tratto indicò una foto in bianco e nero che ritraeva un uomo di bell'aspetto con indosso la tonaca da sacerdote; teneva la mano sulla spalla di un adolescente, con atteggiamento protettivo. Senza voltarsi, Trudi domandò: «Senta, padre, sa dirmi chi è l'uomo in questa foto?». Nella sua voce c'era una nota insolita che mise in allarme Penelope. Sembrava diversa, più profonda e rauca, come se l'amica fosse in preda a una forte tensione.

Anche padre Aue parve accorgersi del tono differente di Trudi. Si alzò e le andò vicino. «Sì, so chi è. Il suo nome è Leopold Brunnmann e il ragazzo nella foto è mio padre. Padre Leopold ha salvato mio padre dopo che i miei nonni furono deportati dai nazisti in quanto esponenti del Partito cattolico di centro. Leopold Brunnmann salvò diverse centinaia di persone. Era un uomo coraggioso. Alla fine fu ucciso dalla Gestapo nel 1944. Perché me lo chiede? Lo conosceva?»

«No.»

Gli sguardi di Penelope e di padre Aue si incrociarono in un dialogo muto, entrambi sapevano che quel secco e rapido «no» nascondeva qualcosa di cui Trudi non voleva parlare. Padre Aue ci provò lo stesso: «Allora forse conosceva mio padre?».

«Nemmeno.» Trudi, che nel frattempo si era rimessa a sedere, gli rivolse un sorriso cordiale. «Comunque mi fa molto piacere che sia stato salvato da un uomo di Dio» aggiunse poi, passando lo spinello al parroco come fosse un calumet della pace.

Konrad Aue lo prese, ma dopo una breve esitazione lo riappoggiò sul posacenere. Aveva stretto gli occhi, in modo quasi impercettibile.

«Posso farle una domanda personale, signora Trudi?»

Il sorriso di Trudi si allargò. «So già cosa vuole chiedermi.» Poi si rivolse a Penelope: «Devi sapere, Penelope, che anche i preti hanno una loro domanda preferita, da fare durante le serate passate intorno al fuoco. Scommettiamo che sta per chiedermi se credo in Dio?».

«Mi ha tolto le parole di bocca, signora Trudi.»

Padre Aue sorrise bonariamente e allargò le braccia in un gesto da pastore che voleva dimostrare la sua totale apertura a ogni risposta.

Trudi bevve una bella sorsata di tè. Gli lanciò un'occhiata da sopra la tazza e disse, scandendo provocatoriamente le parole: «Io penso, perciò non sono cristiana».

«Ah!» Padre Aue si batté una mano sulla coscia e poi si lasciò andare contro lo schienale della poltrona con aria compiaciuta: «Molto bene, mi risponde con una citazione dello storico Karlheinz Deschner».

«Già, più è grande il buco nel tetto, migliore è la visuale del cielo. Anche questa è sua. Era un uomo intelligente.»

«Può darsi che lei abbia, per così dire, un problema di fondo con la religione, signora Trudi?»

Penelope alzò lo sguardo e vide gli occhi di Trudi stringersi come quelli di un generale che debba decidere quanti uomini mandare in battaglia. Era contenta di quel botta e risposta: padre Aue le pareva un avversario degno di lei.

«Non con la religione in sé per sé, almeno finché rappresenta un conforto per gli uomini e li stimola a essere persone migliori; sono le sue degenerazioni che non mi piacciono. L'idea di razza o di religione non dovrebbe rappresentare una minaccia per la vita della gente. Io sono ebrea, quello è il popolo al quale appartengo, ma non c'è niente di più. Lo sapeva che alcune caratteristiche del nazismo erano le stesse di una qualsiasi religione? In molti adoravano Hitler come fosse il loro dio, lo vedevano come una sorta di salvatore. Per quello gli sono rimasti fedeli anche nel periodo del declino fino alla sua tragica fine, come dei ciechi e dei fanatici. Io non ho bisogno né di Dio, né della religione: rispondo solo alla mia coscienza. Nel corso degli ultimi millenni la religione ha accecato troppe persone; come tutte le ideologie finisce per far perdere di vista l'essenziale con l'obiettivo di limitare la libertà di pensiero; il suo scopo è la sottomissione, che è il contrario della libertà. La religione dovrebbe unire, dovrebbe essere inclusiva, e invece esclude chiunque abbia una confessione differente. Da questo punto di vista anche la fede è una forma di razzismo. A me invece piace pensare, amo stupirmi dei misteri del mondo, ma non cerco di trovare una spiegazione. In effetti si può dire che escludo la religione dalla mia idea di spiritualità» spiegò Trudi con grande dignità.

Penelope avrebbe voluto chiederle che cosa intendesse per spiritualità, ma per il momento decise di mantenere il ruolo di semplice spettatrice. Oltretutto Konrad Aue e Trudi erano completamente concentrati l'uno sull'altra. Quella a cui stava assistendo andava oltre una semplice conversazione: si stavano scandagliando a vicenda. Era una cosa che Trudi aveva fatto anche con lei, Penelope se lo ricordava bene.

Aue annuì con aria assorta, ma non rispose. Penelope pensò che a quel punto la sua amica avrebbe lasciato perdere, e invece stava per alzare ulteriormente l'asticella: «Non sembra significativo anche a lei che tutte e tre le grandi religioni monoteistiche siano concordi su un unico punto, e cioè quando si parla di diritti, anzi, di mancanza di diritti delle donne?».

«E secondo lei perché è così?» controbatté Aue.

Trudi si strinse nelle spalle. «Forse perché molti uomini

sono deboli. Un uomo forte non ha bisogno di dominare la donna.»

«Sono d'accordo con lei. Noi uomini siamo creature tristi: diamo una definizione di noi attraverso la nostra virilità, quando in realtà nascere uomo o donna è un puro caso dettato dalla genetica.»

«Ah, è così?» esclamò Trudi. «Questa sì che è una dichiarazione sensazionale: un prete che non crede alla provvidenza divina.» Sembrava sinceramente colpita.

«Non sono sempre stato un prete, signora Trudi. Oltre alla teologia, ho studiato biologia e per qualche semestre anche fisica. E mi interesso di metafisica. Ho scritto una tesi di dottorato sulle idee dello psicologo e sociologo Immanuil Velikovskij.»

«L'autore di *Mondi in collisione*?» domandò Penelope.

«Sì. Le cose andrebbero sempre osservate da tutti i punti di vista, sa? In questo modo si possono capire meglio. Nel mio lavoro ho avuto modo di incontrare innumerevoli persone così egomaniacali da essere fermamente convinte di possedere l'unica verità plausibile, cosa che ovviamente rende difficile intavolare con loro una discussione degna di questo nome. Se le persone fossero disposte a dubitare delle proprie certezze, vivremmo in un mondo migliore.» Il prete parlava con calma, ma i suoi occhi scintillavano di passione, e Trudi non mancò di notarlo.

L'anziana donna sollevò l'indice e scoppiò a ridere: «Lei è furbo, padre. Egomaniacali! Bell'eufemismo per descrivere una mentalità ottusa. Devo dire che mi ha proprio fregata! È stato bravo! Dovrei concedermi più spesso uno spinello nel confessionale, si fanno incontri molto interessanti».

«Ancora un po' di tè?» domandò Konrad Aue, indicando la tazza vuota di Trudi.

«Volentieri.»

Da quel giorno il tè pomeridiano con il parroco divenne un appuntamento fisso nella settimana di Penelope, che partecipava sempre molto volentieri alle battaglie, senza esclusione di colpi, tra Trudi e Konrad Aue.

20

Penelope passò in rassegna gli alunni della classe. Erano tutti presenti, non c'erano sedie vuote. Le cadde l'occhio su uno di loro.

«Che cos'è successo al tuo viso, Yildin?» domandò insospettita al piccolo. Era un bambino molto sveglio con una precoce inclinazione a essere romantico: già il secondo giorno di scuola aveva annunciato a Penelope che un giorno l'avrebbe sposata, assicurandole che sarebbe stata la madre dei suoi figli.

Quella mattina Yildin aveva un occhio nero e un graffio sulla guancia. E non era certo la prima volta che si presentava a scuola con delle ferite. Penelope aveva già notato dei lividi in varie parti del corpo, ma non l'aveva mai visto in quelle condizioni. Le venne istintivo stringere i pugni. Negli altri casi, quando Penelope gli aveva chiesto che cosa fosse successo, Yildin aveva sempre risposto con un'espressione da duro, come se fosse immune al dolore, e aveva detto che si era fatto male giocando con i due fratelli grandi. Le sue spiegazioni erano sempre state accompagnate dai racconti più fantasiosi: una volta era caduto dal ramo di un albero dopo che ci si era arrampicato sopra, un'altra aveva messo il piede su un rastrello mentre rincorreva i conigli. Capitava addirittura che i tre fratelli partecipassero a misteriose operazioni di salvataggio. Penelope aveva sempre accolto le sue frottole scuotendo la testa.

Aveva già fatto presente la cosa ai suoi colleghi insegnanti, al tutor della scuola, allo psicologo, all'infermiera, al direttore e all'ispettore. Alla fine aveva anche preso contatti con l'assistente sociale, che però le aveva riferito che la famiglia del bambino non aveva particolari problematiche e che, anzi, era «una famiglia di immigrati da cartolina», espressione che aveva suscitato non poche perplessità in Penelope. Questo insolito modo di dire non celava forse l'essenza stessa della discriminazione? Nazionalità e appartenenza religiosa non avevano alcun significato per Penelope. L'unica cosa che contava erano i suoi bambini, i suoi protetti, e Penelope si sentiva responsabile nei loro confronti anche per quanto riguardava la vita al di fuori della scuola. Se questa sua inclinazione dava sui nervi a qualcuno, poco importava. Aveva già innervosito parecchia gente con la storia di Yildin e ormai da tempo la consideravano quasi tutti una specie di fanatica tendente all'isteria.

Sicuramente a garantirle questa nomea aveva contribuito anche un episodio successo tre anni prima, quando si era dimostrata un po' troppo zelante nei confronti di una certa alunna, quantomeno agli occhi delle altre persone chiamate in causa. D'altro canto, Penelope preferiva sempre immischiarsi una volta di più che una volta di meno.

In quel caso i genitori della bambina si erano sentiti importunati dalle sue telefonate e dalla sua visita non annunciata, e si erano lamentati di lei con il provveditorato, che aveva finito per mandarle una lettera di richiamo. Dopodiché i genitori avevano ritirato la figlia da scuola, impedendo così a Penelope di continuare a monitorare la situazione.

Sei mesi dopo aveva scoperto che la bambina, di otto anni, era stata effettivamente allontanata dalla famiglia, dopo che un medico aveva dimostrato senza ombra di dubbio che era stata vittima di un abuso sessuale. Eppure nessuno aveva ritenuto necessario fare riferimento alla cosa con lei in alcun modo. Men che meno chiederle scusa. Penelope, ogni volta che ripensava a quella storia e a quanto la sofferenza della bambina fosse stata inutilmente prolungata dall'ignoranza delle autorità, dai cavilli legali e dalla mancanza di coraggio e senso civile, si sentiva sopraffare da una rabbia venata d'impotenza. In quell'occasione aveva giurato a se stessa che non si sarebbe mai più fatta fermare da nessuno, a costo di giocarsi il lavoro. E adesso il direttore le aveva di nuovo espressamente proibito di andare dai genitori di Yildin, nonostante fino ad allora né il padre né la madre si fossero mai fatti vedere a un colloquio.

Una cosa doveva ammetterla: nonostante tutto, Yildin, a differenza dell'altra bambina, era un bravissimo alunno e aveva un comportamento esemplare, per quanto fosse possibile per un bambino vivace e di appena otto anni. Prima dei lividi, Penelope non aveva avuto né una prova né un fondamento per i suoi sospetti e questo la faceva impazzire. Era fermamente decisa a ignorare il rigido divieto del direttore. Lo doveva al bambino e alla propria coscienza.

Era sicura che Yildin le avrebbe rifilato la solita storia dei fratelli, e invece il bambino rispose: «È colpa dell'Alzheimer. Una vera palla!».

«Alzheimer?» domandò Penelope esterrefatta, dimenticandosi completamente di fargli notare che «una vera palla» non era un'espressione adeguata al contesto. «E chi sarebbe?»

«Come chi? Nessuno. Ce l'ha la mia sorellina, sai.»

«Non *sai*, ma *sa*» lo corresse Penelope in automatico. Poi, stupita, domandò: «Tua sorella ha l'Alzheimer?». Penelope sapeva dell'esistenza di una forma particolarmente aggressiva di demenza infantile, che nella maggior parte dei casi portava alla morte, ma sapeva anche che erano casi rarissimi. E quindi la sorella di Yildin ce l'aveva?

«E tu come lo sai?» insistette lei con cautela.

«Lo dice sempre mio padre, *sa*. E a volte anche mia madre, che è dottoressa.»

Penelope cominciava a sentirsi a disagio. Se era vero... Povera famiglia! D'altro canto non era escluso che stesse assistendo all'ennesima dimostrazione della straripante fantasia di Yildin. Non si sarebbe fatta abbindolare così facilmente. «È per questo che hai un occhio nero?» Penelope cercò di tornare sull'argomento della conversazione.

«Sì. Per questo e per via di quei topi ciccioni.»

Fiuu! Penelope tirò un sospiro di sollievo, così forte che rischiò di farsi sentire dalla classe. Allora si trattava davvero dell'ennesima fantasticheria di Yildin! Almeno stavolta non c'entravano i conigli.

Cambiò strategia, nella speranza di farlo cadere in contraddizione: «Cosa c'entrano i topi ciccioni? Ti hanno preso a cazzotti?». Questa domanda suscitò l'ilarità di qualche compagno.

Yildin saltò su come una molla, si portò le mani ai fianchi ed esclamò indignato: «Ehi, la Yasmin si è dimenticata un'altra volta di chiudere la gabbia, *sa*. Perciò quei conigli del cavolo sono scappati e papà mi ha detto che dovevo riacchiapparli. Ma i topi ciccioni hanno scavato in tutto il giardino e io sono finito in un buco ciccione. *Patapum*!». E batté le mani.

Penelope si arrese. Era una causa persa. La fantasia di Yildin era semplicemente inarrestabile. Ed erano tornati anche i conigli. Ne aveva abbastanza: quel pomeriggio stesso avrebbe fatto visita alla famiglia di Yildin.

21

Penelope, sentendosi invasa dallo stupore, esitò per qualche secondo davanti al villino ben tenuto, con il doppio garage e un grande giardino. Controllò nuovamente l'indirizzo annotato sul biglietto. Il nome sul campanello corrispondeva. Il suo alunno Yildin abitava lì.

Il cancello aperto sembrava invitarla a entrare. Penelope lo interpretò come un segno, strinse il manubrio della sua bicicletta e la spinse lungo il vialetto d'ingresso fiancheggiato da aiuole fiorite.

Lungo il percorso c'era una bici piccola con le rotelle e le bandierine colorate; sul prato alla sua sinistra era abbandonata una tosatrice e l'aria era carica dell'odore intenso dell'erba appena tagliata. Sarebbe stato il quadro perfetto di un idillio di periferia, se non fosse stato per le urla di un bambino che arrivavano da dietro la casa.

Penelope lasciò cadere la bicicletta e corse in direzione delle grida. Non appena ebbe svoltato l'angolo vide, a circa venti metri da lei, il piccolo Yildin che si dimenava sul prato mentre un uomo lo colpiva da sopra.

«Ehi, lei! La smetta immediatamente!» urlò Penelope con voce stridula. Aveva cominciato a correre con tutte le sue forze, quando il piede destro le si incastrò in una buca: prima perse il contatto con il suolo e poi ricadde pesantemente a terra, mentre un dolore lancinante le risaliva per tutta la gamba. Annaspò in cerca di aria. Ma in un attimo si ricordò di Yildin e riuscì a girarsi nonostante il dolore. L'uomo e il bambino stavano correndo verso di lei.

«Si è fatta male?» Non c'erano dubbi che quello fosse il padre di Yildin: sembrava la versione invecchiata del figlio e aveva un'aria molto preoccupata.

Ci credo bene, pensò rabbiosa Penelope. Una donna sconosciuta lo aveva appena visto maltrattare suo figlio!

Il padre si accorse che Penelope si stringeva la gamba tra le mani e ordinò a Yildin, che stava fissando la maestra come fosse un alieno appena sbarcato: «Veloce, vai a chiamare la mamma!».

Yildin si riebbe e schizzò via come un fulmine. Poco dopo stava tornando con una donna che aveva con sé una valigetta da medico. Subito dietro di loro arrivava una bambina più piccola, che teneva in braccio, come fosse un neonato, un coniglietto bianco e vaporoso.

La donna si inginocchiò vicino a Penelope e tastò con dita esperte la sua caviglia, che nel frattempo si era già gonfiata, dicendo: «Sono la dottoressa Öztürk. Yildin mi ha detto che lei è la signora Arendt, la sua insegnante...». Penelope si stupì della lieve inflessione bavarese nella parlata della signora.

«Sì, io... Ahi!» le sfuggì, mentre la madre di Yildin le premeva sul punto dolente.

«Penso che sia solo una brutta distorsione» disse la dottoressa Öztürk. «Ma farei comunque una radiografia per sicurezza. Adesso le faccio una fasciatura e la porto al mio ambulatorio. A meno che non preferisca andare dal suo medico curante.» Aveva aggiunto quest'ultima frase con l'espressione di chi è abituato ad avere a che fare con pazienti che mettevano in dubbio le sue capacità.

Penelope scosse la testa. «No, vengo volentieri con lei.» Questo le avrebbe dato l'occasione di parlare da sola con la madre. Sembrava una brava donna e a Penelope pareva impossibile che permettesse al marito di maltrattare il figlio.

La dottoressa Öztürk estrasse un tubetto di pomata dalla borsa. «Questa ha un effetto refrigerante e antidolorifico» le spiegò mentre la cospargeva abbondantemente sulla caviglia. «Che c'è, Yildin, perché ti agiti in questo modo?» domandò quasi senza riprendere fiato e senza neanche voltarsi, come se fosse dotata di quegli occhi speciali, che solo le madri hanno e che permettono di vedere anche quel che succede alle proprie spalle.

«Si è rotolato su un formicaio» disse il padre, continuando a dare dei colpi sui vestiti di Yildin. «La cosa migliore è che tu ti tolga tutti i vestiti e ti metta sotto la doccia esterna.»

«Ci si è rotolato *da solo*?» domandò la dottoressa. Poi, dopo una breve pausa, aggiunse brusca: «Dove sono i tuoi fratelli, Yildin?».

Yildin, che nel frattempo si era spogliato fino alle mutande ed era molto concentrato nel grattarsi il sedere, borbottò: «Se ne sono andati».

«Che delinquenti! Fanno sempre e solo stupidaggini» sospirò la dottoressa Öztürk estraendo un altro tubetto di crema dalla borsa e passandola al marito. «Spalmagliela addosso dopo che ha fatto la doccia, lenirà un po' il prurito. Lei mi aspetti qui, signora Arendt, vengo a prenderla con la macchina qui sul prato. È meglio se non appoggia la caviglia a terra, almeno finché non avrò fatto la radiografia. Tanto non cambia molto,» aggiunse poi con un sospiro «il giardino è già tutto costellato di buche. Siamo stati invasi dai topi campagnoli.»

Penelope rimase con il padre di Yildin e la bimba più piccola, che le domandò: «Vuoi prendere in braccio Nano Nasone?». E prima che Penelope avesse il tempo di dire qualcosa, si ritrovò un coniglio tremante di paura sul petto. Il padre di Yildin intervenne con delicatezza: «Ma no, Yasmin» disse afferrando Nano Nasone con gesto esperto e rendendolo alla figlia. «Riportalo nella stalla, è l'ora della pappa. E non scordarti un'altra volta di chiudere il cancellino. Ricordi cos'è successo l'ultima volta?»

«Sì, papà. Yildin è caduto. *Patapum*!» strillò la piccola correndo via, mentre Penelope, imbarazzata, si ripuliva la camicia dalle palline di cacca fresca che le aveva lasciato, augurandosi che fra tutti quelli scavati dai topi ci fosse un buco abbastanza grande per seppellircisi dentro. Se l'era guadagnata, la proverbiale merda, e in più aveva anche fatto una terribile figuraccia.

A quel punto tornò la dottoressa Öztürk in macchina. Scese, girò intorno all'auto e caricò Penelope sul sedile del passeggero con l'aiuto del marito.

Più tardi, nell'ambulatorio, la dottoressa Öztürk, dopo essersi accertata tramite la radiografia che la caviglia di Penelope fosse solo slogata e aver disinfettato le escoriazioni, le domandò: «A proposito, che cosa era venuta a fare da noi? Yildin ha qualche problema a scuola?».

«No, suo figlio è un ottimo alunno» la rassicurò Penelope, in modo anche troppo precipitoso. Poi aggiunse: «Ero qui nei dintorni per caso e ho sentito urlare». Purtroppo non poté fare a meno di arrossire, nel pronunciare quelle parole. Era incredibile fino a che punto si fosse sbagliata. Non era Yildin ad avere una fantasia debordante, ma lei! E i risultati erano una caviglia slogata e l'obbligo di tenerla a riposo per giorni. Niente da dire, se l'era meritato. Quel giorno proprio lei, la maestra, aveva imparato una gran bella lezione di vita.

La madre di Yildin la guardò e Penelope ebbe l'impressione che avesse capito perfettamente com'erano andate in realtà le cose. «Allora venga a trovarci una volta in via ufficiale. Abbiamo organizzato una festicciola per il prossimo fine settimana. Domenica a mezzogiorno, va bene? Porti pure chi vuole. Ecco, tenga,» la dottoressa Öztürk le passò un paio di stampelle «le provi. E non si scordi di tenere la caviglia a riposo assoluto almeno per oggi e, se possibile, anche nei prossimi giorni. La tenga rialzata e ci metta sopra il ghiaccio il più spesso possibile. Può tornare venerdì per un controllo. E adesso la accompagno a casa.»

22

Quella sera aprì la porta a Jason sulle stampelle.

«Ca... spita! Ma che hai combinato, Penelope?» domandò lui spaventato, mentre Teseo si intrufolava in casa e prendeva immediatamente possesso del divano. Giacomo salutò il nuovo amico non richiesto con una soffiata, prima di acciambellarsi con circospezione vicino a lui.

«Sono inciampata» rispose Penelope, sforzandosi di non sembrare troppo imbarazzata, perché aveva constatato che quando si vergognava di qualcosa si sentiva come rimpicciolire.

«Dove?» Jason la scrutò con occhi socchiusi, come per assicurarle che non si sarebbe fatto abbindolare.

Penelope distolse lo sguardo in modo che non potesse vederla in viso mentre gli diceva, tornando alla poltrona: «Nel giardino di un mio alunno».

«Inciampata?» ripeté Jason con voce strascicata. La raggiunse e la guardò dritto negli occhi. «Non è che per caso era il giardino dei genitori di Yildin?» Penelope trasalì. La sera prima aveva raccontato a Jason dei suoi sospetti, ma non aveva fatto riferimento alla sua intenzione di andare lì. Jason lo aveva capito da solo, perciò Penelope si limitò al silenzio.

«Accidenti, Penelope, che testa dura che hai! Che ti avevo detto? Di non andarci da sola! Se proprio dovevi farlo, non potevi almeno avvisarmi? Sarei venuto con te. Ti hanno spintonata?»

«No, nessuno mi ha fatto niente. È vero che sono caduta da sola. C'era una stupidissima buca scavata dai topi campagnoli. E *patapum*!»

«Aspetta un attimo! Quindi sei andata dai genitori di Yildin e sei caduta a faccia in giù nel loro giardino?» Nella voce di Jason si avvertiva un miscuglio di stupore e divertimento, insieme a un residuo di diffidenza.

Ma come prima cosa si preoccupò che stesse comoda. L'aiutò a sistemarsi sulla poltrona, posò il piede fasciato sul tavolino e ci infilò sotto un cuscino. Poi mise in cucina le cose che aveva portato, le preparò un tè e infine andò a sedersi di fronte a lei sul divano. Solo a quel punto incrociò le braccia e disse: «E adesso sputa il rospo, questa storia mi interessa da pazzi».

Dopo che Penelope gli ebbe raccontato i dettagli della sua figuraccia, peraltro senza mostrare alcuna indulgenza verso se stessa, Jason scoppiò in una fragorosa risata. Ovviamente la cosa che lo divertiva più di tutte era che il coniglietto alla fine le avesse anche fatto la cacca addosso.

«Stupendo» commentò, senza riuscire a smettere di ridere. «Ti lanci nella battaglia come una dea della giustizia, armata di spada e con tutto il tuo ardore, e finisce che te ne vai via zoppicante e con la merda di coniglio sulla camicia.» Jason non si riprendeva più.

Gli uomini sono dei primati, pensò Penelope stizzita. D'altra parte Jason aveva ragione: anziché ricoprirsi di gloria si era ricoperta di... ecco, appunto. Ma lui non aveva ancora idea di cosa lo aspettava: «La famiglia di Yildin mi ha invitato a una festa. È una festa turca, il prossimo fine settimana. E tu verrai con me».

23

Da quando, due settimane prima, David aveva visto per caso Penelope al ristorante Da Mario, si era ritrovato in uno stato di perenne agitazione. Era irascibile e nervoso, nessuna cosa gli andava mai bene, nemmeno se era lui stesso a farla, e anche in ufficio si inalberava per qualsiasi sciocchezza. Per risparmiare a colleghi e collaboratori il suo malumore, aveva deciso di lavorare temporaneamente da casa. Avrebbe potuto svolgere calcoli e analisi anche da lì, ma la verità era che non riusciva a concentrarsi abbastanza. Il volto di Penelope si affacciava costantemente tra i suoi pensieri. Per quanto la pena per aver perso il suo amore non lo aveva mai abbandonato del tutto, con il tempo aveva imparato a convivere con questa cicatrice interiore. Ma da quando l'aveva vista con quel bel biondino, la ferita era tornata a sanguinare.

Durante i primi mesi della separazione era andato una o due volte all'uscita della sua scuola, all'insaputa di Penelope. L'aveva aspettata dall'altra parte della strada, di fronte al portone, solo per poterla guardare per qualche istante. Si era convinto di farlo solo per assicurarsi che stesse bene, che stesse andando avanti con la sua vita. In realtà aveva seguito l'impulso della nostalgia nella speranza che lei lo scoprisse, gli andasse incontro e gli dicesse che anche lei sentiva la sua mancanza.

Ma Penelope non lo aveva notato nessuna delle due volte e da quel momento David non aveva mai più cercato di avvicinarsi a lei, perché vederla senza poterle parlare non faceva che amplificare la sofferenza della separazione. Penelope non lo aveva visto nemmeno quella sera al ristorante e l'idea che non avesse avvertito la sua presenza e il suo impellente desiderio di essere riconosciuto gli dava il tormento. Persino la persona che era con lui si era accorta delle occhiate con cui aveva trafitto la schiena dell'ex moglie e neanche al giovane amico di Penelope era sfuggito il suo atteggiamento, ma lui lo aveva provocatoriamente ignorato, facendo finta che nemmeno esistesse. Il risultato era stato che David si era sentito impotente, sminuito, come un oggetto privo di qualsiasi valore.

Quel tizio aveva dedicato tutta la sua attenzione esclusivamente a Penelope: aveva riso con lei, ci aveva flirtato e le aveva addirittura preso la mano. E David, spettatore involontario di quelle effusioni, aveva sentito montare dentro di sé l'insensato desiderio di riportare indietro il tempo fino a sei anni prima.

Lui stesso si era sorpreso nel rendersi conto di quanto lo ferisse quello che stava accadendo a pochi tavoli da lui e dell'intensità dei propri sentimenti. A partire da quell'incontro inatteso una domanda lo tormentava senza dargli pace: aveva lottato abbastanza per Penelope e per il suo amore? O aveva forse ceduto troppo in fretta?

Era stata lei a lasciarlo: un bel giorno se n'era andata. Era stata un'evoluzione lenta e velenosa, in un primo momento lui non si era nemmeno reso conto che esistessero modi diversi di elaborare un lutto. Quando, dopo la morte di Dominik, aveva cercato la vicinanza di Penelope per affrontare il dolore che condividevano, lei aveva espresso il volere di stare da sola: la sera si ritirava presto, confinandosi nel proprio silenzio. Lui l'aveva rispettata e aveva cercato consolazione e oblio nel proprio lavoro. Sperando che con il tempo per Penelope sarebbe stato più facile.

Ma quando lei era finalmente uscita dal suo stato di apatia, era iniziato un periodo di continue recriminazioni contro di sé e di rimproveri, alla ricerca di un colpevole che in realtà non esisteva. Era stato un incidente, ma per quanto lui le ripetesse che non aveva alcuna colpa per l'accaduto, la sua voce ormai non riusciva più a raggiungerla e la distanza tra di loro crebbe. Più i suoi tentativi di colmarla si facevano disperati, più si facevano accaniti gli attacchi di lei. Alla fine gli pareva che Penelope avesse fatto del litigio con lui l'obiettivo della propria vita, come se l'unico scopo delle loro conversazioni fosse quello di fargli pesare qualcosa, usando le parole per ferirlo come fossero bombe a mano.

Sembrava che Penelope si trovasse in uno stato di rabbia perenne; stava facendo a pezzi la propria anima e David era costretto ad assistere impotente. Le propose di chiedere l'aiuto di uno specialista, ma lei rifiutò. Alla fine, sentì di non meritare più la sua acredine crescente: a conti fatti la perdita di Penelope era stata anche la sua perdita, e si trovò così a evitarla sempre più spesso; il lavoro divenne la sua àncora di salvezza, così come la sua famiglia: i suoi genitori, i suoi fratelli, sua sorella. Aveva sempre considerato Penelope come una guerriera, aveva sperato che con il tempo si sarebbe resa conto che quella contro il destino era una guerra che non poteva vincere, che avrebbe accettato la perdita di Dominik come un elemento della sua vita.

Ancora oggi il pensiero che Penelope si fosse lasciata tutto alle spalle, la loro storia così come la loro casa, lo convinceva del fatto che a finire in pezzi non era stato solo il suo matrimonio, ma anche la sua donna, come se in tutti questi anni avesse amato un fantasma, un'idea di Penelope che in realtà non esisteva davvero. Ma il lutto per il suo bambino aveva strappato Penelope da tutti i suoi ormeggi, spingendola verso un abisso di dolore e di odio per se stessa, fino a farle perdere la via per fare ritorno alla persona di cui una volta si era innamorato il giovane David.

Ma nella donna che aveva visto al ristorante Da Mario con quel ragazzo aveva di nuovo riconosciuto la Penelope di un tempo. Esisteva ancora. Da quel momento si era riaccesa in lui una folle scintilla di speranza, della quale non riusciva a liberarsi perché si nutriva del sorriso di Penelope. Ma se era vero che quella scintilla gli scaldava il cuore, era altrettanto vero che sentiva bruciargli dentro il pugnale arroventato della gelosia. Chi era quello lì per meritarsi il sorriso di Penelope?

Chiuse il portatile con un gesto rabbioso: concentrarsi sulla tabella piena di cifre che aveva davanti gli era comunque impossibile. Quel tizio era troppo giovane per Penelope! Il poco di orgoglio che ancora gli rimaneva gli impediva di chiamare Ariadne per chiedere delucidazioni. Forse doveva rivolgersi a Caroline? Era il padrino della sua bambina ed era ospite in casa loro almeno una volta al mese. David non era mai riuscito a capire perché Penelope avesse escluso persino la sua migliore amica dalla propria vita, anche se la spiegazione di Caroline era stata abbastanza sensata: secondo lei non poteva sopportare di vederla così felice con la sua bambina. Già qualche settimana dopo la nascita della piccola, Penelope aveva fatto intendere a Caroline che non desiderava portare avanti la loro amicizia. Niente litigi, niente discussioni. Semplicemente aveva smesso di rispondere alle sue chiamate e ai suoi messaggi. Aveva eretto un muro di silenzio intorno a sé, si era isolata da tutto ciò che un tempo aveva riempito e definito la sua vita.

David richiamò un'altra volta alla mente l'indesiderata immagine di Penelope che ballava leggera tra le braccia del giovane sconosciuto. La ragione gli suggeriva di essere contento per lei. Quando si ama qualcuno si vuole sempre il meglio per lui, si vuole che sia felice. Penelope era stata infelice per molto tempo e non c'era stato niente che lui avesse potuto fare per consolarla o per alleggerire il suo dolore. Si era convinto che l'amore avrebbe curato ogni cosa, ma in quel caso l'amore aveva fallito, *lui* aveva fallito.

Per troppo tempo aveva tenuto gli occhi chiusi di fronte ai cambiamenti che quel lutto stava provocando dentro sua moglie, fino a che non l'aveva più riconosciuta. Negli ultimi tempi si era addirittura convinta che lui la tradisse con alcune colleghe, come per esempio la sua segretaria Margarita, solo perché in qualche occasione loro avevano accettato il ruolo di rappresentanza che Penelope aveva invece rifiutato. Era addirittura stato attento ad alternare la presenza delle varie donne in modo da non nutrire in loro false speranze. Persino quando ormai Penelope si era definitivamente rinchiusa nel proprio mondo interiore, David aveva ancora sperato che un giorno avrebbe ritrovato la via per tornare da lui, che insieme avrebbero riscoperto il loro amore.

E poi lei lo aveva lasciato. Il dubbio su che cosa avrebbe potuto fare di diverso per impedirlo lo aveva trascinato fin dentro allo studio di un terapeuta, che però si era anche affrettato ad abbandonare, perché usciva da ogni seduta con più domande di prima, sentendosi più confuso di quando era entrato. E poi a che cosa gli serviva analizzare i propri sentimenti? In fin dei conti li conosceva già, sapeva come si sentiva.

Non negava il fatto che, per un certo periodo, si era abbandonato allo stordimento provocato dal successo lavorativo; gli incarichi si susseguivano, lo cercavano dai vertici dei vertici. Perché non aveva tentato prima di sfuggire a quel circolo vizioso? Il successo è una droga pericolosa e lui, per un po', ci era cascato in pieno.

Ma ormai erano anni che aveva tirato il freno, non lavorava più per un gruppo di banche, ma dirigeva la filiale di una cassa di risparmio, fornendo consulenze alle giovani coppie che stavano per acquistare una casa.

Quando l'aveva conosciuta, Penelope gli era sembrata una persona forte, allegra e curiosa nei confronti della vita. Almeno fino al momento in cui non si era accorto del terrore che le incuteva la vicinanza fisica. Le carezze e i baci le piacevano, ma non appena le cose andavano leggermente oltre, si ritraeva impaurita. Lui non si perse d'animo: ebbe pazienza e si adeguò ai suoi tempi. Un po' alla volta la fiducia era andata crescendo e Penelope aveva capito che ciò che di lei attraeva David erano la sua essenza, la sua personalità, cioè quelle stesse cose che anche lei apprezzava nelle persone.

Un giorno, durante una gita in moto, si erano fermati sulla riva di un meraviglioso laghetto, dove la giovane ragazza gli aveva finalmente raccontato tutto. Aveva condiviso con lui quello che le era capitato da bambina e gli aveva fatto capire il motivo per cui reagiva con un misto di repulsione e paura al contatto fisico con un uomo. Da quel momento era iniziato il suo percorso di guarigione. A un certo punto il desiderio di Penelope si era risvegliato, finché un giorno non gli aveva fatto capire che si sentiva pronta a compiere il passo successivo.

Per David la prima notte che avevano passato insieme era il ricordo più bello di tutti. Erano partiti per un fine settimana in moto, avevano a disposizione tutto il tempo che volevano e, conoscendosi già da molto, erano legati da una profonda intimità. Anche perché entrambi sapevano, avendolo intuito fin dal loro primo incontro, che sarebbero rimasti insieme per sempre. Non avevano mai messo in discussione il loro amore, lo consideravano una cosa naturale, nessuno dei due aveva mai desiderato un'altra persona. Si completavano a vicenda e si somigliavano a tal punto che a volte formulavano gli stessi pensieri, per poi scoppiare a ridere in contemporanea e finire l'uno la frase dell'altra, come se le loro anime fossero gemelle.

Finché la morte non li aveva separati. La morte di Dominik. E David non aveva perso solo il suo bambino, ma anche Penelope. Lei non era riuscita a superare il dolore di quella perdita e, al contrario di lui, che aveva cercato consolazione nel proprio amore per Penelope e desiderava da lei un altro figlio, si era chiusa sempre più in se stessa. Era stato come assistere a uno spettacolo straziante: la guardava abbandonare progressivamente la speranza nella vita, sprofondare sempre di più nella propria realtà, rimanere avviluppata in un complesso di colpa dominato dal lutto e dalla rabbia.

All'epoca era follemente arrabbiata con tutto e con tutti, ma in particolare con se stessa; si addossava la colpa dell'incidente per il semplice fatto di non essere stata lì. E anche a lui aveva dolorosamente rinfacciato che l'idea della piscina era stata sua e che lui l'aveva convinta ad assumere una tata nonostante il suo parere contrario.

Quando era successo l'incidente di Dominik in piscina, Penelope stava facendo spese con Caroline e il piccolo si trovava da solo in casa con la tata.

Nelle orecchie di David riecheggiava ancora la voce della moglie che, in quel fatidico giorno, lo aveva chiamato al lavoro per comunicargli che il loro bambino era morto perché lei era andata a fare shopping con la sua amica. Gli aveva urlato quelle cose per telefono con una tale disperazione nella voce e così fuori di sé che ancora oggi, a ripensarci, David veniva colto da un brivido lungo la schiena.

Si era precipitato fuori dall'ufficio ed era corso a casa. Già da lontano aveva visto i lampeggianti blu dei mezzi di soccorso davanti al portone. Fino a quel momento non aveva voluto crederci, non era stato in grado di prendere atto della situazione. Eppure l'incubo era realtà. Aveva trovato Penelope seduta da sola sul divano, pallida e apatica, e aveva avuto l'impressione che non lo riconoscesse nemmeno.

«Le hanno iniettato un tranquillante» gli aveva spiegato Caroline tornando dalla cucina con due tazze di caffè in mano. David si era seduto sul divano accanto a Penelope e l'aveva abbracciata. Era determinato a essere abbastanza forte per entrambi, ma lei si era limitata a guardarlo e a dire: «Ah, sei tu. Hai visto Dominik? È tutto freddo e rigido». Poi, nonostante il caldo, si era tirata una coperta sulla testa, si era girata da una parte e si era abbandonata all'effetto del tranquillante.

David aveva avvisato subito la madre di Penelope, Ariadne, che si era precipitata lì immediatamente, e anche i propri genitori, la sorella e i due fratelli, ma Penelope non aveva avuto alcuna reazione con nessuno di loro: era come una statua di gesso.

Il marito l'aveva portata al piano di sopra e l'aveva messa a letto. Aveva chiuso le persiane lasciando però la porta aperta in modo che potesse sentirla se l'avesse chiamato. Nonostante questo, era corso su ogni dieci minuti a controllarla, oltre a parlare con il medico, con la polizia, occuparsi di tutte le formalità, e persino consolare la tata: anche lei era sotto shock, anche se nel corso delle indagini fu poi assolta da qualunque accusa. Per quanto riguardava lui, Penelope gli avrebbe rinfacciato persino l'efficienza dimostrata quel giorno.

David si prese la testa tra le mani. La consapevolezza di dover cambiare qualcosa, di non poter andare avanti in quel modo, gli provocò una fitta di dolore. La sua vita ormai non andava oltre il lavoro; anche sua madre si lamentava delle rare visite e trovava che avesse una brutta cera, che fosse pallido ed esaurito. Se persino Penelope era riuscita a trovare un nuovo amore, allora anche lui doveva essere in grado di voltare pagina e di aprire un nuovo capitolo della propria vita. Per troppo tempo si era cullato nella folle speranza che sarebbero stati per sempre l'uno dell'altra, proprio come si erano giurati al matrimonio; per troppo tempo si era aggrappato all'idea che Penelope sarebbe tornata da lui e che, se pure non potevano ricominciare da capo, avrebbero quantomeno avuto una seconda possibilità. Eppure lei non aveva mai risposto alle lettere che le mandava tutti gli anni per il suo compleanno e per l'anniversario della morte di Dominik. Penelope aveva chiuso con quella parte della propria vita e anche lui avrebbe dovuto rassegnarsi una volta per tutte. Doveva serrare lo spiraglio rimasto aperto sul proprio passato, per non permettere più al suo cuore di scivolarci dentro e vagare alla ricerca del suo amore perduto.

Si alzò in piedi con fare deciso: adesso sapeva che cosa doveva fare. Una cosa che avrebbe dovuto fare molto prima, che rimandava ormai da troppo tempo. Passò velocemente in garage, poi andò al piano di sopra e si soffermò per qualche secondo davanti alla camera che aveva condiviso con Penelope. Da quando se n'era andata, David si era spostato a dormire all'ultimo piano, nella camera degli ospiti vicina al suo studio.

Premette allora delicatamente sulla maniglia della porta di

fronte e si ritrovò in quello che era stato il mondo di Dominik: un universo popolato di peluche, mattoncini Lego, dinosauri di plastica e supereroi. Era tutto ancora esattamente identico al giorno in cui Dominik era morto. All'epoca Penelope gli aveva proibito di toccare la camera e fino a quel giorno David si era attenuto alla sua volontà. Posò a terra le due scatole di cartone che aveva portato con sé e nel raccogliere le prime cose da terra sentì le lacrime rigargli le guance. C'è qualcosa di più triste, nella vita di un padre, dello smantellare la stanza del figlio?

Ma Dominik se n'era andato per sempre. E con lui anche Penelope.

24

Naturalmente anche Trudi si era divertita un sacco a sentire la storia della slogatura di Penelope.

«E dimmi, cara, in vita tua avevi già fatto una cosa così folle? Intendo dire una cosa veramente pazza, una cosa pericolosa» domandò all'amica, mentre prendevano il loro caffè pomeridiano.

Penelope pensò che, per i suoi standard, Jason poteva sicuramente considerarsi una pazzia, ma che certo non era pericoloso, salvo forse per il suo cuore. In effetti però c'era stato un episodio nella sua vita del quale erano a conoscenza solo sua madre e le poche persone che ne erano rimaste coinvolte. Molti anni dopo ne aveva parlato anche con David, perché capisse il motivo per cui lei fosse così.

«Sì, una cosa c'è. A undici anni ho rapito il neonato della mia vicina» disse con naturalezza.

«Ah, questa sì che sembra una storia interessante. E perché l'hai fatto?»

«Perché volevo salvarlo.»

«E ci sei riuscita?» Trudi si era chinata in avanti agitata.

«Questo non lo so. La mattina dopo me l'hanno subito tolto. All'epoca, mia madre e gli assistenti sociali ne fecero un caso di Stato. Mi mandarono persino da uno psicologo, ma nessuno dimostrò un reale interesse per la motivazione che mi aveva spinto a farlo. La mia impressione fu più che altro quella di aver arrecato un grande fastidio a tutti con il mio gesto, di aver portato loro parecchio lavoro e molti problemi che avrebbero potuto essere evitati. Continuavano a volermi inculcare l'idea che quelle cose non si dovevano fare, che erano azioni passibili di pena.»

«Da che cosa volevi salvarlo?»

«Dai suoi genitori. Ero sicura che gli facessero del male. Avresti dovuto vedere il padre: aveva un'aria talmente perfida che ogni volta che lo vedevo un brivido mi raggelava la schiena. La mia camera da letto era accanto a quella del bambino e io lo sentivo piangere in continuazione. Avrei tanto voluto fare un buco nella parete e sgattaiolare da lui. Spesso piangevo insieme a lui, mi sentivo impotente e mi cresceva una tale rabbia nel cuore che un giorno decisi di fare qualcosa. Altrimenti sarei esplosa.»

«Sai che ne è stato del bambino?»

«No, mia madre e io abbiamo traslocato poco dopo quell'episodio. In seguito tornai lì e suonai il campanello, ma non mi aprì nessuno. Passato qualche altro giorno, però, trovai la porta aperta e l'appartamento vuoto. Se n'erano andati, e il bambino con loro.»

«Sei stata molto coraggiosa ad andare di nuovo in quella casa da sola. Magari certi adulti avessero il coraggio che hai dimostrato tu a soli undici anni.»

«Mia madre non la vedeva in questi termini» sbuffò Penelope. «Si arrabbiò da morire quando glielo raccontai. La trovò una cosa molto stupida.»

«Be', non aveva tutti i torti, mia cara. Quell'uomo avrebbe anche potuto farti del male. Era preoccupata per te.»

«Mia madre non era preoccupata, voleva solo evitare problemi. Lei si preoccupa solo per se stessa.» Penelope si accorse da sola di quanto dure e lapidarie suonassero le sue parole e si rese anche conto che con Trudi non l'avrebbe certo passata liscia. Alla sua amica piaceva andare fino in fondo alle cose.

«È un giudizio molto duro quello che esprimi nei confronti di tua madre. Mi spieghi esattamente qual è il tuo problema con lei?» domandò Trudi immediatamente.

«Be', il solito problema che hanno tutti gli adolescenti con la madre» tentò di minimizzare Penelope.

«Non intendevo allora, ma oggi. Lo sai benissimo.»

Penelope sospirò. Da dove poteva cominciare? Quali erano le accuse che le rivolgeva effettivamente? La superficialità e lo stile di vita alla ricerca dell'eterna giovinezza, cioè gli atteggiamenti che lei, in quanto figlia, ha sempre trovato imbarazzanti? O forse le tempestose discussioni che avevano costellato la sua infanzia perché la madre la trascinava costantemente da una parte all'altra, costringendola a lasciare un posto non appena aveva iniziato ad ambientarsi e a farsi degli amici a scuola?

Era questo il motivo per cui Penelope si era fatta sempre più introversa, finché alla fine non aveva smesso del tutto di cercare nuove amicizie, perché tanto sapeva che non avrebbe potuto portarle avanti. Ma poi aveva conosciuto David e la sua famiglia, e aveva sperimentato quel senso di stabilità che spesso le era mancato da bambina.

La domanda di Trudi però la metteva in difficoltà anche per un'altra ragione: non voleva parlare di David. La verità era che tra lei e la madre non c'erano conflitti aperti, Ariadne innescava più che altro in lei una sorta di meccanismo di difesa. Ecco perché Penelope si sentiva semplicemente meglio quando poteva tenerla a debita distanza. L'atteggiamento di sua madre le suggeriva l'idea che, se solo si fosse avvicinata di più, si sarebbe immediatamente impadronita della sua vita. Alla fine le venne in mente una giustificazione da poter usare per rispondere a Trudi: «Appena sono uscita di casa per andare a vivere con David lei si è subito sposata con un uomo ricco e molto più anziano. Secondo me non vedeva l'ora di liberarsi di me. Per lei ero solo un peso, una figlia indesiderata che le aveva rubato gli anni migliori dell'esistenza».

Trudi aggrottò la fronte: «Non mi sembra giusto, Penelope».

«Appunto, è quello che dico anch'io» mormorò Penelope a disagio, evitando lo sguardo di Trudi. Non le piaceva parlare della madre, perché farlo le suscitava sempre l'impressione di doversi scusare per qualcosa. Anche se non avrebbe saputo dire per cosa o nei confronti di chi.

«No, non intendevo questo.» Trudi puntò un indice verso di lei: «Sei *tu* che mi sembri ingiusta. O almeno incoerente con la Penelope che conosco io. Penso che questa sia la storia che ti sei raccontata tu, perché ti faceva più comodo così. Perché è perfettamente in linea con l'immagine di sofferenza che ti sei ritagliata. Tu preferisci di gran lunga pensare a te stessa come a una vittima».

«Come scusa?» Penelope sgranò gli occhi verso l'amica. Era vero che, in linea generale, Trudi non aveva peli sulla lingua, ma fino a quel momento non era mai stata così crudele con lei. «Immagine di sofferenza? Vittima? Non capisco...»

«Oh, invece credo che tu capisca benissimo. Sei intelligente e sai perfettamente di cosa parlo, solo che non vuoi ammetterlo, preferisci attraversare la vita con il cuore sigillato. Ma la verità ha in sé una forza immensa. Niente di quello che fai potrà distruggerla. Perché la verità è dentro di te. Per quanto tu possa provarci, l'unico risultato che otterrai è quello di distruggere te stessa. Il filosofo Ralph Emerson una volta ha detto: "Ciò che abbiamo alle spalle e ciò che abbiamo davanti sono ben poca cosa rispetto a ciò che abbiamo dentro di noi". Perciò apri il tuo cuore, Penelope, e fai spazio all'amore. Solo l'amore conosce la via per arrivare alle stelle.»

«Perché ti importa così tanto di me?» domandò Penelope, sentendosi pervadere da un senso di meraviglia. C'era qualcosa che sentiva palpitare in fondo alla sua anima e che sembrava pronto a scoppiare, ma la via per arrivare alle stelle le era ancora preclusa.

«Perché sei speciale, Penelope» rispose Trudi. «Per questo voglio dirti qual è il tuo problema: tu hai paura della vita e questa paura ti rende schiava, priva di coraggio e purtroppo anche vigliacca. Tu sopporti le persone solo in dosi omeopatiche. Con i tuoi piccoli alunni è più semplice. Loro non rappresentano una minaccia per te, per questo ti viene facile batterti per i loro diritti. Solo loro hanno diritto ad avere Penelope per quella che è, con il suo buon cuore, la sua sollecitudine e la sua bontà. Tutti gli altri li tieni a distanza. Persino tua madre. Prima della comparsa di Jason non eri mai uscita come fanno normalmente i tuoi coetanei, e non hai nemmeno un'amica, o almeno io non ne ho mai vista una che venisse a trovarti.»

«Ma tu sei mia amica!» balbettò Penelope confusa.

«Certo, mia cara, ma non hai amiche della tua età. Non lo trovo giusto, l'amicizia è una cosa importante. Tutti hanno bisogno di qualcuno sul quale poter fare totale affidamento, qualcuno che sopporti anche i loro malumori. Qualcuno con cui poter ridere e pensare a voce alta, qualcuno a cui poter telefonare in mezzo alla notte se hanno dei pensieri che li affliggono. Qualcuno che li capisca nei momenti in cui nemmeno loro riescono a capirsi.»

«Ma se mi capisci tu è sufficiente, no?» Penelope iniziava quasi a indispettirsi. Ma il paradosso stava nel fatto che si sentiva istintivamente affascinata dai rimproveri che Trudi le stava muovendo, forse perché già da tempo stava avendo delle conversazioni del genere con se stessa. Non le aveva messo in testa idee simili anche Jason, solo poco tempo prima?

Trudi si chinò in avanti, afferrò dolcemente il mento di Penelope e la costrinse a guardarla negli occhi. «Vedi quella foto lì?»

Penelope si voltò a guardare l'immagine di due donne che si cingevano la vita a vicenda e ridevano in direzione della macchina fotografica.

«Quelle siamo io e Marlene. Ci siamo conosciute durante la guerra. Lei mi ha salvato, da molti punti di vista. Se non fosse stato per lei e per la sua testa dura, oggi io non sarei qui. La famiglia è importante, ma l'amicizia lo è forse ancora di più, perché siamo noi stessi a sceglierla. E siccome a quanto pare in questo momento la tua unica amica sono io, mi sento in dovere di approfondire la questione. Disprezzi tua madre e non hai amici. Se ne deduce che hai un problema a far avvicinare le persone, per paura che possano ferirti. Lascia che ti dica una cosa, mia cara, questa strada l'hanno già battuta in molti, io per prima, ma non funziona. La spia che ti tradisce più delle altre è l'inestinguibile tristezza che hai negli occhi. Tutto questo mi fa capire che hai perso qualcuno a cui volevi molto bene. Scommetto che si tratta di un bambino.»

Penelope rabbrividì: Trudi aveva scoperto la verità e lei, schiacciata dal peso di quelle osservazioni, sprofondò in se stessa, mentre un'ombra fugace e rivelatrice le attraversava il viso; poi scoppiò in lacrime.

«Ecco, brava. Devi piangere. Ti fa bene, io ne so qualcosa»

mormorò Trudi, che si era alzata per andare a sedersi sul bracciolo della poltrona di Penelope. Cinse l'amica con entrambe le braccia e la cullò quasi fosse una bambina. Come poco prima le lacrime, anche le parole, piano piano, iniziarono a uscire. Penelope raccontò a Trudi la tragedia che si era consumata ormai circa sei anni prima.

Alla fine Trudi la sorprese di nuovo. «Certo, questa è una cosa capace di stravolgerti completamente la vita e non è così facile far finta che non sia mai successa» le disse con voce rotta. «Spiega in parte perché sei quella che sei, mia cara. Ma non capisco perché ritieni necessario punire te stessa per questo. Non credo che tu ne abbia la colpa.»

«Ma è proprio questo il problema! Certo che ne ho la colpa, solo che nessuno lo capisce!» urlò Penelope infervorata e con voce troppo alta, probabilmente per la delusione di dover affrontare la stessa sterile discussione anche con Trudi.

«Ah, e con *nessuno* intendi il tuo ex marito, tua madre e i tuoi amici? Per questo ti rintani nel tuo appartamento con un gatto come unica compagnia?»

«Questa è la mia vita!» sbottò Penelope.

«Non essere testarda. Il tuo non è che un modo per sprecare una bella e giovane vita. Perché non cercare una nuova felicità? Rendere felice qualcuno è l'unico vero senso della vita! Ho conosciuto migliaia di persone che non ne hanno mai avuto l'occasione, ma che non avrebbero desiderato altro.»

«Ti prego, Trudi, so che hai conosciuto la guerra e che devi aver vissuto delle esperienze terribili, ma quelli erano altri tempi.»

«Così però diventi cattiva. E insensibile. Non è da te, tu non sei così. Non erano affatto altri tempi. L'amore e la sofferenza si sperimentano nello stesso identico modo in ogni epoca e per ogni persona. Non sei mica tu ad avere il monopolio del dolore. Perciò smettila di comportarti come la protagonista di una tragedia greca.»

Penelope si sentì improvvisamente debole. Trudi aveva ragione, era ovvio. In tutto e per tutto. Ma era proprio per questo che aveva paura di approfondire il discorso. Già adesso aveva la sensazione che le avessero fatto a pezzi il cuore, come se Trudi avesse messo a nudo ogni singolo strato della sua anima e lo avesse poi esposto, inerme, ai suoi attacchi. Era come se esistessero due Trudi: quella che le guardava nell'anima e sapeva riempirla di comprensione e conforto, e quella dura e inesorabile, in grado di trasformare da un secondo all'altro il cuore di Penelope in un'esplosione di dolore. Lei non era in grado di sopportare questa seconda versione della sua amica, perciò si alzò di scatto e disse: «Adesso devo andare, ho ancora molto lavoro arretrato».

«Non dire sciocchezze. Siediti. Non abbiamo ancora finito.»

La voce di Trudi riusciva a esprimere un'autorevolezza così innata che Penelope non poté fare altro che eseguire il suo ordine. Una piccola parte di lei forse addirittura desiderava rimanere, attratta da una curiosità quasi dolorosa per ciò che Trudi aveva ancora da dirle.

Ma la sua amica era più complessa del labirinto di Cnosso e si allacciò di nuovo all'inizio del suo discorso: «Torniamo a tua madre. Forse per sposarsi ha aspettato che te ne fossi andata proprio perché sapeva che con la famiglia di David stavi bene e che non avresti più avuto bisogno di lei».

Penelope guardò Trudi negli occhi. Stavano davvero così le cose? Era quella la verità che era rimasta aggrappata al suo inconscio per tutto quel tempo, come una conchiglia allo scoglio? Sentì qualcosa sciogliersi dentro di lei e riaffiorare in superficie, come per portare lo sbaglio che lei aveva fatto davanti ai suoi occhi. Possibile che per tutti quegli anni si fosse attaccata a un'immagine falsa della madre con il solo scopo di tenerla lontana da sé? Davvero le aveva cucito addosso una maschera che le permettesse di giustificare il giudizio meschino che aveva di lei e di legittimare così il proprio comportamento nei suoi confronti? Ammettere tutto questo significava anche ammettere di essere una persona ignobile. Penelope nascose il volto tra le mani senza più il coraggio di guardare Trudi negli occhi. Le ci sarebbe voluto del tempo per metabolizzare questa presa di coscienza e farla sedimentare sul fondo della propria anima.

Trudi sorrise tra sé e sé. «Bene, vedo che stai cominciando a ragionare. Non sprecare quest'occasione, d'accordo? Concludi la tua odissea, getta l'àncora, sii Ulisse e non Penelope! Non far passare troppo tempo e parla con tua madre. Mi prometti che lo farai?»

Penelope sollevò la testa e le fece intendere con un cenno che avrebbe seguito il suo consiglio.

Dopo una pausa piuttosto lunga, Trudi proseguì: «Bene, e adesso dimmi qualcosa in più sul neonato che hai rapito. Dove abitavate in quel periodo?».

«A Perlach, vicino alla stazione della metro.» Penelope strofinò i palmi delle mani uno contro l'altro, ma l'imbarazzo e la vergogna non si lasciavano scacciare via così facilmente. «Da allora ho ripensato spesso a quel bambino e mi domando che cosa ne sia stato di lui. Più tardi, quando ero all'università, provai anche a chiedere informazioni ai servizi sociali, ma ovviamente non potevano dirmi niente. Mia madre dice che ho la sindrome della crocerossina.»

«Hai molto più di questo, mia cara: tu hai un buon cuore.

E hai coraggio civile, ce l'avevi già da bambina. Dovrebbero essere di più ad averlo a questo mondo.»

Trudi sospirò forte, e cambiò improvvisamente tutta la sua postura. Tutto a un tratto si era completamente irrigidita, se ne stava seduta in punta di sedia con la schiena inarcata; Penelope lesse nei suoi occhi un'espressione di rabbia mista a odio. «Bisogna guardare quando succede qualcosa e non voltarsi dall'altra parte» sbottò di colpo. «È solo per questo che ai miei tempi è successo tutto quello che è successo. Regnava un clima di paura e di indifferenza. Ognuno pensava a sé: l'importante era che il male accadesse agli altri e non a te.» Trudi scosse la testa: «Il coraggio è una merce davvero rara. Ma arrovellarsi sulle inettitudini altrui non porta a niente. Ognuno è quello che è, e al giorno d'oggi non c'è spazio per sentire il dolore universale. Ridiamo in faccia al Diavolo! *Sláinte*!». Così dicendo prese in mano il bicchiere e lo tracannò tutto d'un fiato.

A Penelope turbava vedere Trudi in quella veste, entrare in contatto con questo suo lato disturbante. La cosa migliore che poteva fare era tacere. Ammirava la forza di Trudi e si domandò ancora una volta da dove la traesse. Cos'è che aveva forgiato la sua personalità? L'esperienza che aveva fatto della guerra, in mezzo alla morte e a pericoli di ogni genere? O la fortuna di aver vissuto un grande amore?

Lo squillo del telefono interruppe i suoi pensieri. Trudi rispose: «Oh, signor parroco, che piacere! Sì? Molto volentieri. Non vediamo l'ora. Certo che lo portiamo». Poi riattaccò. «Era il nostro prete preferito. Ha invitato noi due ragazze domani pomeriggio alle tre per un tè.»

«Ho capito bene? Devi portargli uno spinello?» domandò Penelope con finta indignazione. Ormai non si stupiva quasi più di niente.

«Macché! Devi portare Giacomo!»

«Oh, non gli è bastato quando l'ho portato l'ultima volta, che gli ha... Lo sai, no?»

«Proprio per questo! Dice che il suo ficus non è mai stato così bene. Ha persino dei nuovi germogli.» Trudi aveva l'aria di una che abbia in serbo un'altra perla di saggezza, ma che aspetti che le venga chiesto per dirla. Penelope le fece il favore.

«A cos'altro stai pensando?» domandò con cautela. Aveva paura che questo incipit degenerasse in un nuovo botta e risposta nello stile di Trudi. Ma dire la verità fa parte dei doveri dell'amicizia, anche quando è doloroso. O forse proprio per questo.

«Anche nella merda c'è qualcosa di buono!» disse.

«Non se la pesti» obiettò Penelope.

«Oh, insomma, sei la persona più pessimista che conosca. Non capisco come faccio a essere tua amica.»

«E invece torna perfettamente, Trudi, perché tu sei la persona più ottimista che io conosca. In fisica si chiama gravità.» Penelope si rallegrò di quel preambolo, perché era riuscito ad alleggerire l'atmosfera tesa che si era creata tra loro, tanto che nemmeno la successiva frase di Trudi poté ormai cambiare le cose.

«Sì, anch'io trovo che l'ottimismo sia una qualità notevole in una persona che sta per morire.»

«Oh, Trudi, hai sempre l'ultima parola...»

«Ah, sì? E come faccio a sapere che non stai per dire qualcosa d'altro?»

«Strano,» ribatté Penelope, smorzando la serietà della sua osservazione con un sorriso, «in realtà pensavo che tu disponessi proprio della misteriosa dote di indovinare più cose della persona con cui parli di quante lei non desideri condividere.»

«No, cara, per trarre le mie conclusioni mi limito a osservare le reazioni e il linguaggio del corpo. Per esempio, tu adesso stai con Jason, ma ultimamente ti capita sempre più spesso di pensare al tuo ex marito David.»

«Dio mio, ma come fai tutte le volte? Riesci a entrare nel mio cervello?» Penelope era esterrefatta.

«Non provi a negarlo nemmeno una volta? Bene, stiamo facendo progressi. E no, non entro nel tuo cervello. In realtà è un processo naturale, si chiama rielaborazione.»

Penelope, come un arciere pronto con il suo arco, strizzò un occhio e scagliò la sua freccia: «Senti un po', non è che hai parlato di me con Jason?».

«No.»

Quella risposta arrivò con una rapidità sospetta. Una rapidità esagerata. Se non era Jason, poteva essere solo un'altra persona. Penelope abbandonò la testa contro il bordo del tavolo, ce l'avrebbe anche picchiata contro. «Oh, mio Dio» gemette afflitta. «Ti sei alleata con mia madre.»

«Sì, è una persona eccezionale.»

«Come mai pensano tutti che mia madre sia così fantastica?»

«Forse perché lo è?»

«Tu non la conosci come la conosco io.»

«Che sciocchezze! Non ti viene in mente niente di meglio da dire, signora maestra? Cos'è che le rimproveri, esattamente? Dovresti sapere più di tutti gli altri che la sua vita non è sempre stata una passeggiata. Sai qual è la differenza tra te e tua madre? Che lei non ha mai perso la capacità di sognare. E tu, anziché arricciare il naso, dovresti essere felice per lei e non dimenticare neanche una volta che una madre è l'unica costante nella vita di un figlio. Lei c'è sempre per te, è una colonna d'amore, immutabile e incrollabile. Oltretutto, sciocchina, la felicità non si lascia tenere lontana molto a lungo. Ha lo stesso identico meccanismo di funzionamento dell'infelicità.»

25

«Come mai si è fatto prete?» Il giorno dopo Trudi assalì padre Aue in questo modo proprio quando si stava accomodando sulla poltrona con il suo tè.

Il parroco si prese un po' di tempo prima di rispondere. Si chinò in avanti, afferrò la tazza e ne bevve un sorso con cautela. Poi spostò lo sguardo da Trudi a Penelope e disse: «Avete presente quando vi fanno una domanda particolare, di cui conoscete la risposta, ma esitate comunque a dirla perché non sapete come la potrebbe interpretare l'altro?».

«Mah, per quanto mi riguarda è da un pezzo che non faccio più caso a certe sottigliezze. Ma di sicuro Penelope ha ben presente la sensazione, vero?»

Penelope fece un cenno di assenso. «Comunque ormai sono curiosissima della sua risposta, padre.»

«Allora coraggio, avanti con la confessione!» lo spronò Trudi con tono vivace.

Konrad Aue le regalò un caloroso sorriso. «Lei mi ricorda molto mia madre, signora Trudi. In realtà in un primo momento niente faceva supporre che avrei fatto il mestiere che faccio. Se da bambino qualcuno mi avesse detto che sarei diventato un prete cattolico, l'avrei considerato un matto. La decisione l'ho presa sul letto di morte di mia madre. Avevo poco più di trent'anni e, proprio come mio padre, anch'io sembravo destinato a non combinare niente di buono nella vita. Mio padre era quello che si può definire un maestro nell'arte di vivere. Al momento della sua scomparsa, qualche anno prima di mia madre, non si è lasciato molto alle spalle.»

«Ma qualcosa avrà pur lasciato» lo interruppe Trudi.

«Mettiamola così: la cosa migliore che mio padre abbia fatto in vita sua è stata di scegliere e di sposare la donna giusta. Era mia madre che si occupava di lui. Non fraintendetemi, mio padre era una persona amabile e parecchio colta. Amava sinceramente mia madre, e lei amava lui. Solo che non si è mai rassegnato a quella che definiva "la monotonia di una regolare quotidianità". Un posto di lavoro normale non lo aveva mai nemmeno preso in considerazione; si è improvvisato imprenditore in varie attività avventurose che alla fine si sono rivelate tutte clamorosamente fallimentari. Più di ogni altra cosa gli piaceva starsene all'osteria a intavolare discussioni, oppure in casa, sprofondato tra i suoi giornali e i suoi libri. A volte spariva per qualche giorno, la chiamava "l'esperienza del mondo". Adesso mi rendo conto che era un uomo che era stato strappato alle sue radici e che per tutta la vita ha cercato di ritrovare se stesso, senza però riuscirci. La guerra gli aveva portato via tutto: i genitori, l'infanzia, la casa e una bella fetta della sua dignità. Morì quando avevo appena iniziato la mia specializzazione, che tra l'altro stavo prendendo alla leggera, come già avevo fatto con i primi anni di università. Poi fu la volta di mia madre, ma lei prima di andarsene mi disse una cosa che mise a soqquadro tutta la mia vita. Quel giorno ho capito che possono bastare poche parole per far aprire gli occhi a una persona, per indicarle una via.»

«Ha avuto una specie di illuminazione?» domandò Trudi incuriosita, sporgendosi leggermente in avanti.

«Se vuole chiamarla così» rispose lui con un sorriso smarrito. «Poco prima di morire, mia madre condivise con me quella che era la sua personale versione della Genesi; il motivo per cui aveva amato così tanto mio padre. Mi disse che Dio il settimo giorno non si è riposato affatto, ma ha creato l'amore. Perché l'amore è l'universo che abbraccia la terra intera e tutto ciò che era stato creato nei primi sei giorni. Mi spiegò che aveva abbracciato mio padre come fa una madre con il figlio, dandogli il suo calore e il suo amore. Perché aveva bisogno di qualcuno che lo accogliesse nel cerchio dell'amore. Perché ogni essere umano deve disegnare un cerchio dell'amore intorno a sé che includa una seconda persona. Perché senza amore l'anima muore di fame e diventa vulnerabile alle tentazioni dei malvagi. Così mi disse. In quel preciso istante seppi quale sarebbe stato il mio lavoro: condurre gli uomini all'interno di quel cerchio. Con l'aiuto di Dio, che il settimo giorno creò la forza primordiale dell'amore.»

26

Penelope varcò il cancello che dava accesso al giardino della famiglia Öztürk. Camminava con passo incerto, e non per via della caviglia, che ormai riusciva ad appoggiare senza che le causasse troppo dolore, ma perché quell'invito le richiamava alla mente la scena imbarazzante di qualche giorno prima.

Era abbastanza certa che la madre di Yildin avesse capito il vero motivo della sua visita a sorpresa e proprio per questo si rendeva conto di doversi scusare. Sicuramente non lo avrebbe fatto quel giorno, con tutta quella gente intorno, ma magari la settimana dopo, a quattr'occhi, quando sarebbe andata da lei per un ultimo controllo alla caviglia.

Jason, come se avesse percepito la sua insicurezza, le strinse la mano. Lo guardò con un sorriso, grata del fatto che l'avesse accompagnata nonostante fosse il suo primo giorno libero dopo una settimana decisamente impegnativa. Nessun'altra ragazza era stata rapita, ma non c'era nemmeno traccia delle tre ancora scomparse. Nel frattempo era stato di nuovo degradato a tuttofare, perché il suo capo Beer e gli altri colleghi avevano superato l'attacco di salmonella. Anche il furto dei costumi continuava a essere poco più che un sospetto e dal momento che Jason non era riuscito a fare passi avanti per trovare fondamento alla sua ipotesi, il capo aveva deciso di accantonarla.

Furono investiti da un'ondata di musica rap turca a tutto volume.

«Che cosa mi hai detto che festeggiano oggi?» domandò Jason, che teneva in mano un gigantesco mazzo di fiori, mentre Penelope aveva con sé un sacchetto di macaron che aveva preparato insieme a Trudi.

Si fermarono sulla soglia della terrazza e osservarono esterrefatti la scena che si parava davanti ai loro occhi, variopinta come i macaron che avevano portato. Le donne e le bambine erano agghindate come per un matrimonio, anche se erano quasi tutte scalze. In compenso davanti all'ingresso della terrazza erano sparpagliati più tacchi alti tempestati di lustrini di quanti ce ne potessero essere in un negozio di scarpe. Solo alcune donne più mature indossavano sulla testa il velo tradizionale, mentre gli uomini avevano optato per l'abito classico; gli ospiti più giovani, invece, si erano presentati in abiti casual, senza però rinunciare all'eleganza.

Accanto al gigantesco buffet, allestito sotto una tenda aperta sui quattro lati, si ergeva un palco dal quale il cantante di una band si stava lanciando in un rap con tutto il fiato che aveva nei polmoni. Alcuni ragazzi si erano ammassati sotto il palco e ballavano a braccia alzate, cantando il ritornello a squarciagola.

«Non sapevo che fosse una festa così stravagante.» Penelope se la prese con se stessa per non aver chiesto più dettagli alla signora Öztürk, avendo dato per scontato che si trattasse di una normalissima grigliata estiva. Lei stessa indossava una semplice gonna di jeans, una camicetta a mezze maniche e un paio di sandali infradito bianchi senza tacco. Un abbigliamento decisamente inadeguato. La sua idea era di non attirare l'attenzione e sicuramente ci sarebbe riuscita.

«Certo c'è una bella musica» osservò Jason, mettendosi a ballare e tirandosi dietro Penelope. Una signora elegante, con un abito da cocktail di taffettà azzurro, si staccò da un gruppetto di persone e andò loro incontro: era la madre di Yildin.

«Eccola qui, signora Arendt!» La signora Öztürk la accolse calorosamente e Penelope le presentò Jason, che non perse l'occasione per adulare la padrona di casa con un baciamano.

«Mi scusi per il mio abbigliamento sportivo,» si affrettò a dire Penelope «non avevo capito che si trattasse di un evento così formale.»

«E perché mai?» domandò il padre di Yildin, che nel frattempo li aveva raggiunti. «Una bella donna come lei non ha mica bisogno di agghindarsi» disse con tono galante. «Benvenuti in casa Öztürk. La nostra casa è la vostra casa.»

«Come sta la sua caviglia?» si informò la madre di Yildin tornando per un attimo nei panni del medico.

«Benissimo, grazie. Non mi fa quasi più male.»

«In ogni caso è meglio se per oggi ancora evita di ballare» commentò la signora Öztürk indicando con un cenno della testa i ragazzi che si agitavano sotto il palco.

«Posso chiedere che cosa si festeggia?» domandò Jason, dopo averle consegnato i regali e dopo che lei ebbe mandato un cameriere del catering a cercare un vaso per i fiori.

«Il nostro figlio maggiore compie sedici anni oggi e come regalo ha chiesto questa festa» spiegò il padre di Yildin con un sorriso. «La musica non è proprio quella che avremmo scelto noi, ma ai ragazzi piace.»

«E dov'è Yildin?» domandò Penelope, che non lo aveva ancora visto da nessuna parte.

«Eh, il piccolino è in casa con il broncio. Si era messo in testa di fare uno spettacolino per il fratello, una specie di duetto con la sorella, ma Yasmin a quanto pare ha cambiato idea e adesso Yildin ce l'ha con il mondo intero.»

«Volete che provi a parlargli?» si offrì Penelope.

«Ma certo, venga. Così le mostro anche la casa.»

Nell'attraversare la terrazza, Penelope incrociò una persona che non si sarebbe mai aspettata di trovare: l'ispettore scolastico Anton Seeberger, con al fianco una biondina dall'aria annoiata che sembrava trovarsi lì esclusivamente perché le era stato imposto, come un'incombenza fastidiosa. Lui la presentò come sua moglie e Penelope avvertì su di sé uno sguardo indagatore che la fece sentire come merce esposta in saldo; ma soprattutto notò il disappunto negli occhi di quell'imbronciata signora, quando si voltò verso Jason. Di sicuro non aspettava altro che Penelope e Jason le voltassero le spalle per affilare la sua lingua biforcuta e fare dei commenti sulla loro differenza d'età. Con sua sorpresa, Penelope si rese conto che la cosa non la disturbava minimamente.

Quando entrò con la signora Öztürk nella stanza di Yildin non ci stava già più pensando. Il bambino era accoccolato sul letto come un mucchietto di stracci e si stava gingillando svogliatamente con un tablet.

«Ciao, Yildin» lo salutò Penelope.

Il bambino alzò lo sguardo e non appena riconobbe chi gli stava di fronte il suo volto si aprì in un sorriso luminoso come un'alba nel golfo di Capri.

«Signora maestra! Wow, che figata!» Saltò giù dal letto, le corse incontro e la abbracciò all'altezza della vita.

«Accidenti, che accoglienza» commentò la madre sorridendo. «Che cosa gli ha fatto? Cosa ha promesso di regalargli?»

«Deve aiutarmi.» Il bambino si rivolse a Penelope tutto accalorato. «Gli altri se ne possono andare» aggiunse poi con decisione, e rafforzò il suo intento spingendo la madre fuori dalla stanza. Jason la seguì. Ma prima di chiudersi la porta alle spalle disse a Yildin: «Sta' attento, lei è la mia ragazza. Chiaro?».

«Ehi, rilassati, tu. Dobbiamo rappare, mica fare chissà che.»

Jason chiuse la porta ridendo e neanche Penelope riuscì a trattenere un sorriso.

Yildin aveva preso in mano un foglietto tutto stropicciato. «Ho scritto un pezzo rap fichissimo per mio fratello. Ma quella stupida di Yasmin se la fa sotto. Non ha senso farlo da solo, ma adesso c'è la maestra! È ancora meglio della mia sorellina!»

L'eccitazione di Yildin era commovente. Penelope si dispiacque per la delusione che avrebbe dovuto dargli. Lei su un palco di fronte a tutta quella gente? Era escluso. Mentre rimuginava per trovare un modo di respingere la richiesta di Yildin senza ferirlo, le cascò l'occhio sul biglietto con il testo della canzone. Erano scarabocchi praticamente indecifrabili.

«Il testo che tocca a lei è quello dove c'è scritto YASMIN. Deve impararlo a memoria. Wow, mio fratello resterà di sasso!» Yildin saltellò sovreccitato verso la porta ed esclamò: «Torno subito». Poi schizzò via.

Penelope si lasciò cadere sul letto di Yildin e osservò distrattamente le lenzuola del Bayern Monaco. *Forse Jason potrebbe...?* Così imparava a prenderla in giro. La musica sulla terrazza si interruppe all'improvviso e Penelope accolse l'insperato silenzio come una benedizione. Ma la pausa durò ben poco e dalle casse risuonò subito la vocina eccitata di Yildin che annunciava «un evento supersensazionale», che avrebbe «fatto impazzire tutti». Poi fece il nome di Penelope.

Ecco, la frittata era fatta. Avrebbe fatto una figuraccia *supersensazionale*. Non riusciva né a decifrare il testo, né a pronunciare correttamente le parole. Nella migliore delle ipotesi avrebbe offeso tutti i turchi presenti! Davanti ai suoi occhi vedeva scorrere le scene del pubblico che le lanciava contro le scarpe. Stava ancora pensando a come uscire da quella situazione quando rientrò Yildin.

«Wow, i miei fratelli sono rimasti a bocca aperta!» Il piccoletto fremeva di orgoglio per il suo colpo di stato.

«Ascoltami, Yildin» cominciò Penelope, cercando di farsi coraggio e sventolando il foglio con il testo davanti a sé. «Io non riesco a leggere una parola di quelle che ci sono scritte qui. E anche se ci riuscissi, non saprei come pronunciarle.»

«Ehi, ma lei è la maestra! Lei sa tutto!»

«No, Yildin, i maestri non sanno tutto. E io non parlo il turco.»

«Abbiamo un'ora. Glielo insegno io.»

Penelope fece un bel respiro e disse: «È impossibile che io riesca a impararlo in così poco tempo. Mi dispiace davvero tanto, ma non posso cantare con te sul palco». Mentre parlava, vide distintamente farsi strada nel bambino la consapevolezza che il suo tanto annunciato evento supersensazionale era appena naufragato.

Il piccolo, nel tentativo di ricacciare indietro le lacrime, strinse i denti talmente forte da serrare la mascella. Penelope sentì una fitta al cuore, ma non c'erano alternative.

«Se vuoi posso andare giù e dire al microfono che è solo colpa mia.» Poi aggiunse, dopo una breve pausa: «*Sai?*».

«Ma no, non serve.» Yildin si trascinò a testa bassa fino al letto e ci si lasciò cadere sopra come un albero abbattuto: un'interpretazione degna di una grande tragedia.

Penelope rimase per alcuni minuti a fissare quella figura minuta sopra il letto; si sentiva veramente meschina e vigliacca, forse anche per il torto che aveva fatto ai suoi genitori sospettando inizialmente che ci fosse un caso di maltrattamento. Nella sua mente iniziò a prendere forma un'idea. Chiamò a raccolta tutto il coraggio di cui disponeva, perché sapeva che una volta fatta la sua proposta non sarebbe più potuta tornare indietro, e disse: «Forse c'è un'altra soluzione».

Poco più di un'ora dopo, Penelope, aiutata da un bicchiere di champagne, fece il suo ingresso sul palco con Yildin. In testa aveva un cappellino con la scritta *Regina del rap* e sulla sua spalla troneggiava Jekyll&Hyde, il pappagallo di Trudi. L'animaletto gonfiò le penne e gracchiò a più riprese «applausi, applausi», piegando la testa in una specie di inchino. Il tesorino di Trudi sembrava godere a pieno della situazione, al contrario di Penelope, che riusciva a malapena a controllare le sue gambe tremolanti. Eppure sapeva che stava facendo la cosa giusta: era finalmente giunto il momento di uscire dall'ombra, di lasciare la sua invisibilità ed entrare nel cono di luce.

Yildin ballonzolava su e giù per il palco come un cantante professionista, schioccando la lingua e ansimando nel microfono, e alla fine emise degli strani versi che fecero venire il dubbio a Penelope che si fosse strozzato. L'urlo degli astanti, però, la rassicurò sul fatto che il ragazzino, in realtà, se la stava cavando bene. Poi venne il suo turno, o meglio il turno di Hyde. Penelope tenne il microfono a una certa distanza e intonò le prime note dell'inno di indipendenza turco. Ma il meccanismo, che aveva sempre funzionato, anche poco prima, durante una prova in macchina, dopo aver portato via il pappagallo da una Trudi esterrefatta, adesso si era inceppato. Hyde piegò la testa da un lato, esternò qualche altra richiesta di applauso e poi... tacque.

Yildin, che iniziava a incupirsi, ripeté il ritornello. Penelope ci provò di nuovo: avvicinò il microfono al becco del pappagallo, che finalmente iniziò a gracchiare. Ma purtroppo l'unico canto in cui si esibì fu la dolce melodia di *Flipper*. Un'esecuzione impeccabile, con le parole perfettamente scandite e tutte le note al loro posto, ma niente di vagamente assimilabile a un rap. Il pappagallo aveva deciso di esibirsi come un adorabile Jekyll, anziché gracchiare in turco come Hyde.

Dal pubblico si levarono delle risatine, che pian piano si trasformarono in sonore risate; Penelope guardò Yildin, i cui occhi erano spalancati dal terrore e lasciavano vedere quasi solo il bianco. I suoi fratelli, sotto al palco, sghignazzavano e si davano di gomito, cosa che fece arrabbiare Penelope; in fin dei conti tutta quella messinscena era il regalo di Yildin per suo fratello. Poteva ancora fare qualcosa per salvare la situazione?

Senza pensarci troppo, fece un bel respiro e si esibì nel suo cavallo di battaglia, ovvero il repertorio turco di Hyde al completo, o quantomeno le parti che le erano rimaste in testa. L'esibizione andò oltre ogni più rosea previsione, e non c'era da stupirsene, considerando quante volte aveva sentito l'inno di indipendenza turco uscire dal becco di Hyde durante le sue frequenti visite a casa di Trudi.

Incoraggiata dalle entusiastiche richieste di un bis da parte dei ragazzi, ripeté tutto il brano una seconda volta e alla fine si godette gli applausi insieme a Yildin. Il pappagallo, non meno entusiasta, gracchiava in continuazione «grazie, grazie» e «applausi, applausi», ma non uscì dal suo becco nemmeno una sillaba in turco.

Più tardi Penelope dovette riconoscere che Jekyll&Hyde non era solo un pappagallo molto dotato, ma anche particolarmente intelligente.

Era già tardi quando si rese conto che, a differenza della reazione eccitata dei giovani, gli adulti, per tutta la durata dell'esibizione, erano rimasti immobili di fronte al palco con le braccia incrociate e un'espressione truce sul volto. Due reazioni che parevano stranamente opposte. Cos'era andato storto stavolta? Cercò con gli occhi Jason, che, in piedi accanto ai padroni di casa con l'aria perplessa, le fece spallucce.

Il signore e la signora Öztürk le sembrarono meno adombrati degli altri, ma anche loro sbalorditi. La signora Öztürk fu la prima a riaversi, diede una gomitata al marito e gli sussurrò qualcosa all'orecchio; a quel punto si unirono entrambi al coro di applausi dei giovani, emulati da qualcun altro dei più grandi. L'atmosfera tornò a distendersi.

Penelope sapeva che era giunto il momento di lasciare il palco, ma rimase immobile, come inchiodata. Il signor Öztürk andò in suo soccorso. La raggiunse sul palco, la ringraziò al microfono per il vivace spettacolino a fianco del figlio minore e l'accompagnò giù, dove Jason la riprese con sé.

«Wow, sei stata grandiosa, Penelope! Non avrei mai immaginato che dentro di te si nascondesse un animale da palcoscenico» le sussurrò Jason all'orecchio per non farsi sentire da nessun altro.

«Jason, ti prego!» sibilò Penelope, ancora sconvolta dall'imbarazzo, mentre i fratelli di Yildin invadevano il palco e festeggiavano il piccolo prendendolo sulle spalle. Yildin salutava e sventolava all'impazzata il suo cappellino, accogliendo gli omaggi della folla come una vera popstar.

«Signor Öztürk,» disse Penelope rivolgendosi al padre di Yildin «credo di dovermi scusare con voi e con i vostri ospiti per il mio pessimo turco. Sicuramente avrò dato una versione completamente distorta dell'inno di indipendenza.» Penelope non avrebbe mai e poi mai confessato che tutto ciò che sapeva in merito lo doveva a un pappagallo.

«L'inno di indipendenza?» ripeté il signor Öztürk senza capire. «È stato Yildin a dirglielo? Non ci posso credere.» Si era fatto scuro in volto, mentre i suoi occhi seguivano i movimenti del figlio minore, ancora intento a godersi il successo sopra le spalle dei fratelli maggiori.

«No, Yildin non c'entra niente» si affrettò a tranquillizzarlo Penelope. «Il testo l'ho imparato... ehm... da un amico. Questa esibizione è stata una mia idea.»

«Da un amico?» ridacchiò la signora Öztürk. «E chi sarebbe questo amico? Il gestore di una bettola al porto di Istanbul?»

«Ehm, perché me lo chiede?» Penelope iniziava ad avere il presentimento che una seconda terribile gaffe si fosse consumata su quello stesso prato nell'arco di pochi giorni.

«Mia cara signora Arendt,» disse la signora Öztürk «lei ha appena fatto l'elenco di tutte le peggiori volgarità di cui la nostra lingua dispone. Sentirle uscire dalla bocca di una signora è stato un po'... scioccante.»

«Oh, mio Dio!» Penelope si portò una mano alla bocca.

«Non si preoccupi, è stato divertente e poi ha reso felicissimo Yildin. Ma sarebbe meglio se non ripetesse questo spettacolo davanti a un pubblico. E il suo amico turco si merita una bella ripassata. Le ha fatto un gran bello scherzo. Comunque sono contenta che l'idea non sia stata di Yildin.»

27

Non appena Penelope ebbe aperto la porta del suo appartamento, lei e Jason furono investiti da un odore che fece venir loro le lacrime agli occhi. «Oddio, ma che cos'è questa puzza orrenda? Farebbe scappare persino le mosche!» esclamò Penelope esterrefatta.

Jason si precipitò in salotto, anticipandola.

«Cattivo, Teseo!» Il cane, acciambellato sul divano, si fece piccolo piccolo. Giacomo, in piedi vicino a lui, aveva un'aria oltraggiata.

Penelope spalancò la porta del balcone e uscì a prendere aria, ansimando. La puzza era bestiale. Jason perlustrò ogni angolo del salotto. «Accidenti, ma dov'è?»

La voce di Penelope, che nel frattempo era scomparsa in bagno, risuonò soffocata: «L'ho trovata!».

«Oh» disse Jason, non appena fu accanto a lei. Riuscì a stento a non scoppiare a ridere e anche le spalle di Penelope erano scosse da fremiti. «Non ci credo! Wow, una vera palla, vecchio mio!» commentò Jason, usando il gergo di Yildin.

Nel frattempo Penelope, che teneva un fazzoletto davanti alla bocca per tentare di schermare il cattivo odore, era piegata in due dalle risate. «È davvero incredibile, sono anni che cerco di convincere Giacomo a usare la lettiera e alla fine ci fa la cacca il tuo cane.»

Jason si fece coraggio, buttò il regalo di Teseo nel gabinetto e disse: «La pulisco subito».

«Non c'è problema, per ora ci butto un bello strato di sassolini freschi, a pulirla ci penserò poi.»

«Va bene, allora vado subito a far fare un giro al nostro puzzone. Vieni anche tu?»

«All'aria aperta? Non vedo l'ora! Solo il tempo di mettere il guinzaglio a Giacomo: anche lui vorrà uscire, poveretto. E poi vorrei fermarmi ancora un secondo da Trudi. In fin dei conti è stata lei a cacciarmi nel guaio dell'inno d'indipendenza turco.»

Dopo l'esibizione Jason aveva riportato subito Jekyll&Hyde da Trudi e poi era tornato da Penelope alla festa.

«Ah, vuoi andare a dirgliene quattro?» domandò Jason, sollevando le sopracciglia.

«A lei e al suo pappagallo!»

«Posso venire anch'io stavolta? Anche oggi, quando le ho riportato il pappagallo, mi ha messo subito alla porta. Inizio a sentirmi discriminato.»

«Preferisco chiederglielo prima» rispose Penelope, evasiva come sempre sull'argomento.

Jason all'inizio fece un cenno d'assenso, come se non si aspettasse in fondo una risposta diversa, ma poi la punse sul vivo, domandando: «Di' un po', ma che cosa nasconde la nostra Trudi nel suo appartamento? Un cadavere?».

«Jason!» sbottò Penelope con la stessa intonazione con cui diceva sempre «mamma!». «Ma come ti viene in mente? Trudi è un'innocua vecchietta che purtroppo è molto malata. Per questo è davvero raro che riceva visite.» Era un po' debole come spiegazione, e aveva tutta l'aria di essere una mezza verità. Una scusa. Penelope lo sapeva e Jason anche. Ma lui era pur sempre un poliziotto e Penelope non voleva mettere in difficoltà né lui né Trudi.

«E va bene. Tenetevi i vostri loschi segreti per voi» disse Jason, sempre di buon umore. «Fin tanto che Trudi prepara questi dolci eccezionali, per quanto mi riguarda può essere anche a capo della mafia russa.»

28

«Davvero ha detto mafia russa?» disse Trudi, mentre mescolava l'impasto dell'ennesimo dolce. In sottofondo, Jekyll cantava a ripetizione la melodia di *Flipper*.

Trudi si dimostrò molto più interessata alla battuta di Jason che al rap disastroso di Penelope. Ovviamente tutta la scena le era sembrata estremamente comica e aveva ripetuto più volte quanto le sarebbe piaciuto esserci. Yildin aveva regalato a Penelope il cappellino da regina del rap e lei a sua volta lo aveva portato all'amica. Adesso troneggiava sopra la testa di Trudi e Penelope aveva paura che potesse cadere da un momento all'altro nella ciotola con l'impasto. A ogni modo Trudi sembrò ispirata dal cappellino: «Che ne pensi se in futuro mi esibissi insieme al mio tesorino?». Assunse una posa consona alla situazione e si mise a snocciolare i termini turchi dal repertorio di Hyde. Anche la padrona aveva imparato molte cose dal suo pappagallo sviluppando così un vero e proprio talento nel canticchiare. Trudi concluse la sua breve esibizione con una risatina e si lasciò andare sulla sedia della cucina.

Penelope guardò con aria critica l'Adenauer posata su un piatto in mezzo a loro due. «Quanto hai fumato oggi, Trudi?» domandò con la fronte corrugata.

«Un po'. Oggi non è una buona giornata.»

«Oh, Trudi,» sospirò Penelope, andando a inginocchiarsi accanto a lei, «vorrei tanto poter fare qualcosa per te, per renderti le cose più semplici.»

Trudi si tolse il cappellino e si passò una mano tra i capelli con aria assorta. Dal suo silenzio si capiva che in realtà voleva dire qualcosa, ma non sapeva come farlo.

«Che succede, Trudi?» chiese Penelope, accorgendosi che l'amica stava combattendo una battaglia interiore.

«No, non sarebbe una cosa saggia» mormorò Trudi fra sé e sé dopo qualche secondo. Poi, rivolgendosi a Penelope, disse decisa: «Non ti chiederò questo sacrificio». Fece un gesto esplicativo in direzione della sua piccola piantagione.

«Non ti preoccupare, è ovvio che mi occuperò io di far sparire tutto prima che...» Penelope si interruppe, senza riuscire a finire la frase. Fino a quel momento era sempre riuscita a scansare il pensiero che nell'arco di qualche tempo la sua amica non ci sarebbe stata più.

«Non siamo ancora a quel punto, cara» la rassicurò Trudi accarezzandole il braccio. Prese in mano l'Adenauer, ma poi cambiò idea e la rimise al suo posto. «Ti ho già parlato del mio amico giardiniere, no?»

«Quello che ti ha suggerito l'idea della piantagione e ti ha aiutato a coltivarla?»

«Sì, esatto. Si trova in un bel guaio. Anche lui la usa di nascosto come me, ma adesso sua figlia, che finora non si è occupata molto di lui, ha deciso di mettergli in casa un'infermiera. Probabilmente lo fa per scaricarsi la coscienza, perché lei vive a Berlino e torna solo a Natale» aggiunse Trudi, sbuffando indignata. «Comunque il mio amico mi ha chiamato poco fa per dirmi che l'infermiera arriva già domani dalla Polonia con un pullman.»

«Perché non rifiuta e basta? È ancora nel pieno delle sue facoltà mentali, no?»

«Sì, ma sua figlia è una giurista e a quanto pare ha minacciato di farlo rinchiudere in un ospizio, se non accetta di avere un'infermiera.»

«Ma non può obbligarlo, né a farsi ricoverare né tantomeno ad accettare la presenza di un'infermiera» si scaldò Penelope. «Vuoi che parli con la figlia?» si offrì.

«No, cara. Lui dice che il problema non è tanto l'infermiera di per sé, quanto piuttosto che con lei in casa non riuscirebbe più a tenere segreta la sua coltivazione. Deve liberarsene oggi stesso e la scorta che ha gli basta a malapena per un paio di giorni.»

«Adesso ho capito. Praticamente andrebbe incontro a una specie di crisi d'astinenza. Immagino che ti abbia chiesto se da ora in poi potresti procuragliela tu» disse Penelope, dando un colpetto all'Adenauer.

«Sì, ed è proprio questo il problema. Lui vive fuori città, a Strasslach, e da qualche giorno si muove solo con la sedia a rotelle, perché le gambe gli fanno molto male. È per questo che la figlia ha voluto un'infermiera. Avevo pensato di mandargli la roba per posta, ma dice che è troppo rischioso e che non vuole assolutamente mettermi nei guai. Una volta ci ha provato anche lui per un'amica, ma il pacchetto non è mai arrivato a destinazione.» Quel lungo discorso aveva lasciato Trudi senza fiato, e probabilmente la preoccupazione per il suo amico non migliorava le cose. Riprese in mano l'Adenauer e stavolta ci si attaccò come un assetato alla bottiglia dell'acqua.

Prima ancora che Trudi avesse finito di parlare, Penelope stava già affrontando un conflitto interiore. Era fermamente decisa a voler aiutare Trudi e il suo amico a uscire da quel pasticcio, ma... fare da corriere della droga? Quello era un notevole ostacolo alla sua moralità. Se l'avessero beccata, il fatto di essere un'insegnante alla scuola elementare sarebbe stata un'aggravante. E Jason, il suo ragazzo, lavorava in polizia. Certo non avrebbe approvato.

«Sai cosa, Trudi?» si sentì rispondere sorprendendosi di se stessa. «In questo caso si tratta di un'emergenza, perciò, solo per questa volta, ci penso io. Per il futuro mi farò venire in mente qualche idea.» A quanto pareva, la volontà di aiutare Trudi in quella situazione difficile aveva avuto la meglio sulle preoccupazioni circa le possibili conseguenze. Ecco che tornava a stupirsi e ad accettare di fare qualcosa che mai avrebbe immaginato.

Iniziò una discussione infinita, durante la quale Trudi si rifiutò categoricamente di accettare l'offerta di Penelope, anche quando lei propose di usare la macchina di sua madre e poi di portarsi addirittura l'amica con sé. «No, no, no. Troverò un'altra soluzione, mia cara. Dimentica tutto, non avrei dovuto nemmeno parlartene. Adesso ho rianimato il tuo spirito da crocerossina. A proposito, se vuoi potresti aiutarmi a preparare la scorta per il mio amico. Spezzettarla mi costa una certa fatica.»

E così Penelope la aiutò a mettere da parte l'enorme quantità di erba che lui avrebbe consumato nelle settimane successive.

Era sicura che Trudi sarebbe stata capace di raccogliere tutte le sue forze e di andare lei stessa a portare il pacco fino a Strasslach, magari con i mezzi pubblici o con un taxi, perciò, durante il successivo caffè pomeridiano, le portò via di nascosto la scorta appena preparata – era già riuscita a estorcerle il nome dell'amico –, montò sulla bici e partì in direzione di Strasslach.

Ma tutto andò storto.

29

Si dice che le disgrazie non arrivino mai da sole. Per quanto, secondo Penelope, nel suo caso era andata anche peggio di così. Da quando Trudi e Jason erano entrati nella sua vita, continuavano ad accadere cose a una velocità spaventosa: per la prima volta aveva fumato marijuana, era andata a letto con un uomo che non fosse David, era stata testimone in un caso di omicidio, era salita su un palco a cantare con un pappagallo e adesso si era addirittura trasformata in un corriere della droga. Se qualche settimana prima qualcuno le avesse preannunciato la sua stupefacente metamorfosi, l'avrebbe sicuramente preso per pazzo.

* * *

«Merda» imprecò Penelope. Proprio in quel momento doveva succedere! Si trovava sul sentiero che costeggia l'Isarco, all'altezza di Pullach, e stava cercando di sistemare la catena della bici, che era uscita dalla sede.

«Le serve aiuto, signorina?» disse qualcuno alle sue spalle.

Penelope guardò in alto strizzando gli occhi per schermare la luce del sole, ignara del fatto che era sul punto di prendersi lo spavento più grosso della sua vita: accanto a lei stava un poliziotto brizzolato che le sorrideva cordialmente; il suo collega era un paio di metri più in là a parlare al telefono.

Per l'appunto, dei poliziotti! Quante probabilità c'erano di incontrarli? Abbassò immediatamente la testa e tornò a posare gli occhi sulla bicicletta, dicendo: «È molto gentile da parte sua, ma è tutto a posto, la sistemo subito. Grazie mille». Poi continuò ad armeggiare in modo febbrile e senza risultato.

«Aspetti, lasci fare a me.» Il poliziotto si chinò accanto a lei e a Penelope non rimase altro da fare che spostarsi, perché qualsiasi reazione differente sarebbe stata fuori luogo per un onesto cittadino: cosa che lei non era, in quel momento. A quanto pareva, la polizia di Monaco stava portando avanti una campagna per dare nuovo lustro alla propria immagine, perché quella mattina stessa Penelope aveva letto un articolo su una rivista nel quale veniva elogiato l'operato di una pattuglia che aveva salvato una papera con tutti e sette i suoi anatroccoli nel tunnel Trappentreu. Fu molto faticoso per Penelope resistere alla tentazione di sbirciare nel cesto della sua bici, dove, sotto uno strofinaccio e vari pacchi di pasta, aveva nascosto l'erba di Trudi.

Nel frattempo, il poliziotto più giovane aveva concluso la sua telefonata e si era unito a loro. «Non si preoccupi, il mio collega ha tre figli e sa bene come si riparano le biciclette. Anche quelle vecchie.»

«È davvero molto gentile da parte vostra» mormorò laconicamente Penelope, facendo finta di doversi sistemare il cappellino e approfittandone invece per calarselo più in basso, a coprire gli occhi. Evitò di guardare in faccia il giovane poliziotto, pur percependo i suoi sguardi interessati. Non avrebbe dovuto indossare gli short di jeans che piacevano tanto a Jason. A quanto pareva non era l'unico ad apprezzarli.

Il suo soccorritore fece schioccare la lingua. «Mi dispiace molto, ma non si può aggiustare. Vede,» disse, indicando la catena con un dito unto di grasso, «questa parte si è completamente piegata. Potrei far rientrare la catena a forza, ma le risalterebbe nel giro di poco.» Si alzò in piedi, strusciandosi le dita sporche. «Non è che per caso ha un fazzoletto, signorina?» domandò.

Penelope andò con la mano alla tracolla della borsa, che portava sempre addosso quando andava in bicicletta, ma con sua sorpresa toccò il vuoto. Spaventata, abbassò gli occhi per cercarla. Evidentemente il suo compito da criminale l'aveva talmente confusa da fargliela dimenticare sul tavolo della cucina. «Purtroppo no» rispose. Rifletté se non fosse il caso di ricambiare la gentilezza di quell'uomo offrendogli lo strofinaccio che teneva nel cestino e alla fine decise che era il caso di correre il rischio.

«Che dici, Karl,» disse l'esperto di catene mentre si puliva le dita con lo strofinaccio, «portiamo questa signorina dal biciclettaio Radl Willi?»

«Vi ringrazio molto, ma non è affatto necessario» declinò Penelope. «Telefono al mio ragazzo.» I due poliziotti non diedero cenno di volersene andare, anzi rimasero lì davanti in attesa. L'unico desiderio di Penelope, invece, era che si togliessero finalmente dai piedi, anche perché le era appena venuto in mente di aver lasciato a casa anche il telefono, insieme alla borsa. Sentì i battiti accelerare e il sudore scorrerle sulla schiena. «Ops, non ho il cellulare» confessò imbarazzata.

«Nessun problema, le do il mio.»

«Grazie.» Penelope era talmente tesa che quasi non riusciva a controllare il movimento delle dita sui tasti. Infatti sbagliò a comporre il numero e le rispose una segreteria telefonica sconosciuta. Riagganciò, impaurita. Più tardi si sarebbe maledetta per non aver avuto la prontezza di spirito per fare semplicemente finta di parlare con Jason.

«Il suo ragazzo non risponde? Venga,» disse il poliziotto per rendersi utile, afferrando il manubrio della bici, «la accompagniamo noi. Tanto siamo a fine turno e il Radl Willi ci rimane di strada.»

A Penelope, che a quel punto aveva perso ogni controllo sulla situazione, non rimase altro che cedere. Staccò il cestino dalla bici pieghevole e il poliziotto brizzolato se la mise immediatamente in spalla. Sembrava che il giovane non volesse essere da meno, perché accennò al cestino e disse: «Glielo porto io».

«No!» rispose Penelope, facendo istintivamente uno scatto indietro.

«Accipicchia! Che cos'ha lì dentro, signorina? Cocaina?» E rise della sua stessa battuta.

Penelope si stizzì per la sua reazione impulsiva. Si stava rendendo conto a sue spese che durante un'attività criminale non solo sarebbe meglio non incappare mai nella polizia, ma, se proprio succede, bisognerebbe tirare fuori nervi d'acciaio e talento di attore. Quest'ultimo è particolarmente complicato da mettere in campo quando, oltre a tutto il resto, devi fare i conti anche con la tua moralità o, più banalmente, con una coscienza sporca.

«La prego di scusarmi.» Penelope fece del suo meglio per sfoderare un sorriso. «È solo che non sono abituata a tutte queste attenzioni. Ecco» disse, porgendogli il cestino. Non aveva altra scelta: se non voleva suscitare sospetti doveva accettare la sua offerta. Era fondamentale che mantenesse la calma e i nervi saldi. Se solo non avesse sudato così tanto... Aveva le mani umide e la camicia le si appiccicava addosso. Seguì i due poliziotti, dei quali uno trasportava la sua bicicletta e l'altro almeno un etto di erba della migliore qualità, sul lungofiume, verso il giornalaio accanto al quale avevano parcheggiato la volante. La bici e il cestino furono caricati nel bagagliaio mentre Penelope prese posto sui sedili posteriori. Il tortuoso tragitto che risaliva la collina di Pullach fino al negozio di biciclette durò appena cinque minuti.

Si fermarono di fronte alla piccola bottega sormontata dall'insegna RADL WILLI. Scesero dalla macchina e quando uno dei due poliziotti aprì il portabagagli lei si accorse immediatamente che il cestino si era capovolto e che tutto il suo contenuto era caduto fuori. A Penelope si ghiacciò il sudore addosso, mentre con le mani afferrava il cestino e rinfilava tutto dentro. Nella foga, uno dei due pacchetti con l'erba rimase impigliato al campanello della bici e la confezione si lacerò in un punto. Penelope, dimostrando una certa prontezza di spirito, tentò di nasconderlo con la mano, senza avere il coraggio di guardare se e quanta erba fosse fuoriuscita. Nel frattempo, un uomo dall'aria vissuta e con indosso una tuta da lavoro blu tutta sporca si stava avvicinando alla macchina con aria interessata, e i due accompagnatori di Penelope lo salutarono con un cordiale: «Ehi, Willi!».

«Che cadavere mi portate, ragazzi?»

«Guarda un po' te, è uscita la catena.»

Willi si affacciò al bagagliaio come un medico che osservi il suo paziente, per poi emettere uno schiocco con la lingua che non sembrava promettere niente di buono. Penelope sentiva il cuore batterle in gola e la paura le aveva capovolto a tal punto lo stomaco che per un attimo pensò di aver bisogno di vomitare al lato della strada. Non avrebbe retto ancora a lungo.

Il biciclettaio Willi, che nel frattempo aveva formulato una prima diagnosi, tirò fuori la bici dal bagagliaio e il poliziotto chiuse il portellone. Penelope stava quasi per lasciar andare un sospiro di sollievo.

«Grazie mille,» disse, porgendo la mano ai suoi due soccorritori «siete stati davvero molto gentili.»

«Mi segua, signorina,» disse Willi «diamo un'occhiata al paziente.» Voltandosi in direzione dell'officina rivolse un ultimo cenno ai due poliziotti e disse: «A proposito, dovreste dare una bella ripulita al vostro bagagliaio, ragazzi. Ha lo stesso odore del santuario indiano dove sono cresciuto».

«Ma che dici! La macchina è stata lavata proprio ieri, è linda.» Il poliziotto più giovane, che stava rientrando in auto, reagì con un certo sdegno.

«Sarà, ma io fiuto la roba buona anche a distanza di chilometri e con il vento contro, e il vostro bagagliaio ne ha senza dubbio trasportato un carico.»

«Ma falla finita, dai.» Il poliziotto alla guida era sceso di nuovo dalla macchina.

«Scommettiamo?» Il biciclettaio Willi posò la bici che aveva in spalla e Penelope avrebbe tanto voluto picchiarlo fino a fargli perdere l'uso della parola. L'adrenalina le procurava come tante piccole scariche elettriche in tutto il corpo e nel frattempo si sentiva invasa dalla sensazione surreale di vedersi scorrere tutta la vita davanti agli occhi. Non poteva far altro che starsene ferma lì mentre la valanga si staccava dalla punta della montagna e iniziava la sua lenta ma inesorabile discesa verso di lei.

Penelope percepì lo sguardo pensieroso del poliziotto giovane, che nel frattempo si stava avvicinando al cestino e ripensava al suo atteggiamento difensivo di poco prima; evidentemente aveva tirato le sue conclusioni, perché alla fine non decise semplicemente di accettare la scommessa, ma di aprire il bagagliaio.

«Lei rimanga lì dov'è!» ordinò a Penelope. Poi infilò la mano sotto al portellone e lo alzò. Vide i residui sparsi sul ripiano e ci passo sopra una mano. «Che roba è questa?» Si strofinò le dita e annusò attentamente.

«Sembra tè verde sfuso» disse il poliziotto più anziano infondendo una lieve speranza in Penelope, che tese ancora di più l'orecchio. A quanto pareva non riusciva proprio a credere a quei sospetti.

«Questo non è tè» commentò il giovane con aria sicura. «Questa è canapa essiccata.»

«Ve lo dicevo io» mormorò Willi, lanciando un'occhiata obliqua a Penelope, come per chiederle scusa. Evidentemente gli dispiaceva aver messo nei pasticci la nuova cliente con la sua osservazione inopportuna.

«Mi dispiace, signorina» aggiunse piano, mentre Penelope prendeva coscienza del fatto che ormai era giunto il momento di giocare a carte scoperte. «Il suo collega ha ragione, è canapa essiccata. In questo caso è marijuana terapeutica, serve a un paziente malato di cancro.»

«Lei è un medico?» domandò fiducioso il poliziotto più anziano. Non riusciva proprio a vedere Penelope nei panni di una criminale, cosa che lei trovò consolante. Un poliziotto disposto a credere alla versione migliore dei fatti era certo una rarità di quei tempi. Anche se purtroppo era costretta a deluderlo.

Decise di imboccare il sentiero della verità, che l'avrebbe portata direttamente alla rovina: «No, io sto solo facendo la consegna».

«Allora lavora per una qualche farmacia o per il servizio

sanitario?» Il poliziotto sembrava proprio volerle suggerire una via d'uscita.

«Ehm, no» balbettò Penelope incerta. «Ma sono un'amica del malato.» *Più o meno.*

«È una bella quantità per essere di un solo paziente» tornò a immischiarsi il collega, soppesando uno dei due pacchetti con la mano. «È in possesso delle relative ricette? Può mostrarcele?»

«No, non posso» rispose Penelope con franchezza.

Il poliziotto strinse gli occhi. «Perciò sta ammettendo che l'abbiamo colta in flagrante mentre stava consegnando circa cento grammi di marijuana a un cliente?»

«Non un cliente, un paziente! È un malato terminale e ne ha bisogno per alleviare i suoi dolori. L'assicurazione medica gli copre solo una minima parte dei costi. Ha idea di quanto costi la marijuana terapeutica?»

«No, e la cosa non mi riguarda nemmeno. Chi le ha dato questa roba?» domandò con voce dura.

Merda, merda, merda. A questo non aveva pensato, ma era ovvio che le avrebbero fatto quella domanda! Non avrebbe mai tradito Trudi. Perciò sparò la frase che aveva sentito così tante volte nei polizieschi in tv: «Non farò altre dichiarazioni senza il mio avvocato».

Il poliziotto rilanciò con la seconda battuta più ricorrente nelle sceneggiature poliziesche: «La dichiaro in arresto». Poi le elencò i suoi diritti e le chiese i documenti, che ovviamente si trovavano in borsa, nel suo appartamento.

Penelope colse qualche frammento della discussione tra i due poliziotti, che non erano d'accordo su dove portarla, se al distretto centrale o all'ufficio di Pullach. Dopo un breve consulto con il superiore, la decisione cadde sul distretto centrale, con il disappunto del poliziotto più anziano. «Addio fine turno» lo sentì borbottare.

Durante tutto il tragitto che li divideva dalla centrale di polizia nella Ettstrasse, Penelope non smise neanche un attimo di chiedersi chi si sarebbe preso cura di Trudi mentre lei era in prigione.

30

«Ehi, Samuel!»

Jason alzò gli occhi. Uno dei commissari più anziani si affacciò nell'ex sgabuzzino che gli serviva da ufficio, facendolo sentire proprio come un vecchio oggetto buttato in un ripostiglio. La centrale brulicava di gente per l'allestimento delle operazioni legate all'Oktoberfest e alla conferenza sulla Sicurezza di Monaco.

«Venga con me» gli intimò. «Abbiamo bisogno della sua conoscenza del turco.»

Da quando Jason aveva raccontato, durante una serata tra colleghi un paio di giorni prima, del rap orientaleggiante di Hyde, si era sparsa la voce che lui sapesse il turco. Rinunciò a spiegare per l'ennesima volta il malinteso, perché qualunque cosa sarebbe stata più interessante che starsene in quel buco a redigere un rapporto che nessuno avrebbe mai letto. Il suo capo, Beer, l'aveva messo definitivamente in panchina dopo la sua strampalata «tesi Pückler», come l'aveva definita.

«Cos'è successo?» domandò, cercando di stare al passo del suo superiore, che, se non ricordava male, si chiamava Kleinschmidt.

«Non ne ho idea. È per questo che ho bisogno di lei. In ufficio da me ci sono una donna completamente coperta dal velo e una signorina molto graziosa.»

Portò Jason nel suo ufficio, dove stavano sedute le due signore di cui gli aveva parlato. In effetti una delle due indossava un'abaya scura e un velo sul viso che le lasciava scoperti solo gli occhi, mentre l'altra portava abiti moderni e solo un velo colorato di seta sui capelli. Le due donne stavano discutendo in modo animato. Era evidente che parlavano turco, a questo poteva arrivarci anche Jason.

Il commissario si mise a sedere, mentre Jason, non essendoci altri posti liberi nella stanza, rimase in piedi accanto a lui.

«Sono tutte sue, Samuel,» disse Kleinschmidt accennando alle due donne, che non sembravano essere state minimamente toccate dal loro ingresso nella stanza e continuavano a parlare indisturbate.

«Sa cosa, Samuel?» disse Kleinschmidt, sovrastando le loro voci e rialzandosi di scatto. «Vado a prendermi un caffè.»

Abbandonato a se stesso e senza la benché minima cognizione della lingua turca, a Jason non rimase altro che rivolgersi alle due donne nella sua lingua, a voce alta e scandendo le parole: «Buongiorno! Forse come prima cosa dovremmo presentarci... Io mi chiamo Jason Samuel».

Fu come se non avesse detto niente. Le due donne lo ignorarono e continuarono a parlare senza abbassare di un pelo il tono di voce.

Jason non rimase tanto a pensarci. Prese fiato, tentò di ricordare un passaggio qualsiasi del presunto inno d'indipendenza turco e tirò fuori l'Hyde che era in lui, urlando un paio di imprecazioni turche tra quelle che gli erano rimaste in mente. A quel punto aveva ottenuto quello che voleva: la loro piena attenzione.

Le due donne ammutolirono e lo guardarono stupefatte. «Parla la nostra lingua?» gli domandò meravigliata la più giovane.

«E lei parla la mia?» domandò a sua volta Jason, non meno meravigliato.

«Ma certo!»

«E allora le chiedo: perché non l'ha detto subito?»

«Il suo collega non me l'ha domandato, ci ha trattato subito come due straniere, quando invece abbiamo entrambe il passaporto per stare in questo paese» rispose lei risentita.

Jason sorrise alla graziosa ragazza che aveva di fronte. «Qual è il motivo per cui state litigando?» cercò di capire, spostando più volte lo sguardo da una all'altra.

«Non stiamo litigando. Lei è una mia amica e io sono qui per farle da interprete. Mi chiamo Fatima Akema.»

«Quindi la sua amica non parla la nostra lingua?» dedusse Jason.

«Non bene quanto me. Si tratta di suo figlio maggiore. La mia amica ha diritto a un sussidio e dice che il figlio le ruba i soldi facendoseli versare sul proprio conto e trasferendoli poi su quello dello zio a Istanbul.»

«Quindi sarebbe una specie di frode ai danni dello Stato? La sua amica ha già avvisato il centro per l'impiego? In questo caso sarebbe una questione di loro competenza.»

«No, è dall'inizio della storia che cerco di spiegarle questa cosa, ma lei dice che il figlio e lo zio sono due delinquenti e che per tale motivo vuole denunciarli alla polizia. Dice che lei è una donna onesta e che non vuole un figlio impostore. Non è così che l'ha cresciuto.»

«E va bene. Come prima cosa devo prendere le vostre generalità. Avete i documenti a portata di mano?»

La giovane interprete si prese qualche secondo per consultarsi con l'altra, che tutto a un tratto balzò in piedi e iniziò a lanciare una serie di lamenti, strappandosi nel mentre il velo e l'abaya di dosso. Gli indumenti tolti rivelarono una donna sulla cinquantina con un trucco sobrio, un vestito verde aderente, eleganti scarpe con il tacco e boccoli rosso tiziano.

«E adesso che succede?» Jason socchiuse gli occhi e sperò con tutto se stesso che non si togliesse altri vestiti. Aveva sentito di alcuni poliziotti che erano stati accusati di molestie sessuali nonostante le donne si fossero spogliate da sole. Proprio di recente era avvenuto un episodio simile con una prostituta di Monaco. E lui si trovava da solo con loro due, non c'erano testimoni. *Accidenti*, imprecò tra sé e sé, *ma Kleinschmidt dove è andato a prenderlo quel caffè, direttamente in Venezuela?*

«Dice che vuole il divorzio ed emanciparsi. Dice di essere una donna di questo paese, con i diritti di questo paese.» L'interprete sorrise e tirò fuori un pacchetto di gomme. «Ne vuole una?» gli domandò.

Jason la accettò volentieri. Per qualche secondo masticarono in silenzio.

«Che cosa sta succedendo qui?» Kleinschmidt era comparso sulla porta con in mano una tazza di caffè fumante e a Jason sfuggì un sospiro di sollievo.

«La signora vuole sporgere denuncia nei confronti di due suoi familiari. Il figlio e lo zio. Si tratta di una presunta frode ai danni dello Stato» gli riferì Jason.

«Ha scoperto tutte queste cose in così poco tempo?» Kleinschmidt sembrava incredulo.

«Come prima cosa ho scoperto che le due signore qui presenti sono nostre connazionali.» Jason si guardò bene dal far trapelare il minimo segno di soddisfazione o di trionfo. Sapeva bene di non essere altro che l'ultima ruota del carro.

«Bene,» commentò Kleinschmidt schiarendosi la voce «allora accompagni le due signore su al secondo piano, dalla collega Sinselmann. Penso, però, che consiglierà loro di andare al centro per l'impiego.»

«Venite.» Jason accompagnò le due donne alla porta.

Erano già quasi fuori dall'ufficio, quando Kleinschmidt li richiamò. «Ehi, che si riprendano i loro vestiti!» e indicò la veste scura e il velo buttati a terra di fronte alla sua scrivania.

La donna che se li era tolti capì dai suoi gesti che cosa intendesse dire il commissario: li raccolse da terra e li porse a Jason con gesto solenne.

«Cosa si aspetta da me la sua amica, signora Akema?» domandò lui con cautela.

«Vorrebbe che li prendesse e li buttasse via. Lei non vuole vederli mai più.»

Jason evitò di addentrarsi in ulteriori discussioni, prese gli indumenti con un'alzata di spalle e accompagnò le due signore all'ufficio antifrode.

Subito dopo, quando uscì in cortile per buttare i vestiti nel cassonetto, Jason fece un incontro decisamente inaspettato: vide la sua ragazza Penelope scendere da una volante e venire scortata nell'edificio da due poliziotti che non aveva mai visto prima. La situazione era inequivocabile: anche se non aveva le manette, non c'erano dubbi sul fatto che Penelope era stata arrestata!

Li rincorse avendo cura di non farsi notare. Decise che la cosa migliore era quella di tenersi in disparte finché non avesse capito di cosa fosse accusata Penelope. Richiamò alla memoria tutti i passaggi obbligati nei casi di arresto: prima le verifiche sulle generalità, sempre che non siano già state accertate sul posto, poi la registrazione sul database e infine l'interrogatorio. Doveva assolutamente intervenire prima che le prendessero le impronte digitali e avviassero la ricerca.

Da vero poliziotto, Jason era più incline a credere al Diavolo che alle coincidenze. Se il presunto assassino era effettivamente uno della polizia, c'era la possibilità che incontrasse Penelope in centrale e la riconoscesse. In quel caso, in quanto unica testimone, si sarebbe trovata in grave pericolo. Aveva assolutamente bisogno di un piano! Abbassò lo sguardo e si rese conto in quel momento di aver dimenticato di buttare via i vestiti della donna. Pazienza.

Seguì i tre al piano superiore. La centrale brulicava come un formicaio. Il tardo pomeriggio era sempre un momento molto convulso e non c'era scrivania che non fosse occupata. Erano quasi tutti impegnati a svolgere il compito che rappresenta, per ogni poliziotto, il sessanta per cento del suo lavoro: redigere verbali.

Penelope e quelli che la scortavano, dopo essere stati avvisati all'ingresso che al momento al reparto anticrimine non c'era nessuno che fosse libero e disponibile per occuparsi dell'arrestata, erano stati mandati al piano superiore con la richiesta di compilare un verbale della confisca. Imprecando, il poliziotto giovane si guardò intorno in cerca di un posto libero, mentre il più anziano lanciò un'altra occhiata carica di significato all'orologio, borbottando stavolta qualcosa circa un «turno di notte». Gli agenti che lavoravano su turni si dividevano le scrivanie: erano in pochi ad averne una personale. Finalmente ne individuarono una vuota e si diressero in quella direzione. Jason aspettò che si fossero messi a sedere, il giovane di fronte allo schermo e Penelope e il poliziotto più anziano davanti a lui. Poi corse via per mettere in atto il piano che nel frattempo aveva ideato.

Tornò qualche minuto dopo portando un vassoio con tre tazze di caffè. A quel punto doveva solo sperare che Penelope avesse abbastanza prontezza di spirito da stare al suo gioco. Altrimenti confidava nel fatto che gli sarebbe venuto in mente un piano B.

«Come, i colleghi se ne sono già andati?» domandò Jason, posando il vassoio sul bordo della scrivania, proprio vicino a Penelope. «Prima ordinano le cose e poi se la danno a gambe. Che dite, ragazzi, vi andrebbe un caffè?» propose.

«Ma sì, lasciali qui» rispose il poliziotto giovane, che aveva avvicinato a sé la tastiera e aveva iniziato a scrivere.

«Uno anche per lei?» fece Jason, indicando con la testa in direzione di Penelope.

«Certo.» Il poliziotto anziano gli rispose con un cordiale cenno di assenso.

Jason afferrò la tazza con un gesto appositamente goffo, facendo così rovesciare un'abbondante parte del caffè sui vestiti di Penelope e sull'uniforme del poliziotto, che era in realtà il suo obiettivo principale.

«Accidenti, stai più attento, razza di imbranato!» L'uomo era saltato su e stava strusciando compulsivamente le mani sulle macchie di caffè. Premuroso nei confronti di Penelope, Jason si era assicurato che la bevanda non fosse troppo calda. Cominciò a profondersi in scuse, poi tirò fuori un fazzoletto per passarlo sopra i pantaloncini di Penelope. Nel farlo, le sussurrò qualcosa all'orecchio senza farsi accorgere.

«Che schifo» continuava a imprecare il poliziotto. «Vado un attimo in bagno.»

«Posso venire anch'io?» domandò Penelope, indicando i suoi vestiti altrettanto sporchi.

«Ma sì...» borbottò. «Venga.» La prese per il braccio, ma senza stringere troppo. Jason li seguì, pur non essendo stato invitato a farlo. Arrivato davanti al bagno, si rivolse all'uomo:

«Entri pure. Nel frattempo controllo io la signora. È il minimo che possa fare, dopo quello che ho combinato».

Il poliziotto gli rivolse uno sguardo sprezzante, poi si strinse nelle spalle: «E va bene. Lei l'aspetti qui e non si muova di un centimetro finché non sarò tornato».

«Certo» rispose Jason senza batter ciglio.

Non appena il poliziotto si fu chiuso la porta alle spalle, Jason si precipitò nel bagno delle signore.

«Dai, sbrigati, mettiti questo!» sibilò tirando fuori il velo e l'abaya che aveva nascosto nel cestino della spazzatura, sotto uno strato di fazzoletti di carta. Penelope rinunciò a fare domande inutili e si infilò i vestiti.

«Adesso esci e comportati come se fossi Hyde. Devi imprecare per tutto il tragitto, finché non sarai fuori. Almeno nessuno ti rivolgerà la parola. E adesso vai. Ci vediamo dopo a casa tua.»

Quella sera stessa Jason dovette trascorrere qualche ora non proprio piacevole per essersi fatto sfuggire un corriere della droga.

Purtroppo la telecamera di sorveglianza del bagno non aveva ripreso niente: sull'obiettivo era stata appiccicata una gomma da masticare.

31

Quando Jason finalmente suonò il campanello ed entrò in casa di Penelope, fece esattamente ciò che lei desiderava da ore: la prese tra le braccia e la cullò a lungo, accarezzandole i capelli e sussurrandole parole dolci. Niente rimproveri, niente domande, solo protezione e comprensione. Era la seconda volta che Penelope si ritrovava stretta nel suo abbraccio a piangere, cosa che in generale le capitava molto di rado.

C'era stato un periodo, sei anni prima, in cui aveva fatto scorrere tante di quelle lacrime da bastarle per tutta la vita. Finché a un certo punto non si era irrigidita e le lacrime erano finite. Ma da quando aveva incontrato Jason avevano ricominciato a scivolare giù. Da quando aveva incontrato Jason erano cambiate tante cose.

«Come stai?» le domandò lui, posandole le mani sulle spalle e tenendola davanti a sé per poterla guardare negli occhi.

«Per il momento bene. Grazie per quello che hai fatto per me.» La sua voce era poco più che un sussurro a fior di labbra. Penelope aveva percorso tutto il tragitto fino a casa come in trance. Aveva ancora impressa dentro di sé la sensazione di aver scampato il pericolo per un soffio e si rendeva perfettamente conto che il problema non si sarebbe certo limitato al suo arresto.

Ma c'era stato anche qualcos'altro, quel giorno, qualcosa che sentiva avrebbe dovuto ricordarsi, ma che però le sfuggiva, perché evidentemente la sua coscienza non era ancora pronta ad affrontare le proprie paure. Si trattava di un episodio che continuava a spostarsi oltre i confini della sua memoria. Dipendeva forse dal fatto che con indosso quegli indumenti inusuali aveva finalmente raggiunto l'obiettivo che perseguiva da anni, e cioè quello di creare un muro tra sé e il resto delle persone, per tagliarle fuori dalla propria vita e rendersi invisibile?

Quel giorno aveva sperimentato il mondo da una prospettiva nuova e per lei completamente sconosciuta, e la cosa le aveva smosso sensazioni diverse. Perlopiù era stata ignorata, ma qua e là non erano mancati sguardi di compassione, di condanna e addirittura di odio. La varietà delle reazioni umane l'aveva colta del tutto impreparata.

In particolare, le aveva suscitato sentimenti contrastanti il commento di un bambinetto che doveva aver avuto al massimo quattro anni. Continuando a tenere un dito nel naso, l'aveva osservata per un bel pezzo sul tram, per poi chiederle, con il candore tipico dei bambini: «Cosa sei, un fantasma nero?». Nonostante Penelope avesse liquidato la domanda del bambino con una risata, le sue parole erano comunque riuscite a sollevare in lei alcune riflessioni. Le era immediatamente venuto in mente il modo di dire secondo il quale i bambini sono la bocca della verità e il suo primo pensiero era stato: e se le cose stessero davvero così? Se le persone intorno a lei l'avessero considerata esattamente in quel modo? Forse il suo dolore la avvolgeva proprio come quell'indumento scuro, facendola vagare lungo la vita come un tetro fantasma?

Eppure, quella prova involontaria si era rivelata un'esperienza significativa. Quando, in camera da letto, si era tolta quei vestiti estranei e aveva lasciato la Penelope anonima che poteva muoversi tra la folla senza essere riconosciuta per tornare a essere la «vecchia» Penelope, si era fatta strada in lei l'impressione di aver ricevuto una spinta capace di avvicinarla all'uscita di quel vicolo cieco che era diventata la sua vita. E nonostante si rendesse conto che quella era la via giusta da seguire, si sentiva comunque incerta. Perché continuava a mancarle il coraggio. Ma intanto aveva compiuto il primo passo.

In quel preciso istante, sotto lo sguardo indagatore di Jason, si rese conto dell'entità e delle conseguenze della sua azione. Fu forse per questo che decise di rimandare ancora per un po' il momento della verità, imponendosi di trascorrere qualche altro minuto nei panni di Penelope Arendt maestra alle elementari, prima di tornare a essere Penelope Arendt corriere della droga. Ovviamente avrebbe raccontato tutto a Jason, ne aveva già parlato anche con Trudi; non poteva fare diversamente, ormai era troppo coinvolto. Poi, dopo aver confessato, si sarebbe fatta aiutare da un avvocato.

Penelope si chinò su Giacomo, che si stava strusciando sulle sue gambe miagolando. Lo prese in braccio. «Ha fame» disse.

«Questo gatto ha sempre fame, come Teseo. Tu mi stai evitando, Penelope» rispose Jason pacato.

«Hai ragione, scusami. Vieni, sediamoci in salotto.» E lì, seduta sul divano con Giacomo che, come uno scudo protettivo, faceva le fusa sulle sue ginocchia, Penelope iniziò chiedendo: «Quante cose sai già?».

«Bella tattica da interrogatorio, Penelope. È una domanda da insegnante?» controbatté lui.

«No, da colpevole.» Il suo sorriso era tirato, non riusciva a raggiungere gli occhi.

«E va bene, ti semplifico le cose. Conosco le motivazioni del tuo arresto. Quello di cui non ho la certezza assoluta, anche se ne sono piuttosto sicuro, è che la roba fosse di Trudi, che nel suo appartamento tiene qualche piantina di canapa per uso personale.»

«E tu come...?» sussurrò Penelope sgranando gli occhi.

«Per quanto la nostra amica malata si affanni a cucinare torte e pasticcini, l'odore della marijuana rimane attaccato ai suoi vestiti e anche ai tuoi, nonostante tu li metta a prendere aria sul balcone.» Jason, invece, stava sorridendo anche con gli occhi. «Quello che non so è perché *tu* te ne vada in giro in bicicletta con centodiciotto grammi di roba incappando per l'appunto in due poliziotti.»

Penelope fece un grosso sospiro. «Trudi ha un amico gravemente malato che ha un urgente bisogno della marijuana per placare i dolori. Stavo andando a portargliela io perché per Trudi sarebbe stato troppo faticoso.»

«E tu metti a rischio il tuo lavoro commettendo un reato per aiutare Trudi e il suo amico? Attenzione, attenzione. Questo non me lo sarei aspettato da te.»

«Volevo solo anticipare Trudi, è stata una mossa avventata» si difese Penelope. «Non preoccuparti, Jason, ho già telefonato al mio avvocato e domattina andrò a costituirmi.»

«Che cosa hai fatto?» balzò su Jason.

«Sì, sul momento tutto è successo troppo velocemente, ma poi ho avuto modo di rifletterci. Questo è l'unico modo per tenerti fuori dalla faccenda.»

«No, invece. Così è proprio la volta che mi ci tiri dentro fino al collo! Ho tutto sotto controllo. Se ti costituisci perderai il lavoro, Penelope, e io so cosa significhi per te. Che cosa hai detto all'avvocato?»

«Ancora niente, ho solo chiesto un appuntamento.»

«Bene, allora richiamalo e disdici. Non c'è bisogno che tu lo faccia, la polizia non ha la più pallida idea di chi tu sia.»

«E le mie impronte? Di sicuro ne ho lasciata qualcuna!»

«Dopo l'incidente con il caffè ho ripulito la scrivania della centrale e mi sono occupato anche delle possibili impronte presenti in macchina, facendo in modo che la portassero a sanificare. È già lì. Non conviene aprire un'indagine, sarebbe troppo dispendioso. In fin dei conti non si sta parlando di un delitto capitale come l'omicidio.»

«E le impronte sulla mia bici?» insistette lei. «I due poliziotti sanno dov'è!»

«Ci ho già pensato io, ho cercato il rapporto e ho visto dove si trovava. Prima di venire qui sono passato a ritirarla. Quel Willi è un bravo ragazzo, mi ha chiesto di dirti che non voleva metterti in difficoltà, ma solo prendere un po' in giro i poliziotti. Dirà che la bici gli è stata rubata.»

Quest'ultima informazione riuscì a placare Penelope, ma solo per un secondo. «E le telecamere alla centrale?» tornò a controbattere.

«Esatto, quello era l'unico punto debole e infatti ho ricontrollato tutti i video. Il cappellino che indossavi ti faceva ombra sul viso, non ti si vede mai in modo distinto, per cui, ripeto, non varrebbe la pena aprire un'indagine. Oltretutto sei decisamente un pesce troppo piccolo, non possiamo tempestare i media con le foto di qualunque microcriminale ci capiti sottomano. E poi» Jason sembrava piuttosto divertito «hai avuto un intercessore. Il poliziotto più anziano tra i due che ti hanno beccato crede alla storia della marijuana terapeutica.»

«È bello che la verità abbia ancora il suo peso.»

«L'importante è che la polizia non venga a conoscenza né

del tuo nome né del tuo indirizzo, almeno finché non becchiamo questo maledetto rapitore. L'unica cosa che mi preoccupa è che ti venga in mente di correre ancora tra le braccia dei tuoi amici poliziotti. Pullach e dintorni d'ora in poi sono zona tabù per te. Ah, ti ho procurato una bicicletta nuova, che arriva con tanti saluti da Willi il biciclettaio. È giù, accanto a quella vecchia, ma dubito che il colore ti piacerà. È blu-mutanda, si intona alla tua biancheria intima. Mi dispiace.»

«Oddio, spero che tu mi stia prendendo in giro!»

«Un po'.» Jason ridacchiò di nuovo, in quel suo modo inimitabile che le faceva venire voglia di baciarlo. E lui ancora una volta indovinò i suoi pensieri. Farsi accogliere dall'abbraccio di Jason, respirarne la vicinanza, le infuse una sensazione di profondo benessere. In qualche modo, anche lui aveva la capacità di mettere un muro tra loro e il resto del mondo. Poi Giacomo li separò sdegnato, riportando in prima linea le sue esigenze. In quello stesso istante Penelope si ricordò anche che aveva promesso a Trudi di passare di nuovo da lei dopo aver parlato con Jason.

Si sciolse allora dall'abbraccio di Jason. «Devo andare giù da Trudi.»

Jason la baciò con dolcezza un'ultima volta, mormorandole all'orecchio: «Sai proprio di buono». Poi si stiracchiò e disse: «Anch'io devo portare fuori Teseo, prima che battezzi una seconda volta la lettiera del tuo gatto. Tu intanto vai da Trudi, io vi raggiungo lì. Dobbiamo escogitare un piano».

32

«Oh, no. Mi dispiace tanto, cara» si dolse Trudi per la centesima volta. Accese la sua Adenauer e fece diversi tiri. «Arrestata come una criminale! Ed è solo colpa mia. Non avrei mai dovuto raccontarti di Aaron!» Si fece animo tirando ancora una volta dall'Adenauer e per poco la pipa non le cadde in terra. «Che persona egoista che sono! Non posso più fumare così tanto, tra poco non ci sarà rimasto più niente.» Lanciò un'occhiata in direzione del balcone, dove le sue piantine si erano decisamente ridotte. Ci sarebbe voluto un bel po' prima che fossero ricresciute abbastanza da soddisfare le esigenze di due malati. «E adesso che cosa faccio?»

«Non preoccuparti, Trudi» tentò di calmarla Penelope. «Negli ultimi anni ho fatto molta economia. Se tu e il tuo amico vi fate fare le ricette, ci penso io a coprire i costi. Avrei dovuto farlo dall'inizio.»

Trudi guardò Penelope con aria spaventata: «Vorresti pagarci le medicine? Hai idea di quanto costano?».

«Sì, certo, mi sono informata. Non preoccuparti per i soldi, Trudi.»

«Grazie, ma è del tutto escluso che io possa accettare una cosa simile» rispose categorica. «E sono sicura che neanche il mio amico lo permetterebbe mai. So che hai la sindrome della crocerossina, ma ti chiedo per favore di rispettare la mia decisione. Il problema è mio e sarò io a trovare una soluzione.» Lo sguardo di Trudi si soffermò sulla credenza su cui erano appoggiate le foto dei momenti felici della sua vita. La sua espressione distaccata fece stringere il cuore di Penelope, perché era evidente a che cosa stesse pensando in quel momento: avrebbe semplicemente anticipato un po' i tempi per rivedere prima il suo Gregor. Penelope si sentì attanagliare da una sensazione simile al panico: non era ancora pronta a lasciare andare la sua amica, almeno non finché esisteva una soluzione banale come quella di procurarle le medicine necessarie.

«Sono solo soldi, Trudi. Tra poco sarà ricresciuta abbastanza canapa e ti prometto che mi farò venire in mente qualcosa per aiutare anche il tuo amico Aaron, in futuro. Per ogni problema c'è un rimedio.»

«Oh, Penelope, mia cara, proprio tu parli così?» Trudi le rivolse un sorriso significativo, che Penelope riuscì a sostenere solo per un paio di secondi prima di abbassare lo sguardo. Fu felice che nel frattempo fosse arrivato Jason, altrimenti Trudi le avrebbe sicuramente fatto una predica accoratissima, nel suo stile inconfondibile.

«Se fumassi un po' per farmi coraggio, potrei di nuovo mettermi a fare da corriere» scherzò Penelope nel tentativo di sviare il discorso.

«La storia di oggi non ti ha insegnato niente?» Trudi sventolò in aria la pipa in modo eloquente.

«Allora accetta il mio aiuto, Trudi» insistette Penelope. «Fatti fare una ricetta. Punto. Cambiando argomento: hai mangiato qualcosa?» domandò. Poi si alzò e si avvicinò alla pentola per sollevare il coperchio. La sera prima le aveva portato uno stufato di verdure, ma era ancora quasi tutto lì. «Trudi, devi mangiare!» sbottò preoccupata.

«Oggi non avevo fame. Lo sai che vivo d'aria e d'amore. E tu, mio piccolo ufficiale?» aggiunse, rivolgendo a Jason il suo sorriso più smagliante.

«Anch'io, mia cara Trudi, anch'io.» Le baciò la mano, sapendo che Trudi apprezzava quei gesti romantici. Lei ridacchiò come una ragazzina. La marijuana dava i suoi effetti.

Penelope, che nel frattempo aveva acceso il fuoco sotto la pentola, prese un piatto e delle posate dalla credenza. «Adesso mangi qualcosa, Trudi, poi vai un po' a riposare» le intimò, approfittando dell'occasione per toglierle la pipa. «Più tardi torno a vedere come stai. E non preoccuparti, per favore. Hai me e Jason, ci occupiamo noi di tutto quanto, va bene?»

Prima di andarsene, Penelope lanciò ancora un'occhiata veloce a Jekyll&Hyde. Quel giorno il pappagallo era rimasto stranamente silenzioso. Il contenitore del cibo era quasi pieno e anche l'acqua non gli mancava. Trudi trascurava se stessa, ma del suo pappagallo non si dimenticava mai.

33

Erano nel cuore della notte quando Jason la scosse per svegliarla.

«Cos'è successo?» balzò su Penelope.

«Niente, hai solo fatto un altro brutto sogno.» Penelope si mise seduta e si scostò i capelli sudati dalla fronte.

«Vado a prenderti un bicchiere d'acqua.»

Mentre Jason procedeva a tastoni in direzione della cucina, Penelope cercò di ricordarsi che cosa stesse sognando, ma non riusciva a ricostruire niente: era come se i suoi sogni fossero avvolti dalla nebbia. Sapeva che lì sotto si nascondeva qualcosa, qualcosa che doveva assolutamente richiamare alla memoria, qualcosa di molto importante.

Jason le portò il bicchiere e lei ci guardò dentro: la lampada appesa al soffitto si rifletteva sulla superficie dell'acqua, proprio come la luna si specchiava nel lago durante la prima sera che aveva trascorso con Jason. A un tratto ebbe un'illuminazione: si ricordò che cosa aveva sognato.

«Jason, credo di aver visto quell'uomo ieri, davanti alla centrale!» gridò agitata.

«L'uomo con il cappello di lana che ti ha avvicinato nel parcheggio?»

«No, non il tizio dell'identikit! Non credo che sia l'assassino, era il conducente del risciò!»

«Che risciò?» domandò Jason senza capire.

«Mentre eri nel ristorante Da Mario a procurarti degli abiti asciutti, sono arrivate due coppie. Una di loro, uscendo dal parcheggio con la macchina, ha quasi investito un risciò che veniva da sinistra. Ieri mi pare di aver rivisto l'uomo che guidava quel risciò.»

Jason la guardò con attenzione: «Quanto ne sei certa? Saresti in grado di riconoscerlo?».

«Non saprei, ero senza occhiali. Non mi è rimasto impresso il suo volto, ma i suoi capelli bianchi sì, non passavano inosservati. Erano abbastanza lunghi e li teneva legati in una coda di cavallo. Forse è per questo che avevo rimosso l'incontro davanti alla centrale, è stata più un'impressione che un momento di vero e proprio riconoscimento. Però penso di poter dire che è molto alto e piuttosto magro.»

«Accidenti, questo non basta. Ma è pur sempre un indizio che possiamo seguire. Dai, adesso dormiamo un altro po', sono stanco morto.»

Ma non riuscì più a chiudere occhio. E neanche Penelope sembrava capace di prendere sonno. Tutto a un tratto si tirò di nuovo su. «Cos'è che hai detto?»

«Cosa? Dell'indizio?»

«No, che sei "stanco morto". Non ti serviva un altro indizio per creare un secondo collegamento tra il nome "*Pückler*" e la vittima? Qualcosa tipo un luogo?»

«Sì, ma perché me lo stai chiedendo?»

«Perché mi è venuta in mente un'altra cosa, anche se forse è un po' azzardata.» Penelope rimase in silenzio per un po', incerta.

«Credimi, stiamo brancolando tra le teorie e le supposizioni più astruse, se c'è la possibilità di salvare le tre ragazze scomparse non possiamo fermarci a pensare se una cosa è azzardata o meno» la incoraggiò Jason.

«E va bene. Quando mi hai raccontato della ragazza trovata morta mi hai detto che studiava teatro e che scriveva anche racconti gialli. E la trama dei racconti gialli si sviluppa proprio seguendo una serie di collegamenti che alla fine porta all'assassino. Io penso che tu avessi ragione fin dall'inizio, che il nome "*Pückler*" sia un indizio per indicare il luogo dove si trovava la vittima. Ecco la mia interpretazione: questa povera ragazza sapeva che stava per morire, ma anche con la morte davanti agli occhi ha avuto la prontezza di spirito di lasciare il nome "*Pückler*" come traccia. Mi è appena venuta in mente una cosa: l'altro ieri sono andata in gita con la mia classe seconda e siamo scesi alla stazione metro Grosshadern, vicino all'ospedale. Esattamente in quel punto c'è una piramide di vetro. Ora, se la vittima aveva davvero in mente il *nostro* principe, vuol dire che...»

Jason aveva già capito dove volesse arrivare: «Accidenti, Pückler è sepolto in una piramide! Potrebbe darsi che la nostra studentessa riuscisse a vederla dal luogo in cui era tenuta prigioniera! Veniva da Amburgo, per cui non era pratica di Monaco e non sapeva di trovarsi in zona Grosshadern. Grazie, Penelope! Forse questo è proprio l'indizio che stavo cercando!».

Jason la baciò, saltò giù dal letto e si infilò i jeans. «Devo andare subito in centrale. Prima di tutto ho bisogno di procurarmi i video delle telecamere di sorveglianza della stazione della metropolitana e...» Mormorò ancora qualcosa che Penelope non riuscì ad afferrare, perché nel frattempo stava infilando la testa dentro la maglietta. Senza nemmeno provare a fargli presente che erano le tre e mezzo di notte, Penelope scivolò giù dal letto e lo accompagnò alla porta.

«Mi faccio vivo appena posso» le disse. Teseo stava disteso in mezzo al pavimento e si limitò a fare un insonnolito cenno con la coda mentre il suo padrone lo scavalcava e spariva fuori.

«Be', caro il mio gigante,» disse Penelope accarezzandogli la testa maestosa «a quanto pare dovrai accontentarti della mia presenza anche stavolta.»

* * *

Passarono due giorni prima che Penelope sentisse di nuovo Jason.

A quel punto la notizia si era già diffusa con la rapidità di un incendio: il rapitore che per settimane aveva tenuto Monaco con il fiato sospeso finalmente era stato catturato! Stando alle prime indiscrezioni dei media, sembrava che le tre ragazze fossero ancora vive e in buone condizioni, considerate le circostanze. Penelope si era sentita sollevata come poche altre volte in vita sua.

Più tardi Jason le raccontò come fosse riuscito ad arrestarlo: prima aveva passato in rassegna le riprese delle telecamere di sorveglianza frontali e interne alla centrale, a partire dal momento della presenza forzata di Penelope, ma da quelle non era riuscito a individuare nessuno che rispondesse alla sua descrizione di una persona alta, appariscente e con i capelli di un bianco candido. Probabilmente l'uomo si era solo aggirato nei dintorni della centrale senza mai entrarci. Era un vicolo cieco.

A quel punto aveva seguito l'ipotesi secondo la quale le vittime potevano essere state tenute prigioniere vicino all'ospedale. Con l'appoggio del commissario capo aveva richiesto i video di sorveglianza del traffico e aveva passato il resto della giornata ad analizzare le immagini. Dopo ore di ricerca era finalmente incappato in due persone che potevano avvicinarsi alla descrizione fornita da Penelope. Aveva stampato dei fermi immagine con i due uomini e munito di quelli era andato da Klaus Viehaus.

«Ed è stato in quel momento che è intervenuto proprio il caso» le spiegò, quasi non ci potesse ancora credere.

«Trudi dice sempre che il caso non esiste e che in realtà ogni cosa è connessa alle altre» commentò Penelope.

«Credimi, piccola, stavolta si è trattato esattamente di questo! Perché, per l'appunto in quel momento, nell'ufficio del commissario capo, c'era il nostro medico legale, il dottor Neunheinen, al quale è bastato dare un'occhiata alle due immagini per identificare con certezza il colpevole. Ci ha detto che si trattava di un ex collaboratore del reparto di medicina legale di Monaco, congedato più di dieci anni fa per irregolarità; ci ha anche detto che del suo caso si era occupato l'attuale capo della polizia Wielandt, che all'epoca era al comando degli investigatori. Questo spiega il motivo per cui il nostro assassino lo abbia coinvolto con gli sms. Probabilmente serbava ancora del risentimento nei confronti del capo a causa del licenziamento. A ogni modo, dopo il congedo era andato a lavorare all'obitorio dell'ospedale di Grosshadern. Controllando i suoi dati è emerso che abitava dall'altra parte della città, a Pasing, ma che aveva lasciato il suo appartamento da poco. Poi abbiamo scoperto che sua madre è morta qualche settimana fa e che lui aveva traslocato nella casa di Grosshadern. E da là si riesce a vedere la piramide di vetro!»

Le operazioni di cattura si erano svolte alle prime luci dell'alba del giorno successivo, guidate dalle forze speciali, le raccontò ancora Jason. Come avrebbero poi capito, l'assassino aveva grandi ambizioni artistiche e il desiderio di fare il pittore: tutto l'appartamento era infatti pieno zeppo dei suoi quadri. Le studentesse erano state costrette a indossare i costumi che lui aveva rubato; le aveva sedate con i barbiturici obbligandole così a fargli da modelle. Non era interessato ad abusare sessualmente delle donne, perciò almeno quella tortura era stata loro risparmiata.

Alla fine del suo racconto, Jason aggiunse pensieroso: «Forse Trudi ha ragione quando dice che il caso non esiste e che tutto nella vita è interconnesso».

«E come mai adesso la pensi così?»

«Be', l'indizio decisivo della piramide in fin dei conti è arrivato da te. La polizia, ma soprattutto le tre studentesse, devono ringraziare te, se alla fine siamo riusciti a beccare quell'uomo. Ma forse tutto dipende solo dal fatto che io, Jason Samuel, sono stato talmente furbo da andarmi a cercare una donna intelligente e colta come sei tu.» Jason la attrasse a sé e la baciò.

«Sei proprio un presuntuoso, lo sai?» mormorò Penelope, che ora si sentiva mancare il respiro.

«Come direbbe il principe Pückler: questa è senza dubbio una delle mie qualità più eccelse!»

34

Erano passate due settimane. Penelope si trovava da Trudi e stava sistemando la sua spesa nel frigorifero raccontandole nel mentre la sua giornata a scuola, quando, tutto a un tratto e senza una motivazione apparente, la sua amica affermò: «Jason è un bravo ragazzo. È la tua catarsi».

Penelope restò immobile per un attimo, con un broccolo in mano sospeso a mezz'aria, prima di ricominciare a sistemare le verdure. Poi chiuse piano lo sportello del frigo e si voltò lentamente verso Trudi, scrutando il suo volto in cerca di una spiegazione a quelle parole piuttosto criptiche che definivano Jason una sorta di purificatore della sua anima.

Trudi se ne stava seduta con la schiena impettita e lo sguardo leggermente assente. Con la mano curata, che portava la fede all'anulare, giocava con il ciondolo della collana, un pezzettino di legno a forma di àncora incastonato in una montatura d'argento. Già altre volte Penelope si era resa conto che quella collana rappresentava per Trudi una sorta di talismano. Negli ultimi tempi andava spesso a cercarla con le mani. Penelope immaginava che fosse un regalo della sua amica Marlene, perché nella foto in salotto le due donne indossavano lo stesso ciondolo.

Ma oggi quel gesto racchiudeva qualcosa di toccante: svelava un lato di lei che solitamente aveva cura di nascondere. Trudi emanava una sorta di disperazione e sembrava cercare conforto in quel ciondolo; allo stesso tempo, però, Penelope scorgeva nell'amica una determinazione quasi feroce. Pensò che fosse una donna strana: sembrava che si stesse preparando a combattere contro un nemico interiore. Rifletté brevemente sulle sue parole, ma fu subito colta da una sensazione nuova che sembrò ispirarla totalmente: Trudi era la personificazione del coraggio, del coraggio nella sua pura essenza, che si manifesta nel provare la paura ma fare comunque di tutto per vincerla. Nell'affrontare i propri demoni. Quel pensiero suscitò in Penelope un senso di oppressione.

«Perché lo dici?» le domandò. «È il preambolo di un discorso romantico o di una ramanzina?» Nonostante l'angoscia improvvisa che provava simulò un moto di allegria; per il momento preferiva ancora aggirare gli ostacoli che cominciavano ad affiorare nel profondo della sua anima.

Nel frattempo Trudi manteneva il silenzio. Nell'ultimo periodo capitava spesso che fosse un po' assente, anche se Penelope se ne rese conto davvero solo quel giorno. Forse, continuò a pensare, si era semplicemente aperta un po' di più, era diventata più sensibile ai sentimenti degli altri, come un fiore che avverta il delicato calore del primo raggio di sole dopo un lungo inverno. Si sedette e aspettò con calma.

Tuttavia, quando qualche minuto dopo Trudi iniziò a parlare, non lo fece per raccogliere il filo del discorso iniziato poco prima. Ruppe il silenzio dicendo, con un tono duro che Penelope non le aveva mai sentito usare prima: «Voglio assolutamente essere sotterrata, non cremata! Hai capito? Assolutamente!». Poi fece una brevissima pausa e aggiunse con un filo di voce: «Preferisco cento volte i vermi al fuoco».

Il cervello di Penelope ebbe bisogno di qualche secondo per comprendere a fondo il significato delle sue parole. Il rapporto di Trudi con la propria morte imminente, quella disinvoltura nell'inserire casualmente l'argomento all'interno di una conversazione come se fosse una questione superficiale e di poco conto, riusciva a destabilizzarla ogni volta. Da quando le era stato portato via Dominik, strappato con così tanta ferocia della sua vita, nel suo cuore si era aperta una voragine nella quale la morte e la paura riuscivano facilmente a entrare per andare a scavare in quella ferita.

E dal momento in cui Trudi le aveva chiesto di portarla sullo Zugspitze, Penelope aveva iniziato a metabolizzare l'idea che nel giro di poco tempo anche la sua amica le sarebbe stata tolta e quel pensiero le faceva più male che mai. I vecchi demoni e i timori venivano rinvigoriti da una nuova linfa e la assillavano ogni notte; la conseguenza diretta era che cominciava a mancarle il sonno, e questo indeboliva il suo animo.

Solo allora si rese conto che Trudi la stava osservando con uno sguardo carico di una strana intensità, come se stesse per riferirle un segreto prezioso. Penelope scorse qualcosa di profondamente fragile negli occhi dell'amica malata, e vi trovò riflessa la propria paura. Iniziarono a tornarle alla mente dei brandelli delle loro conversazioni, delle osservazioni della sua amica che, sommate al fatto che era ebrea, andarono di colpo a comporre un'immagine, un frammento del passato di Trudi che per Penelope ora rappresentava la terribile spiegazione del perché avesse tanta paura del fuoco.

A quel pensiero, avvertì un brivido freddo correrle lungo la spina dorsale. Tutto a un tratto sentì che le mancava l'aria, come se dalla stanza fosse stato risucchiato via tutto l'ossigeno. Per un attimo pensò di riconoscere nelle pupille dell'amica il bagliore del fuoco, respirò col naso l'odore nauseabondo della carne che brucia, percepì il calore distruttivo sulla propria pelle, udì le urla disperate dei condannati a morte. Avvertì il loro dolore.

Trudi non era mai arrivata a scuoterle così profondamente l'anima. Penelope si sentì risucchiare nel vortice funesto del suo passato. E diede voce a ciò che fino a quel momento aveva avuto cura di non dire, anche perché sapeva benissimo cosa si prova a smuovere il ricordo di un male provato sulla propria pelle: «Tu hai vissuto l'Olocausto».

I lineamenti di Trudi rivelavano ora un intero universo di dolore e la sua voce suonò ancora un po' più ruvida del solito. «Sì, e sono sopravvissuta. Ma non ne parlo mai, è un ricordo che ho portato nascosto nelle pieghe più recondite della mia anima e lì ho lasciato che bruciasse; è un luogo dove i miei pensieri e i miei sentimenti si ritrovano a errare solo in momenti di estrema debolezza. Ho conosciuto molte persone che, pur essendone uscite incolumi, non hanno mai trovato il modo di tornare a vivere, perché non sono riuscite a liberarsi delle sofferenze provate: sono rimaste miseramente incatenate alle proprie terrificanti esperienze. Uomini innocenti, eppure condannati. Molti si sono ammazzati, alcuni sono diventati matti. Il dolore li ha distrutti dall'interno. È giusto mantenere vivo nella memoria collettiva il ricordo di quel tempo di orrori e disumanità, perché non debba tornare mai a ripetersi. Ma io sono tra coloro ai quali non c'è bisogno di farlo tornare alla mente. Non voglio farlo, richiamarlo alla memoria è atroce. Quando tutto finì, decisi che mi sarei scrollata di dosso il mio passato di guerra, che lo avrei dimenticato. L'unica cosa che volevo era lasciarmi alle spalle quel periodo spaventoso. Iniziare una nuova vita senza la zavorra dei ricordi. Ed è quello che dovresti fare anche tu, mia cara» concluse Trudi dolcemente.

Nell'udire quelle ultime parole, Penelope si sentì di colpo stringere il cuore. Ovviamente aveva capito il motivo per cui Trudi le aveva concesso quel breve istante di intimità; sapeva perché le aveva aperto quel posto dell'anima in cui teneva ingabbiati i suoi demoni, nonostante i terribili tormenti ai quali i propri ricordi la riportavano. Com'era intelligente Trudi... Conosceva Penelope troppo bene e non le era sfuggito che negli ultimi tempi la sua giovane amica era ossessionata dal pensiero di perderla. Questo sguardo sul passato di Trudi era un regalo per lei, un regalo attraverso il quale le aveva aperto gli occhi sulla portata e sulle conseguenze del dolore umano, indicandole la strada che lei aveva scelto per sé. Penelope, dal canto suo, si trovava davanti a un bivio con due possibilità: perdersi definitivamente nel suo dolore e soffocare le proprie emozioni, oppure scegliere la vita.

Ma dentro Penelope c'era ancora qualcosa che opponeva resistenza, nonostante le fosse ormai chiaro da tempo che soltanto lei stessa avrebbe potuto innescare un cambio di direzione, era lei che doveva muoversi attivamente. Aveva già passato abbastanza tempo isolata: era rimasta ferma, a marciare sul posto, perché era più facile lasciare che le cose accadessero da sole, senza dover prendere alcuna iniziativa. Anche nei confronti di Jason aveva sempre mantenuto un atteggiamento passivo, ogni passo avanti era venuto da lui, che non aveva fatto altro che trascinarsela dietro, senza mai accettare un no come risposta.

Mentre lei continuava a tenere lontano il pensiero di un futuro insieme a lui. Questo infatti avrebbe significato tornare a svelare la propria anima. Era come una creatura delle tenebre, che continua nonostante tutto a preferire l'ombra alla luce, perché era ormai da tempo che si spostava all'interno di quei confini, in una zona che era finita per diventare a lei familiare. Ma per scrollarsi di dosso quell'oscurità così comoda c'era bisogno di una volontà incondizionata, altrimenti non sarebbe mai riuscita a superare la tristezza che albergava nel suo cuore e nel suo animo. Penelope dubitava di possedere la tenacia di Trudi, di avere la forza interiore necessaria per uscire da quella palude di dolore e – doveva ammetterlo – di autocommiserazione. La verità era che aveva paura di tornare a essere felice, perché le sembrava un tradimento nei confronti di Dominik.

«Non è così semplice. Io non sono te, Trudi» disse alla fine, stremata.

«Certo che no, nessuno è me, tranne me» ribatté Trudi severa. «Per questo sei *tu* a dover fare un passo in avanti, non puoi più restare ferma dove sei. Se non cambi la tua vita, Penelope, lascerai che a trionfare sia il Diavolo. Devi cercare di vincere la tua paura, perché la paura è l'assenza dell'amore.»

* * *

Penelope rifletté a lungo sulle parole di Trudi e alla fine si decise ad affrontare davvero la sua paura, facendo un altro passo in direzione della luce: quella sera stessa tirò fuori dall'armadio la collezione di farfalle del padre e la appese in salotto. Rimase a osservarla a lungo, affrontando la marea di ricordi che le montava dentro. Sentì la vocina entusiasta di Dominik quando si stupiva di fronte al miracolo di quelle graziose e fragilissime creature, in preda allo stesso fascino che un tempo aveva animato la Penelope bambina.

35

Trudi riagganciò. Era rimasta a parlare a lungo con la sua amica Marlene a Cracovia. Lei non sapeva niente della sua malattia: Trudi l'aveva volutamente tenuta all'oscuro, perché Marlene era una combattente nata e non si sarebbe mai fatta scoraggiare da un tumore inoperabile. Anzi, avrebbe immediatamente mobilitato tutti gli specialisti che fosse stata in grado di trovare. E probabilmente, nonostante le condizioni in cui si trovava la sua gamba, si sarebbe fatta portare a Monaco il giorno stesso. Marlene non si era rassegnata nemmeno una volta di fronte alle situazioni in apparenza disperate e questo era uno dei motivi per cui la morte non aveva mai potuto niente contro di lei. E neanche Albrecht Brunnmann, il Diavolo in persona. Alla fine Marlene aveva sconfitto pure lui.

C'era stato un tempo in cui anche Trudi aveva combattuto, ma adesso era troppo stanca per continuare; i fili del suo destino si stavano accorciando a vista d'occhio e ogni giorno che passava si rafforzava in lei il desiderio di riunirsi con il suo Gregor.

Ma prima di potersene andare davvero, aveva ancora un compito da svolgere sulla terra e quel compito aveva il nome di Penelope impresso sopra. Perché loro due erano unite da un destino comune: entrambe avevano perso il loro unico figlio e per questo anche Trudi, come Penelope, aveva dovuto lottare per lunghi anni contro i sensi di colpa, convinta com'era stata che il destino le avesse strappato il figlio troppo presto, seguendo i conti misteriosi di un essere superiore che compensi una vita con un'altra vita. Ma il destino è coerente solo con se stesso. Non guarda né avanti né indietro, semplicemente esiste.

Da ragazza Trudi aveva fatto alcune cose decisamente sconsiderate. Si riteneva invulnerabile e la sua arrogante avventatezza era costata la vita al suo padrino Manfred e alla moglie Karin. La loro morte le gravava ancora oggi sulla coscienza; a Marlene non l'aveva mai raccontato e anche a Gregor lo aveva rivelato solo durante le traumatiche settimane che erano seguite all'incidente di Peter, quando si sentiva responsabile per la morte del figlio pensando che fosse dovuta alle sue colpe pregresse. Manfred e Karin erano morti perché lei si era messa in testa di accompagnare Marlene a Varsavia; ormai non era più una bambina e anche lei voleva far parte della Resistenza a ogni costo! Era per questo che aveva seguito il padrino fino al laboratorio del falsario, dove si era recato per procurarsi i documenti per Marlene. Poi era tornata lì all'alba, dicendo al falsario che la mandava Manfred, e aveva acquistato dei documenti falsi dandogli in cambio la collana d'oro di sua madre. Ma la Gestapo teneva sotto controllo l'appartamento e Trudi l'aveva inconsapevolmente condotta fino al suo padrino. Lei era fuggita solo perché Manfred le aveva urlato «scappa!» gettandosi addosso all'uomo che la teneva ferma. Anche Karin si era lanciata in un violento combattimento contro gli uomini della Gestapo. Prima di correre via Trudi era stata costretta ad assistere mentre la Gestapo li crivellava entrambi di colpi. Lei era riuscita a nascondersi tra le rovine per un soffio ed era potuta scappare solo grazie alla presenza di un passaggio segreto in cantina. A quel punto non le era rimasto altro da fare che seguire Marlene sul treno per Varsavia. Così era iniziato il loro destino comune, che le avrebbe condotte fino ad Auschwitz, dove lei avrebbe incontrato il suo grande amore...

Aprirsi a Penelope e concederle di dare un rapido sguardo alla sua anima marchiata dal fuoco di Auschwitz era stata la scelta giusta. Che fardello si portava dietro quella giovane donna... Forse avrebbe dovuto farlo prima, ma non aveva in sé la forza di Marlene e tendeva a evitare quanto più possibile i demoni dei suoi ricordi. La guerra era stata parte della sua vita per troppo tempo; per lei era iniziata nel 1937, con l'avvio della persecuzione degli ebrei: dopo la Notte dei cristalli, nel novembre del 1938, non aveva più potuto frequentare la scuola e ai suoi genitori era stato vietato di circolare liberamente per strada. Ed era finita solo all'inizio degli anni cinquanta, quando Gregor era stato liberato dalla prigionia francese. Per potergli stare vicino e portargli di nascosto del cibo in prigione aveva fatto tutto ciò che si era reso necessario: era sopravvissuta per lui e per il loro amore.

Era stata costretta a umiliarsi nella Francia del dopoguerra, profondamente ostile alla Germania, tirando avanti come cantante nei night club. Per i francesi era solo una crucca, nessuno era interessato al fatto che lei per prima fosse stata, in quanto ebrea, vittima dei nazisti. Dopo la guerra ognuno doveva pensare a se stesso, non c'era spazio per la compassione o l'autocommiserazione. Con il ritorno di Gregor, la sua guerra interiore era giunta al termine. Grazie alla sua presenza, aveva potuto lasciarsi alle spalle la vecchia vita ed entrare in una nuova era. L'era dell'amore.

Era strano, rifletteva ancora Trudi, come i ricordi sembrassero dotati di vita propria. Ultimamente riaffioravano a ogni ora del giorno e della notte, e a volte si infiltravano addirittura nei suoi sogni, confondendo varie epoche della sua vita; perciò al risveglio spesso Trudi si sentiva disorientata e le ci voleva un po' prima di tornare alla realtà, una realtà nella quale Gregor non c'era. In quei giorni, i ricordi sepolti nelle profondità della sua anima tornavano in superficie più spesso del solito, e tra questi salirono a galla anche certi momenti ai quali non ripensava più da decenni, per esempio quello del suo primo incontro con Gregor.

A tutto questo si aggiungeva il fatto che Marlene stava scrivendo la sua biografia e le aveva chiesto di darle una mano con le ricerche, e il lavoro che Trudi svolgeva per ricostruire le esperienze vissute insieme non faceva che rinforzare quella strana impressione di vagare tra le diverse epoche della sua vita. La notte passata aveva avuto dei sogni particolarmente vividi.

Era tornata bambina, forse all'età di sei o sette anni, e se ne stava accovacciata in camera da letto con il suo fratellino più piccolo. Come spesso accadeva, gli teneva le orecchie tappate perché non sentisse i genitori litigare. Prima non litigavano mai. Era tutta colpa di quest'uomo che sua madre chiamava «Hitler». Per qualche motivo, sua madre aveva una paura terribile di lui. Perciò anche la piccola Trudi lo detestava dal più profondo del cuore. Avrebbe voluto essere più grande per poter andare a ucciderlo. Forse l'avrebbe fatto l'anno dopo. Se non ci fosse stato Hitler, suo padre e sua madre avrebbero smesso di litigare e avrebbero potuto restare a casa loro invece di doversene andare in questa America. Perché sua madre non faceva che ripetere che dovevano andare tutti lì. Il padre invece non voleva partire: diceva che Hitler era solo una meteora – un'espressione che Trudi non riusciva a capire fino in fondo –

e continuava a dire che le cose non sarebbero andate poi così male, che la tendenza a esagerare è innata nell'essere umano e che sua madre doveva avere fiducia.

Trudi era convinta che il padre non volesse affatto litigare, perché spesso diceva alla madre frasi del tipo: «Calmati, Myriam, ti prego», anche se ogni sua parola sembrava farla arrabbiare ancora di più. Più la voce paterna si faceva pacata, più quella della madre si alzava, finché la porta di casa non sbatteva con un boato e suo padre non entrava in camera loro per prenderli tra le braccia, stringendoli tanto forte che a volte suo fratello Ariel piagnucolava perché gli faceva male. Trudi invece dissimulava il dolore, così come dissimulava la paura, e sognava sempre più spesso di trovarsi nel bel tempo passato, quando ancora questo Hitler non esisteva e la sua casa era colma d'amore e di risate.

Da quel momento in poi i vari momenti della sua vita, nei sogni, si confondevano: i suoi desideri e le sue aspettative si andavano a scontrare con la ferocia della realtà e tutto a un tratto si risvegliava in mezzo alla guerra. Non riusciva a sentire il suo corpo – una sensazione stranamente piacevole – e si chinava su di lei un volto gentile, con un bel paio di occhi scuri pieni di calore che la osservavano preoccupati. Quello sconosciuto le ricordava suo padre e le veniva spontaneo sorridergli. Nel sogno conosceva addirittura il suo nome: Gregor. E sapeva anche di amarlo. Erano felici insieme, in un mondo nel quale non esisteva nessun uomo che si chiamasse Hitler.

Spesso nei sogni si immaginava anche come sarebbe stata la sua vita, quella dei suoi genitori e dei suoi fratelli – la madre nel frattempo aveva avuto un altro bambino –, se avesse avuto ragione il padre e Hitler non fosse stato che una meteora. O se sua madre fosse riuscita a imporsi e fossero emigrati tutti in

America. In entrambi i casi, lei e Gregor non si sarebbero mai incontrati. Il loro amore, il loro destino comune aveva potuto realizzarsi solo attraverso la guerra; le loro strade non si sarebbero mai incrociate, se Gregor non fosse stato alla ricerca di Rachel, la sua fidanzata che era stata deportata ad Auschwitz, e se per questo non si fosse fatto assumere come medico in quel posto maledetto. Ma Rachel era morta di tifo subito dopo il suo arrivo e Gregor era rimasto ad Auschwitz, perché fare il medico era l'unica cosa ancora in grado di dare un senso alla sua vita. Trudi aveva quindici anni quando lui l'aveva salvata, letteralmente ricucendo insieme i pezzi del suo corpo straziato da quel barbaro di Albrecht Brunnmann. Gregor non aveva potuto salvare Rachel, ma avrebbe fatto tutto ciò che era in suo potere per strappare alla morte almeno Trudi. Trudi non era certo ferita solo nel corpo: le ferite della sua anima erano ben più profonde. Eppure un bel giorno la sua voglia di vivere si era risvegliata e lei si era resa conto di amare Gregor e di volerlo per sé. Gregor, che aveva il doppio dei suoi anni, aveva resistito a lungo a quel sentimento: non voleva più amare, per lui l'amore era sinonimo di dolore. Ma con Trudi non aveva alcuna possibilità. La sua amica Marlene le aveva insegnato a combattere per la libertà e Trudi allo stesso modo aveva combattuto per il suo amore.

Era per questo che capiva fin troppo bene come si sentisse Penelope, era per questo che era in grado di dare un valore al suo blocco emotivo. Anche lei aveva sconfitto la paura con l'amore di Gregor e l'aiuto della sua amica Marlene. Penelope doveva ancora familiarizzare con l'idea che la paura potesse essere domata, rinchiusa, ma che per riuscire a liberarsene davvero fosse necessario ritrovare l'amore.

Quando Trudi aveva visto la foto di Leopold Brunnmann

appesa alla parete di padre Aue, in un primo momento aveva pensato che si trattasse di Albrecht Brunnmann e per un breve istante la guerra era tornata a mostrarle il suo terribile volto. Ma poi aveva capito che non si trattava di *lui*, ma del fratello maggiore, che gli somigliava in maniera impressionante e la cui vita gravava, insieme a molte altre, sulla coscienza di Albrecht. Corrono tempi orribili quando ci si uccide tra fratelli.

Marlene le aveva raccontato dei suoi trascorsi con Brunnmann durante i lunghi anni in cui, insieme, avevano dato la caccia al criminale nazista. Sempre da Marlene era venuta a sapere del destino toccato alla sua amica Deborah Berchinger, un'altra delle innumerevoli vittime di Albrecht. In realtà Deborah non era stata uccisa, ma la sua anima sì. Anche pensando alla fine che era toccata a Deborah, Marlene aveva fatto di tutto perché la giovane Trudi non dovesse subire le stesse ferite interiori. Avrebbe sottratto almeno la sua anima alle grinfie di quel maledetto Brunnmann. E ci era riuscita.

E adesso Trudi voleva essere per Penelope ciò che Marlene era stata per lei.

Per questo la foto ingiallita appesa alla parete di padre Aue non solo aveva rievocato un ricordo tra le sue esperienze della guerra, ma aveva anche rafforzato la sua convinzione che il destino governa ogni cosa. Nessuno poteva sottrarsi alla sua forza.

Aveva riflettuto a lungo su quale ruolo avrebbe dovuto svolgere nel destino di Penelope e a furia di pensare il piano si era palesato da solo davanti ai suoi occhi. A che servivano le amicizie? Era per questo che quel giorno aveva chiamato Marlene e le aveva raccontato della sua giovane amica. Ma questo non era che il primo passo per riportare Penelope sulla via dell'amore. La aspettavano ancora un bel po' di telefonate da fare. Tirò fuori il taccuino stropicciato che la accompagnava sin dagli anni passati in Francia e che ormai sembrava stare insieme più grazie alla volontà di Trudi che alla sua rilegatura. La prossima chiamata sarebbe stata ad Ariadne, la madre di Penelope.

Trudi sorrise. Era una buona giornata.

36

«Mi dici che cosa nascondi di così segreto nel ripostiglio?» domandò Jason a Penelope la sera dopo, mentre rispingeva indietro con forza la gigantesca testa di Teseo. Quell'ingordo di un cane era strisciato fino a lui da sotto il tavolo nella speranza di sgraffignargli un boccone dal piatto.

«Come?» La domanda aveva colto Penelope impreparata. Si era appena alzata per sparecchiare la tavola, ma si risedette subito, con movimenti lenti e rigidi.

«Vabbè, comunque un passo avanti lo hai fatto.»

«Che passo avanti?»

«Hai tirato fuori dall'armadio la collezione di farfalle e l'hai appesa.»

«Quello che tu definisci un passo avanti in realtà non era che uno spazio libero sulla parete del mio salotto. Tutto qui» rispose lei brusca.

«Sappiamo entrambi che non è tutto qui» insistette Jason.

La sua caparbietà irritò Penelope: «Già gli psicologi sono una vera seccatura, se poi fanno anche i poliziotti sono peggio della peste».

«Grazie, lo prendo come un complimento! E comunque non hai risposto alla mia domanda.»

«Ovviamente la risposta è no. La faccenda non ti riguarda.»

«Grazie mille, questa era la conferma che mi serviva.»

«Di cosa?» domandò Penelope diffidente.

«Del fatto che mi nascondi qualcosa.»

«Non ti nascondo un bel niente, è solo che non voglio fartelo vedere!»

«Aha, vai sul cavillo! E perché non vuoi farmelo vedere?»

Fino a quel momento, Penelope aveva considerato la loro conversazione una semplice scaramuccia, ma adesso iniziava a irritarla, tanto più che fino a poco prima regnava un'atmosfera di grande armonia. «Qual è il punto? Il fatto che tutelo la mia sfera privata o che non voglio mostrarti cosa c'è dentro il mio ripostiglio?»

L'unica cosa che ottenne da Jason fu un sorriso enigmatico che avvertì come una provocazione: «Ho capito. Non sei abituato a una donna che ti tiene testa». Si rendeva conto da sola della goffa banalità delle sue parole, ma Jason la faceva sentire messa all'angolo.

«No, mi sforzo semplicemente di capire le persone. Mi sforzo di capire *te*, Penelope. Tu sei il classico esempio di angoscia metafisica, sei in lotta contro la tua stessa essenza. Ultimamente non sembri stare troppo bene. Dormi male, fai sogni agitati. Da quanto tempo avverti la tua vita come un peso?»

Penelope si sentì avvampare. «So che cosa stai cercando di fare, caro il mio psicologo. Credi davvero che andrei a impelagarmi con te in una discussione sulla mia *essenza*? Non parlarmi in questo modo.»

«Sennò che fai, mi mandi via di nuovo e poi mi infili un biglietto sotto la porta?»

Penelope trattenne un verso di disapprovazione. Non aveva niente da controbattere, perché in effetti le cose erano andate proprio così. La codardia è come un boomerang, ti torna sempre indietro. Le venne in mente Giasone, l'omonimo di Jason dell'antichità, l'eroe greco che, per rubare il vello d'oro, era stato l'unico ad affrontare con la sua nave Argo la terribile risacca delle Simplegadi, due grossi scogli in mezzo al mare che riuscì a oltrepassare remando contro corrente. Il Jason contemporaneo era simile al suo antico predecessore: non si lasciava intimidire da un ostacolo, anzi, gli andava dritto contro.

«So a cosa si riferisce la lettera "D" sul tuo piano settimanale. Non sta per David» disse Jason, interrompendo il silenzio che era sceso tra loro.

Penelope, che nel tentativo di tranquillizzarsi stava fissando un punto a caso sopra la testa di Jason, spostò lo sguardo dritto nei suoi occhi. «Chi te l'ha raccontato?» domandò rassegnata. «Mia madre o Trudi?»

«Nessuna delle due. Esistono un rapporto della polizia e un fascicolo, come sai.»

«E va bene, ficcanaso, perciò sai tutto. E allora? È successo più di sei anni fa, ho superato la cosa.»

«A me non sembra. La perdita di un figlio è un lutto insuperabile. Per una madre la vita non tornerà mai più a essere la stessa di prima.»

«Non c'è davvero alcun bisogno che tu me lo venga a raccontare.» Penelope nascose le mani tra le ginocchia perché Jason non vedesse che tremavano.

«Certo che no, piccola. Mi piacerebbe raccontarti una storia, invece.»

La prima reazione istintiva di Penelope fu di diffidenza e fu quasi sul punto di rispondere che non voleva sentirla. Ma Jason era riuscito a stuzzicare la sua curiosità: «Che storia?».

«La storia del bruchetto Dolcesperanza che si trasformò in Speranzamara.»

«Una storia per bambini?»

«Che significa per bambini? Una storia è una storia. La vuoi sentire o no?»

Penelope annuì pensierosa. «E va bene.»

«C'era una volta» iniziò Jason «il bruchetto Dolcesperanza. Tutti gli dicevano che un giorno si sarebbe trasformato in una bellissima farfalla, perché i suoi genitori erano le farfalle più belle che si fossero mai viste. L'unica cosa che doveva fare era mangiare molto, perché così sarebbe diventato anche grande e forte, oltre che bello. Un bel giorno, mentre stava mangiucchiando una lucida foglia succosa che gli era caduta proprio in mezzo alle zampe, il bruco fu interrotto. Tutto a un tratto si ritrovò circondato da un gruppo di scarafaggi che lo prendevano in giro dicendogli che era solo un brutto e grasso bruco che non pensava ad altro che a mangiare.

«Il bruchetto rispose: "Ma questo è il mio destino! Devo mangiare per diventare grande e forte e per trasformarmi in una bella farfalla con le ali, per poter volare con le altre nel cielo".

«Gli scarafaggi scoppiarono in una perfida risata e il bruco, spaventato, cercò di allontanarsi da loro, ma il cerchio di scarafaggi si stringeva sempre di più intorno a lui. Il capo del gruppo gli si parò davanti con aria minacciosa e disse con cattiveria: "Quanto sei stupido! Tu non sarai mai una farfalla! Non sei altro che uno scroccone che ci mangia tutto il cibo!".

«"Invece sì, il mio destino è quello di diventare farfalla" insistette coraggiosamente il bruchetto.

«Gli scarafaggi scoppiarono di nuovo nella loro risata maligna e Dolcesperanza cominciò a tremare come una foglia.

«"Tu non diventerai mai una farfalla, perché hai un difetto" disse il capo degli scarafaggi indicandolo.

«"Che difetto?" domandò confuso lui.

«"Quella macchia bianca!" spiegò il capo degli scarafaggi.

«"Quale macchia bianca? Non ho nessuna macchia bianca!" Dolcesperanza si girava e si contorceva, cercandosi addosso una macchia bianca che pure era sicuro di non avere.

«"Non puoi vederla perché è proprio dietro la tua testa. Ma noi la vediamo. In realtà potremmo anche mangiarti, ma i bruchi con la macchia bianca non ci piacciono. Altri animali, però, non sono così schizzinosi."

«Dopo aver pronunciato queste parole gli scarafaggi se ne andarono, ma il bruchetto continuò per molto tempo a sentire la loro terribile risata riecheggiare nell'aria come il presagio funesto dell'autunno ormai alle porte. D'improvviso avvertì un gran freddo. Dolcesperanza strisciò più veloce che poté allo stagno, nella speranza di arrivare a scorgere la macchia nella sua immagine riflessa. Ma per quanto si sforzasse, non riusciva in nessun modo a vedersi dietro la testa.

«Poi riconobbe una rana che aveva già incontrato altre volte e le chiese: "Ehi tu, mia cara rana, potresti mica aiutarmi e guardare una cosa per me?".

«Ma la rana lo squadrò con aria seccata e rispose: "Io non ci parlo con gli scrocconi".

«"Ma io non sono uno scroccone" sussurrò il bruchetto, ritraendosi spaventato.

«"Sì invece, prima sono venuti gli scarafaggi e mi hanno messo in guardia. Tu hai la macchia." Poi gli voltò le spalle e saltellò via.

«Il piccolo Dolcesperanza interpellò molti altri animali che incontrò lungo la strada, ma il gruppo di scarafaggi era già passato da tutti. Nessuno voleva avere più niente a che fare con lui e quando si avvicinava lo ignoravano o scappavano via. Il bruchetto divenne un emarginato, passava i suoi giorni in solitudine a cercarsi la macchia bianca e così facendo si dimenticò completamente di realizzare il suo destino continuando a mangiare. Divenne sempre più magro, finché un giorno non si distese, rivolse un ultimo, malinconico sguardo al profondo cielo azzurro... e morì.

«Gli scarafaggi avevano ragione: il bruchetto non si trasformò mai in una farfalla. Da quel giorno le foglie sulle cime degli alberi bisbigliano la triste storia del piccolo Dolcesperanza, che si trasformò in Speranzamara: aveva smarrito la via perché aveva smesso di credere in se stesso.»

Jason aveva terminato la sua storia, ma non lasciò a Penelope il tempo di controbattere e riprese subito a parlare: «Tu sei come quel bruchetto, Penelope. Dolcesperanza si è messo in testa di avere una macchia e ha finito per perdere la sua strada. Il dolore che segue un lutto è come uno scarafaggio: se lo lasci avvicinare troppo, finisce per mangiarti. Quella rigida tabella settimanale in cui strizzi la tua vita come fosse un corsetto in realtà rappresenta un'ossessione esattamente come la ricerca di Dolcesperanza di una macchia che non esiste. Devi liberarti della camicia di forza in cui hai rinchiuso la tua anima».

«Stai forse dicendo che mi invento le cose? Che sono... pazza?» Penelope riusciva a malapena a controllare la propria voce.

«Certo che no. Ti sto semplicemente dicendo quello che fai: stai cercando di reprimere la sofferenza e i ricordi, ed è proprio per questo che non riesci a liberartene. Questo lutto finirà per farti ammalare, anche fisicamente.»

«E tu che ne sai di cos'è un lutto?» lo schernì lei.

«È l'argomento della mia tesi. Il dolore che accompagna un lutto deriva dall'amore e rappresenta il sentimento umano più potente di tutti. È un tema che mi tocca molto e che mi appassiona.»

«Perciò alla fine dei conti sono davvero un soggetto da studiare per te, una specie di progetto terapeutico? Da quanto tempo ci conosciamo? Sei settimane? Pensi che in sei settimane si possano curare ferite che bruciano da sei anni? Sei un arrogante e un illuso!» gli urlò addosso lei.

«No, sono solo Jason, l'uomo che vuole aiutarti. Pretendi troppo da te stessa. Mi piacerebbe raccontarti qualcosa di più sul lutto. Saresti disposta ad ascoltarmi?»

«Visto che a quanto pare non posso fare niente per impedirtelo...» ribatté Penelope ostinata.

«Appunto» disse Jason, rivolgendole un sorriso con cui sembrava volerle infondere coraggio. Poi ricominciò a parlare: «La natura del lutto è sempre personale ed è impossibile descriverla da un punto di vista empirico, trattandosi di un processo interiore non visibile dall'esterno, ovvero di un sentimento. Per cui non è possibile individuare un modello comportamentale preciso, anche se la scienza ha individuato quattro stadi, noti come "le fasi dell'elaborazione del lutto". La prima fase è lo stato di shock, una specie di vuoto interiore: il nostro cervello cerca di negare la terribile notizia, perché l'indicibile non può trasformarsi in realtà. Pur continuando a vivere come prima, è quasi come se prendessimo una distanza da noi stessi: ci vediamo come se stessimo recitando dentro un film. In questa fase siamo in grado di controllare la nostra emotività, perché dopo la morte di una persona cara è necessario occuparsi di alcune questioni pratiche. È nella seconda fase invece che emergono le emozioni. Al dolore si associano la rabbia e, non di rado, l'aggressività, l'angoscia, la solitudine e molto spesso il senso di colpa. Come nel tuo caso».

Jason cercò di incrociare lo sguardo di Penelope, ma i suoi occhi continuavano ostinatamente a sfuggirgli. Penelope si limitava a far scivolare il macinapepe da una parte all'altra del tavolo, mentre lui continuava imperterrito il suo discorso: «La terza fase serve a elaborare e a lasciar andare. In questa fase si crea una nuova consapevolezza del legame che abbiamo con la persona scomparsa, ed è ora possibile rievocare e rivivere intensamente i ricordi che ci uniscono a lei. Immagino che la collezione di farfalle rappresenti per te un legame di questo genere con Dominik. Lui la amava molto?».

Penelope riuscì soltanto a fare un cenno di assenso con la testa: in gola aveva un nodo tanto stretto da impedire alle parole di uscire.

«Nella quarta fase si ha l'accettazione della perdita. Nel riconoscerla, la persona che sta attraversando il lutto la consacra come reale e prepara contemporaneamente il terreno per un nuovo inizio. È difficile trovare persone con un controllo sulle proprie emozioni forte come il tuo, Penelope. Magari hai anche attraversato in parte la terza fase, ma poi sei tornata indietro alla seconda. Per sei anni hai continuato a vivere, ma sempre sfiorando la depressione. È un miracolo che tu non sia finita a fare abuso di alcolici o di pasticche. È vero che anche il lavoro può rappresentare una forma di dipendenza e il tuo piano settimanale ne è una dimostrazione. Non hai avuto la reazione che le persone intorno a te si sarebbero aspettate. Anziché urlare, ti sei ammutolita. È così che sono iniziate le pressioni dall'esterno che ti hanno spinta a simulare delle risposte alla situazione che non sentivi tue. Ti sei sentita lasciata sola e questo alla fine ti ha portato a ricercare davvero la solitudine. È per questo motivo che hai interrotto le relazioni con tutte le persone che ti erano più vicine, che hai tagliato tutti i ponti con la tua vita precedente. Lasciare tuo marito David è stato il primo passo verso l'isolamento che ti sei autoimposta.»

Penelope si agitò sulla sedia. «Tu non capisci!» sbottò, irrequieta. «I primi tempi non riuscivo a sopportare la presenza di David, ma quando l'ho lasciato mi mancava. Ero lacerata e alla fine non sono più stata in grado di sostenere la situazione. E poi questa maledetta teoria del lutto! Pensi che in tutto questo tempo io non mi sia informata? Fare letture o relazioni su qualcosa è diverso dal viverlo! Nella mia pelle ci sto io, IO! David, mia madre, Caroline e persino il preside della scuola mi consigliarono di andare da uno psicologo.»

«E tu l'hai fatto?»

«No, tanto avevo in ogni caso la sensazione di impazzire. C'erano giorni in cui mi pareva di non riuscire più a percepire il mio corpo, allora andavo a sbattere contro le pareti come in preda al panico: cercavo di procurarmi il dolore. Non avevo bisogno di qualcuno che certificasse il mio stato mentale e che mi imbottisse di psicofarmaci. Subito dopo l'incidente di Dominik mi hanno fatto varie iniezioni di tranquillanti, ma lo stordimento che mi procuravano mi sembrava un imbroglio. Per loro era come se desiderassi sottrarmi alla realtà. Ma io *volevo* soffrire per la perdita del mio bambino, volevo percepire tutto il dolore che mi causava. Solo in quel modo riuscivo a sentirlo ancora vicino a me. Lo capisci questo?» Lo guardò impaurita.

«Lo capisco benissimo.»

«Stavo costantemente sveglia, era come se fossi stata risucchiata da un buco nero: continuavo a precipitare senza fine e il mio cuore sembrava fatto di vetro e a volte, a volte...» La sua voce si ridusse a un sussurro: «A volte ho sperato che si spaccasse in mille pezzi, così sarei potuta tornare dal mio Dominik. Mi manca così tanto...».

«Però invece di morire ti sei rinchiusa nel tuo mondo, trattando male tutte le persone che si preoccupavano per te. Persino tua madre.»

«Sì, lo so, ma non è così semplice. David...» Fece una pausa, come se si fosse resa conto in quel momento che stava svelando troppi dettagli su di sé. Si era accorta giusto in tempo che Jason l'aveva abilmente condotta a quel punto. Come accidenti aveva fatto a intuire che c'era anche dell'altro, un secondo motivo per cui aveva lasciato il marito? Era una cosa della quale non aveva mai parlato a nessuno, per il semplice motivo che le procurava troppa vergogna. Perché, a differenza del piccolo Dolcesperanza, lei una macchia ce l'aveva davvero. Ma *questa cosa* non poteva dirla a Jason. Mai. Si sentì di nuovo arrabbiata per quanto era riuscito ad avvicinarsi.

«Dovevo andarmene da lì» disse furiosa. «In quella casa tutto quanto mi ricordava Dominik. Quella maledetta piscina con tanto di idromassaggio che David aveva fatto costruire. Per una stupidissima festa! Mai una volta che l'abbia usata per sé, e poi... poi...» Per qualche secondo le venne meno la voce, con le mani andò a cercare il tovagliolo e ci si soffiò rumorosamente il naso, poi proseguì: «Non sopportavo più di vivere lì dentro, ma David non ne voleva sapere di cambiare casa. Diceva che non sarebbe cambiato niente, che ovunque saremmo andati il nostro dolore sarebbe sempre venuto con noi. E aveva... aveva... ragione» singhiozzò. «Il dolore è sempre qui, abita dentro di me.» Si mise a tremare dalla testa ai piedi.

Jason si avvicinò a lei e la abbracciò, stringendola forte a sé. Penelope sprofondò il viso nel suo petto. E poi lo disse davvero, quello che non aveva mai confidato a nessun altro; le parole uscirono da sole dalla sua bocca, in un'unica frase di autocondanna: «David volle fare l'amore con me qualche giorno dopo il funerale! E io ho lasciato che accadesse e ho anche provato piacere!». Urlava come un animale ferito.

Passò molto tempo prima che si tranquillizzasse. Alla fine sollevò la testa e guardò Jason con gli occhi gonfi: «Adesso mi disprezzi?». La sua voce, timida e avvilita, gli strappò un sorriso. Lui le passò un pollice sulla guancia umida di lacrime e disse: «No, piccola. Mi ero immaginato qualcosa di simile. Sapevo che ti ritieni responsabile per la morte di Dominik, ma sentivo che il problema era ben più complicato di così, che su questa colpa se ne era sovrapposta un'altra».

«Bene.» Penelope si liberò dal suo abbraccio. «Adesso sai perché sono quella che sono. Sono una persona senza cuore. Ho tradito il mio stesso figlio.»

«Santo Dio, Penelope, come fa una persona intelligente come te a dire una cosa tanto stupida?» Jason per la prima volta sembrava irritato.

«Ma come stupida? L'ho dimostrato.» Penelope si ritrasse.

«Perché hai provato piacere? Non è questo il problema, Penelope. Il tuo problema è che vuoi reprimere la passione con la forza. La vedi come una cosa sbagliata. Mentre invece il piacere è la sensazione più naturale di questo mondo. Tu non riesci a tollerare l'idea che il tuo corpo abbia potuto ingannare la tua mente.»

«Ma come osi parlarmi così?» lo aggredì Penelope, offesa, alzandosi di scatto.

«Ti parlo come a qualcuno che ha bisogno di rimettere a posto la testa. A questo proposito, tu non hai alcuna colpa per la morte di tuo figlio. E nemmeno tuo marito o la tata ce l'hanno. È stato un tragico incidente, Penelope, così com'è stato un semplice e stupido caso se hai telefonato proprio nel momento in cui Dominik e la babysitter stavano giocando a nascondino.»

Penelope era esterrefatta. «Come hai detto?» sibilò.

«Che non hai nessuna colpa per l'incidente...»

«No, la telefonata. Che c'entra la telefonata?» La voce di Penelope si era fatta febbrile.

«La babysitter ha dichiarato che l'hai chiamata nel momento in cui Dominik stava correndo via per andare a nascondersi in giardino. I tabulati telefonici lo confermano.»

Penelope ci rifletté su per qualche secondo. «È vero, adesso ricordo di averle telefonato. Ma questo non cambia niente. Dominik è morto mentre era sotto la sua custodia. È stata una sua negligenza.»

«La telefonata è una prova, perché il vostro giardiniere l'ha confermata. Purtroppo lui non poteva vedere né la terrazza a sud né la piscina, perché stava potando le siepi nella parte ovest del giardino. Ma ha sentito il conto alla rovescia del gioco, lo squillo del telefono e la babysitter che rispondeva. Ti ha salutato dicendo: "Salve, signora Arendt". Così è scritto sulla deposizione. Per questo tuo marito aveva chiesto che venisse effettuato un sopralluogo con lei, il giardiniere e il magistrato. A quel punto la ragazza fu scagionata.»

Il volto di Penelope aveva perso qualsiasi traccia di vitalità. Sembrava un cadavere.

«Merda» sfuggì a Jason. «Non lo sapevi questo? David non te l'ha mai raccontato?»

«No» sussurrò Penelope a fior di labbra. Stremata, si abbandonò sul ripiano della cucina.

«Lo capisco, probabilmente voleva proteggerti, visto che ti accusavi già di così tante cose. Questo David mi dà l'impressione di essere una brava persona, ma non è comunque servito a niente. Ti sei sentita colpevole lo stesso. Perché?»

«Perché non volevo né una piscina né una tata, ma David

non faceva che insistere, continuava a dire che una piscina era il massimo per un bambino e che se avessimo preso una tata avrei avuto più tempo da dedicare a lui» rispose Penelope, infiammata di rabbia. Bevve un po' d'acqua dal rubinetto e si voltò di nuovo verso di lui. Poi continuò, leggermente più tranquilla: «Avrei dovuto oppormi, ma ero troppo debole. E il giorno dell'incidente mi ero goduta la mia uscita con Caroline. Eravamo state nel negozio di abiti da sposa a bere prosecco e a chiacchierare di stupidaggini. Lei era così felice e io lo ero per lei. Era stata una giornata bellissima e finì in maniera orrenda. Poco dopo sui giornali venne pubblicata questa foto che ci ritraeva con il bicchiere di prosecco: ce l'aveva scattata la proprietaria del negozio. E accanto ce n'era un'altra, terrificante: qualche settimana prima ero caduta in piscina vestita di tutto punto e con un bicchiere di prosecco ancora in mano. Solo pochi giorni prima ero la moglie di David A., imprenditore rispettato e apprezzato dalla società di Monaco, che aveva perso il figlio in circostanze tragiche, e tutto a un tratto quegli stessi giornali mi avevano bollata come una madre irresponsabile che esagera con l'alcol e organizza lascive feste in piscina».

Jason annuì. «Dev'essere stato terribile per te» disse, in tono comprensivo. «Mi spieghi la storia della foto in cui cadi in piscina in abito da sera? Anche quella era nel fascicolo» aggiunse.

«Dalla foto non si vede, ma la segretaria di mio marito, anzi la sua ex segretaria, mi diede una spinta. Un classico: lei lo assillava e David l'aveva licenziata. Il giorno della festa si era presentata da noi con suo fratello e mi aveva incolpata del suo licenziamento davanti a tutti gli ospiti. Voleva umiliarmi, cosa che le riuscì doppiamente bene: quando qualche settimana dopo ci fu l'incidente di Dominik, lei non si fece alcuno scrupolo a vendere alla stampa la foto che aveva scattato suo fratello.» Ormai Penelope parlava in modo controllato, quasi meccanico, come se fossero frasi che aveva già ripetuto migliaia di volte nella sua testa e che adesso doveva semplicemente recitare a comando.

Jason sospirò. «Queste cose ti fanno davvero riflettere sui limiti della sopportazione umana. La perdita del tuo amato bambino, la colpa che ti eri addossata da sola... e in tutto questo le accuse ingiuste della stampa hanno accresciuto il tuo dolore. Cose simili bastano a spezzare una persona in due e spiegano il motivo per cui ne conservi le tracce tanto in profondità, il motivo per cui ti ritrovi così, a vagare senza una meta.»

«Come scusa?» A Penelope mancò l'aria. «Prima mi attribuisci un'angoscia metafisica e adesso starei vagando senza una meta? Non te la prendere, Jason, ma suona tutto un po' troppo drammatico. La mia vita mi piace così com'è, ho tutto sotto controllo. Francamente non capisco perché tutti quanti – mia madre, Trudi, tu – crediate di dovermi tenere queste continue lezioni in merito. In fin dei conti si tratta della mia vita e...» Si interruppe e sul suo volto si dipinse un sincero stupore. Sembrava che fosse lei stessa a meravigliarsi della sua reazione, sembrava che si stesse domandando se quello non fosse piuttosto il riflesso dei suoi comportamenti passati, se non fosse più un automatismo che un vero accesso d'ira. Stranamente non provava nemmeno l'imbarazzo che era sicura avrebbe accompagnato la confessione fatta a Jason della notte trascorsa con David dopo così poco tempo dalla morte di Dominik. Forse perché Jason la capiva? Era forse la comprensione la chiave per alleggerire il peso della colpa?

Penelope fece caso al modo in cui Jason la stava osservando.

Il suo sguardo le suscitava un senso di malessere: era come se sapesse a che cosa stava pensando.

«Quelle che definisci lezioni, Penelope, non sono altro che il modo in cui quelli che tengono a te manifestano la loro preoccupazione. Dovresti dimostrare loro che anche tu ci tieni. Rifletti bene su che tipo di persona vuoi essere. Non sei solo un'insegnante, sei anche una figlia, un'amica, una fidanzata. Non tagliarci fuori dalla tua vita.»

In quel momento la porta del ripostiglio si aprì con un lieve cigolio. A quanto pareva anche Teseo si era sentito escluso. Dalla porta spuntava solo l'enorme posteriore del cane. Si mise a scodinzolare e un secondo dopo qualcosa andò in pezzi. Penelope capì immediatamente di che cosa si trattava. Jason balzò in piedi e urlò severo: «Teseo! Vieni qui!». Il cane uscì a fatica dal ripostiglio con una cauta retromarcia e rivolse uno sguardo candido al padrone. Dalla sua bocca pendeva una delle statuine modellate al tornio da Penelope, che la prese e la appoggiò, come a dimostrare qualcosa, in mezzo al tavolo, tra il macinapepe e gli occhiali. Siccome ormai sembrava essere comunque scoccata l'ora della verità, mantenere quell'ultimo segreto non faceva più alcuna differenza per lei.

Jason innanzitutto spalancò gli occhi, per poi scoppiare in una sonora risata. Penelope stava lì accanto a labbra serrate, nell'atteggiamento di chi lascia che un evento evitabile gli cada addosso.

«Non ci posso credere! Questa proprio non me l'aspettavo. Avevo ragione, tu sei una contraddizione vivente!» esclamò tra un accesso di riso e l'altro. Prese in mano la statuina alta circa venti centimetri, una sorta di dio della fertilità africano, e la osservò da tutti i lati. «Notevole» commentò.

Penelope sapeva benissimo a cosa si riferiva: ciò che di notevole c'era nella statuina erano i circa dieci centimetri di pene eretto che si stagliavano dalla figura. Lì da sola in mezzo al tavolo, quella piccola opera sembrò a Penelope molto più perversa di quanto non fosse abituata a considerarla, e si domandò se non dipendesse dalla reazione di Jason.

«Di' un po', sono tutte così?» si informò lui.

«Sì.» Negli occhi di Penelope si accese la scintilla del dubbio, come se in quel momento si stesse chiedendo anche lei per la prima volta il perché. «Quando ho iniziato a lavorare al tornio non volevo fare le solite cose banali. Esiste una teoria secondo la quale si deve lavorare a occhi chiusi e poi farsi sorprendere dal risultato. Quando l'ho fatto io è venuta fuori una figura simile a questa, poi mi sono limitata a perfezionarla sempre di più. Il tornio è una passione che coltivo solo per me stessa, è quasi una forma di meditazione.»

«Io la trovo bellissima, ha in sé un qualcosa di autentico, di selvaggio. Hai mai pensato di esporle?»

«Mai e poi mai!» Penelope tentò di afferrare la statuina, ma Jason la teneva in alto, al di fuori della sua portata. «Aspetta, mi è appena venuta un'idea.»

«Che idea?» domandò Penelope sospettosa.

Jason riappoggiò la statua sul tavolo, prese gli occhiali da lettura di Penelope e li posò sul pene. «Un portaocchiali!» Poi si mise a sghignazzare come un bambino al quale sia appena riuscito un bello scherzo. «Mia sorella aveva bisogno di un'idea per la sua vetrina, no? Be', eccola qui! Ne sarà entusiasta!»

«Non dire sciocchezze» disse Penelope, tentando inutilmente di trattenere a sua volta le risate. L'idea del portaocchiali era davvero buffa.

Poi intercettò un movimento di Jason. «Che stai facendo?» chiese, in allarme.

«Fotografo il Peneboy» rispose Jason. Penelope si precipitò su di lui per strappargli il cellulare dalle mani. «Ma sei pazzo? È una cosa privata!»

«Ormai non più. L'ha vista Teseo, che è il peggior pettegolo della zona.» Jason era sempre più divertito. «E poi ormai è tardi. Sono curioso di vedere quanto ci mette a rispondere Eugenie.»

Poco. Non era passato neanche un minuto quando il telefono di Jason squillò. «Tieni, c'è Eugenie per te.» Jason mise il cellulare in mano a Penelope senza neanche rispondere. Lei non avrebbe saputo spiegare come, ma alla fine della chiamata aveva un appuntamento con Eugenie. La sorella di Jason sarebbe passata il giorno dopo a dare un'occhiata alle statuine.

«Be', mia sorella è un'ottima venditrice. Credo dipenda dal tono della voce. Ciò che altri ottengono con gli occhi, lei lo ottiene con l'arte della parola. È un mostro quando deve convincere le persone.» Jason tirò fuori un sorriso che gli illuminò tutto il volto.

Penelope alzò gli occhi al cielo. «Mi hai fregato. Ma poi, scusa, perché sei così allegro?»

«Perché oggi abbiamo avuto una conversazione fantastica. Quella di stasera è una grande vittoria! Chiunque crei statue come questa» disse indicando il dio della fertilità, calato nel suo nuovo ruolo di portaocchiali «un giorno riuscirà anche a vincere la propria paura.»

37

«Ti suona il telefono» mormorò Penelope nel sonno.

Jason, che aveva aperto gli occhi già da un bel po', controllò l'ora sulla sveglia sopra il comodino. Mancava qualche minuto alle cinque. «È il tuo, Penelope» la informò.

«Cosa?» E subito dopo: «Trudi!». Scostò la coperta per alzarsi, ma Jason era stato più veloce.

«Tieni.» Aveva acceso la luce e le stava porgendo il cellulare. In effetti lo schermo illuminato mostrava il nome di Trudi. Penelope avvertì una fitta di dolore al cuore.

«Trudi?» rispose trafelata.

«Ci siamo» si limitò a dire lei.

«Arrivo subito.» Così come una donna incinta tiene pronta la borsa per il ricovero in ospedale, anche Penelope aveva preparato da tempo gli abiti che avrebbe indossato per l'ultimo viaggio di Trudi. Pochi minuti dopo stava aprendo la porta di casa dell'amica.

Trudi la aspettava in cucina. Era già vestita ed era in ordine come sempre. Il completo marrone di pied-de-poule attillato in vita, i pantaloni alla zuava e i grossi scarponi non erano solo stravaganti, ma avevano alle spalle una storia di più di cinquant'anni, come Penelope sapeva dai racconti di Trudi. Quest'ultima era intenta a riempire la sua Adenauer, solo il volto cereo e le mani tremanti tradivano i dolori indicibili che stava provando.

«Lascia, ci penso io» disse Penelope prendendole la pipa di mano. Pochi secondi dopo Trudi stava già fumando. Con le prime boccate si rilassò leggermente. «Grazie, cara. Nel frattempo ho sviluppato una dipendenza terribile da questa roba. Ma si può dire che questa sia la mia "ultima sigaretta".»

«Trudi!» sfuggì a Penelope. Non riusciva ancora ad abituarsi alla naturalezza con cui la sua amica parlava della propria morte.

«Che c'è? È vero. Oh, mio cavaliere!» salutò Jason, vedendolo sulla porta della cucina.

«Buongiorno, bellezza. Elegante come sempre. Fatti un po' vedere!» Jason si avvicinò, le prese la mano e Trudi si alzò per farsi guidare da lui nella solita giravolta. Anche se con un po' meno slancio del solito.

Forse l'ultima della sua vita. Penelope si scoprì ad attribuire alle cose un valore nuovo, a carcicarle di significato.

«Adulatore!» mormorò debolmente Trudi mentre Jason compiva i suoi abituali gesti da galantuomo e le posava un bacio appena accennato sul dorso della mano, per poi riavvicinarle la sedia e lasciare che si rimettesse comoda.

Nel frattempo Penelope aveva preparato un caffè, aveva messo una tazza di fronte a Trudi e il resto lo aveva versato in un thermos.

«Non ti sei mica scordata del liquore di ciliegie, vero?» domandò Trudi, ricordandole il suo abbinamento preferito.

«Certo che no.»

«Bene, allora prendi la bottiglia e aggiungine la stessa quantità. Sono queste le proporzioni giuste. Tu sei sempre troppo avara.»

«Trudi!»

«Che c'è? Hai paura che mi ubriachi a morte? Ahah!» Proruppe nella sua risata rauca. «Mi piace moltissimo il caffè con il liquore, perciò versane a volontà. E poi passami la bottiglia perché anche la tazza che ho qui mi pare un po' leggerina.» Ne bevve con cautela qualche piccolo sorso e poi riempì di nuovo la tazza con il suo liquore, che si poteva a malapena definire tale considerando il suo tasso alcolico. «Ne vuoi un sorso anche tu, Jason?»

«No, io devo farvi da autista.»

«Vieni anche tu?» Gli occhi di Trudi si illuminarono.

«Fino alla stazione a monte della funivia, se per te va bene.»

«Non devi salvare il mondo oggi?» domandò, con fare civettuolo.

«Sì, dovrei. Ma non voglio. Appena siamo in macchina chiamo in centrale e mi prendo la giornata libera. Per importanti motivi familiari. Non ci penso nemmeno a lasciare sole le mie donne, oggi» aggiunse.

«Jason, sei un tesoro! Te l'ho mai detto?»

«Una volta o due.»

«Bene.» Trudi allontanò la tazza ormai mezza vuota e prese un altro profondo tiro dalla sua Adenauer. «Sono pronta per il mio ultimo show.» Si alzò e si avvicinò a Jekyll&Hyde, che zampettava irrequieto sul trespolo, anche se fino a quel momento non aveva emesso nemmeno un verso. «Allora, tesorino» gli disse con affetto. Gli accarezzò il petto, parlandogli a fil di voce, e si prese tutto il tempo necessario a salutare quello che per decenni era stato per lei un compagno di vita. In futuro si sarebbe occupata Penelope di lui. Il pappagallo tubò sonoramente, apprezzando in modo palese le carezze con la testa piegata da un lato.

«*Addio, mio piccolo ufficiale, addio, addio...*» gli canticchiò Trudi un'ultima volta. Per la prima volta, invece, quando Trudi si girò, Penelope vide gli occhi dell'amica bagnati di lacrime.

Jason afferrò la giacca e la borsa di Penelope, e poi prese Trudi a braccetto. Lentamente, seguendo il passo di Trudi, sempre più debole, si incamminarono verso la porta del salotto.

E dietro di sé sentirono il pappagallo cantare a bassa voce la canzone di Trudi: «*Addio... mio piccolo amore, addio, addio... e non dimenticarmi... e non dimenticarmi...*».

38

Trudi stava seduta vicino a Jason, sul sedile del passeggero. Penelope aveva insistito su quel punto e si era sistemata dietro, usando come giustificazione il fatto che in quel modo a Trudi non sarebbe venuta subito la nausea.

E invece Trudi si sentiva forte come non le capitava da tempo. Stava imboccando volontariamente il suo ultimo pezzo di strada, stava per lasciare il giardino della propria vita e accedere direttamente al paradiso, dove Gregor la stava aspettando. Quella notte lo aveva visto in sogno: le sorrideva e le tendeva la mano. L'amore era la sua forza.

Era una tetra mattina di novembre e loro stavano percorrendo la tangenziale all'altezza di piazza Luise-Kiesselbach. A quell'ora i punti più critici per il traffico di Monaco erano ancora liberi e la macchina scivolava rapidamente lungo le strade.

Lo sguardo di Trudi si posò sulle mani forti di Jason che stringevano il volante e che le ricordavano quelle di Gregor.

La sua mente cominciò a vagare, tornando a quella mattina d'agosto del 1950, in cui era seduta accanto a Gregor sopra una decappottabile a noleggio, con i lunghi capelli coperti da un foulard di seta francese che lui le aveva appena regalato. Era stato un dono caro quanto superfluo: avevano entrambi pochi soldi ed era sicura che, per poterselo permettere, Gregor avesse dovuto fare gli straordinari in cantiere. E tutto solo perché lei, qualche giorno prima, aveva espresso la sua ammirazione vedendolo in una vetrina. Trudi si era ripromessa che, se in futuro si fosse presentata di nuovo una situazione simile, avrebbe taciuto e gli aveva assicurato che non c'era bisogno che le regalasse niente, perché le bastava il suo amore per sentire di avere in mano il mondo.

Durante il viaggio il vento le aveva scompigliato un po' i capelli e qualche ciocca era scivolata fuori dal foulard facendole il solletico sul viso. Mentre tentava di rimetterle al loro posto, il nodo che teneva chiuso il foulard si era sciolto. Lanciando un urlo di spavento si era voltata e lo aveva visto volare via, con i suoi colori brillanti che sbiadivano in lontananza. A quel punto Gregor aveva fatto qualcosa di veramente folle. Aveva inchiodato in mezzo all'autostrada, che all'epoca, a differenza di oggi, era praticamente deserta, aveva inserito la retromarcia ed era tornato indietro a tutto gas fino ad accostare al margine della strada, dove c'erano ancora cumuli di macerie per i bombardamenti degli alleati. Poi era sceso dalla macchina e le aveva riportato il foulard di seta.

Certo, era stato un gesto da pazzi, stupido e pericoloso. Erano giovani e la consapevolezza di essere sopravvissuti a quella terribile guerra bastava a far vivere loro ogni sentimento al massimo della sua intensità: l'amore, l'amicizia, le cose semplici che alimentavano la loro felicità. In un frangente tragico durante il quale milioni di persone erano morte, a loro era stata data una seconda opportunità.

Il loro merito stava nell'essere riusciti a rendersene conto. Il valore della vita consisteva nella capacità di godersi l'attimo. Ogni giorno valeva quanto l'eternità. Sprecarne anche soltanto uno avrebbe significato disprezzare il dono che avevano ricevuto.

Trudi aveva continuato a indossare il foulard anche dopo e lo aveva custodito come un tesoro. Lo aveva messo via il giorno in cui Gregor era morto, ma oggi lo avrebbe messo di nuovo per lui. Un'ultima volta.

39

La nebbia li accompagnò durante tutto il tragitto. Il paesaggio, asciutto, pareva avvolto nell'ovatta e la strada si snodava davanti a loro come un misterioso nastro grigio. Penelope si piegava continuamente in avanti, tirando la cintura per riuscire a vedere Trudi. La sua amica teneva gli occhi chiusi e un sorriso trasognato le increspava le labbra. La mano che indossava la fede era morbidamente posata su un foulard di seta che teneva aperto in grembo.

Poco prima di Garmisch la nebbia all'improvviso si diradò e qua e là si potevano addirittura intravedere frammenti di cielo, di quell'azzurro così intenso e profondo da essere in grado di evocare le emozioni più nostalgiche. Su questo orizzonte si stagliavano le pittoresche cime delle Alpi, punteggiate di bianco.

Trudi aprì gli occhi, come se non avesse aspettato altro che quel momento. Ogni chilometro che passava rendeva più prossime le montagne, e la sua postura sembrava farsi più eretta.

Penelope provava un sentimento stranamente ambivalente: man mano che la stazione della funivia che collega Grainau allo Spitzberg si avvicinava, sentiva approssimarsi anche il temuto momento dell'addio. Trudi lo desiderava così tanto; era stata una sua decisione, ci aveva tenuto a sottolinearlo più di una volta. Penelope non avrebbe solo compiuto un dovere da amica, avrebbe anche esaudito il più grande desiderio di Trudi. Eppure non si rassegnava all'idea che quello che era appena cominciato fosse l'ultimo giorno che avrebbero trascorso insieme. Era diventata ormai una parte troppo importante della sua vita. Per Penelope era inimmaginabile che da quel momento non sarebbe mai più andata da Trudi nel suo appartamento, trovandola sommersa da una montagna di scartoffie, che non avrebbero mai più parlato davanti a una tazza di caffè, che non ci avrebbe mai più litigato.

Appena raggiunta la meta, scesero dalla macchina. Il sole non aveva ancora deciso se concedere la sua luce al giorno o lasciarlo nell'ombra. Continuava a elargire calore facendo capolino da dietro il suo letto di nuvole, per poi tornare a nascondersi poco dopo.

Jason avrebbe accompagnato le due signore fino alla stazione in alto, e lì avrebbe aspettato la telefonata di Penelope.

Durante la risalita del monte, che durò una mezz'ora, nessuno disse niente. Trudi si era chiusa in se stessa e teneva lo sguardo puntato su un orizzonte lontano e imprecisato; Jason e Penelope rispettarono il suo silenzio.

Si rianimò solo quando la funivia si fu fermata all'ultima stazione.

«Davvero non vuoi che vi accompagni?» si offrì Jason un'ultima volta di fronte all'ascensore che le avrebbe condotte alla terrazza panoramica. «No» rispose Trudi con fermezza. «Questa è un'escursione per sole donne. Devo ancora scambiare due parole da sola con Penelope.»

«Oh, devo preoccuparmi?» Penelope, che stava lottando con la cerniera della sua giacca a vento, sollevò la testa con aria diffidente. Jason le si avvicinò, trovò l'incastro giusto per le due estremità e tirò su la zip.

«Pazienta ancora un po', cara» rispose laconicamente Trudi.

I saluti tra Jason e Trudi furono brevi. «Addio, mio bell'ufficiale. Prenditi cura di Penelope. E non dimenticare quello che ci siamo detti.»

«Ma certo, bellezza. Fidati di me.» Jason la strinse forte tra le braccia e non provò alcuna vergogna per le lacrime che gli rigavano il volto.

Fu Trudi a liberarsi dal suo abbraccio. «Adesso vai, non diventare troppo sentimentale. Non parto mica per la guerra.»

Poi si voltò e Penelope, che avvertiva un nodo che le serrava la gola, la prese sottobraccio. Sulla spalla portava uno zaino con la coperta e il thermos, e senza farsi accorgere ci aveva infilato dentro anche l'Adenauer. Metti il caso che Trudi avesse cambiato idea...

Prima di entrare in cabina, sentirono il saluto di Jason: «Il mondo sarà un posto più povero senza di te, Gertrude Siebenbürgen!».

40

Quando uscirono nella limpida e salubre aria di montagna, Penelope percepì tutta l'imponente e antica bellezza del massiccio roccioso dei Monti del Wetterstein. La croce dorata sulla cima dello Zugspitze si stagliava di fronte a loro, come rivolgendo un invito, e Penelope si soffermò sul sorriso estasiato che quella vista aveva magicamente dipinto sul volto di Trudi.

Fu quel sorriso a cancellare dal suo cuore gli ultimi scrupoli, spazzati via dalla certezza che quella che stava facendo era la cosa giusta. Per la sua amica. Per non lasciare niente al caso, era già stata lì con Jason qualche settimana prima, per una sorta di prova generale di quell'ultimo tratto di strada da percorrere con Trudi.

La salita fino alla cima era abbastanza breve ma ripida, e le condizioni di Trudi escludevano che si affaticasse. Trudi l'aveva previsto e aveva accettato l'alternativa proposta da Penelope. Nonostante l'aspetto fragile, il passo di Trudi era fermo e deciso mentre varcavano la terrazza deserta. Penelope si domandò ancora una volta da dove l'amica attingesse la sua incredibile forza. E conosceva la risposta: stando all'antico detto, la fede riesce a smuovere le montagne, ma in quel caso era l'amore a compiere il miracolo.

Trudi si avvicinò al parapetto per accogliere dentro di sé quella magnifica visione. «Il mondo è pieno di meraviglie per chi le sa cogliere» disse entusiasta. «Lo senti anche tu, cara? Cosa c'è di più confortante per l'anima del consacrarsi alla bellezza della natura?» Gli unici altri presenti per la prima corsa del mattino in funivia erano dei giovanissimi alpinisti che adesso si trovavano con loro sulla terrazza e si affannavano a fotografare il panorama con i loro smartphone. Ascoltando l'osservazione di Trudi, scoppiarono a ridere.

«Non vi preoccupate, piccole pesti, un giorno anche voi sarete vecchi e sdentati» esclamò bonariamente Trudi.

Non appena i camminatori se ne furono andati e Penelope si fu assicurata che fossero rimaste sole e nessuno le vedesse, aiutò Trudi a oltrepassare le transenne che le separavano dalla terrazza posteriore, chiusa al pubblico. C'era una gran quantità di materiale da costruzione accatastato, pronto per il cantiere della nuova funivia.

Penelope stese la coperta in un angolo della terrazza protetto dal vento, dietro a un bancale fatto di pannelli di legno. Trudi vi si sedette sopra con cautela: a quel punto sembrava davvero un po' spossata.

Penelope rimase in piedi accanto a Trudi, senza sapere bene che cos'altro si aspettasse da lei. Fino a quel momento si era fatta trasportare dagli eventi, aveva avuto delle cose da fare. Ma adesso era giunto il momento che temeva da mesi. Non esisteva un manuale d'istruzioni che spiegasse come comportarsi con un'amica che aveva deciso di morire.

«Dai, vieni, Penelope,» la invitò Trudi, dando dei colpetti sulla coperta «non penserai mica di cavartela così. Voglio condividere ancora qualche riflessione con te. Ma prima tira fuori il thermos. Altrimenti non sarà un vero picnic.»

Penelope si affrettò a darle da bere. Trudi assaporò un sorso del caffè corretto. «Lo sapevo. Sei stata avara con il liquore anche stavolta.» Tirò fuori una fiaschetta dalla giacca a vento e se ne versò una dose abbondante. «Non voglio certo morire sobria.»

Penelope rise, ma in un modo che rivelò a Trudi quanto in realtà avesse voglia di piangere.

«Adesso non mettere su quel muso lungo, cara. Sono esattamente nel posto in cui volevo essere e ne sono felicissima. I ricordi sono immortali, li tengo sempre con me. Li sento che mi avvolgono, mi stringono e mi cullano, e certo mi accompagneranno anche in paradiso. Non muoio mica, vado solo dall'altra parte.» Fece una pausa e Penelope si sentì attraversare da un brivido, come se le incombenti ali della morte stessero sfiorando anche lei. E infatti la sfiorarono, nel momento in cui Trudi aggiunse: «Così come anche Dominik è solo andato dall'altra parte».

Il cuore di Penelope ebbe un sussulto e le parole le vennero meno.

Ma non aveva bisogno di parlare, perché fu Trudi a proseguire: «So che cosa significa perdere un figlio, Penelope. Il tuo dolore è anche il mio. Gregor e io abbiamo perso il nostro unico bambino, Peter. È come ritrovarsi in mezzo al niente. Il dolore mi aveva spezzato in due, è stato Gregor a raccogliere i pezzi. Conosco ogni tuo pensiero, perché è anche il mio. Conosco la rabbia perché l'ho provata anch'io. Ho maledetto anch'io la vita per avermi concesso l'inconcepibile fortuna di avere un bambino e per avermelo poi strappato. Nessun genitore dovrebbe sopravvivere al figlio: è una cosa ingiusta e non c'è niente al mondo di più atroce. Ti devasta il cuore e ti brucia l'anima, la morte arriva così tanto vicino a te da farti credere che morirai a tua volta. Ma dal momento in cui si sceglie di vivere, bisogna vivere. Tutto il resto è uno spreco. Io ho fatto esperienza della guerra e ho visto cose orribili, è incredibile ciò che l'uomo è capace di fare. Ma sono sopravvissuta e ho imparato una cosa importante: rinnegando il dono della vita, Penelope, rinneghi anche il tuo cuore». Trudi fece una pausa, bevve un sorso di caffè e tirò fuori qualcosa dalla sua giacca imbottita. «Tieni, dai un'occhiata a questa» disse, passando una foto a Penelope.

Penelope riconobbe il giovane biondo in una posa alla James Dean di fronte a una BMW, con indosso jeans e canottiera. «Chi ti ha dato questa foto di Jason? È bellissima, ha un'aura così malinconica.» La restituì all'amica.

Trudi rimase per qualche secondo a guardare intensamente quell'immagine e Penelope si accorse di un'unica lacrima che scendeva dall'occhio di Trudi fino a cadere sulla foto. L'anziana donna usò il bordo di una manica per asciugarla con cautela. Poi sollevò la testa e fissò Penelope, come se quello che stava per dire dovesse passarle anche dagli occhi: «Questo non è Jason, cara. Questo è mio figlio Peter».

Silenzio. Poi Penelope sussurrò: «Non è vero».

«Oh, sì invece. Il destino ha sempre ragione e qui si chiude il cerchio. Penso che il destino segua un ciclo, proprio come la natura. Senza l'estate non ci sarebbe l'autunno, senza l'inverno non ci sarebbe la primavera e senza la primavera non ci sarebbe la stagione della gioia. È tutto collegato e ogni cosa ne determina un'altra.»

«Che cosa stai cercando di dirmi esattamente?» domandò Penelope che, senza rendersene conto, aveva iniziato a tremare. Cos'altro la aspettava?

«Mi avevi raccontato del neonato che volevi salvare da ragazza e che poi è scomparso con i suoi genitori. Be', io l'ho trovato!»

«Hai trovato quel bambino? Come hai fatto?» Ormai Penelope era convinta che Trudi fosse capace di tutto e avrebbe creduto a qualsiasi cosa fosse uscita dalla sua bocca, anche se le avesse detto di aver trovato la pietra filosofale.

«È stato facile. Ho lavorato trentacinque anni all'anagrafe e ho usato i miei vecchi contatti. Tieni,» aggiunse tirando fuori un'altra cosa, stavolta dalla tasca interna della giacca «è la copia del certificato di nascita e di adozione.»

«Trudi, cos'altro hai lì dentro?» Penelope prese i fogli scuotendo la testa, incredula.

«Guarda bene il nome e l'indirizzo sul certificato di nascita» le suggerì Trudi mentre Penelope separava i documenti che le aveva dato.

Penelope fissò il foglio tanto a lungo che le lettere sotto i suoi occhi si confusero fino a perdere i loro contorni, richiamando nel mentre un frammento di passato. Sollevò lo sguardo velato di lacrime e sussurrò: «*Io* vivevo lì... Ma allora Jason era...». La voce però le venne meno.

«Sì, era il neonato dei tuoi vicini. Adesso capisci perché affermo che è tutto collegato e che qui si chiude il cerchio?» insistette Trudi. «Tu una volta hai salvato Jason dai suoi genitori e adesso è giunto il momento che lui salvi te. Per questo l'ho definito la tua catarsi. Ciò che sto cercando di dirti è che per quanto insensata ti sembri la morte di Dominik, quella tragedia ha portato anche alcune cose buone. Per esempio noi non ci saremmo mai conosciute, se tu non avessi lasciato tuo marito. I miei ultimi mesi sarebbero stati molto più tristi senza te e Jason. Voi due mi avete dato così tanto... E chissà quante altre donne avrebbe avuto sulla coscienza quel delinquente di un rapitore, se tu non avessi aiutato Jason a scovarlo e a liberare le ragazze.

«La mia amica Marlene, durante la guerra, mi ha insegnato che anche i momenti più bui possono portare a qualcosa di buono. Anche se probabilmente non vuoi sentirlo dire, la morte di Dominik ha implicato alcune svolte positive del destino. Pensi che si sia accanito contro di te? Se questa è la verità che ti sei costruita, cosa ti impedisce di immaginare per te anche un destino favorevole? Datti una seconda possibilità, Penelope. Vivi. Ritrova la tua felicità. Puoi scegliere: o continui a onorare il tuo dolore oppure lo lasci andare e decidi di vivere la tua vita. Dominik adesso è un angelo e come tale non desidera altro che sua madre torni a essere felice e a innamorarsi.»

«Tu credi negli angeli?» balbettò Penelope, visibilmente scossa dalle parole di Trudi. Eppure desiderava crederci con tutta se stessa.

«Non nel senso religioso del termine, ma quella volta, in guerra, ho conosciuto anch'io un angelo. Ha salvato moltissimi bambini e tra loro anche me, che all'epoca avevo quindici anni. Era un medico e il suo vero nome era Gustav, ma lo conobbi come Peter, per questo Gregor e io abbiamo chiamato così nostro figlio. Il bene ha molti nomi, Penelope. C'è chi lo chiama amore, c'è chi lo chiama Dio. Per te il bene si chiama *Dominik*» concluse Trudi dolcemente.

Penelope si ripiegò su se stessa come se avesse appena ricevuto una forte delusione. Le parole di Trudi avevano liberato il suo antico dolore. Eppure per la prima volta sentiva che si era fatto più sordo, come l'eco silenziosa delle lacrime già versate, che racchiudevano una promessa di riscatto. La perdita di Dominik le avrebbe fatto male per sempre, ma forse in futuro quella pena non avrebbe più condizionato la sua vita, l'ombra si sarebbe rarefatta e finalmente avrebbe lasciato spazio alla luce.

Sì, aveva in mano il suo destino. Forse Trudi aveva ragione e Dominik era davvero un angelo che le avrebbe indicato la via da seguire.

41

Il lascito di Trudi

«Gertrude "Trudi" Siebenbürgen era ebrea, ma una volta mi disse che questa era la sua razza, non la sua religione» iniziò padre Aue, al funerale. «Desiderava un funerale cristiano e mi ha chiesto di battezzarla, perché nella morte voleva riunirsi al marito Gregor, che qui riposa. Trudi Siebenbürgen era una persona meravigliosa. E non lo dico solo perché ho avuto il privilegio di essere suo amico. Lo dico perché anche da adulta aveva mantenuto l'allegria e la saggezza dei bambini, e queste sono due caratteristiche che vengono direttamente da Dio. È stata lei stessa a spiegarmelo, sebbene in realtà fosse convinta di non essere credente.» Padre Aue sorrise. «Mi ha raccontato che un uomo molto saggio una volta le disse che da bambini si conosce la verità del bene e si sa distinguere perfettamente il veleno del male. Ma una volta cresciuti perdiamo questa capacità. Il bene è qualcosa per cui bisogna combattere, perché non si realizza da solo, così come il male. È sempre l'uomo a essere responsabile del male. Diceva anche che il male è la via più semplice da percorrere, perché spesso basta distogliere lo sguardo e fingersi stupidi; esistono molti uomini stupidi, ma ne esistono anche di intelligenti e di vigliacchi. Per la maggior parte della gente garantire che sia fatto il bene è un compito troppo impegnativo.» Lo sguardo vivace di Konrad Aue passò in rassegna il gruppetto di persone riunite per la celebrazione. «Trudi Siebenbürgen *non* ha distolto lo sguardo, per lei il bene non è mai stato troppo impegnativo. Forse lei non credeva in Dio, ma di sicuro Dio credeva in lei.»

* * *

Jason e Penelope furono gli ultimi a salutare Konrad Aue, che aveva messo a disposizione la parrocchia per la loro piccola veglia funebre.

Lungo il tragitto verso casa, Penelope fu grata a Jason per rispettare il suo silenzio. La giornata appena trascorsa era stata molto dura per lei. Non desiderava altro che la quiete e la sicurezza che il suo piccolo appartamento le aveva permesso di avere negli ultimi anni. Almeno per il resto della giornata avrebbe voluto staccare da tutto.

La settimana passata era stata carica di incombenze. Penelope si era gettata sulle questioni burocratiche seguite alla morte di Trudi con grande zelo, come se qualcuno avesse poi potuto contestarle qualcosa. Si era occupata di tutto quanto con la diligenza che la contraddistingueva: aveva sbrigato la parte amministrativa, parlato con l'impresa funebre, scelto la bara, discusso con padre Aue i dettagli della cerimonia, durante la quale anche lei aveva detto alcune parole di commiato.

Non era la prima volta che si trovava ad affrontare quelle questioni e quei compiti in vita sua, ma ormai era tutto passato e adesso non c'era più niente che potesse fare. Stava solo aspettando che di fronte a lei si spalancasse di nuovo la voragine oscura in cui era precipitata dopo la morte di Dominik.

Allo stesso tempo, erano giorni ormai che aveva una strana sensazione di distacco da sé, come se si fosse chiuso per sempre un capitolo della sua vita. Il lutto per Trudi era troppo fresco, non si sentiva in grado di fare i conti con se stessa. Aveva bisogno di tempo, ma le parole che Trudi le aveva detto sullo Zugspitze avevano gettato i semi di una metamorfosi che era ormai iniziata, anche se ancora non se n'era resa conto.

Una volta arrivati nell'appartamento di Penelope, Jason le posò le mani sulle spalle e la scrutò. «Come stai? Sembri stremata.»

«Ho dormito poco» rispose lei evasiva, resistendo alla tentazione di abbandonarsi al suo abbraccio e dimenticare tutti i suoi pensieri. L'urgenza di voler stare da sola in quel momento era più forte. Stava pensando a un modo gentile per dirglielo, quando i loro sguardi si incrociarono per sbaglio.

Penelope si stava già preparando a una discussione, ma lui la sorprese ancora una volta: «Bene, allora io adesso vado. Ma se hai bisogno di me, ci sono. Mi prometti che ti farai viva nel caso?».

«Sì.»

Lui la baciò, la strinse di nuovo forte a sé e se ne andò. Penelope fu felice che Jason non le avesse fatto pressioni, anche se dai suoi occhi aveva capito che non la lasciava affatto volentieri in quello stato d'animo così cupo. Per quanto fosse ardente il suo desiderio di solitudine, di chiudere ancora una volta fuori il mondo, quello stesso mondo che adesso si era preso anche Trudi, era altrettanto consapevole che in realtà non era questo che avrebbe fatto.

Perché c'era un'ultima cosa che doveva fare, una cosa che le avrebbe impedito di rintanarsi dentro se stessa: la lettera di Trudi. L'aveva trovata sulla cassettiera in camera dell'amica dopo che era tornata dallo Zugspitze. Era appoggiata sulla fotografia che ritraeva Trudi e la sua amica Marlene a braccetto.

Per Penelope – Da aprire solo dopo il mio funerale!

Così aveva lasciato appuntato sulla busta, con la sua calligrafia energica. E poi c'era una postilla che fece riaffiorare un sorriso malinconico sul volto di Penelope perché era proprio nello stile di Trudi:

P.S. E non dimenticare di farti valere con il funzionario del cimitero. Voglio essere sepolta con la mia dentiera. Punto!

Adesso ciò che Trudi le aveva scritto la aspettava sul tavolo in cucina. Ci girò intorno per un po'. Era curiosa di scoprire il contenuto dell'ultimo messaggio di Trudi, ma allo stesso tempo le faceva paura. L'amica in effetti l'aveva avvisata che le avrebbe lasciato qualche altra riflessione. Gli occhi traboccarono di nuove lacrime, anche se nel corso dell'ultima settimana aveva pianto così tanto che non pensava gliene fossero rimaste altre. Trudi le mancava moltissimo. Le mancavano la sua gioia di vivere, la sua bontà e la sua saggezza, il suo infallibile umorismo, ma soprattutto le mancava la sua indomabile volontà di non arrendersi mai. L'amicizia con Trudi le aveva dato forza ed era stata per lei un appiglio. E ora si accorgeva che stava iniziando a sentirsi più debole, avvertiva la minaccia di una ricaduta e il rischio di tornare ad affidarsi ai suoi vecchi schemi.

Alla fine si fece coraggio, aprì la busta imbottita e ne estrasse due buste più piccole. Una era per lei e l'altra era indirizzata a una certa Greta Jakob a Cracovia. Non era affrancata. Penelope esitò. Greta Jacob? La famosa attrice? All'improvviso le venne un'illuminazione e capì il motivo per cui il ritratto dell'amica bionda di Trudi le era sempre parso stranamente familiare. La conosceva per i suoi film! Però, continuò a riflettere, Trudi non la chiamava Marlene? Era forse una qualche parente stretta che somigliava molto all'attrice? O magari Greta Jacob era il nome d'arte di questa Marlene?

Era inutile stare lì a interrogarsi, perciò mise temporaneamente da parte la seconda busta e tirò fuori la lettera indirizzata a lei. Dalla busta cadde la collana di Trudi con il ciondolo a forma di àncora. «Oh, Trudi» singhiozzò Penelope. Si premette la collana sul cuore, mentre le sue guance si rigavano di lacrime. Se la mise al collo con dita tremanti. Avvertì il peso lieve del ciondolo e il suo contatto consolatorio sulla pelle. Poi aprì il foglio fitto di parole.

Mia adorata Penelope,
non avrei mai pensato che scriverti questa lettera potesse essere così difficile per me. Ma ho davvero tante altre cose da dirti (alcune delle quali probabilmente non ti piaceranno). Per la verità, molte di queste ho già cercato di fartele capire, ma vista la tua testardaggine è meglio ripeterle una volta in più. Mi viene in mente il nostro primo incontro: ti ricordi, Penelope, quando mi hai beccato con la mia Adenauer e abbiamo parlato del gioco intorno al fuoco con la domanda del Diavolo? Cosa faresti se sapessi che è l'ultimo giorno che puoi passare sulla terra? Be', per quanto mi riguarda, adesso lo so: scrivere lettere! In queste righe, Penelope, ti lascio tre compiti da assolvere. E tre consigli. E no, cara mia, non mettere via la lettera, continua da brava a leggere. Forse ti sarà d'aiuto se inizierò facendoti una confessione, e cioè che avevi ragione quando hai detto che la mia lettera ti avrebbe fatto l'effetto di sentirmi parlare dall'aldilà. In questo

momento anche a me fa un po' questo effetto, ed è terribile. Perciò adesso mi concedo un bicchierino di liquore di ciliegie. Sláinte! *Dovresti prenderne un sorso anche tu, ogni tanto. Per questo ti lascio in eredità le sei bottiglie rimanenti. Bevi alla mia salute, Penelope. Perché sei davvero troppo rigida per l'età che hai: devi vivere, godere e celebrare i piccoli piaceri della vita. Questo è il mio primo consiglio.*

Te l'ho detto spesso, tu hai un gran cuore nei confronti di tutti, ma non dovresti dimenticarti di te stessa. Trova l'equilibrio e poi mantienilo. Ti aiuteranno la tua famiglia, Jason, il tuo ex marito David, i tuoi amici. Questo è il mio secondo consiglio e anche lo spunto per assegnarti il primo compito.

Devi chiamare la tua amica Caroline oggi stesso, fissare un incontro e chiarirti con lei. Punto. Deve tornare a far parte della tua vita. Non dimenticare che il sole splende per tutti, Penelope, anche per te.

Una volta mi hai chiesto perché mi importasse tanto di te, perché mi dessi tanto da fare per aiutarti. Io ti ho risposto: «Perché sei mia amica e sei speciale». Ma questa è solo una parte della verità. Anche per te stessa devi essere speciale! Riconosci il tuo valore e il valore della vita. Hai così tanto da dare, ancora, non buttarti via. Hai capito?

Questo è il mio terzo consiglio e lo spunto per assegnarti il secondo compito: devi incontrare David! Fallo a breve, voi due avete ancora molto da dirvi. Devi parlarci perché c'è stato silenzio per troppo tempo tra di voi. Cerca di capire i sentimenti che provi per lui...

Bene, e ora ti devo ancora raccontare la storia della mia collana. Devi sapere che non sono sempre stata così forte, né nella vita né tantomeno nell'amore. Ma ho incontrato delle persone che mi hanno aiutato, che mi hanno indicato la via da percorrere e che mi hanno insegnato che non bisogna mai e poi mai perdere la speranza. Persone come le mie amiche Marlene, Jolanta e Olga. Costituivamo una «comunità per destino» e questa piccola ancora aveva il compito di ricordarcelo. Questa collana simboleggiava la nostra capacità di superare qualsiasi cosa, fin tanto che fossimo rimaste unite.

Adesso appartiene a te. Ma non sarò io a spiegarti il suo valore, bensì la mia amica Marlene. Le ho parlato al telefono e le ho raccontato di te. Ti aspetta.

Perché questo è il tuo terzo compito: vai a Cracovia, portale la mia lettera e ascoltala. Non far passare troppo tempo, va bene? Marlene ha novantadue anni e anche se è forte come una roccia, la sua vita, come quella di tutti, è comunque destinata a finire; io me ne sono andata troppo presto e non ho fatto in tempo a fare ordine tra le tue idee una volta per tutte. Sei ancora prigioniera dei tuoi vecchi schemi, ma Marlene ti farà rigare dritta. Fidati di me. E fidati di lei.

Riesco a immaginarti qui davanti a me, mentre leggi queste righe e magari ti domandi perché continuo ancora a insistere, perché ti mando addirittura fino a Cracovia. C'è un motivo preciso per cui lo faccio. Ricordi cosa ti ho detto sul destino? Che esistono delle connessioni? Ebbene, tra di noi ce ne sono molte. Una di queste, della quale non ti ho ancora parlato, è quella che ci lega a padre Konrad Aue. Per quanto l'incontro con lui possa essere sembrato casuale, in realtà anche quella volta è stato il destino a intromettersi. Mi riferisco alla foto appesa in salotto, quella che ritraeva quel prete insieme al padre di Konrad Aue, non so se te la ricordi. Devi sapere che io non conoscevo Leopold Brunnmann, il prete della foto, ma in compenso conoscevo suo fratello. Si chiamava Albrecht Brunnmann ed era il Diavolo in persona. E ha fatto parte del destino mio e di Marlene. Vai a Cracovia. Sono sicura che questo viaggio faccia parte del tuo, di destino.

Solo dopo saprai che tipo di persona vorrai essere.
Io lo so già.
Addio, mia cara Penelope, e prenditi cura del mio tesorino!

La tua Trudi con Gregor (finalmente!)

Il nodo che serrava la gola di Penelope non si sciolse nemmeno quando scoppiò in lacrime, che le scorrevano senza sosta sulle guance. In seguito non avrebbe saputo dire quanto tempo passò seduta al tavolo, leggendo e rileggendo la lettera di Trudi; era come se grazie a essa si sentisse ora in grado di mantenere saldo il suo legame con l'amica. Alla fine prese le due lettere e fece per rimetterle nella busta che le conteneva, quando si accorse di un'altra cosa che prima, nell'agitazione del momento, le era sfuggita: un Post-it al quale erano appuntati con una graffetta quattro bigliettini minuziosamente ripiegati.

Sul Post-it era annotato un messaggio di Trudi:

Ho ancora un gioco di quelli da fare intorno al fuoco per te. Si chiama: «La parola del destino».

Ma dei quattro fogliettini allegati, uno solo riportava la scrittura di Trudi, mentre sugli altri erano stati annotati dei nomi, ognuno con una calligrafia diversa. I quattro nomi erano: TRUDI, ARIADNE, CAROLINE, JASON.

Prima di aprirli Penelope scosse un'altra volta la busta, nella speranza che ne uscisse fuori un quinto bigliettino. Non fu un gesto che compì con una vera intenzione, ma più una specie di riflesso incondizionato. Dentro però non c'era più niente, cosa che le suscitò un lieve senso di delusione di cui non avrebbe saputo spiegare esattamente il motivo.

Con le dita che le tremavano, aprì per primo il biglietto di Trudi.

La parola del destino che le aveva lasciato era: SPERANZA.

Una dopo l'altra, Penelope lesse le parole chiave che la legavano a queste quattro persone.

Sua madre aveva scritto: FAMIGLIA.

Caroline: COMPRENSIONE.

Jason: FARFALLA.

Penelope si sentì attraversare da un profondo senso di calore, mentre stringeva a sé i biglietti come fossero il più prezioso dei tesori. Era una sensazione fatta di riconoscenza e amore. «Oh, Trudi,» singhiozzò «quanto mi manchi.»

Sì, avrebbe fatto tutto ciò che Trudi le aveva chiesto. La sua amica aveva ragione: era arrivato il momento di rimettere insieme i pezzi in cui era esplosa la sua vita. Era rimasta fin troppo a lungo nel suo letargo e adesso si sentiva finalmente pronta a uscire dall'ombra grigia dell'isolamento in cui si era volutamente confinata, pur non facendosi illusioni sul fatto che le cose sarebbero cambiate da un giorno all'altro. *Ogni tragitto inizia sempre da un primo passo* le aveva detto Jason. Jason! Si domandò come mai avesse scelto per lei la parola «farfalla». Perché era il simbolo della trasformazione?

Oppure, continuò a riflettere Penelope, era rimasta male per quella parola perché da Jason se ne sarebbe in realtà aspettata un'altra? Cercò la risposta dentro di sé, ma non trovò che l'eco di altre domande inespresse. Il suo sguardo andò istintivamente a cercare la busta. Cos'altro aveva sperato di trovarci? Il biglietto di un'altra persona ancora importante nella sua vita? La parola del destino che David avrebbe scritto per lei?

Anche se non vedeva David da tanto tempo, anche se aveva volontariamente schivato ogni occasione di incontrarlo, in realtà l'ex marito non aveva mai abbandonato del tutto i suoi pensieri. E nemmeno il suo cuore, per quanto questa fosse un'idea che Penelope faceva di tutto per respingere. Ciò che aveva scritto Trudi nella lettera era vero: avevano ancora molto da dirsi, lei e David. C'era una magia particolare in quel suo primo, grande amore, un incantesimo che si era mantenuto intatto nonostante il passare del tempo.

Tuttavia David apparteneva al passato. Rappresentava un pezzo del suo cuore che non sarebbe mai più tornato a posto, proprio come Dominik. Ma contrariamente a quanto aveva fatto fino a quel momento, Penelope non voleva più abbandonarsi a quei pensieri tristi, non avrebbe più permesso a ciò che era stato di esercitare il suo potere su di lei. Le venne in mente Konrad Aue e la risposta che aveva dato quando Trudi gli aveva chiesto perché fosse diventato prete: che bastavano poche parole per far aprire gli occhi a una persona e indicarle una nuova strada da seguire. Le parole del destino.

Quel giorno avrebbe potuto fare il primo passo sulla sua nuova strada. Quale dovesse essere questo passo, sarebbe stato proprio il destino a deciderlo.

Posò i tre messaggi di sua madre, di Caroline e di Jason davanti a sé, li mescolò e ne scelse uno a occhi chiusi: Caroline. Fu così che Penelope, invece di rintanarsi nel letto come aveva pensato di fare in un primo momento, telefonò a Caroline. La prima cosa che l'amica le disse fu: «Speravo tanto che mi avresti chiamata, Pen». Poi per un bel po' di tempo nessuna delle due disse niente, sopraffatte com'erano dalla potenza delle loro emozioni. Dopo i singhiozzi e i pianti per telefono, Caroline era andata a casa sua e insieme si erano scolate mezza bottiglia del liquore di ciliegie di Trudi. Più tardi, quando si furono chiarite su tutto, Penelope le domandò: «A proposito, come sei arrivata a Trudi, Caro? Tramite Jason?».

«Sì, Jason mi ha telefonato e mi ha raccontato del progetto di Trudi sulle parole del destino. A me è sembrata un'idea eccezionale, ho anche parlato a lungo con lei al telefono. Che donna fuori dal comune.»

«Sì, è vero.»

«Vuoi raccontarmi di lei?»

E così Penelope lo fece, accompagnata dal pappagallo, che in sottofondo canticchiava piano piano la canzone del piccolo ufficiale.

42

La mattina dopo Jason si presentò alla sua porta con un mazzolino di nontiscordardimé. Penelope si era appena trascinata giù dal letto con un terribile mal di testa.

«Come stai? Hai un aspetto orribile» la salutò Jason.

«Ti ringrazio, sei gentile. Il liquore di ciliegie di Trudi. Stamani convivo anche con una bella scimmia, oltre che con un gatto.» Penelope si massaggiò le tempie con espressione sofferente, mentre Giacomo si stiracchiava voluttuoso accanto a lei.

«Ieri sera ti sei ubriacata?»

«Non da sola. È venuta Caroline. Ci siamo chiarite. Scusa se sono di poche parole. Prepari un caffè? Io ho bisogno di farmi una doccia.» Si allontanò barcollando.

Quando, appena dieci minuti dopo, rientrò in cucina, Jason le porse la sua tazza preferita senza fiatare. Penelope si godette il primo sorso a occhi chiusi. Andava già molto meglio. Poi li riaprì e incontrò lo sguardo pensieroso di Jason. Stava appoggiato al bancone e teneva di nuovo in mano il mazzolino di fiori. Penelope lo trovava delizioso, ma non capiva per quale occasione glielo avesse regalato. In quel momento avrebbe anche voluto chiedere a Jason perché avesse scelto «farfalla» come parola del destino, ma qualcosa nel suo atteggiamento le suggerì che non era la situazione adatta. Probabilmente glielo avrebbe chiesto lo stesso, se solo avesse avuto più coraggio e se fosse cessato quel martellio che aveva in testa e che le dava il tormento. Aveva urgentemente bisogno di un altro caffè e di un'aspirina: forse a quel punto sarebbe stata pronta a fargli la sua domanda.

Ma, come al solito, fu Jason a prendere l'iniziativa: le si parò davanti con i nontiscordardimé e le chiese con aria solenne: «Penelope, vorresti essere tu ad accompagnarmi in un posto, oggi?».

«Dove?»

«Al cimitero.»

Il sorriso con il quale Penelope aveva accolto i fiori si congelò sul suo volto. Sgranò gli occhi per la sorpresa e portò di scatto le mani dietro la schiena. «Al cimitero? Da Trudi?» sussurrò.

«No.» Lo sguardo di Jason fece nascere in lei la sensazione indefinita che anche quella giornata avrebbe avuto un significato particolare. Gli rivolse un'occhiata nervosa, mentre Jason finiva di spiegare: «Vorrei visitare con te la tomba della mia madre adottiva a Grünwald».

Penelope scosse la testa, incredula, e si domandò se quella non fosse per Jason una versione del più classico «vorrei presentarti mia madre». Allo stesso tempo si sentì sollevata e i muscoli del suo corpo si distesero alla notizia che non si trattava di *quel cimitero*. Quello in cui era sepolto Dominik. In una giornata come quella non sarebbe stata in grado di affrontare con Jason l'argomento del suo bambino, perché ora si sentiva totalmente assorbita dalla perdita di Trudi.

«Volentieri» rispose. «Andiamo in Vespa? Giusto per capire cosa mettermi...»

«No, mia sorella mi ha prestato la macchina.»

Quaranta minuti dopo Penelope camminava incespicando accanto a Jason lungo un'interminabile fila di tombe; sotto le sue scarpe da ginnastica la ghiaia del sentiero scricchiolava. Fin da quando era scesa dalla macchina, nel parcheggio, era stata colta da un timore indefinito. Come se si trovasse lì per superare un esame. Al punto che era stata tentata di chiedere a Jason di andare da solo e di lasciarla ad aspettare in auto. D'altra parte, però, sarebbe stato ridicolo assecondare quell'impulso e nel frattempo si era accorta di come l'atmosfera serena del cimitero le facesse bene all'anima. Era consolatorio sapere che per ogni persona esisteva un luogo di riposo, in cui potersi liberare dagli affanni e dalle preoccupazioni. Quel posto poneva fine a ogni dolore.

Quando aveva circa nove anni, lei e sua madre avevano vissuto per un po' nel quartiere di Giesing, proprio di fronte al cimitero. Dalla sua camera da letto al quinto piano, Penelope godeva di un'ampia visuale sulla distesa di tombe e si era sentita attratta da quel luogo fin dal primo momento. Ci andava spesso dopo la scuola, e rimaneva a vagare senza meta tra le sepolture, studiando i nomi e le date incise sulle pietre. Era probabile che inconsapevolmente fosse alla ricerca di suo padre, il capitano William Peterson, altrimenti non avrebbe saputo spiegare il fascino che il cimitero esercitava su di lei, una bambina di appena nove anni.

Più di ogni altra cosa era attratta dalle lapidi in rovina, ricoperte di muschio, le cui scritte erano state cancellate dal tempo: tombe dimenticate di gente dimenticata; destini ormai passati, di cui nessuno si ricordava più.

Un giorno una bellissima farfalla azzurra si era andata a posare su una di quelle vecchie tombe, proprio sotto ai suoi occhi. Penelope si era messa a osservare quella creatura magica e tutto a un tratto aveva avuto l'inspiegabile certezza che quella farfalla fosse l'anima alata di chi era sepolto sotto quella lapide e che nessuno più ricordava. La bambina e la farfalla erano rimaste per un bel po' di tempo così, sprofondate in uno sguardo reciproco, unite in un dialogo misterioso che solo loro potevano comprendere fino in fondo. Alla fine la farfalla aveva spiegato le sue fragili ali, aveva svolazzato vicinissimo al suo viso come per onorarla con un saluto silenzioso e poi si era alzata verso il cielo, andando a confondersi con il suo azzurro.

Penelope l'aveva seguita a lungo con gli occhi, mentre una sensazione di intensa e profonda malinconia si impossessava di lei: si era resa conto per la prima volta che quelle sepolture non erano soltanto misteriose, ma anche immerse in una profonda tristezza. Da quel momento aveva preso l'abitudine, ogni volta che andava al cimitero, di portare a quel morto dimenticato dal resto del mondo dei fiori, e qualche volta addirittura un pensierino: un sasso a forma di cuore o magari un disegno di una farfalla fatto da lei. Aveva anche sistemato vicino alla tomba dei sottovasi di coccio pieni d'acqua, che aveva comprato con i soldi della sua paghetta, in modo che le api e le farfalle attratte dai fiori potessero trovare da bere. Una volta si era accorta che la madre l'aveva seguita nel cimitero; per tutto il tempo era rimasta in silenzio, limitandosi a starle vicino senza dire una parola; poi se n'era andata. Ma da quel giorno era capitato più spesso che sua madre portasse a casa dei fiori.

A un certo punto Penelope aveva anche iniziato a inventarsi dei nomi per quei morti sconosciuti: immaginava per loro delle vite felici, alle quali aggiungeva di volta in volta qualche dettaglio. A partire da quei giorni ormai lontani, Penelope considerava il cimitero un luogo speciale, perché testimoniava una verità uguale per tutti gli uomini. Era convinta che fossero poche le persone capaci di rimanere insensibili a quell'atmosfera particolare; lei, perlomeno, si sentiva più vicina alla propria anima quando si trovava in un cimitero. Forse, pensava, era perché in quel posto sei costretto a confrontarti con la tua finitezza, perché è un posto dove si collezionano i ricordi, dove il dolore e l'amore si incontrano e si fondono l'uno nell'altro. Nei cimiteri gli incontri tra i vivi sono fugaci ma profondi, perché le persone che stanno affrontando un lutto sembrano condividere lo stesso senso di appartenenza, sembrano legate tra loro dalla pena che hanno in comune; la sofferenza che si prova per un lutto è spietata e mette tutti sullo stesso piano. La morte come verità ultima, come grande maestra dell'uomo.

Per quanto un tempo le fosse sembrato un luogo di pace, da sei anni a questa parte il cimitero si era trasformato in un luogo dell'orrore, un orrore che da quel momento in poi avrebbe definito la sua intera vita.

Durante il primo anno dopo la tragedia, Penelope era stata piena di rabbia e di recriminazioni nei confronti di David, di se stessa, del mondo, di tutto il maledetto universo. E così aveva distrutto ogni cosa. Alla rabbia era seguita una lunga fase di vuoto interiore. Andava tutti i giorni sulla tomba di Dominik, sentiva il bisogno di stargli vicino, anche per mantenere vivo il ricordo della propria colpa. Qualche volta, durante i primi mesi, la necessità di gettarsi sulla lapide di Dominik era diventata quasi incontenibile. Avrebbe voluto scavare la terra, abbandonare il suo involucro corporeo e seguire la propria anima, ormai morta. Voleva morire accanto al suo bambino. Stare con lui.

«Stai bene?» domandò Jason, che si era fermato e la stava guardando con insistenza.

Penelope evitò i suoi occhi e si affrettò a rispondere: «Sì, sì, certo».

«Stai piangendo.» Le accarezzò con dolcezza la guancia bagnata di lacrime.

«Oh» rispose Penelope a fior di labbra. Non se n'era resa conto. Stranamente non le importava che Jason la vedesse così. Vulnerabile. Si accorse con pacata meraviglia di sentirsi completamente a suo agio con lui. Quando era successo? Da quale fessura nel muro che aveva costruito attorno alla sua anima e che aveva faticosamente protetto era riuscito a farsi strada fino a lei?

«Ecco, siamo arrivati.» Con un gesto colmo d'amore depose il mazzo di nontiscordardimé sulla tomba che aveva davanti. La lapide era diversa da tutte le altre. Ma Penelope non fu sorpresa vedendola. Aveva la forma di una farfalla con le ali spiegate.

Sopra era inciso un nome, SARAH SAMUEL, e una frase:

NON SONO ANDATA VIA, SONO TRA LE STELLE.

E LÌ VI ASPETTO.

P.S. NON PIANGETE PER ME, PERCHÉ IO AMAVO RIDERE.

Il volto di Penelope si rigò ancora una volta di lacrime incontrollabili, perché pensò che quelle frasi avrebbero potuto essere pronunciate da Dominik.

Quanto le mancava la risata del suo meraviglioso bambino, la sua allegria e la sua indomabile curiosità; trasformava qualsiasi cosa in un'occasione festosa. Se trovava anche solo un chiodo arrugginito, lo porgeva a Penelope con tutto il suo entusiasmo di bambino, come se fosse il più prezioso dei diamanti: «Per te, mamma!».

Penelope sentì che tutto le crollava addosso: il ricordo di Dominik, le tombe dimenticate, la farfalla azzurra, il cielo che l'aveva inghiottita; il passato e il presente si mescolavano, la strappavano al suo bozzolo protettivo e la spingevano verso quella vita che per tanto tempo si era sforzata di negare. Si sentì invadere da un profondo senso di gratitudine nei confronti di Jason, per averla portata fin lì; in quel momento non avrebbe desiderato trovarsi in nessun altro posto al mondo.

Jason rimase per qualche minuto vicino a lei, assorto nei suoi pensieri, poi tirò fuori dalla tasca dei pantaloni un biglietto ripiegato, scavò con le dita un buchino nella terra morbida della tomba, ce lo infilò e lo ricoprì accuratamente.

Penelope avrebbe voluto chiedergli che cosa stesse facendo, ma quel momento di silenzio che stava condividendo con lei era troppo commovente per essere interrotto. Nonostante la tristezza che le serrava la gola, paradossalmente quell'istante le sembrò anche bellissimo.

Fu Jason stesso a rispondere alla sua domanda inespressa: «Avevo appena sei anni quando la mamma è morta, perciò ho solo dei ricordi vaghi di lei. Anche se non era la mia madre biologica, io so quanto mi volesse bene. E non perché me l'ha raccontato il mio padre adottivo. È una consapevolezza che sento qui dentro». Jason si portò una mano al petto, proprio all'altezza del cuore. «Ecco perché le scrivo tutte le cose importanti che mi succedono: questo è il mio modo di raccontarglie-le. Così, pur nella morte, può rimanere sempre parte della mia vita.»

«Oh, Jason!» Penelope sentì che il cuore veniva inondato dalle emozioni e d'istinto lo strinse tra le sue braccia, come se volesse, con quell'abbraccio, trattenere per sempre quell'istante di indescrivibile intimità che si era inaspettatamente venuta a creare tra di loro. E ancora una volta le sembrò che si facesse più concreta la possibilità di lasciar andare il suo dolore, di vincere il vuoto che aveva dentro e di superare l'oscuro nulla in cui era rimasta inghiottita. Si sentiva fiduciosa, sentiva che c'era... *speranza*. La parola del destino di Trudi.

«Vieni,» disse Jason, sciogliendosi dal suo abbraccio «voglio farti vedere un'altra cosa.»

La portò con sé attraverso le lunghe file di lapidi, fin quasi al limitare del bosco che cresceva al di là della recinzione meridionale, per poi fermarsi davanti a un'altra tomba.

«Ti ricordi quando mi dicesti che avevi l'impressione che io e tua madre ci fossimo già incontrati?»

«Sì...» rispose cauta Penelope.

All'improvviso si sentiva di nuovo in uno stato di allerta: il calore e il senso di intimità che l'avevano riempita solo pochi minuti prima erano svaniti, rimpiazzati dall'impressione che dalla tomba una mano fredda cercasse di raggiungerla. L'aiuola era tenuta con la stessa cura di quella della madre di Jason; al centro c'era un bouquet di rose fresche a forma di cuore e il cero era acceso. Soltanto allora Penelope lesse il nome FRANK CARSTENSEN inciso sulla lapide – il nome del suo patrigno, l'uomo che sua madre aveva sposato pochi giorni dopo che lei si era trasferita dalla famiglia di David.

Si portò le mani al collo e strinse la collana di Trudi, spaventata. «Perché mi hai fatta venire qui?» domandò, con una voce che le suonò quasi estranea. Dove la stava facendo arrivare quella visita al cimitero? Era una cosa che Jason aveva previsto fin dall'inizio? Si sentiva come se le stesse venendo incontro un'onda anomala e lei non avesse alcuna possibilità di fuggire.

«Perché è qui che ho incontrato tua madre per la prima volta. Ci viene spesso. Pensavi davvero che avesse sposato Frank Carstensen solo per i suoi soldi? Secondo me questa tomba parla da sola. A mio avviso, questi sono veri sentimenti.»

Penelope teneva lo sguardo fisso sulla lapide. Essere messa al cospetto delle proprie mancanze la opprimeva. Con un'improvvisa lucidità, riconobbe che per tutto quel tempo si era aggrappata a una bugia che non aveva più lasciato andare, e questo solo perché per lei rappresentava la via più facile, un pretesto in più per escludere la madre dalla sua vita. Adesso sentiva che la vergogna le faceva scivolare giù dalle spalle un peso che lei stessa si era caricata addosso.

Per tutti quegli anni era stata ingiusta con sua madre.

Stavolta fu Jason a stringerla tra le braccia e lei non avrebbe saputo dire per quanto tempo pianse sopra la sua spalla. Non piangeva solo per ciò che aveva fatto a sua madre, ma anche per tutto ciò che aveva fatto a se stessa. Era stata stupida, ostinata e insensibile. E anche egoista. Era proprio di questo che l'aveva accusata Jason nella loro recente discussione: non c'era solo lei al mondo, anche le altre persone avevano dei sentimenti. La madre aveva perso il suo adorato nipotino Dominik. In quel momento le venne in mente anche David. Anche con lui era stata ingiusta, e chissà quanto doveva averlo ferito con il suo comportamento. «Oh, Jason,» singhiozzò «sono un mostro.»

«No, sei solo una madre che ha perso il figlio in un modo orribile» le disse, con un tono dolce, capace di assolverla. «È una cosa che ti cambia dentro e ognuno combatte a modo suo contro questo indicibile dolore. Tu hai scelto di combatterlo da sola. Ma tu non sei sola, Penelope.» La baciò sulla tempia e mormorò: «Io ti sono vicino e ci sarò sempre per te. E anche tua madre è qui per te. Guarda!».

Penelope si voltò e vide sua madre con una rosa tra le mani

e negli occhi uno sguardo che traboccava di comprensione e di amore.

Penelope si gettò tra le sue braccia. Aver ritrovato l'amore e abbandonarcisi completamente le dava una sensazione magnifica. Non doveva più nascondere il suo cuore al sole, perciò lo lasciò andare, spiegò le ali della sua nuova libertà e spiccò il volo verso il cielo, come una farfalla.

* * *

Più tardi madre e figlia si erano sedute al tavolo della cucina di Penelope e avevano parlato a lungo. Penelope ci teneva molto a fare le sue scuse alla madre, ma Ariadne continuava a respingerle: diceva che non aveva niente per cui scusarsi e che l'unica cosa che le importava era che sua figlia stesse bene. Per la prima volta le parlò del suo amore per Frank Carstensen e, quasi come se in questo modo avesse trovato la forza necessaria per farlo, le prese la mano, inspirò profondamente e le disse: «C'è un'altra cosa di cui avrei dovuto parlarti molto tempo fa. Ma non ho avuto il coraggio di distruggere così le tue illusioni. Si tratta di tuo padre».

«Mio padre? Che succede?» Il cuore di Penelope ebbe un sussulto.

«È vero che è morto, ma è successo anni dopo che eri nata.»

«Cosa?» Penelope balzò in piedi.

«Ti prego, Penelope, siediti. Non è come pensi. È esistito davvero un capitano William Peterson ed è vero che è morto, ma quella che ho raccontato a te non è la sua vera storia. Tuo padre non era un soldato americano, ma un tedesco alcolizzato e violento. Per questo l'ho lasciato prima ancora che tu nascessi e per questo cambiavamo casa così spesso: ogni volta riusciva a mettersi sulle nostre tracce e io dovevo proteggerti da lui. È morto di cirrosi epatica poco prima del tuo dodicesimo compleanno.»

«Perché non me lo hai detto quando è successo?» domandò Penelope con voce rauca.

«Ho pensato di farlo, ma stavi attraversando una fase complicata, stavi entrando nella pubertà. Poche settimane prima c'era stato quell'episodio con il neonato dei vicini ed eravamo state costrette a traslocare di nuovo frettolosamente. Oltretutto,» fece una pausa per soffiarsi il naso «non andavo fiera di essermi fatta imbrogliare da quel bastardo. E tu ti eri fissata sul mito di William Peterson: lo avevi idealizzato e io non potevo e non volevo toglierti questa illusione. Pensavo che una bella bugia fosse meglio di una brutta verità. Ma se vuoi saperne di più sull'uomo che ti ha messa al mondo, ti racconterò tutto.»

Penelope non dovette pensarci a lungo, prima di rispondere: «Forse un giorno. Adesso non ne ho voglia».

«Mi perdoni?» Sua madre la guardò, piena d'incertezza.

Penelope le passò un fazzoletto pulito e dopo una breve esitazione le rivolse un sorriso affettuoso: «Come mi hai detto poco fa? Che non serviva che mi scusassi? Penso che mi ci vorrà un bel po' di tempo per metabolizzarlo, perché ormai mi ero abituata all'idea di aver avuto un capitano americano come padre, ma sono felice di conoscere il motivo per cui traslocavamo così spesso senza mai stabilirci in modo fisso in nessun posto». Il suo sorriso si allargò, per poi richiudersi in un'espressione distaccata.

«Che c'è, a cosa stai pensando?»

«Al mio collega di fisica Lauermann. Lui dice che ogni fenomeno può essere spiegato in modo preciso, mentre Trudi era dell'opinione che ogni elemento di questo mondo sia connesso agli altri, perché il destino è come un'enorme rete che tiene insieme ogni cosa. Lo definiva il principio di causa ed effetto.»

«A proposito di Trudi, è arrivato il momento di dirtelo. C'è un'altra cosa che devi sapere. La collezione di farfalle...»

«Cosa?» domandò Penelope, allarmata dalla breve esitazione di sua madre. Poi a un tratto le fu tutto chiaro: «Ah, ho capito, non apparteneva a mio... padre?».

«No. E anzi, ha alle spalle una storia incredibile. Ma Trudi mi aveva chiesto di raccontartela solo dopo che lei se ne fosse andata.»

«Trudi? Che c'entra Trudi con la collezione di farfalle?» sbottò Penelope, ora confusa.

«È stata lei a regalarmela, il giorno dopo la tua nascita.»

Penelope si coprì il volto con le mani. «Non posso crederci. Vi conoscevate già da prima e non me lo avete mai detto?»

«Lascia che ti spieghi. In effetti ci eravamo già incontrate trentacinque anni fa, ma solo due volte: la prima è stata quando stavo entrando in travaglio. Ero in un negozio dell'usato alla ricerca di un passeggino che potessi permettermi di comprare; Trudi, per puro caso, si trovava nello stesso posto ed era impegnata a parlare con il proprietario. Stava cercando di vendergli gli oggetti di una sua amica che era morta e, tra le varie cose, c'era anche quella collezione di farfalle. Proprio mentre ero lì mi si sono rotte le acque. Trudi si è occupata di me per tutto il tempo fino all'arrivo dell'ambulanza. È stata lei ad avvisare mia madre. Il giorno dopo è venuta a trovarmi in ospedale e invece dei fiori mi ha portato la collezione di farfalle. Mi disse che era appartenuta a una persona meravigliosa e che sentiva che era destinata a mia figlia. Poi se ne andò e l'ho rivista solo di recente, dopo trentacinque anni, qui, nel tuo condominio. Trentacinque anni sono molto tempo e non credo che l'avrei riconosciuta, se qualche mese fa non fosse stata lei a cercarmi. Come ti ho già detto, mi aveva anche chiesto di non dirti niente. Diceva che altrimenti avrei anticipato il corso del destino... Devo ammettere che la sua strana richiesta mi tornava molto favorevole: se ti avessi raccontato del mio incontro con Trudi, avrei dovuto raccontarti anche della collezione di farfalle.»

* * *

Solo poche settimane dopo, il primo giorno delle vacanze di Natale, Penelope si trovava sul treno per Cracovia per adempiere al terzo compito che le aveva lasciato Trudi: incontrare la sua amica Marlene.

Jason l'aveva accompagnata alla stazione. Dal funerale di Trudi si erano visti pochissime volte e non avevano più dormito insieme. Era come se tra i due fosse stato sancito il tacito accordo di sospendere la loro relazione fino al ritorno di Penelope da Cracovia. In ogni caso, Jason la salutò con un lungo bacio e Penelope trovò finalmente il coraggio di chiedergli il significato della sua parola del destino: «Perché hai scelto "farfalla", Jason?».

Lui le sorrise con dolcezza: «Perché la farfalla è il risultato di una splendida metamorfosi. Alla fine si libera dal bozzolo, spiega le sue ali e vola via. È libera. Vorrei che anche tu ti sentissi così, Penelope. Ma questo sarà possibile solo se riuscirai ad accettare il passato. Devi lasciarlo andare».

Penelope annuì pensierosa, poi le venne in mente un'altra cosa da chiedergli: «Alla stazione della funivia, Trudi ha detto che avevate parlato di me. Che cosa intendeva dire?».

Lo sguardo di Jason si perse per qualche secondo nel suo e a Penelope sembrò di leggerci una sfumatura di tristezza. Jason sollevò la mano e con immensa dolcezza le scostò dal viso una ciocca di capelli ribelli, dicendo: «Anche io devo lasciarti andare, Penelope. Trudi mi ha spiegato il motivo per cui ti ha mandato a Cracovia. E so anche che pensi spesso a David. Il vostro legame è ancora forte. Sei davanti a un bivio, ma ancora esiti a completare la tua metamorfosi. Per questo devi essere libera: per poter fare la scelta più giusta per te. Vuoi essere per sempre il bruchetto Speranzamara o vuoi essere una farfalla che sguscia via dal bozzolo per andare incontro al suo destino, volando nel profondo cielo azzurro e danzando tra i fiori della vita?».

Penelope rifletté sulle ultime parole di Jason per tutto il viaggio, fino a Cracovia.

Epilogo

Penelope era appena rientrata dal viaggio a Cracovia. Aveva trascorso quattro giorni da Marlene Kalten, alias Greta Jacob. Da lei aveva ascoltato la sconvolgente storia della sua vita, era venuta a sapere del triste segreto di Trudi e di tantissimi altri destini, tragici e miracolosi. Lì aveva conosciuto altre persone molto speciali, anche loro ospiti di Marlene: Martha, la figlia di Deborah, un'amica di Marlene che a sua volta era lì con la figlia Felicity, e il suo ragazzo Richard, da Seattle. C'era anche il fratello minore di Deborah, Wolfgang Berchinger, che era venuto da Monaco come Penelope.

Poco prima della sua ripartenza, Marlene era andata a trovarla in camera e le aveva dato un bigliettino ripiegato in quattro: «Questo è per te. Era insieme alla lettera di Trudi, che però mi ha chiesto di dartelo solo dopo che avessi ascoltato la nostra storia». Marlene l'aveva guardata con quel sorriso saggio tipico anche di Trudi, come se al mondo non ci fossero nient'altro che meraviglie da scoprire.

Esterrefatta, Penelope aveva preso il biglietto sul quale David aveva scritto il proprio nome con la sua calligrafia ordinata. Quindi Trudi aveva parlato anche con lui e gli aveva chiesto di scrivere una parola del destino per lei?

Mentre apriva il biglietto tremando, aveva sentito i battiti del cuore che acceleravano. Ed eccola lì, la quinta parola del destino che aveva inconsapevolmente cercato nella busta, la parola che le mancava per poter finalmente ritrovare la strada per riconciliarsi con se stessa e con il mondo esterno.

AMORE.

Due dei tre compiti che le aveva assegnato Trudi erano dunque svolti: si era riconciliata con Caroline ed era andata a Cracovia da Marlene.

Adesso la aspettava un terzo compito, il più difficile di tutti. Il ricordo dell'istante in cui aveva letto la parola del destino che David aveva scelto per lei e l'incontro con Marlene – una donna pazzesca, forte e coraggiosa – le avevano dato la forza per superare ogni remora rimasta e per adempiere al suo compito: telefonare a David e chiedergli di incontrarsi. Se non lo avesse fatto, non avrebbe mai potuto essere libera: avrebbe continuato a rinnegare se stessa e a tradire la propria vera essenza.

C'era stato un tempo in cui Penelope aveva abbandonato il giardino della vita, andandosi a nascondere di proposito negli angoli più oscuri e irti di spine, perché le facessero da scudo e le permettessero di lasciare fuori il mondo e la luce. Insieme all'amore.

Adesso era arrivato il momento di tornare a scegliere la luce della vita. Ma prima doveva fare ordine, sgravare l'anima dal peso del passato, e per poterlo fare aveva bisogno di chiarire le cose con il suo ex marito. Aveva volutamente chiesto di darsi appuntamento nella loro vecchia casa, che avvertiva in parte come un simbolo della sua colpa e che, proprio per questo, doveva anche fare parte del suo processo di guarigione.

Era una fredda e limpida giornata d'inverno quando varcò il cancello. David la stava aspettando sul vialetto d'ingresso.

Aveva l'aria un po' infreddolita, il naso e le guance arrossate, come se fosse stato lì fuori in attesa per molto tempo.

Penelope lo conosceva da tanti anni e la commosse notare i suoi lineamenti addolcirsi per il sollievo di vederla, quasi in cuor suo avesse dubitato fino all'ultimo che sarebbe venuta davvero. Il fatto che David, che normalmente trasmetteva un senso di superiorità e di autocontrollo, avesse un'aria così insicura la fece sentire un po' meno nervosa.

Le andò incontro e prese la vecchia bicicletta che Penelope stava portando a mano. «È bello vederti.» Lo pensava davvero, glielo leggeva negli occhi. Erano occhi pieni di bontà e di amore. Vederlo in quel modo le fece battere il cuore più forte. Le era tutto talmente familiare. Come aveva potuto dimenticare la conoscenza intima che la legava a David? Le sembrava che persino i fili argentati che nel frattempo si erano fatti strada fra i suoi capelli e le minuscole rughe ai lati degli occhi e agli angoli della bocca ci fossero da sempre, come se fossero stati parte di lui fin dall'inizio.

David spinse la bici su per la salita e poi la sistemò da una parte. «Ho fatto il caffè. E ho preso la torta di mele alla pasticceria Mahler. Spero che ti piaccia ancora come un tempo.» La sua voce era emozionata come quella di un bambino e tutto a un tratto a Penelope parve di sentire la vocina di Dominik sovrapporsi alla sua. Avevano esattamente lo stesso suono. Oh, quei due si somigliavano così tanto... Pensò che «Dominik» era un'altra parola del destino che la legava a David.

«Certo» riuscì a dire, nonostante la gola serrata. Sapeva che sarebbe stato difficile, ma non aveva fatto i conti con l'ondata di sentimenti che la stava investendo. La luce calda negli occhi di David anziché renderle le cose più facili la faceva sentire meschina, un essere umano insignificante. Aveva commesso così tanti errori imperdonabili. Stava quasi per ricadere nello sconforto: sentì le vecchie paure riguadagnare terreno e tentare di raggiungerla, preparandosi all'attacco, e si ritrovò a chiedersi se sarebbe mai riuscita a perdonare se stessa. Con tutte le persone alle quali aveva fatto del male...

Allora portò le mani alla collanina che le aveva lasciato Trudi e strinse forte il ciondolo tra le dita. La sua àncora per la vita. No, non avrebbe mai più dovuto ricadere nel suo vecchio meccanismo di colpa e di espiazione. Aveva una responsabilità nei confronti di se stessa.

Seguì David in casa, guardò fuori dalle portefinestre del salotto e si arrestò di colpo. «Oh!» esclamò. La piscina! Non c'era più! Al suo posto davanti a lei si estendeva un grande prato.

Era troppo. Penelope lottò contro le lacrime che le bruciavano negli occhi.

«Avevi ragione, sono stato un testardo» le disse David. «Avrei dovuto farlo subito. Mi perdoni?»

Penelope si sedette, anzi, si lasciò cadere sulla poltrona, perché la stanza aveva iniziato a girarle tutto intorno e sentiva venirle meno la forza nelle gambe.

Che cos'era? Che cosa le stava succedendo? Era andata lì a scusarsi e adesso David la stava anticipando? Tutti gli argini si ruppero e non furono solo i suoi occhi a esondare in un fiume di lacrime, ma anche il suo cuore.

David si inginocchiò accanto a lei e le prese la mano, mentre piangeva.

«Brava, bimba mia, brava, piangi quanto vuoi» continuava a ripeterle, ancora e ancora. Un po' impotente, un po' preoccupato, ma con un profondo sentimento. Il suo David. Il miglior amico della sua infanzia, il suo eroe, il suo grande amore. Il suo primo uomo e il padre di suo figlio. Non era stata solo Penelope ad aver perso Dominik, anche lui aveva subito quella perdita innominabile, anche per lui il loro bambino significava tutto. E lei lo aveva lasciato. Perché lui aveva un modo diverso di affrontare il dolore. Perché voleva continuare a vivere la sua vita, con lei. Perché voleva avere un altro figlio da lei. Perché, anche in quel male, non aveva perso di vista l'amore...

Il volto di Penelope era gonfio di pianto, gli occhi accecati dalle lacrime, eppure non ci aveva mai visto così chiaro. A un tratto le tinte dell'amore andarono a colorare l'oscurità che aveva portato il dolore. David la guardò e tutto ciò che Penelope lesse nei suoi occhi fu vita e amore. La loro parola del destino. Nella buona e nella cattiva sorte.

Anche David la conosceva bene e riconobbe in quel momento la vecchia Penelope, la sua Penelope. Era tornata a casa. La sua peregrinazione era finita.

«Grazie, Trudi» sussurrò Penelope.

Nota dell'autrice

C'è una storia particolare che mi lega a una farfalla. Quando il mio primo cane Leigh si ammalò gravemente e, dopo un'operazione, si ritrovò a lottare tra la vita e la morte, io, come spesso succede, cercai consolazione nella natura. Ero seduta in un prato e vidi una cedronella che danzava tra i fiori, soffermandosi qua e là per raccogliere il polline. Mi venne spontaneo pensare che se la farfalla fosse venuta da me e si fosse posata sul mio braccio, Leigh sarebbe guarito. E le cose andarono proprio così. La farfalla rimase per un bel po' di tempo sulla mia mano e Leigh visse quasi diciassette anni. Da quel giorno, ogni volta che vedo una farfalla mi sento pervadere da un profondo senso di gratitudine e di amore.

All'inizio il titolo di questo libro doveva essere *Anima di farfalla*, perché nell'antica Grecia la parola *psyché* aveva un doppio significato: voleva dire sia farfalla sia anima. Ma quasi subito, durante i primi passi della storia di Penelope, era nata anche l'idea della prosecuzione della storia di *Musica per un amore proibito*: *Marlene*. Perciò questo libro è diventato un ponte tra gli altri due volumi, perché anche nel seguito di *Musica per un amore proibito*, in cui viene raccontata la storia di Marlene e di Trudi, entra in gioco una farfalla. E la frase: «fin quando ci sono le farfalle, c'è speranza...»

I lettori della saga *Le Farfalle del Terzo Reich* se ne saranno sicuramente accorti: in questo libro non c'è soltanto una breve riapparizione di Marlene Kalten, combattente della Resistenza e amica di Deborah Berchinger, ma vengono anche menzionati, oltre a Leopold Brunnmann, anche Albrecht Brunnmann, Gustav Berchinger, Felicity, sua madre Martha e il fratello di Deborah, Wolferl Berchinger.

Nel libro Trudi dice che il destino è un'enorme rete che collega tra loro tutti gli elementi della vita. Questo vale in parte anche per i libri che ho scritto finora, tutti interconnessi grazie a protagonisti e destini comuni.

Probabilmente coloro che ancora non abbiano letto *Musica per un amore proibito* e *Marlene* penseranno che sono un'ignobile, come direbbe Ottilie, la domestica bavarese dei Berchinger, perché li ho lasciati con molte domande aperte e perché ho lasciato indietro alcune sottotracce della storia. Per esempio l'accenno all'incontro di Trudi e Marlene nel 1944, durante la guerra, e al destino che avevano condiviso. E perché è così importante la collana misteriosa che portano Trudi e Marlene nella foto che le ritrae insieme? E in che senso Marlene ha salvato Trudi?

Tutto questo lo scoprite in *Marlene*.

Ringraziamenti

Care lettrici e cari lettori,

il libro è finito e io sono triste. Non triste nel senso che soffro, ma piuttosto afflitta dalla malinconia di una madre che deve mandare la sua creatura nel grande mondo dei lettori. È sempre così: a un certo punto bisogna lasciare andare le cose, anche se si ha la sensazione di dover riscrivere la storia per la cinquantesima volta.

Uno scrittore lavora da solo. Non ha bisogno di molto: un tavolo, una sedia, un computer e tanta tranquillità, un luogo di ritiro dove riflettere e disperarsi.

Durante la fase di scrittura, così come anche dopo, mi risulta sempre difficile staccarmi dalla storia, almeno finché non arriva mio marito a rapirmi con il suo amore. A lui, come sempre, va il mio primo ringraziamento, perché senza il suo appoggio incondizionato questo libro, così come gli altri, non ci sarebbe stato. Sta pensando di scrivere un libro anche lui (*Delle pene del marito di un'autrice*).

Anche se uno scrittore lavora da solo, un libro non si scrive certo da sé. Io ho la fortuna di poter fare affidamento, oltre che su un marito meraviglioso, anche su alcuni fantastici amici. Persone come la mia cara amica Myriam, che ha lavorato insieme a me con pazienza instancabile, con precisione e puntigliosità, senza mai smettere di incoraggiarmi e di rimproverarmi quando ce n'era bisogno. Grazie, Myriam, per far parte della mia vita!

Ovviamente, qualsiasi errore o imprecisione presenti in questo libro sono da imputare all'autrice.

Non posso che ringraziare ancora una volta Ramona, il mio spirito positivo, e Ludwig, che ha salvato il mio computer da morte certa (oltre a consigliarmi di comprarne uno nuovo, dato che il mio probabilmente è ancora tra quelli che Bill Gates ha assemblato nel suo garage). Ma io sono un'inguaribile sentimentale e una superstiziosa incallita. Non riuscirei a scrivere su un altro computer.

Voglio assolutamente nominare qualche altra persona speciale: la mia amica Sertan, che mi ha raccontato l'incredibile storia di sua zia Fatima, che si è veramente «emancipata» in una stazione di polizia (forse questa sarebbe una bella storia per la serie poliziesca *Hubert & Staller*?), Heike, che mi ha permesso di partecipare alla vita operativa della polizia, e le mie fidate amiche, che mi fanno da cavie per una prima lettura. Tra tutte in particolare: la mia mamma, Eva, Ro, Tine ed Elga, così come la famosa Barbara Schiller del duo di scrittori B. C. Schiller, le mie colleghe Alexandra Amber, Daphne Unruh e Lisa Torberg, che mi hanno sostenuta e incoraggiata fin dal momento in cui ho avuto il privilegio di conoscerle. Amiche mie, sono felice di conoscervi, siete le migliori! Ringrazio anche le mie colleghe Marah Woolf e Béla Bolten per i loro consigli sulla sinossi presente nel risvolto di copertina.

Last but not least, Julia Eisele. La persona che mi ha scoperto, la mia sostenitrice, promotrice, portatrice di idee, editrice. Amica.

Ma più di chiunque altro, ringrazio tutti coloro che hanno letto i miei libri. E cioè voi, care lettrici e cari lettori. È per voi che scrivo, è per voi che m'infiammo.

E a noi tutti auguro dal profondo del cuore la stessa parola del destino: Amore...

La vostra Hanni M., novembre 2015/luglio 2017.

P.S. E per tutti coloro che, come me, si sono innamorati di Jason: vi prometto che troverà posto in una storia tutta sua!

Qui potete abbonarvi alla mia newsletter per ricevere informazioni, due volte l'anno al massimo, su letture, nuove uscite, anteprime da leggere in esclusiva e sul tour di presentazione del libro: www.hannimuenzer.com/newsletter/

Il contatto diretto con i lettori per me è importantissimo.

Sarò felice di ogni consiglio, critica e confronto:
mail@hannimuenzer.de
Per saperne di più su di me e sui miei libri:
www.hannimünzer.de

MISTO
Carta da fonti gestite
in maniera responsabile
FSC® C023419

Stampato presso Lego S.p.A.
Stabilimento di Lavis